KB152684

도올소설집

슬픈 쥐의 윤회

도올 김용옥 지음

통나무

목차

독자들에게 드리는 말씀

저는 진실로 하루하루를 망각 속에 흘려버리고 사는 것 같습니다. 솔직히 여기 실린 글들은 제가 썼다는 기억조차 없습니다. 억지로 기억을 살려낸다면 희미하게나마 그런 일이 있었나 하고 고개를 갸우뚱 할 정도의 흔적밖에는, 의식에 남아있지 않습니다. 통나무출판사의 임진권 차장이 이 글들이 그냥 사라지는 것이 너무 아깝다고, 정성스럽게 긁어 모아 한 뭉치의 책 모양으로 된 원고를 내밀었을 때, 저는 당황했고 또 충격에 빠졌습니다. 한번 읽어보시라고 권해서, 남의 얘기를 읽듯이 읽어내려가면서 저는 이미 흘러가버린 나의 삶에 있었을 법한 매우 미세한 장면들을 낱낱이 재현시키는 새로운 체험을 했습니다. 그리고 픽션과 논픽션의 구분없이 써내려간 이런 얘기들을 한 권의 책으로 묶어내는 것은 나의 21세기적 삶의 새로운 모험의 장일 것 같다는 생각도 들더군요.

제가 운영하던 도올서원에는 매우 우수한 재생齋生들이 많았습니다. 그들의 대표가 모여 격월간 또는 계간으로 발행한『도올 고신櫹枛故新』이라는 잡지가 있었습니다. 그 부정기 간행물에 "도올소설"이라는 한 섹션을 설치하여 제 글을 주기적으로 실었던 것입니다. 이 잡지는 재생들간에 보는 뉴스레터와 같은 마스터·중철 인쇄물이었는데, 그 내용은 대한민국 어느 잡지보다도 수준이 높은 것이었습니다. 발랄한 젊은이들이 눈치 안 보고 마음대로 상상력을 발휘하여 쓰는 글들의 모음이었기에 사회적 담론의 기준치를 벗어나는 탁월한 글들이 많았습니다. 나의 "소설"도 그러한 분위기에서 구성된 것입니다. 그리고『해피투데이』라는 월간잡지에 실렸던 글도 있습니다.

내가 쓰는 "소설小說"이라는 말은 일차적으로 그 자의字義에 즉하여 그냥 "작은 이야기들"이라는 뜻으로 쓴 것이지만, 결코 현대문학이 말하는 "소설novel"이라는 뜻과 동떨어진 것도 아닙니다. 지금 "소설"이라는 것은 작가의 상상력을 동원하여 꾸며낸 이야기, 즉 픽션fiction이라는 의미로 쓰고 있지만, 우리는 예로부터 소설이라는 것을 소소한 이야기, 작은 이야기, 항간에 떠도는 이야기들이라는 뜻으로 써왔습니다. 그 최초의 용례는 『장자』라는 책의 「외물外物」편에 나옵니다만, 『한서』「예문지」에 이미 도서분류의 큰 카테고리로서 "소설가자류小說家者流"라는 개념이 나옵니다. 이 소설가들은 패관稗官에서 나오며 "가담항어街談巷語"를 기술한다고 얘기되고 있습니다. "소설小說"이 있으면 반대 개념으로서 "대설大說"이 있을 법하나, 대설이라는 말은 쓰이지 않았습니다. 소설의 반대 개념은 "대도大道"였습니다. 대도와 무관한 삶의 작은 이야기들이지요.

사실 "이야기"라는 것에는 픽션과 논픽션의 엄격한 구분이 있을 수 없습니다. 어차피 사람의 언어와 개념을 빌어 서술되는 이야기인데, 진眞·가假의 명확한 구분이 있기 어렵지요. 이야기의 목표는 의미와 재미이지, 실상에로의 접근이 아닙니다.

나의 소설은 나의 삶과 관련된 다양한 이야기, 나의 삶이라는 화엄을 구성하는 무수한 꽃잎임에는 분명하지만 그것의 실재성은 논의의 대상이 되질 않습니다. 소설가들이 아무리 이야기를 꾸며낸다 할지라도 그것은 완벽한 가공일 수가 없습니다. 소설가 본인의 삶의 체험을 완벽하게 단절시킬 수는 없는 것이죠.

나는 분명히 철학을 하는 대설가大說家 이긴 하지만, 나의 삶의 하루하루는 짙은 소설로 꽉 차있습니다. 아마도 제가 소설에만 전념한다면 여기 실린 이야기와 같은 짙은 담론을 매주 한 편씩은 쓰고도 남을 것입니다. 그만큼 철학자의 삶은 농도가 짙습니다. 그래서 또 소설(소소한 이야기들)을 쉽게 망각해 버리고 마는 것이죠.

나는 이 소설들이 너무도 미세하게 나의 느낌의 세계를 파헤치고 있기 때문에 독자들에게 보여주기가 좀 민망하다는 생각도 했습니다. 그래서 철학적 담론의 출판만으로 만족하는 것이 정도이리라고 생각해 보았지만 주변의 사람들에게 이미 숙지된 글들이고, 또 너무도 짙은 의미를 던지는 글이래서 오히려 철학적 대설大說(큰 구라, 거창한 담론)보다 훨씬 더 매력적이고 쉽게 독자들의 삶에 다가갈 수 있다고 격려해주는 지인들이 많아 출판을 결정하게 되었습니다. 독자 제현들께서 이 소설들로부터 의미와 재미를 담뿍 향유해주신다면 이 시대를 같이 살아가는 한 학인으로서 더 이상의 기쁨은 없을 것 같습니다.

2019년 8월 16일 밤
천산재에서

꾸어취스커파더

일천구백구십육년 십일월 구일, 그러니까 토요일 아침이었다. 금요일 늦게까지 환자를 보는 나에게는 토요일 아침의 여유가 그렇게도 고마울 수가 없었다. 나는 어느새 "주말"이 의미를 지니는 노동꾼이 되어버린 것이다. 나는 평생 주말을 모르고 지냈다. 나에겐 모든 평일이 주말이었다. 이제 겨우 범용의 인간의 고통을 나눌 줄 아는, 철이 든 인간이 되었다고나 할까? 하여튼 그날 아침 비가 죽죽 내리고 있었다. 갑자기 식탁 위에 놓여 있던 수화기통이 요란하게 울렸다.

"아 거기 도올 김용옥선생님 댁입니까?"

"네! 그렇습니다만…"

"저어 혹시 토오쿄오 리카다이가쿠에 있는 히라타라는 교수
　를 아십니까?"

"글쎄요…"

"저는 연세대학교 공과대학에 있는 박모라는 사람입니다
　만 지난 일년 동안 리카다이가쿠에 연구교수로 나가 있었
　습니다…"

　얘기는 여기서부터 시작되었다. 나는 새까맣게 잃어버린 과
거를 되찾는 작업을 해야만 했다. 나는 과거를 잊어버리지 않는
다. 잃어버릴 뿐이다. 촌전의 과거를 나는 새까만 의식의 벼랑
아래로 떨어뜨린다. 그것은 의식적인 상실이 아니다. 내가 결코
기억력이 나빠서는 아니다. 두뇌속의 메모리 칩의 작동이 불량
해서가 아닌 것이다. 그것은 순간순간 나에게 밀려오는 미래의
중압이 너무도 강렬하기 때문에, 현재의 부담이 너무도 막중하
기 때문에 과거라는 놈은 현의식의 의미의 틈바구니로 끼어들
방도를 찾지 못하는 것이다. 그러다 보면 하루이틀 지나가 버린
과거는 망각아닌 상실의 영겁속으로 먼 여행을 떠나버리고 만
다. 더구나 이년·삼년, 아니 십년·이십년 전의 이야길랑 아예
나의 존재와 무관한 객관의 벼랑길에 우뚝 매달려있기 마련이다.

과연 내가 일본에서 살았었던가? 과연 내가 하바드에서 학위 공부를 했던 놈이었던가? 과연 내가 일년전만 하드래도 이리 신동의 학부학생이었단 말인가? What a weird story!

"저어~ 히라타 교수하고 같은 교실에 있었는데요, 히라타 교수가 노상 말씀하는 그 사람, 매일 만나보고 싶다고 노래하는 그 사람, 그 한국사람이 바로… 신주쿠쿠 니시와세다 그 좁은 골목에서 같이 사셨다고 하던데요…"

"히라타? 그래 히라타? 맞다! 바로 그 히라타구나! 아니 그 등치 큰 미국여자얘깁니까?…"

박모 교수는 나의 의식속에 너무도 새까맣게 잃어버린 과거에 대한 강렬한 향수를 불러일으켰다. 사실 나는 그 여자의 이름도 기억못한다. 단지 "나오미엄마"로만 기억하고 있을 뿐이다. 나오미엄마는 씨애틀 사람인데 유니버시티 어브 와싱턴 영문과를 졸업한 인테리여자였다. 그런데 어떻게 일본에 미쳐서 일본에 왔고 일본에서 일본남자와 결혼을 해서 "나오미"라는 혼혈아를 낳았다. 당시 일본문명의 성세는 모든 서구인에게 환상을 불러일으켰다. 나오미는 결코 잘생긴 아이는 아니었지만 완벽하게 서양인의 얼굴을 하고 있었고, 모든 서양인의 아이들이 그러하듯이 앙징맞게 예뻤다. 내가 대만대학을 졸업했을 때 아내는 대만대학에서 남은 박사학위를 계속해야만 했고 따라서 승중이는 할머니에게 맡겨졌다. 내가 동경대학東京大學 입학에 성공하고 아내가 대만대학 박사학위 취득에 성공한 후에, 우리 일가삼인一家三人은 동경에서 합류되었다. 우리는 니시와세다의 매우 전통적인 에도마찌에서 단란한 가정을 꾸렸다. 그런데 승중이를 유치원에 보내는 데는 큰 돈이 들었다. 고학생인 우리로서는 큰 부담이었다. 그런데 어떻게 하다가 쿠야쿠쇼區役所(구청)에서 근무하는 아가씨와 안면이 생겨(사실 나는 어떤 학원에서 한국어강사를 하다가 그 아가씨를 알게 되었다) 그 아가씨 덕분에 매우 경쟁률이 높은 질좋은 구區운영의 호이쿠엔保育園에 승중이를 보낼 수 있는 호기를 잡을 수 있었다. 그 호이쿠엔은 무료로 우리 승중이를 키워주다시피했고 일본사회에서 얻을 수 있는 모든 혜택을 누리게 해주었다.

우리는 승중이를 토쯔카호이쿠엔戶塚保育園에 보내면서 본격적으로 일본사회를 배우기 시작했다. 일본인들이 어떻게 그들의 자녀들을 교육하는가를 피부로 느끼기 시작했다. 그리고 그것은 우리로서는 최초의 "부모됨"의 경험이기도 했던 것이다. 그런데 "나오미"는 바로 승중이가 다니던 토쯔카호이쿠엔의 동반동학同班同學이었다. 승중이와 나오미는 단짝친구였다. 그렇지만 호이쿠엔의 여우같이 닳아빠진 늙은 교사들은, 승중이·나오미 둘다 외국인이었지만, 나오미는 하늘같이 섬겼고 승중이는 지옥같이 천대했다. 그것은 일본인의 후다쯔노카오二つの顔, 즉 두개의 얼굴이었다. 아메리카진은 푸른하늘이었고, 쵸오센진

은 썩은 시궁창이었다. 쵸오셴진인 나로서는 일본인에게 존대받기는 어려웠지만 일본인이 존대하는 아메리카진으로부터 존대받는 일이란 과히 어려운 일이 아니었다.

나는 일본 유학을 가기전에 이미 평화봉사단원들과 오랫동안 동거同居를 했기 때문에 영어가 자유로왔고 미국인들을 나의 자연스러운 벗으로 느꼈다. 내가 나오미엄마와 친하게 된 동기가 꼭 일본인에게 겪은 식민지국민의 콤플렉스를 극복하기 위한 수단은 아니었지만, 우리는 같은 보육원 학부형으로서 자연스럽게 서로를 친근하게 느끼는 사이가 되었다. 나오미엄마네 집과 우리 집은 미도리(녹음의 뜻)가 울창한 매우 조용한 니시와세다 토쯔카마찌의 좁은 골목의 백미터가량 떨어진 이켠 저켠에서 살았다.

밤에도 생각나면 뛰어가서 마실가듯 니와(정원)로 비추는 창문의 그림자를 두드리면 그녀는 언제나 나를 반겨주곤 했다. 독자들은 초혼의 달콤함에 빠져있을 내가 달밤에 미국여자 사는 집 창문을 두드린다는 것을 불경스럽게 생각할런지도 모른다. 허나 우리의 관계는 그렇게 불경스러운 것이 아닌, 퍽으나 사무적이고 구체적인 것이었다.

나는 사실 인생을 "달콤하게" 살아본 적이 없다. 이점 참으로 나는 나의 아내와 나의 주변의 사람들에게 미안하게 생각한다.

나에게 있어서 인생이란 행복의 기준으로 음미할 그런 가치를 지닌 것이 아니었다. 인생이란 그냥 사는 것이었고, 왜 사냐고 물어볼 여유도 없는 것이었고, 또 살아야만 할 존재가치가 반추의 여지도 없이 눈앞에 밀어닥치는 그러한 매일매일이었을 뿐이다. 내가 토오쿄오다이가쿠에 있을 때, 나는 일본제국주의의 본산인 "토오다이東大"를 정복한다는 불타는 학구열에 달아 있었을 뿐만 아니라, 하루속히 이 대일본제국을 탈출해야만 한다는 나의 인생의 원대한 계획을 수립하는데 여념이 없었다. 나는 일본에 살면서, 토오다이의 우등생으로 공부를 하면서도 일본日本을 오늘의 일본으로 만든 지적보고의 원천인 서양으로 유학을 다시 떠나야만 한다는 강박관념을 떨쳐버릴 수가 없었다. 그래서 나는 계속 영어로 글을 썼고, 또 미국대학에 장학금을 받아 어드미션을 따내는 온갖 준비를 게을리하지 않고 있었다. TOEFL, GRE, Application Forms … 이 모든 작업을 성공적으로 수행하는 과정, 그리고 그것도 무명의 주립대학을 대상으로 하는 것이 아니라, 자타공인하는 미국 최상의 "하아바아도 다이가쿠"(Harvard 大學)를 대상으로 하는 이 작업에는 반드시 조력자가 필요했다.

너무도 적절한 시기에 너무도 가까운 공간의 포진 속에 그 최적의 조력자로서 나의 삶의 무대에 등장한 새로운 캐스트가 바로 "나오미엄마"였던 것이다. 나오미엄마는 유수 대학 영문과를 졸업했고 영어를 썩 잘했고, 또 영시를 즐겨쓰는 시인이었다.

그녀가 당시에 자기의 시를 타이프쳐서 헝겊포장으로 묶어 나에게 선사한 작은 책자를 나는 지금도 간직하고 있다. 그녀는 나의 영어작문실력에 감탄했고, 특히 나의 어휘실력에 극찬을 아끼지 않았다. 그리고 한 단어, 한 단어가 적절한 자리에 잘 들어갔다고, 그러면서도 어쩌면 미국인들이 평상시 잘 안쓰는 그렇게도 해괴하리만큼 난해한 어휘들을 구사하는가 하고 경탄해 마지않았다. 그러면서도 나의 문장에 가차없이 교정의 줄을 좍좍 그어댔다. Shit! 그러나 나는 어쩔 수 없었다. 그녀는 네이티브 스피커였고 나는 에일리언이었으니까 항복할 수밖에 없었다. 그리고 그것은 나의 장학금과 관련된 중요한 문제였으니까… 나는 사실 나오미엄마로부터 영어작문에 관한 많은 감각을 키웠다. 그녀의 교정에 비추어 나의 영어의 허점을 반성할 수가 있었던 것이다. 아니, 나의 모국어의 허점까지도 반추할 수 있었다.

이러한 작업, "아르바이트"를 통해 나오미엄마와 나, 그리고 나의 아내 최영애는 매우 가까운 친구들이 되었다. 그리고 나오미엄마는 서부의 좀 억척스러운 여자이긴 했지만, 참으로 아름다운 심성을 가진 하오르언好人이었다. 그런데 그 여자의 사생활은 매우 불행했다. 내가 어쩌다 영작을 한밤중에 고쳐받으러 갈 때면 타타미 단칸방에 살았던 그 여자의 눈덩이가 부풀어 있었고 시커멓게 멍들어 있었을 적이 한 두 번이 아니었다. 사실 나오미엄마는 일본에 와서 너무도 격이 맞지 않는 일본남자와 결혼을 했던 것이다. 나오미아버지는 배타는 마도로스였는데 나오미엄마와 곧잘 다투었다. 나오미아버지도 내가 생각키엔 선량한, 편견없는 일본남자였는데 나오미엄마와 궁합이 잘 안 맞는 듯 했다. 나오미아버지는 나오미엄마를 곧잘 후두려 팼다. 어떤 때는 나오미엄마가 우리 집으로 한밤중에 도망온 적도 있었다. 그럴 때마다 나오미엄마는 지식의 한울속에서 교류하며 사는 우리 부부를 동경의 눈초리로 바라보았다.

나오미엄마는 참다못해 이혼을 하겠다고 했다. 나는 한국식 가치관으로 이혼을 만류했다. 나오미를 봐서라도 참으라고 계속 만류했다. 그런데 어느날 나오미엄마는 나에게 도장이 찍힌 이혼합의서를 보여주었다. 나오미아버지는 그 후론 배를 타고 어디론가 사라져 버렸다.

그런데 몇 달 지난후에 나오미엄마가 나보고 결혼을 했다고 했다. 누구하고 했냐고 했더니, 자기도 나처럼 토오다이 다니는 사람과 했다는 것이다.

사실 일본사회에서 "토오다이東大"라는 이름은 특별한 의미와 권위를 지닌다. 그것은 한국사회에서의 "소우루다이"(서울大)의 의미와는 전혀 차원을 달리하는 것이다. 나오미엄마가 과연 나를 얼마나 사모했는지, 나오미엄마가 과연 나의 토오다이 간판을 얼마나 흠모했는지 그것은 알 바가 없지만, 분명 그녀는 나와의 지적교류속에서 나같이 "토오다이"를 다니는 어떤 지식인에 대한 환상적 동경을 분명히 간직하게 되었을지도 모른다. 그리고 그녀는 재혼을 하고나서 바로 분명히 나에게 그런 말을 했던 것이다.

"니눔처럼 토오다이 다니는 눔하고 했지."

"유 아 그레이트!"

그 "토오다이를 다니는 눔"이 바로 "히라타"였다. 그때 이미 히라타는 토오다이 공과대학을 나와 토오쿄오리카다이가쿠에 조교수로 나가고 있었다. 바로 나오미아버지하고 살던 그 토쯔카마찌 그 방에서 그들은 신방을 차렸다. 나는 히라타라는 사람이 참으로 무던한 일본인이라고 생각했다. 우리 감각으로는 토오다이까지 나온 새신랑교수가 새장가를 드는 판에, 애까지 딸린 그 서양여자의 퀘퀘묵은 방에 신방을 차린다는 것이 도무지 이해가 잘 가지를 않는 것이었다.

"아마 그 히라타라는 친구도 카왓타 히토(상식의 기준에서 벗어난 사람)일지도 몰라. 아니 히라타에게서 배워야 할 새로운 삶의 가치관이 있는지도 모르지. 오히려 우리가 너무 퀘퀘묵은 관념의 수렁에 빠져 있는지도 몰라!"

내가 일본에 체류하던 동안에 나오미엄마는 히라타 교수와 "케이"라는 또하나의 나오미보다 좀 더 투박하게 생긴 딸 아이 하나를 낳은 것까지를, 나는 기억한다.

나는 동경대학東京大學 중국철학과中國哲學科 대학원 졸업과 동시에 대일본제국大日本帝國탈출에 성공했고, 하바드대학에 입학함으로써 대미제국大美帝國의 진입에 성공했다. 그러던 와중에 나오미, 나오미엄마, 히라타 교수의 추억은 망각의 대해로 떠밀려나버렸던 것이다.

연세대 박모 교수는 일본에 가있는 동안 히라타 교수를 만났고, 히라타 교수는 내 이름을 정확히 기억하지 못하고 있었는데, 여러 얘기하는 정황으로 보아 그가 바로 그 유명한 한국의 도올 아무개라는 짐작을 하게 되었고, 그래서 이렇게 전화를 하게 되었다는 것이다. 그러면서 박모 교수는 나에게 전화번호를 알려주었다. 나는 9일 아침 곧바로 박모 교수의 전화를 끊자마자 001-813 … 을 돌리기 시작했다.

"모시모시 … 히라타쿄오쥬노 오타쿠데스카"

"하이, 소오데스."

"아라! 아노 ～ 나오미상데스카?"

"하이, 소오데스"

바로 그 귀여운 혼혈아, 토쯔카호이쿠엔의 그 나오미가 전화를 받는 것이 아닌가? 나의 마음은 좀 설레이기 시작했다.

"승중이를 기억합니까?"

"네, 그 이름은 기억하지만 얼굴은 기억이 나지 않습니다. 호이쿠엔에서 졸업사진을 찍었을 때 옆에 승중이가 앉아 있었다고 하는 희미한 기억이 남아 있을 뿐입니다."

"나오미상은 지금 무엇을 하고 있습니까?"

"백화점의 점원노릇을 하고 있습니다. 승중이는 지금 뭘하지요?"

"승중이는 미국의 프린스턴대학에서 천체물리학으로 박사학위 논문을 준비중에 있습니다."

"아~ 저하고는 비교도 할 수 없는 매우 훌륭한 숙녀가 되어 버렸군요. 제 처지는……."

"아, 제가 생각키엔 나오미상이야말로 에라이(훌륭한) 숙녀가 되어 있는 것 같군요. 영어는 못합니까?"

"영어는 한마디도 못해요. 그냥 일본학교 다니면서 일본식
으로 컸어요 ……."

나는 다짜고짜 그 어머니 나오미엄마를 바꿔달라고 하고 싶
었지만 히라타 교수가 나를 찾은 마당에, 그리고 남의 가정에
전화를 거는데 가장을 제키고 "엄마"부터 찾는다는 것이 좀 어
색했다.

"아버지 히라타 교수님은 지금 댁에 계십니까?"

"네, 곧 바꿔 드리겠습니다."

침묵의 시간이 흘렀다.

"히라타센세이데스카? 히사시부리데스네."

우리는 이 얘기 저 얘기, 한국에 왔을 때 나를 찾다가 실패한
이야기, 그리고 박모 교수를 통해 나의 소재를 알게 된 이야기
등, 그리고 나오미의 성장과정에 관한 이야기 등을 나누었다.
그러나 나의 본론은 그 "나오미엄마"라는 여자였다.

"지금 나오미엄마하고 통화를 좀 할 수 있겠습니까?"

"나오미엄마는 지금 여기서 살지를 않습니다."

"안산다니요 …… ?"

"나오미엄마와는 5년 전에 이혼했습니다. 저는 그 뒤로 나오
　미와 케이 두 딸만을 데리고 살고 있습니다."

　그 순간 나는 아찔했다. 무엔가 불길한 느낌이 스치는 듯 했다.
사실 히라타 교수는 나오미의 실부實父도 아니다. 그런데 이혼한
마당에 자기 친모와 살지도 않고 의부와 계속 산다는 것도 어색
했고, 또 나오미엄마와 이혼한 마당에 나 김용옥을 찾은 이유도
알 수가 없었다. 히라타 교수라는 사람의 좀 각별한 면을 알고는
있었지만 이해될 수 없는 곳이 너무 많은 것 같았다.

"어떻게 이혼하게 되었습니까?"

나는 다짜고짜로 물었다.

"알콜중독자가 되어 어찌 해볼 도리가 없었습니다. 서로 참
　다 참다 못해서 헤어지게 된 것입니다. 그 상처가 요즘 와서
　겨우 회복이 되어갑니다."

나는 히라타의 인격을 좀 의심했다. 아무리 싫어서 이혼했다고 하지만, 자기가 이혼한 여자를 단칼에 "알콜중독자"로 여지없이 규정하고, "알콜중독 때문에"라고 이혼의 사유를 몽땅 덮어씌우는 그의 언사가 도무지 설득력이 없게 들렸다. 나는 곧바로 진상의 규명에 착수해야만 했다.

"나오미엄마의 전화번호를 알 수 있습니까?"

"네, 나오미엄마는 지금 토오쿄오 도심에서 떨어진 카와사키에 살고 있습니다. 그렇지만 지금 전화거셔도 아마 그 여자는 술에 취해 있을 겁니다."

나는 더더욱 화가 났다. 5년전 헤어진 여자를 두고 지금 내가 전화를 걸면 술취한 모습으로 있을 것이라고 말해 버리는 그 인간의 인간됨이 영 내키질 않았다.

나는 전화를 끊기 전에 다시 나오미를 바꿔달라고 했다.

"히라타 교수를 통해 여러 이야기를 들었습니다. 그 동안 나오미가 마음고생되었을 여러 상황도 짐작이 갑니다. 아버지 말을 들으니까 몸이 아프기도 했다는데…"

나는 사랑스러웠던 유치원시절의 나오미모습을 떠올리며 위로를 했다. 젊을 때의 좌절과 방황은 가치 있는 것이라는 것, 그리고 앞으로의 인생에 무한한 가능성이 있다는 것, 그러므로 나오미는 "스바라시이"(멋있는) 인생을 살 권리가 있다는, 격려의 말을 해주었다. 그리고 나는 지금 한국에서 좀 알려진 사람이 되어 있다는 것, 그래서 날 쉽게 찾을 수 있을 것이라는 것, 그리고 나의 집 전화번호와 병원전화번호를 아르켜주면서 한국에 여행이라도 오면 들려달라고 다짐해주었다. 나오미는 마지막으로 자기 엄마가 멀쩡하다고 했다. 알콜중독은 옛날부터 있었던 것이라고 했다.

"카노죠와 겐키데스요."

나는 전화를 끊으면서 무엔가 나오미와 히라타 교수와의 사이에도 모종의 텐션이 존재함을 감지했다.

나는 곧 카와사키로 다이알을 돌렸으나, 녹음기만 돌아갔다. 나오미엄마는 부재였다. 나는 "승중이 아버지"가 한국에서 전화 걸었다 하는 멧시지만 남기고, 만약의 경우를 생각해 내 전화번호를 일러두지는 않았다.

나는 이날 봉원사 뒷산에 올라가 체조를 하고 운동을 했다. 그리고 이천오백원짜리 동네 목욕탕에 가서 뜨거운 물에 몸을 담그고 사우나에 들어가 땀을 흘렸다. 그리고 집에 와서 한 세

시간 가량 늘어지게 낮잠을 잤다. 옛날 같으면 너무도 평범하게 실천할 수 있었던 이런 스케쥴이 이제 나에겐 중천금보다 더 귀한, 모처럼 얻기 어려운 삶의 틈새가 되어버린 것이다.

저녁 10시반경, 혹시나 해서 나는 카와사키로 다이알을 돌렸다. 그 옛날 그 목소리는 다시 나의 귓전을 때리기 시작했다.

처음에 나오미엄마는 나를 전혀 기억 못하는 듯 했다. 그리고 아침에 녹음해둔 나의 목소리가 한 70세가 넘은 노인의 목소리로 알았다는 것이었다. 승중이라는 이름도 도무지 기억을 못했다. 그러면서 계속 내가 나를 설명하는 말에 그 사람, 그 사람, 하면서 횡설수설 대다가 갑자기 나를 기억해냈다.

"Are you really that man?"

우리의 대화는 물론 자연스러운 영어로 이어지고 있었다.

나는 나오미엄마가 술에 취했다든가, 정신이 이상하다든가 하는 식으로 생각할 수가 없었다. 히라타 교수의 얘기는, 나오미의 마지막 말에, 전혀 근거없는 낭설로 날아가 버렸던 것이다.

그리고 그녀가 날 못알아보고 횡설수설하던 서론도 당연할 수 있다고 생각했다. 그녀에게 파란만장한 과거가 있을 수 있다는 것을 생각하면, 그리고 그것이 이미 스무해가 훨씬 넘어버린 옛이야기라고 한다면 ─. 나오미엄마는 나에 대한 모든 기억을 되살렸다. 그리고 우리의 대화는 정상궤도를 오르기 시작했다. 왜 히라타 교수와 이혼을 해야만 했느냐고 묻자, 그녀는 두개의 명료한 이유를 들었다. 그 첫째는 히라타가 자기가 술먹는 것을 싫어했고, 그 둘째는 히라타가 자기가 직장가지고 나가서 일하는 것을 싫어했다는 것이다. 허나 자기는 이 두가지를 절대 포기할 수 없었다는 것이다. 그런데 왜 이혼하면서 나오미를 히라타에게 주었냐고 물었다. 혼자 살면 적적할텐데 나오미하고 서로 의지하고 살면 좋을 게 아니냐고 묻자, 그녀는 아주 쉽게 대답을 했다.

  "나는 돈이 없었어. 그래서 어떻게 해. 애들은 히라타에게
   주었지."

2주일 전, 헤어진 지 5년만에 처음으로 일가가 회동을 했다고 했다. 그런데 애들은 히라타하고 사는 것이 자기와 사는 것보다 더 행복할 수 있다는 생각이 들었다고 했다. 그리고 자기는 또 재혼했다고 했다. 그런데 새로 결혼한 남자는 건축현장에서 일하는 막노동꾼이라고 했다.

내가 의사가 되어 새로 개업한지 얼마가 안되었다고 하자, 나오미엄마는 자기가 좀 문제가 있으니 한국에 나와 내 치료를

받고 싶다고 했다. 나는 글쎄 그런 것도 가능하겠지만 좀 여유를 두고 생각해보자고 했다. 사실 나는 최근에 몇 명의 외국에서 나의 치료를 받기 위해 방문한 환자들을 경험했지만, 그들의 주거가 마땅치 않은 데서 오는 텐션이 나의 치료를 무색하게 만드는 몇몇의 상황을 체험했던 터였다. 내가 발뺌을 하는 눈치를 챘는지 나오미엄마는 갑자기 다음과 같이 좀 조소어린 말을 했다.

"니가 한국에서 유명한 사람이 된 건 나하군 상관없는 일이야. 난 너의 옛 친구일 뿐이지. 내일이래두 비행기표가 끊어지면 서울에 갈꺼야."

나는 좀 당황하기 시작했다. 모종의 횡포감을 그녀의 어조에서 느끼기 시작했기 때문이었다.

"I am busy. I have no time to take care of you."

"그래두 좋아. 난 무조건 갈래. 김용옥 이름 석자만 있으면 한국에서 못 찾아갈라구."

"시간을 두고 좀 고민해 보자구!"

나는 설득하다 못해 모종의 공포감에 매정하게 전화기를 내려놓을 수밖에 없었다. 무엔가 엉뚱하게 당해버린 느낌이었다.

원망스럽게 수화기를 쳐다보는 시선 아래로 나의 가슴은 툭툭 두근거리고 있었다.

아내에게 나는 전화내용을 다 설명할 수도 없었지만 모종의 불안감을 토로하면서 전화번호를 안가르쳐주기를 잘했다고 위안을 하고 있었다. 그런데 얄궂게도 밤 11시경, 전화를 끊은 지 30분만에 우리 집 전화통은 다시 울렸다. 나오미엄마였다.

딸 나오미에게 전화 걸어 내 전화번호를 알아냈다는 것이다. 내 클리닉으로 전화했다가 전화를 안 받아서 내 집으로 했다는 것이다. 그러더니 그여자는 계속 나에게 "아 유 오케이?"를 연발했다. 되려 내가 무슨 고민이 있어서 자기에게 도움을 청하려고 전화를 한 것처럼 친근하고 징그럽게 얘기를 해댔다. 내가 걱정이 되어서 참을 수 없어서 전화를 했다는 것이다.

"아 유 드렁큰?"

내가 지금 너 술취했냐고 묻자, 나오미엄마는 자기는 술취하지 않았다고 다짐했다. 모든 알콜중독자의 특징이 자기는 술에 취하지 않았다는 말을 연발하는 것이다. 나는 직감적으로 히라타 교수의 말이 정확한 언설이었음을 확인할 수밖에 없었다.

나오미엄마의 과거에 대한 회상은 매우 정확했다. 그녀는 나의 영어실력을 다시 격찬하기 시작했다.

"유어 잉그리쉬 워스 댐 굳."

그녀는 내 영어를 에디팅하기 시작한 것이 계기가 되어 일본에서 계속 에디터로서 살게 되었다고 했다. 그리고 그러한 직업을 가지며 사는 20년 동안 나 김용옥이라는 신화적 이미지는 항상 자기와 같이 있었다고 했다. 내 영어는 위대한 영어였으며, 자기 생애에서 나와 같이 영어를 멋있게 하는 일본남자를 단 한 명 발견했을 뿐이라고 했다. 그 남자는 어느 물리학자였다고 했다. 그러면서 나오미엄마는 내가 정말 보고싶다고 울먹이는 듯한 소리로 얘기했다. 그녀는 건강했던 자기의 과거의 모습을 회생시켜내면서 그 회생시켜낸 그 순간을 오늘의 나와 더불어 고정시키려 했다. 그러면 나는 20여 년 전 그녀의 과거의 어느 시점으로 되돌아가야만 하는 것이다. 그것은 물론 물리적으로도 환각적으로도 불가능한 것이다.

나는 그 순간 최근에 내가 감명깊게 보았던 명화, 마이크 피기스 감독의 『라스베가스를 떠나며*Leaving Las Vegas*』 속에서의 엘리자벳 수우를 생각했다. 수우는 라스베가스에 사는 "훅커"다. 훅커hooker란 "갈고리"라는 뜻이다. 수우는 갈고리로 사람을 낚아채는 창녀라는 뜻이다. 물론 나오미엄마를 대놓고 하는 얘기일 수는 없겠지만, 무언가 자기의 과거를 훅크해내기 위해서 나를 열심히 훅크해내고 있는 것처럼 보였다. 현해탄을 건너 나에게 달려오겠다고 외치고 있는 알콜중독자 나오미엄마! 같은 훅커였지만 오히려 수우의 모습에는 해탈한 성녀의 모습이 있었다. 허나 나오미엄마의 모습은 너무 초라했다. 그녀의 에두름을 모르는 진실한 삶의 자세가 그녀를 가혹하리만큼 초라하게 만든 것이다.

"노오 땡크스."

가혹한 운명 앞에 인간은 이기적일 수밖에 없다. 도저히 구원의 대상으로서 나의 능력권 내에 있지 않은 한 인간에게 구원의 손길을 뻐친다는 것은 위선일 수도 있다. 나는 그런 주제넘은 행동을 하기에는 너무 성숙했고 너무 세상을 알아버린 것이다. 나오미엄마는 이미 내가 심상에 그려왔던 그 나오미엄마가 아니었다. 나는 제행무상이라는 싯달타의 가르침을 되씹으며 그냥 슬프기만 했다.

"노오 땡크스."

매정하게 전화를 끊고 우리는 자정이 되어 잠자리에 들었다. 그런데 그날 1시반에 또다시 나오미엄마로부터 전화가 왔다. 나는 전화가 온지도 몰랐지만 요번에는 아내가 시달려야만 했다. 27일 서울에 오기로 결정했다는 것이다. 아내는 전화통에 대고 분통을 터트리지 않을 수 없었을 것이다. 이게 도무지 무슨 날벼락이란 말인가? 아니, 선의로 과거의 옛친구에게서 연락이 와서 전화 한번 해준 죄로 밤새 시달리는 고초를 겪다니….

다음날 아침 우리 부부가 눈뜨면서 이구동성으로 한 말은 다음과 같은 한마디였다.

"꾸어취스커파더."

우리 부부는 중국에서 만나, 중국에서 연애를 걸어, 중국에서 결혼생활을 시작했고, 평생 중국학의 반려로 살았기 때문에 중국어로 이야기를 곧잘 나눈다.

"꾸어취스커파더"란 말을 쓰면 "과거시가파적過去是可怕的"이 되는데 이것은 백화적 표현으로, "과거는 공포스러운 것이다" "과거는 무서운 것이다"라는 뜻이다.

이 세상의 모든 사람들이 과거는 아름답다고 말한다. "아름다운 추억"이란 말은 노래나 시詩에 가장 많이 쓰는, 인간예술의 주요주제임에 틀림이 없을 것이다. 허나 추억이 아름다울 수 있다고 하는 것은 과거가 오직 과거로 머물러 있을 때만 가능한 것이다. 과거가 아름답다고 해서 그 아름다운 과거가 현재가 될 수는 없는 것이다. 과거는 어디까지나 과거로 머물러야 한다.

과거는 과거로 지나가 버려야만 과거일 수 있는 것이다. 과거는 회상할 때만이 아름다운 것이다. 이것은 너무도 단순한 시간의 사실이다. 헌데 우리가 과거를 생각할 때 흔히 범하는 오류는 바로 이 단순한 시간의 사실을 망각한다는 데에 있는 것이다.

과거를 과거로서 두지 않고 현재로 옮기려 할 때, 우리의 모든 정신질병이 발생한다. 그것이 바로 불교에서 말하는 "집執"이라고 하는 것이다. 나오미엄마의 가장 큰 문제는 과거를 과거로서 흘려 보내질 못하고 과거의 한 시점에 영주하려는 데에 있었다.

우리는 한 일주일 동안 계속해서 나오미엄마의 전화에 시달렸다. 그러면서 우리는 계속 "꾸어취스커파더"라는 말을 연발하지 않을 수 없었다. 어느덧 우리 입에서 흘러나온 이 한마디는 최근에 내가 기억하게 된 한 명언이 되고 말았다.

"왕년에…"를 운운하는 모든 자들, "올챙이시절의 너를 기억 못하고 너 정말 이러기냐" 운운 시비를 거는 모든 자들, "옛날이 좋았지"하고 술잔을 기울이는 모든 자들, 그리고 단군이래 과거의 역사만을 예찬하는 모든 자들, 일제시대가 좋았다고 말하는 자들, 이 모든 자들을 우리는 경계하자! 우리가 살아야 할 것은 과거가 아니라 현재요 미래다. 현재를 이끌어가는 것은 미래지 결코 과거가 아니다. 미래는 끊임없이 과거화된다. 다시 말해서 모든 과거는 미래에서 주어져야 하는 것이다.

온고이지신溫故而知新이라 하는 말도 고故가 곧바로 신新을 창출한다는 의미로 해석되어서는 아니된다. 고가 신의 밑거름이 될 수는 있으나 그 고는 이미 신에서 주어진 고일 뿐인 것이다. 신新을 창출하는 고故는 끊임없이 신新의 비젼을 전제로 해서 선택된 고故일 뿐인 것이다. 신新과 단절된 고故는 영원히 고故일 뿐, 지신知新의 바탕이 될 수가 없다.

이 땅의 젊은이들이여! 과거를 사랑하지 말자! 그대들의 젊음은 오로지 미래가 될 수 있을 뿐 과거가 될 수 없다. 미래만을 생각하기에도 바빠서, 물밀듯이 밀어닥치는 미래의 도전 때문에 과거를 회상할 여가조차 없는 그러한 젊은이들이 되기를 나는 바란다. 과거에 대한 집착이나 미련이 없이 끊임없이 미래의 도전 속만을 질주하는 그러한 패기, 그러한 젊음 속에서 나는 그대들과 같이 호흡하기를 원한다. 삶은 무無에로의 창조인 것이다.

1996년 12월 16일
새벽 0시 반에 탈고

삼십여년일순간三十餘年一瞬間

"나 유철이야 유철이, 기억 못하겠어?"

"그 유철이냐? 그래 그래 그 천안 오룡동 유철이냐?"

이비에스(EBS) 노자강의의 열기가 한창 달아오르고 있을 때였다. 나의 의식 속에는 기억이 없지만, 나를 안다고 하는 사람들이 여기저기 생겨날 때였다. 내가 모른다 하는 것은 여러가지 상황이 있었다. 내가 정말 모르는 사람들이 나를 잘못 인지하고, 그러니까 과거 자기 인생의 어느 시점에 만났던 사람이라고 생각하고 반가워서 전화를 거는 상황도 적지 않았다.

"거 중학교 3학년 때 북아현동 산꼭대기 그 모서리 이층방에서 잠깐 한달가량 집나와서 하숙하셨지 않으셨습니까?"

"그런 적이 없는데요."

"그때 저랑 밤새 깊은 철학 얘기를 많이 나누었지 않으셨습니까?"

"저는 돈암동에 집이 있었기 때문에 하숙같은 거는 해본 적이 없는데요."

"그때도 머리 박박 깎고 계셨는데요."

"전 보성학교 다녔기 때문에 중·고등학교 시절을 통해 머리 깎은 적은 없었습니다."(당시 서원출 교장선생님의 독특한 고집으로, 보성중·고등학생들만이 장안에서 유일하게 머리를 깎지않고 자연스럽게 기르고 다녔다. 긴 머리, 짧은 바지는 보성의 프라이드 였다.)

"아~하~, 거 틀림이 없는데."

"잘못 생각하셨습니다." 툭.

그렇지만 또 내가 잘 아는 사람들이라 할지라도 이미 기억해 내기 힘든 과거로 사라졌거나, 또 연락이 끊겨 도저히 상대방의 거처를 내가 알 길이 없지만, 상대방은 나의 거처를 환히 알고 있는 상황이 있었다. 유철이는 물론 후자의 경우에 속했다.

　"야 너헌테 전화 한번 걸기 힘들드라. 물론 연락하기도 힘들지만, 나두 공연스레 한번 전화해볼 마음이 나야지……. 큰맘먹고 한번 해봤는데 용케 통화가 된거여……"

　"야 내 책에 니 사진 나온거 알어?"

　"그려? 난 모르는디."

　"내 책에 『중고생을 위한 철학강의』란 책이 있어, 그 옆에 교보에 가봐. 거기 있을거여. 거기 어딘가에 너하고 나란히 찍은 사진이 실려있어. 왜 중학교 때 천안서 만나서 교복 입고 재빼기 사장에 가서 찍은 사진 기억나?"

　"아 기억나구 말구. 나도 갖고 있지~."

　내 책에 그 사진이 실려있을 정도의 친구라면 내가 모를리 만무하다. 어느샌가 나의 추억은 사십년 전 그 옛날로 달려가고 있었다.

1930년대부터 천안에서 병원을 해온 우리 집은 대단히 큰 집이었다. 그래서 자연히 나의 체험은 우리 집 주변으로 이루어졌다. 우리 어머니는 나의 국민학교 6학년 담임선생님을 우리 집 아래채에 사시도록 했다. 우리 집은 큰 울타리안에 여러채의 집이 있었는데, 박용순 선생님이 사신 집은 동네 우물이 한가운데 있는 널찍한 기억자 초가집이었다. 우물 저 뒷켠에는 돼지우리가 있어 항상 꿀꿀거렸다. 우리 반에서 우수한 학생들 몇명이 박용순 선생댁으로 와서 같이 공부를 했다. 사실 특별히 과외라 할 것도 없는 풍경이었지만, 분명 과외는 과외였다. 그 과외중의 한 멤버가 바로 유철이었다.

　내 기억으로 유철이는 천안토백이가 아니었다. 그는 5학년 땐가 어느 곳에서 전학해왔다. 그 아버지가 아마 천안의 어떤 기관장이셨을 것이다. 그때만 해도 그는 유족한 집안의 아이였다. 키가 나보다 훤출했고 야무졌다. 그가 처음 전학왔을 때 문간에서 반아이들에게 인사했을 때의 인상이 어슴푸레 남아있다. 나는 우리 부모의 성세가 워낙 셌기 때문에, 공부를 못할래야 못할 수는 없었을 것이다. 그러나 나는 학교다니는 것이 참 버겁게 느껴졌다. 그도 그럴것이 우리 엄마가 동갑내기 조카와 차별을 두어야 한다구 만 5살도 안되었을 때 나를 학교를 넣어버렸다. 나는 내가 주변의 친구들보다 나이가 두 살이나 어리다는 것을 의식한 적은 없었지만, 내가 새삼 이런 생각을 하는 이유는 내 기억에 내 주변의 과외멤버들은 모두 나보다 무척 똘똘했다는 것을 말하려는 것이다. 그들은 선생님의 말씀을 나보다 더 쉽고 명료하게 알아들었다. 그런데 나는 항상 모호하고 선생님의 말씀을 잘 이해하지를 못했다. 나는 정말 공부하는 것이 괴로웠다. 그러니 과외 책상에 앉기만 하면 졸음이 왔다. 그래서 소변누러 간다고 하고 살그머니 빠져나와 웃채에 있는 우리 집 따끈따끈한 안방 비단이불로 쏘옥 들어가 새큰새큰 잠들어버리고 마는 것이 나의 일과였다. 그런 내가 청운의 큰 뜻을 품고 서울에 올라왔을 때 낙방의 고배를 마시게 될 것은 뻔한 이치였다.

우리시대, 그러니까 정확하게 내가 처음 상경上京하여 중학교 입시에 응한 해는 1959년 초, 백설이 분분할 때, 우리가 최초로 응시할 수 있었던 학교는 "사대부중"이었다. 서울대학교 사범대학 부속이었던 이 중학교는 당시 특차중의 특차였다. 그래서 제일 먼저 시험을 보았고, 매우 우수한 학생들이 몰려들었다. 밑져야 본전이다 하고 다 몰려들었기 때문에 댓수도 무척 높았다. 나도 유철이와 함께 사대부중 마당에 집결하여 나라비를 서서 수험표를 받았던 기억이 난다. 난 떨어졌고 유철이는 우수한 성적으로 입학하였다. 천안에서 사대부중 특차에 일거에 쑥 들어갔으니 유철이는 정말 수재 중의 수재였다. 최근까지 러시아 대사를 지내신 이인호 교수도 당대에 신여성으로 서울문리대 교정을 휘날린 천재였는데 사대부고를 나왔다. 그런데 하바드 교정에서 나와 거닐 때 항상 입버릇처럼 뇌까리곤 했다.

"우리 사대부고출신에는 그렇게 데데한 애들이 없는데……"

하여튼 사대부중·고를 다닌 사람들은 경기 못지않은 프라이드를 지닌 것만은 확실했다.

그런데 난 솔직히 말해서 유철이를 만나고 싶지를 않았다. 과거의 친구를 만난다는 것, 참으로 반가웁고 그리운 낭만적 이벤트가 될 수도 있겠지만, 나의 삶에는 그런 종류의 낭만이 허용될 틈이 없었다. 나는 분명 과거가 쓰라린 사람이 아니다. 나는 누구보다 유족하게 컸고 순탄하다면 순탄한 인생을 살았다. 그래서 내 과거를 숨길 바도 없고, 또 과거 나의 삶의 반려였던 사람들을 그러한 쓰라린 추억과 함께 잊고 싶어야 할 애틋한 사연도 없다. 그러나 문제는 오히려 평범성에 있다. 즉 나의 과거의 평범성 속에 존재했던 평범한 군상들의 추억을 되살릴 만큼 나는 지금 한가롭지 않은 것이다. 한국사회의 통념상, 이러한 얘기는 지금 나의 입장에서 토로하면 매우 매정하고 의리없는 놈의 이야기처럼 들릴 수도 있다. 그러나 나는 나의 과거를 되씹어야 할 하등의 이유가 없다. 과거는 분명 현재속에 살아있다. 즉 나의 과거는 오늘 여기 나의 실존 속에 살아있는 과거로 족한 것이다. 나는 나의 현재에 대하여 과거로서 객체화 되어있는 과거를, 좋아하지 않는다. 과거로서 실체화되어 있는 모든 것들을 나는, 나의 호오好惡를 떠나, 단순히 의미없다고 생각할 뿐인 것이다.

엊그제 나는 통나무에 혼자 앉아 있었다. 그런데 전화가 왔다.

"예 여기 통나뭅니다."

"저 도올서원에 관해 문의 좀 하려는데요."

나이 지긋한 아주 고상한 여인의 예의있는 말투였다. 그 여인의 말씀인즉 자기 손자가 미국에서 유학하고 있는데 요번 여름에 서원에 입학해서 공부를 하고 싶다는 것이다. 나는 자격이 충분하니까 6월초에 자기소개서 20매만 써내면 입학이 될 것이라고 아주 소상히 가르쳐 주었다. 그리고 값있는 여름방학이 될 것이라고 격려해주었다. 그리고 마지막으로 물었다.

"지금 어디서 공부하고 있습니까?"

"아이오와에서요."

"지금 몇학년인가요?"

"고등학교 1학년입니다."

나는 갑자기 말문이 막히고 말았다. 우리나라 최고의 지성급 수재들이 모여 열변을 토하는 도올서원 분위기에, 고등학교 1학년이라?

"고등학생은 입학자격이 없습니다. 대학원생이 한 반은 되는 분위깁니다만…… 뭔가 오해를 하신 것 같습니다."

그런데 그 여인은 애원을 했다. 도올선생님의 정신을 어린 나이에 일찍 접하게 해주고 싶은 것이 할머니의 간절한 소망이라는 것이다. 조기유학을 시켜놓고 정신적으로 황폐할까봐 마음 조이는 부모님들의 심정은 충분히 이해가 갔다.

"그럼, 정식입학은 안되겠지만, 특별청강은 허락될 수 있을지 모르겠습니다. 그것도 도올서원 재수회의에서 결정되는 사항이기 때문에 지금은 뭐라 말씀드리기 어렵습니다. 무엇보다도 본인의 이해와 간절한 소망이 먼저 있어야겠지요……"

"그런데 지금 말씀하시는 분의 음성이 꼭 도올선생님 같군요. 혹시……"

"전 통나무 직원입니다. 통나무에 오래 근무하다보니 김선생님 목소리를 닮았나보죠?……"

사실 이런 전화는 좀 황당한 데는 있지만 나에게는 유철이의 전화보다는 더 의미있는 전화였다. 유철이의 전화는 날 과거로 끌고 가려하고, 그 여인의 전화는 날 미래로 끌고가고 있었기 때문이었다. 나의 현재는 과거의 회상을 위하여 존재하는 것이 아니라 시시각각 미래의 창조를 위해 존재할 뿐인 것이다. 나의 과거에서 동결되어버린 군상들과 과거 이야기를 되씹고 앉아있다고 하는 무의미성은 나에겐 퍽으나 곤혹스러운 것이다. 그래서 나는 사실 유철이가 더 이상 전화를 안해주기를 바랬다.

그런데 유철이는 그 뒤로 계속 나에게 전화를 했다. 특별한 일이 없이 단순히 옛친구라는 이유 때문에, 내가 일부러 시간을 내서 만나야 할 만큼 나는 한가롭질 못하다. 그만큼 나는 하루하루의 시간이 절박하다. 뭐가 그리 절박한 체하느냐고 욕을 하는 사람도 있겠지만, 나에게 그런 여유로운 시간이 있다면 나는 우선 잠을 자야하고, 멍하게 앉아서 쉬기라도 해야한다. 물밀듯 끊임없이 닥쳐오는 정신적 창조의 시간들은 도무지 물리적으로 시간이 있다 없다 하는 따위의 계산으로 형량할 수가 없다. 오죽하면 내가 아침에 신문도 읽지않고 매일매일을 살고 있겠는가?

　"주말에 가끔 북한산에 가는데, 그때 한번 같이 갔으면 좋겠다. 연락할께……"

그뒤로 한동안 전화가 오질 않았다. 유철이는 공무원이었다. 그런데 유철이가 근무하고 있는 빌딩이 자주 눈에 띄는 것이다. 뭔가 마음 한구석에 죄의식이 남아있는 것이다.

엊그제, 그러니까 4월 28일, 금요일 오후였다. 갑자기 유철이 생각이 났다. 그래도 옛친군데 그리 매정할 필요가 있겠나? 무의미하더래도 무의미한대로 몇시간 보내는 여유조차 없대서야 그것이 어찌 인간이라 할 수 있겠누? 난 다이알을 눌렀다.

"응, 유철이냐?"

"그래 그래, 한번 얼굴 보기가 그렇게 어려우냐? 전번에 니가 산에 가자구래서 그 주말 내가 꼬박 기다렸다. 어찌 그럴 수 있냐?"

"응, 그 주말이란 말은 안했지. 그건 그렇구, 내일 너 시간 어떠냐? 괜찮으면 내일 보자!"

"그려, 내일 두시면 끝나."

"그럼 두시까지 점심을 먹지말구 나하구 만나서 먹자구."

"뭘 좋아하냐? 양식? 한식? 중식?"

"어디?"

"인사동 입구에……"

"조금鳥金 말하는 거냐?"

"그래, 너 어떻게 그런건 그렇게 잘 아냐?"

그런데 옛 친구하고 몇십 년 만에 만나는데 어두컴컴한 조금
에 앉아 돌솥밥먹기는 뭔가 좀 석연치가 않았다.

"야, 내가 두시에 니네 빌딩으로 갈께. 그 입구에서 만나. 만
나서 어디로 갈건지 결정하자구."

"오케이."

이제 드디어 해후의 약속이 이루어진 것이다.

사실 나는 요즈음 무척 바쁘다. 우선 5월 1일부터 두해 동안
닫었던 도올한의원을 동숭한의원으로 새롭게 단장하여 개업할
준비를 하고 있었다. 내가 가르쳐온 주석원군이 원장으로 활약
하는 새로운 장을 여는 작업이었지만 내가 할 일이 좀 많았다.
그리고 또 6월초에는 중국에 가서 강연을 하기로 되어있고, 또
6월말에는 브라질에 가서 세계디자인대회 키노트 스피치를 하
기로 되어있다. 그리고 『노자와 21세기』 완결편인 제3권을 출
판하는 마지막 손질을 하고 있었다. 나는 해야 할 일을 찾는 법
은 없다. 아침에 눈만 뜨면 해야 할 일들이 태산처럼 저 천상으로

부터 밀려내려오는 것이다. 나의 하루는 그 일과들에 떠밀려 가는 홍류의 하루인 것이다. 나는 토요일 아침까지 유철과의 약속을 기억하고 있었다. 그러나 나는 결정적인 실수를 저지르고 말았다. 내 하루의 스케쥴은 보통 김부장이 일러주게 마련이다. 나는 사람들을 일부러 만나는 일이 거의 없기 때문에, 나의 하루 일과는 나 혼자 집에서 글을 쓰고 앉아 있는 상황을 제외하면, 내 주변의 모임들을 통하여 이루어지게 마련이다.

나는 유철과의 약속이 나 혼자만의 일이었기 때문에 구태여 남에게 이야기 할 것이 없었다. 그래서 그만 김부장에게 일러두는 것을 깜박 잊어버렸다. 그리고 아침에 통나무로 나갔다. 그리곤 책표지 문제니, 브라질에 보내는 논문문제니, 또 중국가는 김에 돌아봐야 할 곳들 스케쥴을 짜는 문제니, 또 그것을 방송사와 협의하는 문제니,…… 줄이어 닥치는 문건들을 해결하느라고 정신없이 책상머리에 앉아 있었다. 김부장은 내 약속을 알 리가 없으니 나에게 귀뜸해줄 리 만무했다. 그리고 이일 저일 정신없이 나에게 들이밀기만 했다. 오후 6시경 나는 너무도 피곤해 지친 몸을 쉬기위해 천지기술 운동이라도 할려고 몸을 쭈욱 뻗고 매트에 드러눕는 순간, 번뜩 어떤 불안한 영감같은 것이 스치는 것이었다. 나는 오후 2시의 유철과의 약속을 새카맣게 잊어버리고 있었던 것이다. 물론 이것은 변명의 여지가 없는 대실수였다.

프로이드는 『정신분석학입문』이라는 희대의 명저에서 우리가 보통 "실수"라고 부르는 사태들의 이면에 반드시 의식의 무의식적 개입이 있다고 논파한다. 즉 실수는 단순한 우연이 아니라, 그 우연의 배면에는 어떤 무의식의 구조가 반영되어 있다는 것이다.

한달 전에 나의 아내가 내가 사십여 년, 그러니까 문자 그대로 일평생을 간직하고 있었던 은귀지를 잃어버린 사태가 발생했다. 나는 작은 물건 하나도 귀하게 간직하고 산다. 필통 하나도 고등학교때부터 쓰든 것을 계속 쓰고 있다. 내가 늙어가니까, 불행하게도 내가 가지고 있는 물건들까지도 덩달아 모두 기나긴 역사를 간직하게 되는 것이다. 어려서부터 엄마가 쓰시던 순은으로 아주 빈약하게 만든 귀지 파내는 귀여운 소도구를 평생 같은 자리에 간직해왔던 것인데, 아내가 내다 쓰고는 그것을 제자리에 안갖다두는 바람에 분실되는 불행한 사태가 발생한 것이다. 우리는 문자 그대로 꼬박 사흘간 전 집안을 뒤져 그것을 찾고 또 찾았다.

결국 아내와 나는 감춤의 여신, 레테에게 참패를 고백해야만 했다. 이것은 아내가 내가 그렇게도 소중하게 여기는 물건을 완벽하게 분실한 우리생애 최초의 사건으로 기록될 수밖에 없는 사건이 되고만 것이다. 지금도 그때 생각만하면 통곡의 눈물이 쏟아져나올 지경이다. 자연히 우리 둘 사이의 싸움은 프로이드

이론으로 귀착되고 말았다. 나는 아내가 나의 사랑하는 "은귀지"를 분실한 것이, 단순한 실수가 아니라, 나에 대한 사랑과 유념留念의 정이 희박해진 의식의 사태를 반영하는 중대한 사건이라고 휘몰아쳤다. 아내는 논박의 실마리를 찾지못했다. 나는 참으로 악랄한 남편이었다.

자아! 그렇다면 국민학교 때 헤어진 친구와 그토록 기나긴 세월 후에 어렵게 어렵게 상봉을 기약한 그 약속을 분실해버린 나의 의식구조는 어떻게 분석되어야 할까? 물론 변명의 여지가 없다. 내가 무의식 한구석에 그 약속을 소홀히 생각했을 수 있던가, 또는 더 적극적으로 분석하자면, 그를 만나고 싶지 않다는 어떤 육감이 나를 지배했다고 말할 수밖에 없을 것이다. 프로이드 이론을 여기서 논박할 생각은 없다. 단지 나는 프로이드에게 인생이란 터무니없는 우연도 있는 것이라고 말해주고 싶은 것이다. 아마 아내가 은귀지사건에 대하여 나에게 하고싶은 말이 바로 이 한마디였을 것이다.

급하게 그의 사무실로 다이알을 눌렀지만 아무도 받지 않았다. 그 집으로 전화를 해보니 바로 유철이가 받는 것이 아닌가?

"나야~ 나~"

그런데 조금 있다가 그 목소리의 주인공은 유철이가 아니라 유철이 아들인 것이 밝혀졌다. 목소리와 그 말투가 완벽하게 동일했다. 그런데 그 아들은 매우 퉁명스러웠다. 요즈음 청소년들이 아버지의 옛친구에 대해 뭐 그리 애틋한 관심을 가져주랴마는 내 사정을 밝혔어도 한없이 퉁명스럽기만 했다. 나는 하는 수 없이 곧 집으로 전화를 걸었다. 아내는 집에 없었고 소정이 할머니가 마침 계셨는데, 반갑게도 낮에 그런 전화가 왔다는 것이다. 나는 숨을 가쁘게 몰아쉬며 물었다.

"그래 뭐라고 그랬어? 전화번호래도 남겨 놓았어요?"

날 만나기로 한 내 친구가 전화를 했는데 2시부터 3시까지 기다리다 기다리다 그냥 간다고 전화했다는 것이다. 그리고 그뒤로도 또 한번 전화가 왔다는 것이다. 나는 구원의 빛줄기에 매달리듯 할머니에게 소리쳤다.

"그 전화번호 좀 불러봐요!"

다행스럽게 전화번호를 적어놓았다는 것이다.

"공일일 사팔칠육 사·삼·오·삼·사."

숫자리가 늘어남에 따라 나의 소망은 절망으로, 구원은 저주로 바뀌고 말았다.

"그런 전화번호가 어딨어?"

"내가 받아써가지구 또 되불러서 확인까지 했는디유."

답답한 벙어리 냉가슴을 아무리 쳐봐도 소용이 없었다. 나는
황급한 김에 그 아홉자리수의 전화번호를 눌러보았다. 그랬더
니 어떤 곱싸란 고등학교 남학생이 받는 것이었다. 아홉자리는
아닌데 전혀 딴 번호가 걸렸던 것이다. 우리나라에 아직 아홉
자리 번호는 없는 것이 분명했다. 나는 그 번호를 놓고 요리조
리 궁리해보았다. 그리고 한자리를 임의로 축약시켜 계속 눌러
보았다. 그러다 번번히 실패하고 말았다. 그러다가 내 머릿속을
번뜩 스치는 해답이 있었다. 빙그레 미소가 절로 나왔다. 그 번
호에서 두세자리만 이동을 시키면 바로 유철이네 집 전화번호
가 된다는 사실을 알아냈다. 귀가 어둡고 언문에 서툰 할머니가
잘못 받아적은 것이다. 결국 여러차례 통화시도 끝에, 나는 저
녁 7시경 유철이와 통화하는데 성공했다.

"야이 너 어떻게 된거냐? 널 기다리느라고 점심도 못먹었는
데……"

내목소리를 듣자마자 유철이는 발악적으로 화를 냈다. 좀 잔
인한 목소리였다. 그 목소리를 듣자마자 나에겐 분명히 생각나
는게 있었다. 나의 추억의 회상은 먼지가 뽀얗게 이는 저 온양

나들이 마찻길을 달리고 있었다.

사람들이 자기 과거를 기억하는 방식을 보면 대체로 그 사람의 인격구조나 관심성향이 드러난다. 나는 과거의 사건 그 자체를 기억하는 예는 드물다. 나는 대체로 어떤 추상적 주제를 중심으로 과거를 기억한다. 보통 주변사람들과 얘기하다보면 내가 기억하는 것은 타인들은 기억못하고, 타인이 기억하는 것은 내가 기억을 못할 때가 많다. 그 관심의 구조가 다른 것이다. 지금 나의 관심은 "잔인"이 한마디였다.

옛날에 시골아이들은 동네 툼벙이나 방죽에서 개헤엄을 치면서 자라났다. 천안벌판 푸른 논두렁 한가운데 있는 툼벙밑바닥에는 재첩같은데, 그 보다는 큰, 까만 민물조개가 많았다. 그런데서 네발을 주기적으로 움직이는 개헤엄을 열심히 치고 놀았다. 물보라가 푸른 하늘로 튀었다. 그런데 이 아이들이 보통 하는 짓궂은 장난 하나가 상대방의 대가리를 물에 처박어 물을 맥이는 것이다. 사실 나는 이런 잔인한 장난을 해본 적이 없다. 그런데 유철이는 자기가 자란 동네에서 무척 이런 장난을 많이 해본듯 했다.

나는 어려서부터 온양온천으로 나들이를 했다. 우리 아버지는 퍽으나 취미가 없는 무미한 사람이었는데, 개화문물을 무척 좋아했다. 그 중 하나가 온천목욕이었다. 그 당시 천안에 민간이 얼어탈 수 있는 자동차라고는 씨발택시 두 대밖에 없었다. 아버지는 새벽에 이 씨발택시 한 대를 대절해서 가족 전체를 태우고 먼지가 뽀얗게 이는 마찻길을 달려 온양온천으로 직행하곤 했다. 당대 이러한 풍광은 사실 지극히 귀족적인 것이었다. 그리고 온양에 가면 반드시 온양온천 관광호텔에 가족탕을 두개쯤 세내어 신나게 푸근하게 목욕을 하고 되돌아 왔다. 되돌아오는 길에 큰 뻐스를 앞지르지 못하고 뒤따라가게 되면 목욕한 것도 나무아미타불, 벌겋게 익어 달아오른 깨끗한 얼굴에 뽀얀 황토 먼지 분가루가 휘덮이게 마련이다. 그래도 우리 아버지는 이런 나들이를 일주일에 한번 정도 정례적으로 했다. 천안고을에서 가장 돈을 잘 버는 의사의 재산탕진 방법이 기껏 이 정도에 그친 것이라면 우리 아버지는 참으로 착실한 사람이었다.

나의 온양나들이 습관은 이러한 귀족적인 차원에 그치지 않았다. 주말이 되면 나는 학교아동들과 큰 재빼기 철도길목에서 뻐스를 타고 온양온천엘 갔다. 물론 그 비용은 대강 내가 부담했기 때문에 아이들은 나를 곧잘 따라다녔다. 온양온천에 일반인들이 갈 수 있는 싸구려 공동목욕탕은 두개가 있었다. 하나는 "신정관"이라 불렀는데 그것은 관광호텔에 부속되어 있는 것이었다. "신新"이라는 말이 얘기해 주듯이 그것은 아마도 후에 생긴 목욕탕일 것이다. 또 하나는 "탕정관"이라 불렀는데 그것은 매우 서민적인 시장 한가운데 있었다. 탕정관에는 사자대가리같은 것이 우뚝 서있었는데 그 아가리로부터 항상 물이 흘러나왔다. 피부병환자들이 그 아가리에서 흘러나오는, 견디기 어려울 정도로 따끈따끈한 그 유황물에 부위를 대고 있으면 신기하게 효험이 있었다. 나도 부스러기가 나면 거기다 부위를 대곤 했다. 우리 아버지는 공동목욕탕에 가는 것을 불결하다고 아주 저주스럽게 생각했지만, 나는 사실 비싼 관광호텔 가족탕보다 그 서민적인 공동목욕탕의 바글바글 거리는 분위기가 몹시 재미있었다. 아버지 흉내를 내서, 아이들을 데리고 그런 데 같이 가는 것이 정말 재미있었던 것이다. 그리고 탕정관 앞 시장분위기도 일품이었다. 푹푹 쌓아놓은 건어물더미에서 마른 새우 한 움큼 훔쳐먹는 기분은 참으로 별미중의 별미였다.

그런데 유철이는 고약한 습관이 있었다. 나를 탕정관 커다란 탕 속에 처박는 것이다. 유철이 그 놈은 나보다 키도 컸고 힘도 셌고, 특히 완력이 강했다. 그 놈이 내 머리를 잡고 물속에 처박는 힘이 도저히 항거하기 힘들게 완강했다. 그것은 김근태를 처박은 물고문보다 더 강력한 것이었다. 그런데 문제는 시간이었다. 유철이는 내가 거의 물을 처먹고 죽다시피할 때까지 내 머리를 처박고 있는 것이다. 내가 완강히 저항해도 쭉 뻗은 손이 나를 놓아주질 않았다. 유철이의 취미가 그런 것이었다. 그리고 내가 물을 먹고 고개를 처들면 깔깔대고 웃는 것이다. 그래도 나는 그에게 되칠 힘이 없었다. 물론 이런 사건으로 사고가 난 적은 없었다.

내 기억으로 어느 날, 나는 정례대로 새벽길에 아버지 엄마와 함께 온양온천을 갔다. 그리고 나의 조카 철재·인중이가 같이 갔다. 큰형 큰아들 철재는 나와 동갑이었다. 그런데 엄마와 조카들과 같이 관광호텔 가족탕에서 목욕을 즐기고 있는데 나는 무심하게 그냥 유철이 흉내를 했다. 나의 여린 성품의 조카 철재의 대가리를 물속에 처박은 것이다. 그것도 아주 잔인하게 유철이가 나에게 하는 방식과 똑같은 방식으로 했다. 서울서 내려온 철재는 나에게 갑자기 당했고, 어쩔줄을 몰랐으나 아무리 반항을 해도 나는 누른 손을 놓아주질 않았다. 그가 물먹을 때까지. 그러나 나는 아무런 죄의식이 없이 그냥 장난으로 생각하고 유철이 흉내만 냈던 것이다. 문제는 엄마가 이 장면을 목격하신 것이다. 엄마는 얼굴이 새파랗게 질리셨다. 그러한 나의 잔인한 모습을 처음 보신 것이다. 엄마는 소스라치게 놀라시며 나를 나무랬다. 그때 엄마의 놀란 모습, 나라는 인간에 대한 아주 본원적인 실망과 절망감의 표정을 나는 잊을 수 없다. 어떻게 내 몸에서 나온 자식이 저럴 수가! 어떻게 저렇게 잔인할 수가! 엄마는 그날 천안으로 돌아오는 씨발택시 속에서 눈물을 흘리시며 날 훈계하셨다. 엄마의 눈물 속엔 새벽의 푸르름이 비치었다. 나는 정말 철재를 물에 처박은 사건을 후회하고 또 후회했다.

"네 속엔 잔인한 기운이 있어!"

그 뒤로도 엄마는 계속 말씀하시고 또 말씀하시었다. 그러나 난 정말 억울했다. 내가 정말 잔인해서 그런 행동을 했다기 보다는 단순히 유철이 흉내를 낸 것인데…… 그리고 내 자신이 유철이를 잔인하다고 생각해본 적도 없었다. 그러나 유철이 흉내를 냈다고 변명하는 것은 참으로 어리석은 일이었다. 나는 아무 말도 하지 않았다. 그리고 그냥 잘못했다고만 어머니에게 빌었다. 이것은 내 인생에서 내가 처음 감내해야만 했던 "잔인함의 누명"이었지만, 아마도 이러한 폭력이 항상 나라는 존재 속에 도사리고 있다고 하는 최초의 자각의 계기이기도 했을 것이다. 이 사건을 내가 이렇게도 명료하게 기억하고 있는 것을 본다면, 이러한 어릴적의 사건이 나의 인생을 통하여 얼마나 강렬하고 깊은 반성의 끊임없는 계기가 되었는가를 알 수 있다. 모든 잔인함은 무의식적으로 저질러지는 것이다. 한나 아렌트가 고발했듯이 유태인을 매일매일 학살하고 있던 포로수용소의 나치전범들이 모두 나와같이 무의식적으로 그러한 행동을 저지르고 있었던 것이다.

유철이의 목소리를 접하는 순간, 그 "잔인함"의 해프닝이 내 귓전에 여울졌던 것이다. 나는 유철이에게 구구한 변명을 하지 않았다. 오늘 일어난 일을 사실 그대로 말했다. 그리고 양해를 구했다. 단순하게 약속을 잊어버렸다고만 했다. 그리고 나는 당장 만나자고 애걸을 했다. 오랫만에 만나기로 한 옛친구에게 상처를 주기가 싫었다. 오늘 안만나면 충분한 이해가 성립한다해도 배신감의 응어리가 남을 것이 분명했다. 유철이는 고양시 꽃

박람회에 가 있었다. 나한테 바람맞은 것을 기화로 아내를 불러내어 오랫만에 부부나들이를 한듯했다. 나에게 당한 화를 그렇게 푸는 것을 보면 참 유철이가 성실한 인간임을 짐작할 수 있었다.

"오늘 말야, 사실은 아내하고 모처럼 나들이 했는데, 지금 아내하고 저녁먹고 집에 들어갈 생각이었거든. 그런데 어떻게 빠져나오겠냐? 다음주에 다시 만나자!"

"그래? 그럼 말야, 동부인하고 나와 같이 만나면 되잖아. 저녁이나 같이 하자구."

"야! 네 부인도 없는데 나만 달구나가?"

"괜찮아!"

아마 그 순간, 그 부인도 내 얼굴을 한번 보고 싶었을 것이다.

"야! 그럼 옛날 화신 앞에서 8시에 만나!"

참으로 극적으로 나는 유철이와의 만남의 약속을 따낸 것이다. 나는 8시 정각에 화신에 있었다.

화신은 온데간데 없고, 거대한 유리 건물이 들어섰다. 나는 삼성에서 지은 그 세종로 한복판의 유리건물이 잘 설계된 것인지 쉽게 판단을 내릴 수는 없지만 하여튼 성냥갑식의 스테레오 타입의 건물보다는 우리 시각의 다양성을 제공했다는 의미에서 일단 평가한다. 그리고 노자가 말하는 "허虛"라는 측면에서도 설계의 어떤 과감성을 과시한 것도 비범치는 않다. 그러나 그 심미성과 효용성의 평가는 보다 치밀한 분석을 요구할 것이다. 이상의 옆구리에 날개가 돋혔던 그 박흥식의 건물은 우리가 자랄 때만해도 서울의 트레이드 마크였다. 그 화신입구 계단을 내려올 때면 계단 한구석에서 사진사가 꼭 사진을 찍어 팔았다. 그때 우리 아버지가 찍힌 사진을 하나 샀는데, 아버지는 그 사진을 무척 좋아하셨다. 우리 아버지는 원래 미남이었는데 키가 몹시 작아 별로 폼이 나질 않았다. 그런데 화신계단에서 내려오는 것을 밑에서 치켜 올려 찍은 사진이, 중절모를 만지작거리는 매우 후리미끈하게 키가 큰 신사로 아버지의 모습을 변형시켰던 것이다. 아버지는 두고두고 그 사진을 보실 때마다 흐뭇한 표정을 지으셨다. 이런 사소한 장면들이 돌아가신 아버지에 관한 아련한 추억이다. 종로타워의 텅 빈 거대한 홀에서 그러한 과거를 회상하고 있는데, 어디선가 낯익은 얼굴이 유리창 너머로 다가왔다. 유철의 얼굴은 비교적 늙은 모습은 아니었지만 연륜의 골이 깊게 파였다. 나는 나이에 비해 아직까지는 젊게 보인다. 그래서 옛친구들을 만나면 내가 한 세대 아랫사람으로 보일 때가 많다.

"어디로 갈래."

"니가 부인 모시고 갈려고 했던 데로 가야지. 난 아무래도
좋아."

유철이는 옛날 우미관이 있었던 좁은 뒷골목을 지나 한참 꼬
불꼬불 나를 끌고 갔다. 그러면서 이와같이 말했다.

"난 호텔같은덴 안가. 여기 내가 잘가는 쭈꾸미 불고기집이
있어. 정말 맛있거든. 그래서 오늘 이집 별미를 아내한테 보
여줄려고 일부러 여기 온거야."

"그래, 참 훌륭허다."

"나두 이런짓 몇십 년 만에 해보는거여."

쭈꾸미집에 들어서니 사람들이 날 알아봤다. 그리고 그 집 주
인부부가 이렇게 날 맞이했다.

"어떻게 여길 다 오셨어요. 저희는 항상 교수님 티비강의 듣
느라구 늦게 퇴근했거든요. 매일매일 눈시울이 뜨겁도록
감동이 오더라구요. 요즈음은 그 재미가 없어서 살 맛이 없
어요."

한 단 높인 널찍한 온돌 한 구석에 앉았는데 마침 사람들이 맞은 편에서 몹시 떠들고 있었다. 유철이는 자기 부인에게 겸연쩍게 이같이 말했다.

"얘같이 유명하면 얼마나 불편하겠어. 길거리 지나가다 침 한번 못뱉을 거야. 그러니 나처럼 유명하지 않은 사람하고 사는 당신이 행복하지~."

그 부인은 좀 수긍하기 어렵다는 표정을 지었다. 부인은 유철이보다 훨씬 나이가 많이 들어보였는데, 그 얼굴 속엔 야무지고 조신한 여인이 들어있었다. 참 결혼을 잘 했다는 생각이 들었다. 한국사람들은 사람얼굴을 쳐다보기만 하면 그 외관을 놓고 평가하는 코멘트를 아무 생각없이 던진다. "늙으셨군요."라든가, "어디 불편하십니까?" "얼굴이 안돼보이는데요?" "참 예쁘시군요." 등등…… 정말 이따위 소리는 개소리 중의 개소리들이다. 왜 그렇게도 한국사람들은 남의 외관을 가지고 인삿말을 삼기를 좋아하는지 알 수가 없다. 정말 할 말이 되게도 없나부다. 난 일체 그런 말을 하지 않았다. 그렇지만 내 친구부인이 그렇게 나이들어 보인다는 것은 좀 실감이 나질 않았다. 사실 우리는 할머니요 할아버지 나이인 것이다.

"아들 둘 낳았어. 큰 놈이 스물여덟이고 작은 놈이 스물하나야."

"어디 다녀?"

"큰 놈은 경희대 전자계열에 다니구 작은 놈도 컴퓨터 전공야."

"작은 애는 어디 다니는데."

"뭐 이름없는데 다녀……"

경희대는 자신 있게 말하는데, 이름없는 모대학은 말하기가 좀 거북살스러운 모양이다.

"넌?"

"셋인데, 그냥 착실한 아이들이야."

"어련헐려구."

"서울대, 프린스턴, 콜럼비아……" 운운하는 난처함을 나는 모면하기에 바빴다. 다행스럽게도 유철이는 그런 문제를 추궁하지 않았다. 그런데 정말 더럽게 할 말이 생각나질 않았다. 그날 따라 나는 아주 지리산 공비와도 같은 색이 바랜 후줄한 잠바에 흰수건 목도리를 하고 있었다. 원광대시절, 이리시내 헌트 가게에서 산 잠바인데 그것이 편해서 오늘까지 입고 있다. 벌써

근 십 년을 입다보니 색이 바래 궁지에 몰린 토벌 공비옷처럼 보이는 것이다.

그리고 수건 목도리는 매우 그 격조에 어울리는 것이다. 난 흰 백프로 면 수건처럼 이 세상에서 좋은 목도리를 아직 발견하질 못했다. 위대한 디자이너라면 목도리 하나에 칠팔백불까지 호가하는, 그러면서도 목아지에 알레르기만 일으키는 비싼 목도리를 만들 것이 아니라 평범한 수건으로 좋은 목도리상품을 만들어야 할 것이라고 나는 믿고 있다. 내가 원광대에서 학생시절 항상 수건 목도리만 하고 다니니깐, 날 처음 본 면역학 정헌택 교수의 아들이 독립운동가 이상재 선생같다고 미화했다는 얘길 들은 적이 있다. 그놈은 나중에 서울의대를 쑥 들어갔다. 하여튼 토벌대상이 되고 있는 공비처럼 쭈그리고 앉아 상대방을 거슬리지 않을 말만 찾는 것이 그때 나의 관심의 전부였다.

숯불 화덕이 들어왔고 이어 쭈꾸미가 들어왔다. 쭈꾸미를 꼬추장에 얼버므려 숯불 위에 구어먹는 음식이었다. 난 옛날에 유학시절 보스턴 이탤리언 마켓에서 싱싱한 오징어를 잔뜩 사다가 그것을 꼬추장에 버므려 아름다운 스파이 폰드 호수가의 잔디밭에서 챠콜을 피워놓고 그릴 위에서 그것을 식구들과 맛있게 먹었던 기억이 났다. 난 사실 오징어 바비큐의 맛에 관한한 최고의 심미적 경지를 체득하고 있었다. 요리에 놀라운 심미적 감각을 지닌 아내마저도 항상 나에게 그 요리만은 양보했던 것이다.

드디어 쭈꾸미가 화덕 위에서 이글이글 타기 시작했다. 그런데 사실 난 그것이 화덕에 오르기 전에 이미 그 진상을 파악하고 있었다. 쭈꾸미는 축 늘어져 있었다. 냉동한 것을 녹이는 과정에서 기가 다 빠진 것 같았다. 쭈꾸미의 껍데기를 덮고있는 엷은 막의 색깔이 썩은 동태눈깔의 횟빛에다가 흐물흐물 진물이 흘렀다. 양념은 고추가루와 마늘따위가 제각기 겉돌고 있었다. 끔찍하게 맛없는 쭈꾸미였다. 그런데 유철이는 이 쭈꾸미 요리를 몇십 년 만에 나들이한 부인에게 맛보여주고 싶은 수랏상으로 생각한 것이 분명했다. 그리고 나와 같은 귀한 친구에게도 자랑하고 싶었던 진수성찬이었음이 분명했다. 나는 억지로 두 점 정도를 먹었다. 그리고 더 이상 젓갈질을 하지 않았다.

"더 들어~"

"난 사실 오후불식야. 난 원래 저녁을 안먹는 사람이거든. 저녁까지 먹으면 공부할 시간이 없어. 오늘은 너하고 만나서 특별히 먹는거야. 낮에 점심을 안먹었으니까 그냥 맨밥 한 공기만 먹을께."

그리고 난 옆에 놓인 된장국을 몇번 떠먹었다.

"야 너, 그렇게 안먹는데 어떻게 테레비에서 손가락만 집구 팔굽혀펴기를 스무번이나 단숨에 하냐? 백번 할 수도 있는

데 시간없어 스무번만 한다고 하면서 쑥 일어났을 때 다
쇼크먹었다야~."

옆에 있던 부인도 맞장구를 쳤다.

"그래서 나두 말야, 부인한테 야단 많이 맞었어. 너 좀 배우
라고 말야."

난 그냥 묵묵히 앉아 있었다.

"야 술 한잔 해야지."

"난 술 못해. 술 안먹어."

유철이는 날 멍하게 쳐다보더니 큰 충격을 받은 듯 했다. 내
가 술을 못한다는 사실이 그에게서 우정의 전부를 일시에 뺏어
가는 폭탄선언같이 들리는 모양이었다. 정말 정말 정말, 아쉬운
듯, 쭈꾸미 입맛을 쩍쩍 다시면서 얘기했다.

"야 너 술두 못하면 어떡허니. 밤새 술 한잔 하면서 할 얘기
가 태산같이 쌓였는데……"

나도 그런 말하는 유철이가 참 안된듯이 보였다. 미안하지만

먹기싫은 술을 억지로 먹을 수는 없었다.

"그래도 넌 술 한잔 해야지."

"소주 한병 시키지."

"백세주로 하려므나."

"그래 거 좋지."

주인 아줌마가 왔다. 유철이는 뭔가 눈치를 챈 듯, 주인 아줌마를 원망하는 눈초리로 힐끗힐끗 쳐다보며 애꿎은 쭈꾸미만 휘저었다.

"오늘 양념이 좀 잘못된 모양이여. 아줌마. 이렇게 귀한 손님을 모시구 왔는디 이게 좀 문제가 있잖어?"

난 아줌마를 동정했다.

"맛 있어요. 걱정마세요."

세명이서 2만원가량에 먹는 시내음식점에서 더 이상의 품질을 요구한다는 것 자체가 어불성설이었다. 난 유철이가 타락하지 않은 공무원의 모습을 지니고 있다는 것만이 감사할 뿐이었다. 유철이는 백세주를 연이어 들이켰다. 나는 한방울도 입에 대지 않았다. 봄철에 특히 허약한 나에게 내린 어부인의 엄명을 나는 고수했다. 그러다가 유철이는 신나게 자기부인에게 떠벌였다.

"알어, 이게 왜 백세준지, 말여, 어느 사람이 다리를 지나가
는디 그 다리밑구녕에서 어떤 젊은 놈이 늙은이 정강이에
회초리를 치구있는거여. 아니 이런 상눔이 있나 지나가는
나그네가 그리루 내려가질 않았든가배. 왠일인줄 알어?"

부인은 호기심에 유철이를 쳐다봤다. 유철이는 신나는듯, 호기심찬 부인에게 연설하듯 뇌까렸다.

"말이지, 그 회초리 맞는 늙은이가 아들이었던거여. 그 늙은
이가 백세주를 안먹어서 그렇게 늙었다니깐."

부인의 얼굴엔 매우 실망스러운 기운이 감돌았다. 연거퍼 또 들이키는 술잔이 기우러지는 것만 걱정스러운 듯 유철의 입술만 쳐다봤다.

"아니 이게 정말 있었던 일이랴아~."

이날 유철이가 내 앞에서 떠벌일 수 있었던 이야기가 바로 이

런 백세주이야기가 전부였다. 내가 할 말이 없었으니까 그도 할 말이 없을 것은 당연했다. 그러나 이 자리를 그냥 묵언으로 감내한다는 것은 참으로 견디기 어려웠을 것이다.

"내가 널 마지막으로 본게 언젠지 아냐?"

"국민학교 졸업하면서 헤어진거 아냐?"

"중고등학교때두 계속 만났지 않었냐아~. 너하구 나하구 고대 입학시험장에서 우연히 맞부닥친거 알어? 넌 붙구 난 떨어졌어."

정말 난 기억이 새카맸다.

"내가 널 마지막 본게, 내가 군대간다고 천안 니집에 들렸을 때야. 그때 넌 다리아프다고 니 집 병원 이층에 드러누워 있었어. 그때 넌 정말 파리했어. 나보고 군대 잘 갔다오라구 그러드라!"

"그럼 우리가 만난게 삼십사년만이네……"

그때 난 내가 가지고 온 책을 꺼냈다. 『금강경 강해』와 『노자와 21세기』 상·하권이었다.

"부인의 존함이 ……"

韓裕徹, 朴素妍 先生伉儷惠鑑。
한 유 철　박 소 연　선 생 항 려 혜 감

그리고 나는 거기에 이렇게 썼다.

三十餘年一瞬間(삼십여 년이 눈 깜박할 사이)
삼 십 여 년 일 순 간

유철이와 부인은 흐뭇하게 내 싸인을 쳐다봤다.

"넌 말야~ 그래도 집안이 좋아서 순탄하게 살었지 않냐
아~. 난 인생이 순탄하질 않았어. 난 대학을 못갔어. 고등
학교 졸업하고 바로 아버지가 고혈압중풍으로 쓰러지셨어.
그리고 돈이 안올라오니까 어떡허냐? 그길로 군댈 갔구,
나와선 생활전선에 뛰어 들었지."

"부인은 어떻게 만났냐?"

"등산하다 만났어."

"등산이라니? 어디서?"

"내가 예산에서 스포츠신발가게를 했어. 그때 등산다니다

만난거여. 우리 부인은 초등학교선생여. 그래도 이거 팔불출이라 안됐지만 내가 이 부인 덕분에 나쁜 길로 안들어간 거여. 우리 장인이 한학자여. 예산이 거 유명하잖냐아. 그 예산향교의 훈장이셨어. 집에 한문 창호지책이 산더미 같았다니깐."

"그래 참 훌륭허다."

난 화제를 바꾸었다.

"언제 공무원이 됐냐?"

"고생고생하다가 서른네살때 말단 공무원시험을 본거여. 지금 내가 6급여어. 아마 재수좋으면 과장승진하구 퇴직허겠지. 우리 몇년 남지 않았잖냐아. 요새 정년이 오십칠세여. 이젠 내리막길여~."

나는 사실 유철이가 대학을 안갔다는 것도 전혀 몰랐다. 그리고 그의 가정이 그렇게 일찍 풍지박산이 됐다는 것도 몰랐다. 그렇지만 내가 순탄해서 잘되었고, 그가 평탄치 못해 고생했다는 얘기는 액면 그대로 수긍할 수 없었다. 내 삶의 고뇌와 반전의 수없는 계기는 그것이 물리적인 여건에서 자동적으로 수반되는 사태가 아닌 것이 분명했다. 인생이란 과연 무엇인가? 엊그제까지, 바로 일순간 전까지 그토록 발랄했고 영민했던 유철이는 어디로 가버렸나? 과연 인생이란 환경의 변화가 일으키는 운명의 산물일까? 유철이는 분명 나보다 머리도 좋았고 힘도 셌고 매사에 더 똘똘했다. 그렇다면 유철이가 광제병원 막내아들이었던 내 자리에 있었더라면 오늘의 나보다 더 훌륭한 인간의 모습이 되어있을까? 그렇다고 또 유철이의 오늘이 나보다 못할 것은 또 무엇인가? 행복하게 가정꾸리고 쭈꾸미먹고 잘 살고 있는데……

"시간이 없을테지만 말여어, 좀 시간을 내여. 백희구 말여, 원동이구 말여 다 나하고 연락되거드은~. 그러니 한번 같이 만나. 옛날에는 국민학교 동창생 생각이 안났는디, 늙으니까 그래두 국민학교시절 불알친구가 제일 만나구 싶더라……"

나에겐 참으로 끔찍한 이야기들이었다. 과거로의 퇴행이란 나에겐 있을 수 없는 모욕이었다.

"거 왜 너허구 눈들방죽에서 스케이트 탔든거 기억하냐?"

천안에서 상경 유학생들만이 누리던 특권, 언 방죽에서 칼날같이 쌩쌩거리는 들바람에 빨간 뺨을 드리대고 스케이트 코너킥을 멋드러지게 찼던 그 시절이 생각났다.

"그때 왜 안 뭣이라구, 거 숙명인가 어디 다녔던 그 새악씨 생각나냐?"

그 뒤로 이어질 이야기들은 뻔했다.

"나한테 한번 연락이 온적이 있지······ 걔가 왜 널 좋아하지 않았냐아~"

이제 일어 설 때가 되었나부다. 그리고 이 붓을 놓을 때도 되었나부다.

"너 어디루 가냐?"

"엉 난 바루 요기 나가면 서초동 가는 좌석뻐스 있어······"

"난 안국동 로타리에 가면 신촌 가는 뻐스있어······"

좌석뻐스 정류장에서 나는 유철이 부부와 석별의 인사를 했다. 그 부인은 아주 얌전하게 예의를 차렸다.

"죄송합니다. 오늘 제가 없었더라면 밤새 그 숙명아가씨 얘기도 하시고 재미있는 얘기 많이 나누셨을텐데요······"

"천만에요. 부인 덕분에 제가 구원을 얻은 것 같습니다."

유철이는 내 손을 꽉 잡았다.

"삼십사 년만에 만난 친구와 또 이렇게 기약없이 헤어지
다니……"

아마도 그는 육감적으로 이제 다시 나를 볼 수 없으리라는 것
을 알고 있는 듯 했다. 그리고 얼근하게 취한 그의 얼굴엔 눈물
이 글썽거렸다. 그리고 내 손을 잡은 그의 손은 몹시 따스했다.
나는 되돌아보지 않고 그 자리를 떠났다. 때마침 정다웁던 인
사동골목은 하수도 공사로 다 파헤쳐져 어수선했다. 봄시샘의
차거운 기운이 을씨년스럽게 나를 휘감았다.

2000년 5월 탈고

© 강우현

애서윤회哀鼠輪廻

하루를 산다는 것, 그것이 문제다! 너무도 짙은 삶의 체험, 강렬하게 나를 짓누르건만, 시냇가에서 떠올리는 모래처럼 손가락 사이로 그냥 빠져나가 버린다. 아무리 강렬한 체험이라도 그 강도를 유지할 수 있는 언어의 보존이 없다면 그것은 몇 분만 지나도 강도는 급격하게 반감되고 곧 체념이나 망각 속에 묻혀버린다. 체험을 생생하게 보존하는 언어의 작업을 위해서 나는 강도 높은 체험의 밀도를 유지해야 하지만, 그러한 일상적 체험의 허드렛일을 문장화할 수 있는 여백이 나에게는 도무지 없다. 학문學問이라는 명목 아래 나에게 주어진 일과는 너무도 막중하다. 그래서 밀도 높은 삶의 체험은 그냥 하루하루 잊혀만 간다. 그러나 어찌 생각해보면 철학이라는 게 오늘 하루의 나의 삶 속에 다 밀집되어 있는 것이 아닐까? 학문이라는 이름 아래 전승되어온 언어의 형식만을 꼭 고집해야 하나? 다행히 나에게는 "소설小說"이라는 서감敍感 장르가 있어 가끔 필봉을 휘두르기는 하지만, 하여튼 고도로 체계화된 철학과 일상적 허드렛일은 결코 거리가 멀지 않은 것 같다. 이것이 우리 선배 연암燕岩 박지원朴趾源 선생께서 하시고 싶었던 얘기 같기도 하다.

나는 닭을 키운다. 그런데 올 봄에는 세 마리가 알을 품었다. 예외적으로 많은 닭이 출산의 고통을 감수한 것이다. 닭의 경우, 과연 "출산"이라는 말을 쓸 수 있냐고 반문하는 사람도 있겠지만, 해부학적으로 보면 여자의 자궁 속이라는 것도 결코 체내(intra-body)가 아니라 체외(extra-body)이기 때문에, 달걀을 품고 있는 닭이 알을 부화시키는 과정도 사람과 크게 다르지는 않다. 애를 체내에서 기른다면 그것은 암덩어리라고 말할 수밖에 없다. 여자는 태반을 통해 태아발육을 위한 영양분을 분유하지만, 닭의 경우는 알 속에 이미 영양분이 구비되어 있고 단지 품음을 통해 체온을 분유한다. 그래서 인간은 난卵이 극소화되어 있고, 닭의 난은 극대화되어 있다.

올 봄(2013년)에 제일 먼저 품은 놈은 택산이었다. 나는 닭 이름을 괘상에서 따오는데, 택산澤山은 함咸괘에서 왔다. 택산은 우리 조선토종이 아니고 갈색의 외래종인데 몸이 풍요롭다. 외래종이 자진해서 알을 품는 경우는 보지 못했는데, 이 놈은 놀라웁게도 둥지를 튼 것이다. 12개를 품었는데 8개를 온전하게 부화시켰고 또 8마리를 죽이지 않고 다 키웠다. 택산의 서방님은 "호호皓皓"라는 놈인데, 온 깃털이 하얗기 때문에 붙은 이름이다. 호호는 봉혜鳳兮가 입양하여 키운 놈인데 봉혜는 호호 그룹을 키우던 도중 그만 타계하고 말았다(2012년 6월 15일 오후 3시). 끝까지 자기 직분을 다하다가 쇠잔해져서 진명盡命한 것이다. 나의 연구소 천산재天山齋(둔괘遯卦에서 유래된 이름)에는 봉혜의 아담한 천연소재의 비석이 세워져 있다. 임진강 나루터에서 봉혜 모습을 닮은 큰 돌을 두 개 주어다가 "봉혜鳳兮"라고 내가 직접 음각을 했다.

호호는 매우 점잖은 성격의 소유자였는데, 교미하는 것조차 별로 우리 눈에 띄지 않았다. 평소 닭장 내의 모든 개체를 잘 간수하고 위험에 처하면 달려가곤 했다. 그래서 우리는 호호의 알이 과연 몇 개나 수정란일까 하고 걱정을 했다. 섹스를 별로 안 하는 듯이 보였기 때문이다. 그런데 놀라웁게도 수정란이 100%에 가까웠다. 택산과 호호의 교배로 낳은 8마리 중, 2마리가 택산의 모습을 닮아 갈색이고 6마리가 호호를 닮아 새하얗다. 호호쪽이 우성이었다. 그래서 닭장 안이 좀 밝아졌다.

두 번째로 품은 닭이 "낙서洛書"였다. 낙서는 봉혜의 7대손인데 태어나면서부터 아주 고생을 했다. 봉혜의 씨가 말라, 봉혜의 적손들이 사는 자눌의 집에서 입양을 해왔는데, 기존의 패거리들에게 엄청 "왕따"를 당했다. 어려서부터 쪼임을 당했고, 모이를 먹을 때도 모이통에 대등하게 머리를 디밀지 못했다. 딴 놈들이 먹으면서 흐트러놓은 모이가 주변의 땅바닥에 떨어지면 빙글빙글 돌면서 재빨리 주워 먹곤 했다. 성경에도 시로페니키아의 여인이 상에서 떨어진 빵 부스러기라도 먹게 해달라고 간청하는 장면이 있다(막7:28). 그 광경은 정말 가슴이 아팠다. 일본의 중·고등학교 여학생들 사이에서 유행하는 극심한 왕따현상, 결국 우리나라까지 오염되고 말았지만, 그 왕따현상은 일본사회의 독특한 문화에서 유래하는 기풍이 아니라, 동물세계에서 아주 흔하게 목격되는 원초적 생리라는 것을 깨닫게 된다.

동물세계의 원초성이 인간세의 도덕성보다 더 순박하고 아름다운 측면도 있지만, 인간세의 발전은 바로 약자를 도태시키는 것이 아니라 보호한다고 하는 협동의 국면으로부터 그 새로운 전기를 마련한 것이다. 그 전기는 이미 수렵·채집경제사회로부터 시작된 것이다. 수렵은 공동체 성원의 협력(cooperation)이 없이는 불가능하다. 수렵으로부터 문명이 시작되었다 해도 과언은 아니다. 그러니까 타인에 대한 복지나 관회關懷가 없으면 그것은 문명이라 말할 수 없다. 닭사회의 수준으로 전락하는 것이다. 문명이 극도로 발전한 자유민주주의 사회에서 오히려 협력을 거부하는 문명 이전의 상태로 퇴락하는 현상이 발생하는 것은 인류사회의 한 아이러니라고 말할 수 있다. 신자유주의는 문명퇴폐의 한 극상極相이다.

봉혜의 7대 적통인 낙서를 봉혜다운 위대한 닭으로 만들 수 없을까? 있다! 그것은 바로 낙서를 어미닭으로 만드는 것이다. 봉준호의 『마더』라는 영화가 있지만, 마더의 속성은 자식의 안위를 위하여 물불을 가리지 않고 헌신하는 것이다. 알을 품는 순간부터, 자신의 처지를 돌보지 않고 알을 보호해야 하는 위엄있는 어미닭으로 돌변하는 것이다. 그리고 자신에게 가하는 어떠한 공격에도 놀라운 반격을 가한다. 그렇게도 왕따만 당해 초라하기만 했던 닭이 타를 제압하는 닭으로 메타모르포시스를 일으키는 것이다. 낙서는 하도 쪼여서 머리통이 피딱지투성이였고 털이 다 빠졌고, 몸통조차 털이 모조리 뽑혀 벌거숭이 모습이었다. 어떤 때는 쫓겨 마루 밑에 숨어있다가 얼어죽을 뻔도 했다. 우리가 못 보았더라면 날개가 꺾인 채 다음날 아침 시체로 발견되었을 것이 뻔하다. 하여튼 낙서는 쳐다보기가 안쓰러운 존재였다. 그런데 낙서가 알을 품기 시작하면서 놀라운 몸의 변화가 일어나기 시작했다. 둥지를 트는 보통 닭과는 달리, 오히려 몸에 털이 나고 윤기가 돌기 시작했던 것이다. 낙서는 13마리를 부화시켰다. 미운 오리새끼에서 가장 풍요로운 존재성을 과시하는 당당한 스완의 모습으로 변모했다.

낙서의 서방님은 호호가 아닌 "말자"였다. 말자는 내 책 『사랑하지 말자』가 나오던 날, 껍질을 깨고 이 세상에 나왔기 때문에 "말자"라고 이름을 붙여주었다. 말자는 우리 집 닭 1세대의 정통성을 이은 토종닭이었는데 이상하게 수탉으로서는 결격사유가 많았다. 병아리는 50일만 되면 암·수 구별이 확연하게 드러난다. 그런데 말자는 몇 달이 되도록 암수 구별이 어려운 중성적 모습을 하고 있었다. 그리고 수탉의 권위를 자랑하는 꽁지가 암탉처럼 잘록하게 짤려 있었다. 그런데 호호가 수탉의 왕좌를 양보하면서(미안하게시리 잔치상으로 간다) 말자는 비로소 새벽의 여명을 가르기 시작했고 억지로 수컷티를 내기 시작했는데, 결국 암컷들과 몇 번을 피터지게 싸우고 나서 대권을 장악했다. 말자는 머리로부터 꽁지까지의 길이가 매우 짧았다. 그러니까 보통 닭의 형상을 앞뒤로 짜부시킨 모습이다. 그래서 좀 방정맞게 보이는데 걷는 모습도 발을 높게 들어 멀리 짚지를 못하고 바로 앞을 짚으니까 매우 촐싹거리는 몰골이다.

처음에는 암컷들도 이 말자의 권위를 인정치 아니 하고 계속 대들었다. 그런데 역시 수탉은 수탉인지라 몇 놈의 벼슬을 피터지게 꼬집고나니 점점 제압되었다. 말자는 아주 암탉을 잘 보호할 듯한 폼을 잡는 수컷이 되었다. 그런데 말자 또한 별로 섹스를 즐기지 않는 것처럼 보였다. 사실 수탉의 하루는 매우 피곤하다. 열댓 마리의 암컷이 매일 알을 낳으니까 수탉은 열댓 마리의 암컷에게 매일 정액을 제공해야 한다. 성실한 수탉의 하루 사정횟수가 못돼도 30회 가량 된다. 그것도 일 년 내내 하루도 거르지 않고 계속되는 것이다. 수탉에게는 "접이불사接而不射"는 없다. 인간은 제아무리 항우와 같은 장수라도 하루 30회씩 일 년을 계속 사정성교를 한다고 하면 황천에 드러눕지 않을 놈은 없다.

수탉의 정력은 지구상의 모든 동물을 통틀어 최극상이다. 지구상의 어떤 동물과도 비교가 되지 않는다. 그래서 수탉의 잘생긴 놈을 신화화하여 "봉황"이라 불렀던 것이다. 보통 봉鳳을 수컷, 황凰을 암컷이라 하나, 결국 암수에 관계없이 수컷의 정력이 추상화되어 신격화된 개념들이다. 낙서가 말자의 알을 품었을 때 우리는 수정란이 반타작도 힘들겠다고 추측했었다. 그런데 우리는 놀라운 사실을 발견하게 되었다. 어느 수탉보다도 수정률이 높았던 것이다. 우리가 안 볼 때 열심히 "접이사接而射"를 해댄 것 같다.

병아리는 배란되는 순간부터 독자적인 삶을 영위해야만 하는 기구한 운명을 지닌다. 어미닭이 따스하게 알을 품는 순간부터 알이라는 거대 단세포는 분열을 시작하여 복잡하게 분화된 생명체의 모습을 갖추는데 불과 20일밖에 걸리지 않는다. 그런데 병아리의 가장 큰 난관은 껍질을 자기 부리로 깨고 나오는 작업이다. 이 작업은 대략 48시간 동안 지속되는데, 병아리는 알 속에서 막을 뚫고 나와 위쪽 껍질을 향해 부리를 던지면서 동그랗게 깨진 뚜껑을 만드는데 수천 수만 번의 부리질을 해야 한다. 그것이 다 완성되었을 때 동그랗게 말린 고개와 발을 쭈욱 펼치면서 껍질을 제껴버린다. 그리고 자기는 물의 생명에서 기의 생명으로 진화되었다고 선포를 한다.

이러한 선포식을 늦게 하는 놈들은 때로 21일, 22일도 걸리는데, 이렇게 처음에 같이 알을 깨고 나오지 못하는 놈들은 대부분 유년기에 도태된다. 알껍질을 머리로 쎄게 밀치고 나오는 놈들일수록 생존률이 높아진다. 대기로 나온 병아리는 24시간 이내로 독자적 생존의 기반을 마련해야 한다. "독자적 생존"이란 자기 부리로 자기 먹이를 찾아먹어야 하는 것이다. 포유동물의 경우는 그럴 염려가 없다. 생존에 필요한 영양소가 엄마의 젖이라는 액체를 통하여 공급된다. 그리고 그 공급방식이란 그냥 따스한 엄마 품속에서 엄마의 젖꼭지를 열심히 빨아대기만 하면 되는 것이다.

그러나 조류의 경우는 엄마의 품속에 영양원이 부재하다. 자기가 반드시 찾아먹어야 하는 것이다. 엄마가 "꾸구" 소리를 내면서 먹이를 가져다준다 할지라도 자기가 독자적으로 일어나서 부리로 쪼아 먹어야 한다. 조류의 경우는 부화되고 48시간 이내로 사망하는 개체가 많다. 독자적인 생존기반을 마련하지 못하는 개체는 도태되는 것이다. 낙서는 놀라웁게도 14마리를 부화시켰는데 한 마리가 늦게 알을 까고 나왔다. 나는 격려의 뜻으로 "익益"괘의 형상을 따라 풍뢰라고 이름을 지어주었는데, 풍뢰는 피터 팬처럼 자라나질 않고 아주 작은 꼬맹이 모습을 계속 유지했다. 그리고 풍뢰는 동료 틈에서 열심히 살았는데 결국 피똥을 싸고 죽었다. 그만큼 생존한다는 것이 버거운 작업인 것이다. 그래서 낙서는 13마리의 식솔을 거느리게 된 것이다.

그러던 중 토종닭이 아닌 외래종 중에서 갈개가 아주 잘생긴 놈이 또 둥지를 틀었다. 셰익스피어 시절, 엘리자베스 여왕의 목주변으로 겹겹이 주름잡힌 칼라와도 같은 갈개가 펼쳐진다. 그런데 이 놈은 풍산개처럼 사납기 때문에 우리는 점漸괘의 형상을 따서 풍산風山이라고 불렀다. 이 풍산의 부화의 모습은 천하일품이었다. 20일 동안 정말 부동자세로 용맹정진을 계속했던 것이다. 고승의 용맹정진보다도 더 치열한 정진이었다. 그토록 치열하게 품은 탓인지 19일만에 13개의 알 중에서 6마리가 껍질을 깨고 나왔다. 결국 나머지는 다 미숙의 상태로 알 속에서 질식하고 말았다. 이 6마리는 매우 씩씩하게 자라났다. 엄마의 보호가 그만큼 철저했다. 근접하는 어떠한 닭도 다 쪼아대면서 매우 철저히 새끼들을 보호했기 때문에 풍산의 아이들은 닭장 속에서도 큰 놈들의 위세에 눌리지 않고 잘 컸다. 그런데 결국 2마리가 도중하차했다. 풍산의 식구는 4마리가 되었다.

이렇게 말하면 천산재 닭장의 계보가 매우 복잡한 것처럼 들린다. 아닌게 아니라 좀 복잡하기는 하지만, 하여튼 정리하자면 다음과 같다.

올해 새로 출산된 병아리는 차례대로 호호와 택산의 사이에서 난 8마리(택산그룹: 2013년 5월 10일 출산), 말자와 낙서의 사이에서 난 13마리(낙서그룹: 2013년 6월 30일 출산), 말자와 풍산의 사이에서 난 4마리(풍산그룹: 2013년 7월 10일 출산)의 세 그룹이 있다. 그런데 이렇게 그룹의 족보를 논하지 않을 수 없는 이유는 이 그룹은 절대 섞이지 않기 때문이다. 일본어에는 "나카마仲間"라는 말이 있는데 우리는 사실 "패거리"니 "동아리"니 하는 말이 있어도 나카마라는 말의 의미만큼 선명한 경계를 지니지 않는다. 그런데 닭들의 세계는 나카마의식이 매우 선명하게 유지되는 사회이다. 그러니까 일본사회는 인간의 동물적 원시성을 매우 극명하게 보존하고 있는 사회인 것이다. "나카마"도 그렇고, "이지메"도 그렇듯이, 닭들의 세계에서는 같이 자란 나카마 이외의 나카마와 섞이는 법이 없다. 병아리들끼리 한통속으로 섞여 먹거나 놀다가도 엄마가 부르게 되면 정확하게 갈라져서 귀소한다. 엄마로부터 독립한 후에도 그 나카마는 철통같이 유지된다. 잘 때 보면 횃대에서 절대 섞여 자지 않는다. 그리고 횃대에는 나카마 사이에서도 서열이 결정되어 있다.

하여튼 올 봄에는 예상외로 많은 병아리가 출산되었기 때문에 한 닭장 속에서 키울 수가 없어서 메인 닭장 외로 그 옆에 자그마한 익스텐션 닭장을 하나 지을 수밖에 없었다. 전자를 낙한장, 후자를 상낙장이라고 불렀다. "낙한駱閒"이라는 말은 낙산 아래 한가로운 곳이라는 뜻이고, "상낙桑駱"은 그 옆에 뽕나무가 하나 있었기 때문에 붙은 이름이다. 낙한장에는 작년에 부화되어 이미 장년에 접어든 큰 닭들과 택산그룹 8마리, 풍산그룹의 4마리가 살고 있고, 상낙장에는 낙서그룹의 13마리가 살고 있다. 참으로 평화롭기 그지없는 자연의 모습이었다. 그런데 이

평화로운 천산재天山齋 뒤뜰에 어마어마한 사건이 발생했던 것이다.

　종로의 한복판에서 닭을 키운다는 것은 매우 부지런한 농부의 일손을 필요로 한다. 우선 주변의 사람들에게 피해가 없어야 한다. 그렇지 않으면 항의를 받는다. 그런데 그 항의의 종류를 분석하여 보면 좀 억울할 때도 있다. 예를 들면, 옆집의 개가 몹시 시끄럽게 짖어대도 짖어댄다는 사실 하나만으로 그 개를 없애달라고 요청하는 사람은 없다. 개가 짖는다는 그 소리는 실제로 데시벨이 엄청 높은데도 불구하고 도시의 사람들이 익숙해 있어서 그 소리를 감내하고 마는 것이다. 그런데 옆집에서 닭이 "꼬끼요오" 하고 울어대면 못 참는 것이다. 우리네 감각으로는 개소리보다는 닭소리가 훨씬 더 낭만적이고 가냘프고 수면방해가 없을 것 같은데, 도무지 감내해주질 않는 것이다. 더구나 수탉이 우는 시간은 새벽이다. 새벽이라도 6시나 7시 정도면 딱 좋을 것 같은데, 어떤 놈은 3시부터 울어댄다. 수탉의 우는 시간은 천차만별이다. 난 어렸을 때 시골 소읍에서 자라났고 집에 꼭 닭장이 있었기 때문에 닭과는 낭만어린 추억이 있다.

　나의 어릴 때 기억으로, 수탉이란 새벽에 잠이 깰 때쯤 서너 번 울고 마는 것이라고만 굳게 믿었다. 그런데 요즈음 와서 깨달은 것은 대개 수탉은 새벽에서 아침까지 내내 울어대는데, 사람이 워낙 피곤해서 건강하게 잘 경우, 낭만적인 시간대에만 잠

깐 들고 그 외에는 못 듣는 것이다. 닭이 시간을 맞추어 깨라고
우는 것이 아니라, 사람이 깰 때쯤 닭소리를 듣는 것이다. 그런
데 닭은 계속 울어대고 있었던 것이다.

女曰雞鳴
여 왈 계 명

아내가 말했다. 새벽닭이 울어요.

士曰昧旦
사 왈 매 단

남편이 대답한다. 아직 이르잖아.

子興視夜
자 흥 시 야

그럼 일어나서 밤을 보세요.

明星有爛
명 성 유 란

새벽 별이 찬란하잖아요.

將翱將翔
장 고 장 상

들판에 훨훨 뛰어나가

弋鳧與鴈
익 부 여 안

아침상에 오를 청둥오리와 기러기를 쏘아 오세요.

弋言加之
익 언 가 지

내가 쏜 것이 명중한다면

與子宜之
여 자 의 지

그놈들은 그대에게 줄 테니 안주로 좀 해주오.

宜言飲酒
의 언 음 주

그러면 그것을 안주 삼아 그대와 더불어 술잔을 기울이지

與子偕老
여 자 해 로

그대와 더불어 영원히 같이 늙고 싶소.

琴瑟在御
금 슬 재 어

가야금 거문고도 항상 옆에 있는데

莫不靜好
막 불 정 호

조용한 우리 즐거움이 아닌 것이 있겠소.

정풍鄭風에 나오는, 부부해로夫婦偕老의 소박한 정을 읊은 시
(=노래), 읽을 때마다 아름다운 정감에 사로잡힌다. 시간의 고지자
로서의 닭과 남녀간의 사랑을 결부시킨 것은 고대가요의 주요테
마였다. 정풍은 결코 공자가 음하다고 비평했던 것처럼 음하지
는 않다. 그것은 오히려 발랄한 인간의 느낌이 잘 살아있는 노
래인 것이다. 공자 자신도 "음淫"이라는 말 속에 도덕적 격식에
구애되지 않는 파격적인 발랄함의 의미를 담았을지도 모르겠다.

내가 생각키엔 맹상군의 식객이 닭울음을 흉내내어 맹상군의
일행이 무사히 함곡관函谷關을 빠져나올 수 있었던 것도, 식객
의 울음소리에 동네 닭이 모두 같이 합창을 해줄 만큼 닭은 항상
울 준비가 되어있었기 때문이었으리라. 우리 집 닭은 도시닭이
되어서 그런지 몰라도 시간을 가리지 않고 줄기차게 울어댄다.
그런데 영화를 보아도 대낮 장면임에도 불구하고 닭들이 있는
곳에는 꼭 수탉의 울음이 같이 들려온다. 우리 집의 제2세대의
수탉 중에 "메시"라는 놈이 있었는데 이 놈은 완벽한 소프라노
였다. 태어난지 73일 만에 새벽의 여명을 가르기 시작했고 너무
도 그 자태가 아름다웠다. 척 느러진 청동꼬리는 일품이었고 구
애의 춤도 너무 멋드러지게 추었다.

아카드어로 쓰여진 고대 메소포타미아의 서사시『길가메시
Gilgamesh』의 끝 두 글자를 따서 이름을 지어주었는데, 우리는
이 메시의 소리를 두 번 다시 들을 수 없었다. 메시를 기를 때만

해도 우리는 닭에 대해서 무지했었다. 닭은 으레 그렇게 울려니 생각했다. 그러나 파바로티가 죽고 난 후로는 파바로티의 육성을 다시 접할 수 없듯이 메시의 육성은 다시 접할 길이 없었다. 근처에도 가는 놈이 없었다. 얼마나 곱고 아름답고 유장하게 뽑아대는지, 그 소리의 토날리티의 질감은 도무지 형언할 길이 없었다. 나의 연구소 마당의 계림 가장 높은 곳에 올라 뽑아대면 그 소리가 낙산 꼭대기 한양도성에서도 생생하게 들렸다. 도시의 소음을 뚫고 들리는 그 소리는 정말 신비롭고 성스러운 것이었다. 그런데 메시는 많이 울 때는 하루종일 천 번도 울어댄다. 천 번은 과장이라 해도 오백 번은 확실하게 울어댄다. 축시丑時, 인시寅時 가리지 않고 이른 새벽부터 어둠의 거미가 깔릴 때까지 메시의 서사시는 계속된다. 그것은 천지의 신명을 부르는 소리였다.

그런데 몇 집 건너 있는 아파트형 고층집 3층에 사는 이웃으로부터 쪽지가 날아왔다: "참으려고 노력해보았지만, 고등학교 수험생 아들이 늦게 들어와 잠들 때쯤이면 꼭 깨워대니, 온 식구가 수탉울음 스트레스에 걸려 있습니다. 꼭 좀 해결해주십시오." 방법이 없다. 그래서 우리는 방음방을 만들어서, 메시를 꼭 방음방에 재우고 아침 9시 이후에 닭장으로 옮겼다. 그렇게 해서 몇 달을 보냈는데, 결코 만족스러운 해결방안은 아니었다. 우선 메시가 불행하고, 매일 저녁 장소를 옮기는 것도 부산스러운 일이고, 또 방음방이래봐야 현관에 새장 하나 놓고 가둬두는 것일 뿐이니, 이번에는 되레 집안 사람들이 고통을 당하게 되는 것이다. 결국 메시는 열반의 길을 택해야만 했다. 나는 결코 펫을 키우는 것이 아니다. 펫은 문명의 산물이요, 인간화된 동물의 애완이다. 그것은 기본적으로 불건강한 것이다. 인간의 삶은 어디까지나 인간끼리의 만남(Human Encounter) 속에서 해결되어야지 펫이라는 이방족속에게 투사된 자기로써 문제해결을 꾀하여서는 안된다. 펫을 마치 자기 자식처럼, 자기 존재의 익스텐션처럼 여기는 위선을 나는 감내할 수 없다.

메시가 선택했어야만 했던 열반의 여로 이후로 묘한 삶의 순환의 리듬이 생겨났다. 닭들은 대개 봄에 부화둥지를 틀게 되므로 숫놈이 그때까지는 있어야만 수정란을 얻을 수 있다. 병아리가 부화되면 나는 으레 제자들과 성대한 만찬을 즐긴다. 수탉과 늙은 암탉들의 열반성찬이 마련되는 것이다. 그러면 여름은 숫놈이 없이 보낸다. 그리고 겨울이 되면 새로 성장한 수탉이 수탉 노릇을 하게 된다. 수탉이 수탉 노릇을 한다는 것은 탁탁 훼를 치면서 큰소리로 우는 것을 의미한다. 그리고 먹이가 있으면 반드시 구구구국 소리를 내며 암탉을 불러 먼저 먹인다. 그리고 위험상황이 닥쳐오면 제일 먼저 공습경보를 울린다. 계명은 그냥 헛폼이 아니라, 내가 남성으로서의 의무를 다하겠다는 선포식이다. 수탉은 새벽에 욺과 동시에 섹스를 시작한다. 그리고 닭장 내의 암탉을 장악한다. 암탉들도 수탉이 크게 울기 시작하면 그를 성년으로 대접한다. 그리고 여태까지 같은 동료 암탉처럼 깔보았던 태도를 고친다. 우는 수탉에 대해서는 존경심을 표하게 되는 것이다. 그리고 낮은 자세로 꽁지를 올리고 꽁무니를 들어 교미의 피동적 자세를 취하기 시작한다.

수탉이 울기 시작하는 시기가 우리의 리듬상으로는 겨울이 되므로 그때는 모든 사람들이 문을 다 닫고 잔다. 그리고 요즈음 주택은 모두 2중창이다. 그래서 수탉 우는 소리가 들리지 않는다. 아파트 3층집에서 항의가 들어온 것은 모두가 모기사창만 닫고 자는 여름이었다. 그리고 내가 이런 리듬을 만들어가는 동안 우리 천산재 주변 사람들은 수탉소리를 즐기게 되었다. 바로 옆집 할머니는 제발 수탉을 없애지 말라고 부탁까지 하셨다. 효명曉鳴에 할머니의 아련한 추억이 서려있는 것이다. 따라서 우리 골목은 "계명골"로 불리게 되었다. 이제 이 한 문제는 해결이 된 셈이다.

둘째 문제는 내음새와 위생의 문제이다. 우리는 국민학교 시절에 손등에 침을 뱉고 문질러서 동급생에게 냄새 맡아보라는 장난을 많이 했다. 꼭 닭똥 냄새가 나는 것이다. 닭똥 냄새는 유쾌하지 못하다. 그리고 닭은 시도 때도 없이 닭장 안에 찍찍 싸 댄다. 그러면 닭장은 똥으로 덮이게 마련이다. 그래서 닭을 키우게 되면 최소한 이틀에 한 번씩은 꼭 닭장 청소를 해야한다. 그래야 이웃에게 피해를 주지 않는다. 다행스럽게 닭장에서 거두어낸 똥은 땅에 묻으면 위대한 거름이 된다. 우리 천산재 마당에는 꽤 넓직한 채마밭이 있어 그 한 곁에 닭똥을 썩히는 곳이 있다. 그러나 외부로 냄새가 나가지는 않는다. 그리고 정결성을 유지할 수가 있다. 닭에게 물을 너무 많이 멕이면 물똥을 싼다. 닭은 항문이 세 가지 기능을 겸하고 있다. 오줌길, 대변길, 섹스길이 한 루트로 되어 있다. 내부에서는 길이 나뉘지만 최후구간(cloaca: 총배설강)에서는 그것이 하나로 되어 있는 것이다. 조류는 비상을 해야하기 때문에 이런 모든 내부구조를 간단한 디자인으로 진화시켰다. 닭이 어떤 때는 사람처럼 오줌만 눌 때도 있다. 어린애처럼 쪼르륵 오줌만 배설하기도 한다. 물을 많이 안 주면 된 똥을 눗고, 닭장이 더 정결하게 유지된다.

그러나 더 중요한 것은 닭장 안의 똥을 치우는 것만으로는 아니 되며, 적절한 시기에 닭장 바닥 전체를 개토해야 한다는 것이다. 나는 제자가 사는 연천으로 트럭을 몰고 가서 황토흙을 퍼온다. 이명박 대통령의 4대강정비사업 운운의 악영향이 한탄강에도 미쳐 연천 고문리에 85m 높이의 댐을 건설중이다. 이 댐으로 아름다운 용암 조성 하천인 한탄강뿐만 아니라 방대한 농지가 수장된다. 따라서 그곳에 방치된 밭에 가서 주인의 양해 하에 황토흙을 좀 얻어올 수가 있다. 신선한 황토흙으로 개토를 해주면 닭들은 너무도 행복해 한다. 닭들의 건강은 흙목욕으로 유지되기 때문이다. 발로 흙을 긁어 구덩이를 파고, 그 속에서 발길질하여 깃털 사이사이에 황토흙을 집어넣는 것이 그들이 가장 사랑하는 목욕법이다. 그리고 한참 후 몸을 떨면서 흙을 쏟아낸다.

닭을 키우는데 가장 어려운 문제는 상기의 두 문제 외로, 외적으로부터 닭장을 방비하는 과제상황이 있다. 보통 도시에서 가장 경계대상이 되는 "외적外賊"으로는 물론 "묘군猫君"이 꼽힌다. 더구나 서울에는 가묘家猫가 아닌 야묘野猫 즉 도둑고양이가 기승을 부리기 때문에 잠시라도 방심하면 고양이는 지체없이 닭을 채어간다. 더구나 병아리에 한번 맛을 들인 고양이는 사생결단 꼭 다시 달려든다. 그런데 이 가장 어려운 난제가 우리의 경우는 손쉽게 해결되었다. 우리 천산재 일대종사一代宗師 봉혜鳳兮의 놀라운 능력에 의하여 계명천하가 선포된 것이다.

내가 이미 『계림수필』에서 일필을 휘둘렀지만, 봉혜는 머나먼 인도 밀림 조상의 공덕과 능력을 보존했는지, 공룡의 후손임을 자부했는지, 하여튼 고양이를 제압하는 놀라운 능력을 발휘했다. 봉혜가 보는 대로 고양이를 제압한 후로 우리 천산재 너른 공간은 일체 고양이가 범접하지 못하는 공간이 되고 말았다. 우리도 보는 대로 고양이를 내쫓았고, 그들이 오줌 쌀 시간을 주지 않았다. 동물들은 오줌으로써 자기들의 영역표시를 하는데, 그런 기회를 주지 않고 쫓아냈던 것이다. 그리고 재미난 사실은 동물에게 언어가 있다는 사실이다. 고양이는 고양이들끼리 의견을 소통한다. 몇몇 고양이가 혼쭐이 나면 그 경계태세는 딴 개체들에게도 전달된다. 그래서 범접할 생각을 하지 못하게 되는 것이다. 몇년 동안 계림에는 화평한 기운이 감돌았다.

닭들은 평화롭게 자라났고, 어미닭이 새끼 병아리를 데리고 계림 산보를 나와도 한 번도 고양이가 범접한 적이 없었다. 우리 집 닭을 분양받아다가 키우는 제자 자눌네는 도둑고양이에게 계속 당했다. 새끼 6마리가 한 마리씩 고양이에게 물려 사라졌는데, 나중에 마지막 한 마리를 빼앗겼을 때는, 그 어미가 미친 듯한 행동을 하더라는 것이다. 나는 자눌이 가슴아파 하는 모습을 남의 일처럼, 연민의 정으로만 바라보았던 것이다. 그러나 자연이란 순환의 체계다. 위기상황이라는 것도 순환하게 마련이다. 평화도 결코 평화로써만 유지되지 않는다. 예상치 못한 사건이 발생했다.

2013년 8월 25일, 아침 상황이었다. 9시경 닭모이를 주러 나갔는데 상낙장 안에서 병아리 한 마리가 죽어 넘어져 있는 것을 발견했다. 토종계열의 병아리였다. 상낙장 속에는 낙서가 부화하는 기간 동안 사용한 또 하나의 작은 닭장이 동북 코너에 놓여있다. 스텐 철사로 만든 가로 77cm, 세로 52cm, 높이 62cm의 새장인데 이 새장 안에 짚새기로 만든 둥지를 틀어놓았다. 부화는 이 새장 속 짚둥지에서 이루어진다. 부화가 완료된 후 한 달가량은 어미닭과 새끼들이 그 새장둥지에서 생활하는 것을 선호한다. 그러나 한 달이 지나고 나면 그 새장 속이 옹색하게 느껴지니까 밖으로 나와 자기도 한다. 그런데 이미 상낙장 안의 병아리들은 58일이나 지났으므로 중닭 수준이었다. 13마리의 병아리들은 이미 횃대에 올라가서 자는 것을 선호하게 되었다.

봉혜는 보통 50일 정도 모정을 유지했다. 50일이 지나면 사정없이 병아리들을 쪼아 독립시킨다. 나는 50일이 정칙定則인 줄 알았다. 그런데 동물의 세계에서는 정칙이라는 게 존재하지 않는다. 동물행태를 관찰해보면 해볼수록 그 비헤비어 패턴behavior pattern이 후천적 함수와 관련된다는 것을 깨닫게 된다.

택산은 20일만에 쪼아 8마리를 독립시켰고, 낙서는 33일만에 쪼아 13마리를 독립시켰다. 완벽하게 남남이 되고 마는 것이다. 어떤 닭은 새끼를 쪼지 않고 그냥 공존하는 상황도 있다. 하여튼 그 행태가 지극히 다양하다는 것이다. 봉혜도 늙었을 때는 새끼를 독립시키지 않고 끝까지 품는 행태를 보여주었다. 병아리들이 스스로 독립해 나갔다. 동물의 행동 패턴에는 정칙이 없는 것이다.

그런데 상낙장 병아리 한 마리의 죽음은 풀리지 않는 의문점이 많았다. 목과 발 끝에 약간의 핏자국이 있었고, 또 죽은 장소가 그 작은 새장 안이었음이 분명했다. 그렇다면 그 새장은 철사 간격이 3cm밖에 되지 않아 중닭도 드나들지 못하는데, 3cm가량의 철사 사이로 고개를 디밀고 들어갈 수 있는 어떤 생물체의 공격을 받아 죽었다는 것은 상상하기가 힘들었다. 그리고 시체의 다리가 철사 사이로 삐져나와 있는 것을 보아 무엇이 그 시체를 밖으로 잡아당긴 것이다. 그러나 나는 첫날 너무도 무심결에 병아리의 시체를 보았기에, 그것은 병아리 스스로의 실수나 취약성에 의하여 저승으로 간 것이라고 가볍게 생각하고 정중하게 제사 지내고 묻어주었다. 땅을 삽으로 깊게 파고 그곳에 풀잎을 깔아준다. 그리고 시체를 놓고 술을 붓는다. 술 내음새를 흠향하는 좋은 신이 내려와서 그 영혼을 데려가라는 뜻이다. 그리고 축문을 외운다.

> **유세차 이천십삼년 팔월 이십오일 천지생명의 순환을 주관하는 신명께 소고하나이다. 병아리야! 병아리야! 좋은 환경에서 건강하게 살다 네 운을 다 살았으니 이 땅에 살아있는 생명에게 해를 끼치지 말고 대기로 잘 흩어져라! 천지신명이시여! 청작으로 공신전헌하오니 상향하시옵소서.**

그리고 다시 풀잎을 덮는다. 그리고 또다시 나는 로버트 프로스트Robert Frost, 1874~1963의 시를 하나 읊는다. 미국인의 일상적 정감을 노래한 국민시인이며 나의 대학 선배이기도 한 그에게 나는 특별한 동질감을 느낀다. 그의 시에는 내가 살았던 뉴잉글랜드의 체취가 듬뿍 담겨있다. 그리고 그는 끊임없이 닭농장을 운영했다. 학교 교장이었던 아버지가 폐병으로 돌아가셨고, 자신도 폐병으로 죽을지 모른다는 두려움 때문에 끊임없이 농장으로 돌아갔다. 그는 닭과의 체험을 시로 표현했고, 나는 철학으로 표현한다. 나의 서재에는 프로스트 본인이 소장했던 시집이 한 권 있다. 매서츄세츠의 부자 친구 한 사람이 헌책방에서

어렵게 구했다고 나에게 선물한 것이다. 그 뒤로 나와 프로스트
사이에는 특별한 유대감이 생겼다.

Nature's first green is gold,

Her hardest hue to hold.

Her early leaf's a flower;

But only so an hour.

Then leaf subsides to leaf.

So Eden sank to grief,

So dawn goes down to day.

Nothing gold can stay.

사실 나는 이런 시를 번역할 능력이 없다. 프로스트의 전공자가
아니고 영어의 함의를 다 파악할 수가 없기 때문이다. 그러나
내가 느끼는 대로 번역해보면 다음과 같다.

자연의 첫 푸름은 황금.

그것은 너무도 고착시키기 어려운 선명한 색조.

자연의 첫 잎은 한송이 꽃;

그러나 그것도 일 순간일 뿐.

그러면 잎은 잎으로 가라앉고

에덴은 슬픔으로 잠기는데,

먼동은 대낮으로 내려가누나.

황금스러운 그 어느 것도 머물 수 없어라.

그리고 하루가 지났다. 다음날 아침이었다. 8시 반경, 나는 아침모이를 주러 닭장에 들어갔다가 충격에 휩싸이고 말았다. 또 한 마리가 죽어 넘어져있는데 그 몰골이 너무도 처참했다. 상낙장 안이었지만, 그 보금자리 새장 밖, 한가운데에 중닭에 가까운 병아리가 피투성이로 쓰러져 있다. 목이 물렸고 몸뚱아리는 내장이 온통 발려지고 날개깃털과 다리 부분만 남아있었다.

이것은 진실로 내가 닭을 키운 지난 5년 동안 체험해보지 못한 미증유의 대사건이었다. 순간 나의 머리에는 「레위기」 3장에 나오는 이런 구절이 떠올랐다: "**이는 화제火祭로 드리는 식물食物이요 향기로운 냄새라. 모든 버장기름은 여호와의 것이니라. 너희는 기름과 피를 먹지 말라. 이는 너희 모든 쳐소處所에서 대대로 영원한 규례規例니라.**" 다시 말해서 내장의 피와 기름은 사람 보고 먹지 말라는 뜻이다. 그것은 여호와 하나님이 특별히 좋아해서 먹는 것이기 때문이다. 번제 혹은 화제라고 하는 것은 여호와가 사랑하는 내장을 태워 그 내음새를 흠향케 하는 것이다. 희랍인들도 스플라그크나splagchna라고 하는 내장을 제단 위에 놓고 태운다. 나머지 고기는 제사 지내는 사람들이 솥에 넣고 끓여 먹는다. 동물들이 타 동물을 습격했을 때, 제일 먼저 발라먹는 부분이 바로 내장이다. 그 속에 제일 필요한 염분, 그리고 비타민, 미네랄, 고지방, 고단백 등의 농축된 영양소를 바로 취할 수 있기 때문이다. 중동문명권의 번제가 이것을 신의 것으로 귀속시키는 것은 아마도 동물들의 선호도의 관찰에서 생겨난 지혜였을 것이다. 내장을 태워 신에게 바치고, 남은 육질은 인간공동체의 공동성찬이 되는 것은 매우 합리적인 분배였다.

그런데 문제는 과연 누가 우리 닭의 내장을 발라먹었냐 하는 것이다. 쉽게 생각할 수 있는 것은 족제비 같은 것인데, 족제비는 한번 닭장 안으로 들어오면 거의 모든 닭을 전멸시킨다. 그리고 낙산 아래 동네에 족제비가 산다는 것은 확률이 매우 희박한 사태였다. 이때 박식한 오 집강이 들어오더니 그냥 소리치는 것이다: "아이쿠! 쥐새끼에게 당했구나!"

나는 어렸을 때 닭을 키우면 닭장 안에 쥐새끼들이 같이 공존하면서, 닭모이를 훔쳐 먹고 사는 광경은 수없이 목격했지만, 쥐새끼가 닭을 먹는다는 소리는 별로 들어본 적이 없었다. 그러나 오 집강은 이빨자국이나 모든 것으로 볼 때 쥐가 틀림없다고 했다. 그리고 닭장 안에 담 밑 남동쪽구석으로 난 쥐구멍을 가리켰다. 앞서 내가 위기상황도 순환한다 하는 것은 바로 이것을 두고 한 말이었다. 우리는 고양이를 천산재의 마당으로부터 쫓아 내면서 닭의 삶의 평화를 구가하고 있는 동안, 쥐들은 도둑고양이를 피해 살 수 있는 위대한 공간이 천산재의 마당이라는 지혜를 터득했던 것이다. 그리고 또 그 천산재에는 병아리·닭이라는 탐스러운 영양덩어리가 실존한다는 사실에 눈독을 들여왔던 것이다. 거저 얻어지는 평화는 없다. 자연은 끊임없이 순환한다. 묘군猫君 부재의 평화가 서공鼠公들의 침략의 비극을 초래

할 줄이야!

사실 우리 상낙장은 치명적인 약점이 있었다. 남쪽으로 지붕 처마가 길게 나와있었기 때문에 항상 상용하는 짚더미를 보관 할 곳이 마땅치 않아 그곳에 쌓아두었던 것이다. 그리고 그 옆 으로는 몇 년에 걸쳐 정원 안의 나무를 손질한 장작가지더미가 산같이 쌓여있었던 것이다. 그러니까 상낙장으로 쥐가 침공을 한다면 그 장작더미와 짚더미 밑으로 안심하고 공격할 수 있는 음침한 환경이 잘 조성되어 있었던 것이다. 그리고 그 장작더미 옆에는 뽕나무가 있었고, 뽕나무 옆으로는 집벽과 담으로 막힌 으슥한 골목이 연결되어 있었으니까 쥐들에게는 서공천하를 건 설할 수 있는 최적의 입지조건이 장기간에 자연스럽게 형성되 어 있었던 것이다.

우리는 이러한 불리한 환경구조에 착안을 하면서 즉각 공간 혁명을 일으켰다. 짚더미는 지하실로 보내고 장작더미는 채마 밭 옆 계림 한 구석에 옮겨 쌓아두기로 결정한 것이다. 상낙장 의 남쪽으로 일체 아무것도 가리지 않는 오픈 스페이스를 만듦 으로써, 서공이 등장하는 것을 난감케 하는 것이다. 설치류인 서공들은 인간이 조성한 휴맨 코스모스를 특별히 사랑하는 동 물이지만, 트인 공간을 사랑하지는 않는다.

연구소 사람들 5명이서 늦여름의 뙤약볕 아래 비지땀을 비질 비질 흘리면서 대공사를 감행했다. 하루종일 수고해야만 했다. 예상대로 짚더미, 장작더미 밑으로 엄청난 쥐들의 소굴이 있는 것을 발견했다. 그들은 땅밑으로 통행통로를 엄청 다양하게 파놓았다. 짚더미와 장작더미를 치우자 그곳에서 수억만 마리의 벌레들이 우글거렸다. 닭을 방사하니까 순식간에 그 우글거리는 벌레들을 먹어치운다. 자연의 순환이란 참으로 오묘한 것이다. 태허太虛의 모든 공간은 생명으로 충만되어 있다.

짚더미와 장작더미를 치웠지만 제일 난해한 과제상황은 과연 닭장으로 침입하는 쥐들을 어떻게 막을까 하는 것이다. 철망 밑으로 돌맹이를 촘촘히 박고 흙을 다진다고 해보았자 그것은 간단히 뚫리고 만다. 가장 확실한 것은 세멘공구리를 치는 것이라고 생각케 되었지만, 실상 세멘콘크리트를 틀을 만들어 붓는 대공사를 한다 해도 설치류는 그것조차 뚫을 가능성이 있다. 설치류는 포유류 중에서 가장 초기에 진화한 것으로 우리 인간보다 상상도 할 수 없는 긴 시간을 이 지구에서 살아왔다. 우리 인간의 대선배인 이 설치류의 활약을 효율적으로 막는 길이란 거의 없다고 보는 것이 좋다. 그리고 쥐는 엄청 영리하다. 인간이 소유한 지능에 비해, 그 "생존능력"이라는 측면에서는 조금도 열등하지 않다. 그리고 개체의 개성이나 체험이나 기억력이 놀라웁게 발달되어 있다. 그러니까 한번 닭의 맛을 본 그 개체는 반드시 맛을 보는 행위를 되풀이한다는 것이다. 그 한 마리! 그 한 마리가 문제인 것이다!

쥐가 닭을 잡아먹는다는 사실은 별로 흔한 팩트가 아니다. 그러나 이것은 얼마든지 가능한 사실이다. 닭은 야맹이다. 닭은 밤에 일체의 활동성이 둔화된다. 그런데 쥐는 그 반대이다. 쥐에게는 암흑이 광명이다. 야행성이며 엄청 활동성이 증가한다. 닭장에서 졸고 있는 닭을 잡아먹는 것은 누워떡먹기이다. 우리도 낮에는 닭을 잡기 어렵지만, 밤에 횃대에 올라있는 닭은 쉽게 잡을 수 있다. 그래서 공자님도 모여 자고 있는 새들에게 그물질하거나 활쏘는 것은 너무도 가혹한 짓이라고 야단치셨던 것이다(자조이불망子釣而不網, 익불석숙弋不射宿. 7-26). 쥐는 어둠에 강했기 때문에 공룡이 멸절한 K-T대멸절시기(백악기와 제3기 사이)에도 살아남을 수 있었던 것이다. 하여튼 쥐를 퇴치하는 확실하고도 유일한 길은 고양이를 키우는 것이다. 그러나 고양이는 또 언제 닭을 덮칠지 모른다. 자연의 순환체계를 빌리지 않고 설치류를 퇴치한다는 것은 불가능에 가깝다. 고양이의 쥐 포획능력이란 참으로 신적인 경지인 것이다. 그런데 우리의 난제를 해결할 수 있는 결정적인 발언이 체험 많은 오 집강의 지혜보따리 속에서 나왔다: "쥐는 세멘은 갉아도 철사는 갉지 않습니다. 쥐의 이빨과 철사의 감촉은 상극인 모양입니다. 쥐는 절대 촘촘한 철망을 뚫지는 못합니다."

요즈음은 매우 촘촘하고 단단한 좋은 철망제품이 많다. 우리는 이 철망을 닭장 주변을 깊게 파서 설치하고 흙을 묻기로 했다. 이 철망을 뚫고 공격하지는 못한다는 것이다.

그리하여 철망을 사다가 잘 설치하고 공고하게 땅을 다져놓았지만 문제는 오늘밤이 문제였다. 어떤 방식으로든지 그 루트를 타고 올 텐데, 그 길목에 철망으로 된 덫을 설치하면 포획할 수 있으리라는 계산을 했다. 그래서 열심히 인터넷을 두드려보니 우리나라에서 쥐덫을 파는 곳이 부산에 딱 한 곳이 있었다. 북구 화명3동에 "대박나라"라는 곳이었다. 전화를 해보니 친절한 아주머니가 받으시는데, 서울에는 지부가 없어 지금 부산에서 보내면 내일에야 도착한다는 것이다. 나는 그리 해달라 하고 두 개를 주문했다. 오늘 밤은 쥐약을 놓기로 한 것이다.

약국엘 가니 스트라타젬이라는 그래뉼을 주는데, 그것은 쌀에다가 플로쿠마펜을 침투시킨 것이다. 플로쿠마펜은 만성 항혈액응고성 살서제라고 했는데 그 매카니즘은 쥐의 혈액의 성질을 변화시켜 서서히 죽이는 것인가 보다. 옛날에는 청산가리 같은 강력한 독극물을 쉽게 구할 수 있어, 그것을 밥에다가 섞어 놓았는데, 요즈음의 쥐약은 만성이라고 하니깐 좀 마일드한 성격의 제품인 것 같았다. 하여튼 스트라타젬을 단독으로 놓질 않고, 맛있는 참치캔을 몇 개 따서 참치와 섞어 닭장 주변으로 설치해 놓았다. 만반의 준비가 되었다고 확신했다. 이날 저녁 나는 후즈닷컴에 가서 『맹자』「만장」편 강의를 해야만 했다. 맹자가 선지자先知者는 후지자後知者를 깨우쳐야 하고, 선각자先覺者는 후각자後覺者를 일깨워야 한다고 역설하는 장면이었다.

맹자는 포효한다: "나야말로 하느님께서 내신 백성 중에서 먼저 깨달은 선각자이다. 나는 사도斯道로서 사민斯民을 깨우쳐야 할 사명이 있는 자로다! 내가 이 백성을 깨우치지 않는다면 과연 누가 그들을 깨우치리오?予將以斯道覺斯民也! 非予覺之, 而誰也?"

하루종일 쥐와 씨름하다 보니 위풍魏風에 있는 「석서碩鼠」라는 노래가 생각이 났다.

碩鼠碩鼠 석 서 석 서	큰 쥐야, 큰 쥐야!
無食我黍 무 식 아 서	제발 우리집 찰기장을 먹지 마라.
三歲貫女 삼 세 관 여	다년간 널 받들어 모셨거늘,
莫我肯顧 막 아 긍 고	넌 날 돌보려하지 않는구나.
逝將去女 서 장 거 여	아아~ 나 그대를 떠나
適彼樂土 적 피 낙 토	저 즐거운 땅으로 가리!
樂土樂土 낙 토 낙 토	즐거운 땅이여! 즐거운 땅이여!
爰得我所 원 득 아 소	그곳에서 내 쉴 곳을 얻으리로다.

농경사회에서 "큰 쥐"는 착취의 상징이며 탐관오리를 나타낸다. 여기 "삼세三歲"라는 것은 꼭 삼 년을 의미하지 않는다. 다년간

의 뜻이다. "관여貫女"라는 것은 네가 하라는 대로 다 했다는 것이다. 무거운 세금에 짓눌린 서민의 설움을 노래하고 있는 것이다. 그 착취의 도가 날로 심해지고 있다. 이젠 떠날 수밖엔 없다. 가자! 가자! 저 "낙토樂土"로! 삼봉 정도전은 이 시를 빌어 혁명을 암시했다. 고려말의 부패상은 극에 달했던 것이다.

고려 고종 때의 문장가였던 이규보李奎報, 1168~1241의 문장 중에 「주서문呪鼠文」이라는 희대의 명문이 있다. 「주서문」이란, "쥐를 저주하는 글"이라는 뜻이다.

惟人之宅, 翁媼作尊, 挾而輔之, 各有司存。
유 인 지 택　옹 온 작 존　협 이 보 지　각 유 사 존

司烹飪者赤脚, 司廝牧者崑崙。 下至六畜,
사 팽 임 자 적 각　사 시 목 자 곤 륜　하 지 육 축

職各區分。 馬司代勞, 載驅載馳; 牛司引重,
직 각 구 분　마 사 대 로　재 구 재 치　우 사 인 중

或耕于菑。 鷄以鳴司晨, 犬以吠司門。 咸以
혹 경 우 치　계 이 명 사 신　견 이 폐 사 문　함 이

所職, 惟主家是裨。 問之衆鼠, 爾有何司?
소 직　유 주 가 시 비　문 지 중 서　이 유 하 사

孰以汝爲畜? 從何產而滋? 穿窬盜竊, 獨爾
숙 이 여 위 휵　종 하 산 이 자　천 유 도 절　독 이

攸知。 凡曰寇盜, 自外來思。 汝何處于內, 反
유 지　범 왈 구 도　자 외 래 사　여 하 처 우 내　반

害主家爲? …… 飮食之是盜, 汝亦營口腹。
해 주 가 위　　음 식 지 시 도　여 역 영 구 복

何故嚙衣裳, 片段不成服? 何故齕絲頭,
하 고 서 의 상　편 단 불 성 복　하 고 흘 사 두

使不就羅穀？ 制爾者貓, 我豈不畜, 性本于
사 불 취 라 곡　　제 이 자 묘　　아 기 불 휵　　성 본 우

慈, 不忍加毒。 略不德我, 奔突抵觸, 喩爾
자　　불 인 가 독　　약 불 덕 아　　분 돌 저 촉　　유 이

懲且悔。 疾走避我屋！ 不然放獰貓, 一日屠
징 차 회　　질 주 피 아 옥　　불 연 방 영 묘　　일 일 도

爾族。 貓吻塗爾膏, 貓腹葬爾肉。 雖欲復活,
이 족　　묘 문 도 이 고　　묘 복 장 이 육　　수 욕 부 활

命不可贖。 速去速去, 急急如律令。
명 불 가 속　　속 거 속 거　　급 급 여 율 령

사람이 사는 집에는 그 집의 주인과 아배가 집안의 중심이 되며,
이들을 곁에서 돕는 사람들은 각각 맡은 일을 가지고 그들을 돕는다.
음식 만드는 일을 맡은 자는 계집종이요, 마소 치는 일을 맡은 자는
사내종이다. 그 아래로 온갖 가축에 이르기까지 모두 각자 맡은
직책이 있다. 맡은 사람을 대신하여 짐을 싣거나 사람을 태우고
달리며, 소는 무거운 짐을 끌거나 밭을 가는 직책을 수행한다. 닭은
울어서 새벽을 알리며, 개는 짖어서 문을 지킨다. 이들은 모두 맡은
바의 직책을 가지고 주인을 돕는 것이다.

그런데 나는 쥐라는 놈들에게 묻겠다: 네 놈들이 맡은 직책이 도대
체 무엇이뇨? 생각해보아라! 도대체 누가 너희들을 먹여살렸으며,
도대체 너희들은 어디서 태어나서 이로록 번식하고 있는 것이냐?
그런데도 오직 네놈들이 할 줄 아는 짓이란 구멍을 뚫고 도둑질을
하는 것일 뿐이로다. 대저 도둑놈이란 외부에서 내부로 침입하는

것이다. 그러나 네놈들은 집안에서 살림을 꾸리고 있거늘, 어찌하여 도리어 주인을 해치는 짓을 하고 있단 말인가? …… 너희들은 음식을 보면 훔쳐 먹는데, 그것이야 네놈들도 배를 채워야 하기 때문에 그러는 것이니 어쩔 수 없다고 치자! 그러나 어찌하여 옷을 쏠아 조각내어 입을 수 없게 만들고, 어찌하여 실타래를 쏠아 베를 짤 수 없게 만들어놓는단 말인가? 통탄할 일이로다!

네놈들을 제압할 수 있는 것은 고양이, 내 어찌 고양이를 기르고 싶지 않겠냐마는, 내 성품이 본시 인자하여 미미한 중생이라도 타자에게 악독한 짓을 가하는 것을 보지 못하기 때문이다. 만약 나의 이런 덕성을 대접해주지 아니 하고 마구 날뛰어 내 성질을 돋운다면 네놈들을 응징하여 후회토록 하여 깨우칠 것이다.

이놈들아! 이놈들아! 하루 빨리 내 집을 피해 멀리 도망가거라. 그렇지 않으면 사나운 고양이를 풀어 하루아침에 네놈 족속들을 도륙케 할 것이다. 고양이의 입술에 네놈들의 피를 바르게 하고, 고양이의 뱃속에 네놈들의 살을 장사지낼 것이다. 그때에는 비록 다시 살려고 버둥대어도 이미 목숨을 보전할 일이 없을 것이다. 그러니 서둘러 떠나거라! 서둘러 떠나거라! 뒤돌아보지 말고 어서어서 잽싸게 도망쳐라.

『동국이상국집東國李相國集』에 실려있는 문장인데 참으로 고려인의 일상적 정감을 진실되게 전하고 있을 뿐 아니라 쥐의 생리에 관해서도 예리한 관찰력이 엿보인다. 실제로 쥐의 피해가 엄청났던 것이다. 해인사『팔만대장경』이 판각될 즈음에 쓰여진 문장인데, 그러한 위대한 대업을 성취해낼 만한 고려대제국 문명의 수준이 이 문장에도 드러나 있다고 할 것이다.

하루종일『노자』를 주석하는 일만 해도 엄청난 집중을 요구하는 일인데 쥐가 나타나서 나의 삶의 공간을 파괴한다는 사실에 부아가 났다. 나 또한 "주서呪鼠"의 심정에 점점 사로잡혀 갔다. 이날 후즈닷컴 강의가 밤 11시 반경에 끝났다. 강의 속에서도 쥐에 대한 만반의 대비를 자랑하면서 나의 승리를 다짐했다. 그리고 천산재에 도착한 것은 밤 12시였다. 궁금할 수밖에! 후랏쉬를 켜들고 닭장 밖을 살펴보니 내가 설치해놓은 쥐약은 아무도 일체 건드리지 않았다. 그리고 철망을 깐 바닥 주변을 세밀히 검사해보아도 구멍이 난 자국이 없다. 외부로부터의 침입이 없었던 것이다. 그래서 닭장 안을 살펴보니, 큰 닭 낙서가 횃대 위에 올라가 자고 있는 모습은 정상이었는데, 나머지 병아리의 자태는 좀 수상쩍었다. 불란서사람들이 만든 위대한 다큐 중에『펭귄: 위대한 모험March of the Penguins』이라는 영화가 있다. 황제 펭귄(Aptenodytes forsteri)이 남극의 오모크라는 지역에 모여 새끼를 부화하는 장쾌한 모습을 영하 40°~60°를 오르내리는 혹독한 추위 속에서 찍은 작품이다. 암컷이 알을 낳으면 암컷은 영양을 취하러 다시 바다로 여행을 떠나고 수컷이 알을 인계받아 64일 동안 꼼짝달싹 하지 않고 부화를 시킨다. 껍질을 깨고 나오는 시간은 24시간 내지 48시간 정도, 수컷은 창자에 숨겨둔 음식을 다시 게워내어 부리로 새끼를 멕인다. 이때쯤이면 영양분을 충분히 섭취한 암컷이 돌아와 양육을 인계받는다.

하여튼 수백 마리의 수컷이 체온을 빼앗기지 않으려고 서로 몸을 부둥켜대며 다리 사이에 알을 품고 있는 모습, 그것이 64일 이상 지속되는 그 장관은 이루 말로 형언하기 어렵다. 그런데 우리 병아리가 횃대나 새장 지붕 위에 올라가 있질 않고 새장 땅바닥 한 구석에, 꼭 오모크에 모여있는 수컷 펭귄처럼 타이트하게 밀집하여 웅크리고 있는 모습은 불길한 예감을 자아내기에 충분했다. 닭은 항상 외부로부터 공격을 받거나 소리나 어떤 충격에 의해 위기를 감지하면 한 곳으로 뭉쳐 웅크리는 습성이 있다.

나는 김부장에게 병아리를 횃대로 옮겨 놓으라고 했다. 그러던 중, 매우 놀라운 사실이 발견되었다. 마리수가 한 마리가 모자라는 것이다. 13마리 중 이틀 동안 2마리가 희생되었으므로 병아리 개체수는 11마리가 되어야 한다. 그런데 10마리밖에 없는 것이다. 낮에 장작더미를 치우고 철망을 까는 대공사를 하는 동안, 닭을 방사했다가 다시 닭장 속으로 집어넣을 때 꼭 마리 수를 확인케 하는데 분명 11마리임을 확인했다는 것이다. 나는 김부장에게 11마리가 틀림없었냐고 재차 확인했다. 틀림없이 11마리를 확인했다고 김부장은 자신했다. 나는 그 자신감이

틀린 것일 수도 있다고 생각하고 닭장 밖의 정원을 샅샅이 뒤지기 시작했다.

사실 어두운 밤중에, 확인되지 않은 물체에 의하여 닭이 사라진 상태에서 숲속을 뒤지는 작업은 좀 공포스러웠다. 괜히 으스스한 느낌이 드는데, 후랏쉬로 비췬 숲에 무엇인가 풀 사이로 휘익 움직이는 것이 보였다. 갑자기 등 뒤로 머리카락 끝까지 쭈뼛해지는 것을 느꼈다. 기나긴 배암 같았다. 나중에 알고보니 내가 긴 대나무 장대를 밟아 그 장대가 움직이면서 풀을 움직인 것이다.

정원을 돌아보고 닭장으로 돌아와봤어도 병아리는 한 마리 사라졌고, 침입의 구멍은 보이지 않았고, 핏자국도 없었다. 미스테리였다. 나는 최후의 수단으로 부화용 새장을 치우도록 했다. 새장은 습기를 막기 위해 철봉과 세멘 벽돌 몇 개를 설치하고 그 위에 놓은 것인데 새장을 치우자 놀라운 광경이 눈앞에 벌어졌다. 그 한가운데 병아리 한 마리가 목을 물린 채 죽어 넘어져 있는 것이다. 어제 이 닭장을 습격한 놈이 또다시 공격을 감행한 것이다. 목만 물었고 내장은 아직 파먹지 못한 상태였다. 안전하게 먹기 위해서 새장 밑으로 시체를 옮겼던 것이다.

나는 충격에 휩싸였다. 그토록 철저하게 방비를 했는데, 그 포위망을 흔적도 없이 유유히 제치고 이 닭장 안에 들어와 또다시 병아리를 갉아먹고 있던 쥐새끼는 도대체 어떻게 생겨먹은 놈일까? 희한하게 진화된 별종이 아닐까? 우리는 당시 밤이 늦었기 때문에 바로 그 병아리의 시체가 놓여있었던 그 자리 밑으로 어마어마한 터널이 있다는 것을 전혀 눈치채지 못했다. 그것은 마치 미국 제1보병사단 사단장이 바로 자기 본부 밑에 방대한 베트콩 게릴라들의 구찌터널이 자리잡고 있다는 것을 눈치채지 못한 것과도 같은 형국이었다.

그리고 나는 외부에서 침입하는 루트만을 계속 조사해보았다. 우리가 상상할 수 있었던 것은 쥐가 지붕을 타고 내려왔다는 추론뿐이었다. 지붕 밑에는 철저히 밀봉하지 않았기 때문에 허술한 구멍이 있을 수 있었다. 그러나 그것은 상식적으로 납득하기 어려운 상황이었다. 땅으로 드나들던 놈이 지하루트가 막히니깐 금방 지혜를 짜내어 지붕으로 루트를 바꾸어 공격한다는 것은 결코 실감나지 않는 추론이었다. 만약 그것이 사실이라고 한다면 그 쥐의 판단력은 칸트가 제3비판에서 다루고 있는 판단력의 극상을 치닫고 있는 놈이리라!

우리의 전략은 총체적인 난국에 직면했다. 인간 지능의 완전한 패배를 의미하는 것이다. 나는 이제 더 이상 손쓸 일이 없었다. 그래서 그 쥐의 비헤이비어 패턴을 관찰하는 수밖에 없다고 생각했다. 그 쥐는 병아리를 아직 먹지 못한 상태이므로 내장을 발라 먹기 위해서 다시 나타날 것임이 분명했다. 새장을 제자리에 옮겨놓고 상낙장 한가운데에 병아리의 시체를 놓았다. 그리고 나머지 닭들은 모두 옆의 낙한장으로 대피시켰다. 더 이상 상낙장 내부의 희생을 방치할 수 없었다. 낙한장에는 덩치가 큰 닭이 많기 때문에, 그리고 새끼를 잘 보호하는 풍산 같은 닭이 있기 때문에, 쥐가 만만하게 활동할 수 있는 공간이 아니었다.

이제는 죽은 병아리와 쥐와의 관계를 조사하여 그 쥐의 행동양식을 관찰하는 길밖에는 없다고 생각했다. 연구소 사람들이 모두 귀가하고 나 홀로 집필에 전념하고 있었는데 도무지 궁금해서 견딜 수가 없었다. 10분 가량을 앉아있다가 다시 나가 보았다. 다시 후랏쉬를 켜서 병아리 시체를 놓은 자리를 비췄더니, 아아~ 이건 또 웬일인가? 금방 그 시체가 사라져 버린 것이 아닌가! 순간 나는 또다시 공포에 사로잡혔다.

정신을 차리고 자세히 조사해보니, 병아리의 시체는 새장이 붙어있는 동벽 코너에 박혀 있었다. 다시 그 시체를 새장 아래로 끌고 들어가려고 용을 쓴 것이다. 그리고 시체를 검사해보니 이미 내장을 처참하게 발라 먹었다. 불과 10분 안에 일어난 일이다. 나는 이 희한한 생물체에 관한 관심이 엄청 증폭되었다. 천재냐? 별종이냐? 둔재냐? 아가사 크리스티의『쥐덫』보다도 더 신비롭고, 짜릿하고 더 풀리지 않는 꼬임이었다. 그 밀폐된 공간 내의 긴장감은 나의 숨을 멈추는 듯했다. 나는 정신을 차리고 그 병아리 시체 위에 투나에 범벅된 쥐약을 쏟아부었다.

그 놈은 분명 또다시 그 병아리 시체를 먹으러 나타날 것이다. 그러면 맛있는 투나에 유혹을 느끼지 않을 수 없을 것이다. 그러면 그가 투나와 쥐약을 변별하는 지혜를 발휘한다 할지라도 투나에 이미 침투한 독의 폐해에서 벗어날 길은 없을 것이다.

그리고 나는 집필실로 돌아갔다. 10분 가량 앉아 추사秋史와 원교員嶠의 서체를 비교하는 글을 쓰고 있었는데 나의 관심은 이미 그 쥐, 그 랫the rat, 그 놈 한 놈밖엔 있을 수 없었다. 요번에는 숨을 죽이고 발자국 소리가 없이 닭장 1m 앞까지 접근해 갔다. 그리고 후랏쉬를 탁 켰다! 그 순간, 뭐가 보이는가? 보인다! 드디어 드디어 그 분을 보았다! 나의 오성의 범주를 묵살시킨 그 분을 보았다. 너무도 평범한 쥐였는데 몸통이 매우 가늘고 길었다. 머리가 메주통처럼 컸고 털색깔이 까만 색조가 정수리에 흐르고 있었다. 그런데 놀라운 사실은 그 쥐의 행동패턴이었다.

우선 쥐는 어둠 속에서 인위적인 밝은 불빛을 보면 금새 후다닥 도망가게 마련이다. 그런데 이 쥐, 우리의 존경심을 담아 "서백작鼠伯爵"이라 이름짓자! 이 서백작님은 후랏쉬를 비추어도 도망가지를 않는 것이다. 그리고 열심히 내가 뿌려놓은 투나를 입으로 물어 나르는 것이다. 그리고 주기적으로 나타나고 또 나타났다. 서백작은 천재가 아닌 둔재처럼 보였다! 나는 연구실에 들어가 사진기를 가지고 왔다. 그리고 그 병아리 시체가 있는 곳에 스포트 라이트가 비추도록 후랏쉬를 설치해놓고 사진을 찍어댔다. 철망이 촘촘해서 그 안에 있는 서백작을 찍기가 매우 어려웠다. 오토 포커싱이 철망에 맞춰지기 때문이다. 그래서 매뉴얼 포커스에 맞춰놓고 수동으로 초점을 돌려 찍어댔다. 이런 일을 내가 벌이고 있는 동안에도 이 서백작님은 계속 먹이를 어딘가로 나르는 작업을 꾸준히 계속했다.

나는 닭장에 들어가 쇠꼬챙이로 그 쥐를 찍을까도 생각해보았지만 내가 명사수가 아닌 이상 그것은 성공률이 희박했다. 그래서 나는 투나 캔을 하나 더 뜯고 스트라타젬을 한 봉지 털어 맛있는 쥐약비빔밥을 만들어 병아리 시체 위에 더 부어놓았다. 그토록 멍청하게 열심히 투나를 나르는 놈이라면 투나에 침투된 독만으로도 내일 아침이면 시체로 발견되어 있으리라는 확신이 섰다. 그런데 놀라운 것은 들락거리는 서백작의 용태가 조금도 힘을 잃지 않고 있다는 사실이었다. 나는 요즈음 쥐약이 독성의 효력이 너무 빈약하기 때문일 것이라고 생각했다. 내일이면 어차피 쥐덫이 배달될 터이니깐!

이날 나는 새벽 3시에나 눈을 감을 수 있었다. 그리고 나의 큰 딸 승중이가 토론토대학에서 많은 학생들을 놓고 대형강의를 하는 것을 꿈꾸다가 깼다. 요번 학기, 나는 한예종에서, 승중이는 토론토대학에서 같이 설강을 한다. 그 긴장감이 교감된 것 같았다. 눈을 뜨자마자 나는 또다시 상낙장으로 달려갔다. 아침

9시경이었다. 임군이 출근한 상태였기 때문에 임군과 같이 닭장을 들여다보게 되었는데 이게 웬일인가! 투나는 말끔히 사라졌고, 스트라타젬의 푸른 그래뉼 좁쌀만이 수북하게 쌓여 있었다. 서백작은 분명 투나와 독성좁쌀을 구분할 줄 아는 테이스트를 가지고 있었다. 그리고 병아리의 시체는 내장이 다 발린 채 어젯밤 그 자리에 놓여있었다. 더욱 더 놀랄 일은 바로 어제밤 그 서백작께서 새장 뒤에서 나를 빤히 쳐다보고 계시다는 사실이었다. 전혀 나의 예상을 뒤엎은 사건이었다. 그 많은 쥐약을 잡수시고도 건재하신 서백작님, 어찌 된 일이시오니이까? 그리고 대낮에 날 노려보고 계시다니요?

임군이 닭장에 들어가 서백작을 쫓으니 새장 밑으로 쏙 들어갔다. 서백작은 상낙장과 낙한장을 마음대로 드나들고 있었다. 우리는 새장을 상낙장에서 철수시켰다. 상낙장의 전모를 파악하기 위함이다. 우리는 그제서야 새장 밑, 은폐된 지하공간 속에 방대한 쥐굴이 형성되어 있다는 사실을 발견하게 되었다. 어제 우리가 하루종일 상낙장 밖의 공간혁명을 일으키고 닭장 주변으로 철망을 까는 대작업을 감행하고 있는 동안에, 서백작은 이미 안전하게 철망 안쪽에 형성된, 새장 밑 소굴에서 코웃음치고 있었던 것이다. 우리는 서공들의 존재를 닭장 밖에다가만 상정했다. 그들 존재의 터전이 이미 닭장 안에 형성 되어있었다는 것은 꿈도 꾸질 못했다. 구찌터널의 길이는 250km에 이른다. 그리고 사이공강이 감싸고 있어 그 퇴로가 강쪽으로 확보되어 있다.

그리고 그 구조가 4·5층의 복잡한 미로를 형성하고 있다. 구찌 지역에 일시에 3만 명의 미군이 투입되고 카펫폭격을 가했어도 결코 구찌터널의 규모는 드러나지 않았다. 미군에 붙잡힌 베트콩 어느 한 명도 구찌터널의 진실을 말하지 않았다. 월남인의 위대한 도덕성을 깨닫게 해주는 대목이다. 미국의 월남전쟁은 전적으로 부도덕한 것이다. 그 부도덕성을 월남인 전체가 양심으로 자각하고 있었던 것이다. 월남전으로 구찌터널이 무너진 것이 아니라 미국사회의 도덕성 그 자체가 무너져 내린 것이다.

우리는 우리가 아침에 만난 쥐가 어젯밤의 서백작이 아닐 수도 있다는 생각을 했다. 어제 약을 먹은 쥐는 이미 죽었고 딴 놈이 나와 돌아다니고 있을 수도 있다는 것이다. 이 쥐구멍 속에 어느 규모의 서공여단이 활약하고 있는지를 가늠할 길이 없었다. 단지 남쪽 퇴로는 어제 철저히 봉쇄되었기 때문에, 이제는 닭장 내의 쥐구멍의 터널규모를 파악하는 작업이 중요하다고 판단했다. 임군은 지혜를 발휘했다. 큰 양동이에 한가득 물을 펄펄 끓여오라고 신군에게 부탁했다. 끓는 물을 쥐구멍에 붓게 되면 이놈들이 퇴로를 차단당했으니까 어느 구멍으로든지 쥐들이 튀어오를 것이라고 판단했다. 새장 밑에는 쥐구멍이 여러 군데 있었기 때문에 지하통로로 모두 연결되어 있는 듯했다. 메인 구멍으로 끓는 물을 붓기 전에 나는 임군에게 우직한 쇠꼬챙이를 주었다. 임군은 무술의 공부가 쌓여있는 인물이었다. 그래서 임군보고 서백작이 나오게 되면 가차없이 찍으라고 쇠꼬챙이를 준 것이다. 그런데 임군이 내 말을 어기고 순간 옆에 있던 연약한 집게로 바꿔 든 것이었다. 쉿! 나는 물론 임군이 집게로 바꿔 들었다는 것도 몰랐다. 그런데 튀는 큰 쥐를 집게로 잡는다는 것은 소림사의 방장도 할 수 없는 일이다.

신군이 메인 구멍으로 펄펄 끓는 물을 확 붓기 시작했다. 물은 하염없이 들어갔다. 몇 초인가 긴장의 순간이 흘렀다.

어라랏차! 튀어올랐다. 놀란 서백작이 옆 구멍으로 튀어오른 것이다. 그런데 임군이 집게로 서백작을 건드리니 택도 없다. 발악하며 날뛰는 쥐를 신군이 구둣발로 짓밟아 버렸다. 순식간의 본능적 행동이었다. 본능이란 "불학이능弗學而能"한 것이다. 무술을 익힌 임군은 멍청한 판단으로 서백작을 놓쳤고 아무 생각 없던 신군은 순식간에 구둣발로 짓밟아 제압해버린 것이다. 신군의 구둣발 밑에서 찍찍 거리던 서백작을 임군이 곧 쇠꼬챙이로 찍었다. 서백작의 가혹한 열반은 이렇게 이루어졌다.

그러나 나는 이 죽은 서공이 서백작인지 아닌지를 확인할 수 없었다. 그리고 또다시 수돗물을 끓일 시간도 없었다. 그래서 수돗물을 계속 퍼오라고 했다. 계속 물을 붓다보면 그 물길에 따라 터널이 주저앉고 터널의 전체규모를 파악할 수 있으리라고 생각했다.

그런데 닭장에 남아있는 병아리의 시체와 스트라타젬의 좁쌀 그래뉼을 처치하는 문제가 시급했다. 나는 그것을 수습하여 계림에 묻고 있었다. 그동안 임군의 또 하나의 실수가 발생했다. 임군이 내가 계림에 다녀오는 시간에 쥐구멍을 흙으로 메꾸어 버린 것이다. 물을 붓는다는 것은 구멍이 크게 날수록 좋은 것인데, 임군은 초입에 흙을 메우고 물을 부으면 그 흙이 흘러들어가 속부터 메꾸어 나가리라는 매우 비상식적인 안일한 판단을 한 것이다. 내가 돌아오니 이미 구멍을 흙으로 막고 물을 부어버린 상태라서 터널의 흐름이 근원적으로 교란되어 버렸고 물이 전혀 빠지질 않았다. 아까 콸콸 쏟아져 들어가던 물흐름이 전혀 사라진 것이다. 튀어오르는 쥐도 없었다. 나는 한 30분 동안이나 임군의 두 가지 실수에 관하여 엄청난 야단의 화살을 쏟아부었다. 임군은 실수를 자인했기 때문에 나의 불같은 분노를 감내할 수밖에 없었다. 나는 화가 나서 닭장을 나와버렸다.

분노를 가라앉히고 나는 최종적 처방을 내렸다. 이제 닭장 안의 흙을 전부 들어내고 그 바닥에 철망을 까는 수밖에 없다고 생각했다. 구찌터널의 본부가 파손되지 않은 이상, 불안감이 영원히 남을 수밖에 없기 때문이었다. 그런데 이 작업에 임군은 놀라운 지혜를 발휘했다. 닭장 바닥을 한 켜 한 켜, 고고학 발굴을 하듯이 파들어가면서 터널의 규모를 파악하겠다는 것이다. 임군은 지난 실수를 만회하기 위해 몇 시간 세심한 작업을 했다. 그리고 터널의 정확한 지도를 그리는데 성공했다. 그것은 마치 터키의 카파도키아Cappadocia 지역의 데린큐Derinkyu 동굴도시와도 같았다. 데린큐는 히타이트 시대로부터 시작된 것인데 B.C. 4세기말에는 상당한 모습을 갖추었다. 비잔틴시대에도 이 지하동굴도시는 종교적 목적으로 쓰였고, 아랍-사산왕조 공격 시에는 기독교인들이 이 지하동굴에서 명맥을 보전하였다. 그 속에 들어가보면 그 지하도시의 다양한 삶의 양태에 관하여 할 말을 잃는다. 카파도키아는 나의 생애에서 잊을 수 없는 체험을 안겨준 황홀경 그 자체였다.

임군은 서백작의 최종 본부를 발굴해내었다. 그 본부에서 7마리의 새끼쥐가 나왔다. 그곳은 지푸라기와 닭털로 만든 매우 안온한 보금자리였다. 7마리의 새끼쥐는 이미 3주는 된 꼬마들이었다. 엄마를 꼭 닮았다.

이제 모든 미스테리가 풀렸다. 서백작은 남성이 아닌 여성이었고, 모성애에 불타있는 엄마였다. 서백작은 임신을 하고부터 적당한 삶의 자리를 모색했고 그 드넓은 천산재 공간 속에서도 닭장 안, 닭장 안에서도 가장 사람 눈에 안 띄는 새장 밑, 그리고 그 새장 밑에 안전한 지하 데린큐를 건설하기로 마음먹었다. 피타고라스의 구상보다도 더 많은 함수를 계산한 기하학적 설계였다. 나일강변의 신전건설과도 같은 거대한 토목공사를 감행하는 것보다도 더 거대한 통찰을 요하는 작업이었다. 이 작업은 몇 달 계속되었을 것이다. 처음에는 숫놈과 함께 작업을 했겠지만 결국 애 키우는 것은 암컷 홀로의 몫이 된다. 데린큐를 건설한 후, 그 헤드쿼터의 넓찍한 공간 속에서 7마리의 새끼를 분만하였다. 그리고 수유를 하는 기간 동안 서백작은 지상의 닭장으로 올라와 병아리들과 함께 생활하면서 먹이를 공급받은 것이다.

그런데 새끼들이 크고, 밤에 닭모이통에 영양가 있는 무엇도 남지 않는 상태에서 그는 모유가 딸리는 것을 느꼈고, 또 새끼들이 직접 육식을 할 수 있을 만큼 컸기 때문에 영양가 있는 먹이를 공급할 필요를 느꼈다. 그래서 어느날 새장안에 홀로 있는 병아리 한 마리를 덮쳤고, 병아리가 쉽게 제물이 되는 것을 알게 되자, 하루 한 마리씩 잡아먹는 요량을 잡게 된 것이다. 둘쨋날 병아리 내장을 파먹고, 새끼들과 성찬의 축제를 벌였을 것이다. 그러나 서백작의 진군은 위험한 진로였다. 그가 병아리만 건드리는 과욕을 부리지 않았어도 그는 평화로운 공존을 하면서 새끼를 잘 키웠을 것이다. 그랬으면 결국 우리 천산재 닭장의 전체적 파멸이 초래되었을 것이다.

어젯밤에 내가 목격했던 서백작의 모습은 봉준호가 그린 "마더"의 모습이었다. 오직 물불을 가리지 않고 "투나"라는 영양가 있는 음식을 일곱 자식들의 입으로 나른 것이다. 그래서 내가 불을 비추든 사진을 찍든 상관하지 않았던 것이다. 서백작은 모정, 그것 하나에 위대한 헌신을 한 것이다. 그리고 자기는 하나도 먹지 않은 것이다. 그래서 자식들은 죽었고 엄마는 살았던 것이다.

어제 쥐약을 풀 때, 남군이 선문답 같은 질문을 했다.

"쥐가 쥐약을 왜 먹는 줄 아세요?"

나는 묵묵부답이었다.

"살려고 먹지요."

새끼쥐들의 입근처에 파란 그래뉼이 붙어있는 것을 보면 새끼쥐들은 밤새 고통을 받다가 열반을 이미 한 뒤였다. 아침에 내가 임군과 닭장을 들어갔을 때 서백작이 나를 빤히 쳐다보고 있었다는 것은 기맥힌 사연이 있었던 것이다. 살리기 위해 멕인 맛있는 먹이가 새끼들을 죽음으로 휘몰았고, 그 폐허를 떠나지 못하고, 그 참극을 수용하지 못한 채 들락날락 어찌하면 새끼들을 살릴까 하고 허망하게 나를 쳐다보고 있었던 것이다. 서백작 본인은 살생에 대한 응분의 보상을 받았다 할지라도 7마리의 새끼쥐들은 무자비한 떼죽음을 당한 것이다.

그러나 그것은 운명이었다. 그러나 나의 심정은 구찌터널을 궤멸시켰다고 환호성을 지르는 미군 사령관의 모습일 수는 없었다. 내가 닭을 보호하는 것이나, 서백작이 새끼를 보호하는 것은 똑같은 "생생지위역生生之謂易"의 생명고리의 일환이다. 그런데 동일한 우주생명의 위업이 하나는 악惡이 되고 하나는 선善이 된다.

나는 갑자기 "천생천살天生天殺"이라는 『음부경陰符經』의 한 구절이 떠올랐다. 그리고 석가모니가 왜 윤회를 해탈의 전제로 설정해야만 했는지, 그 인도인의 정서를 깊게 이해할 수가 있었다. 결국 윤회의 핵심은 선과 악이 윤회한다는 것이다. 선이 악이 되고, 악이 선이 되는 아이러니가 우리 주변에 끊임없이 일어나고 있다는 것이다. 모든 우리 주변의 현시적 이벤트는 그러한 수없는 윤회의 한 모우먼트일 뿐인 것이다. 여기서 근원적으로 탈출하지 않는 이상, 해탈도, 아타락시아도 없다!

연구소 전직원이 모여 성대한 장례식을 치루었다. "프롬 애쉬스 투 애쉬스From ashes to ashes"라는 편리한 문구는 너무 무책임하고 안일하다. 여기서 생각난 것은 『노자도덕경』 31장의 "전승戰勝, 이상례처지以喪禮處之"라는 그 한마디였다. 나는 이규보처럼 "주서문呪鼠文"을 쓸 수가 없었다. 나는 "애서문哀鼠文"을 쓸 수밖에 없었다.

우리는 에미쥐와 새끼쥐 7마리를 새로 심은 매실나무 아래 양지바른 곳에 깊게 고이 잘 묻어주었다. "유세차 이천십삼년 팔월

이십칠일 천지신명께 소고하나이다. 쥐야 쥐야! 너는 어이하여 쥐로 태어나서 우리의 마음을 슬프게 만드느냐?……" 아마도 그 여덟 마리의 생명은 내년에는 매실로 윤회의 열매를 맺으리라. 우리는 또다시 그 윤회의 열매를 따먹으며 우주생명께 감사하리라.

2013년 8월 31일

저녁 7시 19분 탈고

애정만리哀情萬里

　며칠 전에 나의 항상스러운 벗 손진책이 부인을 대동하고 날 찾아왔다. 연륜이 쌓여 푹 익은 손형의 모습은 참으로 아름답다. 그 부인 김성녀도 몸을 어찌나 잘 관리했는지 싱싱한 젊음을 그대로 유지하고 있다. 동숭동에서 연극을 하나 보고 들렀다고 했다. 그리고 나에게 부탁을 하는 것이다. 올 봄에 국립극단에서 강연을 기획했는데 그 첫 스타트를 끊어달라는 것이다. 백성희장민호극장에서 연극의 한 장르인 것처럼 도올의 일인공연으로 술술 이야기를 풀어달라는 것이다. 그것도 4주에 걸쳐 4회 공연으로 하자는 것이다. 나는 요즈음 정말 외부강연에는 나가지 않는다. 그런데 친구의 부탁이 너무 진지했다. 그리고 일회적 사건이 아닌 체계적인 공연으로서 기획하겠다는 의도가 마음에 드는 구석이 있었다. 그런데 자기네 주제가 "연극과 공간"이란다. 허나 내가 "연극과 공간"이라는 주제에 관하여 뭘 주제넘게 이야기할 건덕지가 있겠는가? 그래서 후딱 이렇게 둘러댔다.

"제목은 '노자의 시니피앙과 연극이라는 시니피에' 이 정도로 해두게, 내가 요즈음 『노자』주석에 열중하고 있으니 내 입에서 노자 얘기밖에 더 나오겠나? 내가 노자에 관해 그의 사상을 씨부렁거릴 테니, 그 나의 씨부렁거림(시니피앙)에 걸맞는 의미나 개념(시니피에)을 연극인들이 마음대로 상상해보라구 그러게. 내 노자강의라면 사람들이 많이 꼬일 거야."

"좋지!"

그래서 2013년 3월 4일부터 3월 25일까지 나의 연극강론 4회가 기획되기에 이른 것이다. 그런데 사실 나는 지난 학기에 한신대 신학대학원에서 "도와 덕의 신학"이라는 제목으로 3학점짜리 강의를 했다. 그런데 학생들이 어찌나 진지하게 강의를 경청하는지, 수강생 전원이 단 한 번 결석도 지각도 하지 않았고, 내라는 레포트를 정성스럽게 다 내었다. 나는 나와 약속한 것을 지키기만 하면 최고의 점수를 준다. 그래서 수강생 17명 전원에게 최고의 점수를 주었다. 학생들은 물론 대만족이었다. 그래서 요번 학기에도 계속해서 강의를 해주겠다고 했는데, 신학대학원에서 나에게 상의도 없이 내 강의를 누락시켰다. 말인즉 일년에 한 학기만 강의해주셔도 충분하다는 것이다. 그래서 내 강의를 가을학기로 미루어놓았다는 것이다. 그렇지만 웬지 좀 섭섭한 기분이 들었다. 날 대접한다면 커리큐럼 짜기 전에 나에게 미리 상의라도 했으면 좋았을 것이건만. 하여튼 그런저런 사정으로 내 강의계획에 차질이 생겼다. 그 틈에 어떻게 묘하게도 진책이가 밀고들어온 것이다. 그러니 한신대 신학대학원에서 할 강의를 연극원에서 압축적으로 하게 된 셈이다. 사상가에겐 독수공방의 천착도 필요하지만, 대중과의 교섭의 장이 사유를 자극시키는 에너지 제공 루트로서 항상 수반되어야 한다. 3월 한 달 동안 국립극단에서 "3월의 눈"이라는 연극과 함께 진행된 나의 강연은 내 인생 최고의 감동의 무대가 되었다. 무엇보다도 마이크, 조명, 객석의 분위기, 수강자들의 진지한 집중자세, 그 모든 것이 강의를 위대하게 만드는 최고의 조건이었다. 나는 마지막 날 "국학선언"이라는 연설문을 낭독하였다.

연극이란 무엇일까? 나의 연극관은 무엇이냐? 이런 얘기를 할 때마다 내 머릿속에 떠오르는 은사恩師의 한 구절이 있다

치엔쿤이시츠앙　　乾坤一戲場
　　　　　　　　　건 곤 일 희 장

르언성이뻬이쮜　　人生一悲劇
　　　　　　　　　인 생 일 비 극

중국 당대의 거유巨儒라 말할 수 있는 황똥메이方東美 교수가 항상 강의시간마다 심심치 않게 외치곤 하셨던 말씀이다. 여기 건곤이란 『주역』의 수괘首卦 두 개를 지칭하지만, 그것은 하늘과 땅을, 남과 여를, 형이상과 형이하를, 신과 인간을, 성性과 정情을, 초월과 내재를 의미할 수도 있다. 건곤이란 하나의 연극마당! 우리네 인생이란 그 위에서 펼쳐지는 하나의 비극!

대승불학을 강론하시는 선생님께서 희喜와 비悲를 분별하실 분이 아니신데, 어찌하여 우리 인생을 꼭 비극이라고 말해야만 했는가? 황선생은 안휘성安徽省 동성학파桐城學派의 명가문에서 태어나 당대 거부가문의 딸과 결혼했는데, 미국유학 과정에서 셰익스피어 전공의 신여성과 사랑에 빠져, 그 전통적 현모양처형의 부인과 이혼하기에 이른다. 그 이혼소송의 재판이 당시 매우 유명한 가십거리가 되었던 모양이다. 나는 선생님댁에 놀러가 그 사모님을 뵙곤 했는데, 그 노경의 얼굴을 통해서도 그 개화기의 신여성다웠던 찬란한 미모를 엿볼 수 있었다. 아마도 부인이 셰익스피어의 비극의 전공자이래서 그 영향일까, 자신의 삶의 역정에 깔려있는 정조情調의 고백일까? 인생은 건곤 위에 펼쳐진 하나의 비극이라는 선생의 말씀은 나에게 영원한 화두로 남아있다. 인생은 과연 비극일까? 희극일까? 희극도 비극도 아닌 그 무엇일까? 언어의 규정성을 넘어서는 그 무엇이 아닐까? 그러나 여기서 확실한 것은 우리 모두의 인생이 천지라는 무대 위에서 펼쳐지는 하나의 연극이라는 것이다.

저 가회동 어느 고즈넉한 골목길에 내가 잘 가는 한정식집이 하나 있다. 한정식집이래야 구질구질하게 고정 메뉴를 한 상 가득 차려놓은 집이 아니고, 몇 개의 주제에 따라 간략하고 소박하게 차리는 집인데 결코 가격이 비싸질 않다. 그리고 꼭 주인이 정성스럽게 차려주기 때문에 항상 맛이 일정하다. 그런데 그 맛이라는 것이 일체 화학조미료를 가하지 않았는데도, 일본사람들이 개발한 미원(味元: 아지 노 모토)이 인류의 밥상을 지배하기 이전의 그 짙은 천연의 향을 유감없이 발휘한다. 아마도 직접 관리하는 장맛 때문이리라. 그리고 천 번을 먹어도 뒷탈이 난 적이 없다. 배가 거북하다든가 설사가 난다든가 하는 적이 없다. 배가 좀 불리 먹어도 곧 소화되곤 하는 것이다. 하여튼 그 집 음식을 먹고 후회한 적이 없다. 내가 이런 말을 하면 독자들은 그 집이 어디 있냐고 묻겠지만, 그 집의 존재여부는 여기서 얘기할 계제가 못된다. 나는 그 집을 한국음식의 국보라고 부른다. 그런데 그 국보집 주인아줌마가 진짜 국보이다. 이씨인데 나와 동갑내기이다. 그러니 나이도 지긋한데, 아직도 매우 사리분별이 또렷하고 건강하기 이를 데 없다.

나는 그런 집을 혼자 가는 적은 없다. 항시 뜻을 같이 하는 지사들이나 제자들과 무리지어 간다. 벌써 그 집을 다닌 지도 십여 년이 되어가는데, 정성스럽게 만들어주는 돌솥밥에 된장찌개만 먹어도 하루의 미각은 충족되고도 남는다. 그런데 그 이씨의 맛은 혀의 맛에만 있는 것이 아니라 두뇌의 맛에 있을지도

모르겠다. 이씨의 진취적인 생각이 나의 사상적 동지로서 조금
도 손색이 없다. 항상 사회문제에 관하여 정의롭고 진취적인 판
단을 내리곤 하는 것이다. 이씨는 엄청난 독서광이다. 내 책을
모조리 다 읽는다. 그런데 더 재미있는 것은 이씨가 대구 여자
라는 것이다. 티케이 출신이라면 현실에 안주하고 자신의 처지
를 정당화하는 것으로 만족하고 살 텐데, 이씨는 항상 극렬하게
현실을 비판적인 시각으로 형량한다. 더 나은 세계를 동경하는
것이다. 언젠가 나에게 자기 아버지 사진을 보여주는데 자가용
앞에서 사냥총을 든 신사의 모습이다. 일제시대에 세비로 사냥
복을 입고 사냥을 다닐 정도의 사람이라면 지극히 부유한 층의
자제임을 알 수 있다.

"우리 아버진 친일파였기에 그렇게 잘 살았겠죠?"

"글쎄, 당신같이 의식이 고매한 자식을 길러낸 것을 보면 친
일하면서도 독립군을 도왔을 것 같은데…"

하여튼 자기 아버지에 관해서도 잘 모르는 것을 보면 그간 집
안의 영고성쇠가 만만치 않았다는 것을 알 수 있다. 난 사실 이씨
의 사생활에 관해 전혀 알지 못했다. 그리고 알아야 할 이유도
없었다. 그냥 이씨가 정성스럽게 지어주는 밥이 고마웠을 뿐이다.

어저께 나는 오랜만에 국보집엘 갔다. 이씨는 항상 그러하듯이

명랑한 얼굴로 나를 반기면서 최근 2회에 걸쳐 KBS 두드림에 나온 내 프로를 너무도 재미있게 봤다고 했다.

"재밌지?"

"재밌다 마다! 두 번 다 아주 열심히 응원하면서 봤지. 내 주변 사람들도 너무 감명 깊게 봤다구 그래요. 재미 정도가 아니지. 누가 그렇게 국민을 계몽시키우? 아니 누가 섹스가 인생의 주제가 아니라구, 그런 말을 해주냐구요. 너무 중요한 얘기 아니요? 선생님 강의 매주 한 번씩만 그렇게 들려주면 이 민족이 정말 각성할 텐데…"

"제대로 들었네."

"난 혼자 사니까 넘 좋아! 집에 가면 내 맘대루잖아! 아무도 스트레스를 주지 않잖아. 뭐 하라구 야단치는 사람도 없구, 보고 싶은 책 마음대로 읽구. 온종일 일하구 집에 가면 그저 쉬고 싶은 맘뿐인데 나 혼자 맘대루 할 수 있으니 얼마나 좋으냐구."

난 갑자기 의아스러운 생각이 들었다. 이씨는 아주 잘난 아들·딸이 하나씩 있고, 또 양가집에서 훌륭한 며느리·사위도 들여 아주 행복한 가정을 꾸리고 있다는 것을 잘 알았다. 아들·딸이

번갈아 엄마 저녁도 사드리고. 그런데 "혼자 살아 좋다"는 말의 뉘앙스를 잘 파악할 수 없었다. 그렇다구 남의 사적인 문제를 대놓고 물어볼 수가 없었다. 아마도 많은 사람들이 내 『사랑하지 말자』론에 너무도 깊은 공감을 했고, 삶의 하찮은 번뇌로부터 해방감을 만끽한 듯 싶었다. KBS 두드림쇼가 나간 후로 많은 사람이 나에게 충심으로 "감사한다"는 표시를 했다. 뭔가 삶의 미해결의 숙제로부터 해방된 느낌을 나에게 표현하는 그런 눈치였다. 책으로 쓰는 것보다는 두드림과 같은 쇼를 통해 직접 말로 전달한 것이 괴력을 발휘한 것 같았다. 하여튼 KBS 두드림 2013년 신년특집방송은 연예프로의 일대혁명을 예고하는 하나의 사건이기도 했다. 의미를 동반한 재미는 재미 이상의 재미를 제공한다는 나의 지론을 실증적으로 과시한 작품이었다.

"자식새끼 다 장성케 해놓구 혼자 살면서 자기 하고 싶은 것 마음대로 하는 것처럼 행복한 삶은 없지. 그런데 이씨가 혼자 산다는 게 뭔 말야? 남편이랑 사별이라두 했다는 겐가?"

"남편은 살아있지."

"그럼"

"4년 전 이혼했지."

에구구, 괜히 안 건드릴 보따리를 건드린 듯 난 좀 후회가 되었다. 그런데 이씨는 속시원하다는 듯이 지난 얘기를 막 해대기 시작하는 것이었다. 그야말로 애정만리의 여정이 술술 그녀의 입에서 흘러나오기 시작했다.

"남편은 지씬데 충청도 양반이야. 홍성 사람인데, 집안이 아주 좋았다우. 그 아버지가 일제시대 때 비단장수를 한 사람인데 아마 당진에서 산똥까지 왔다갔다 무역을 한 모양이요. 돈을 억수로 벌었대요. 당진·예산·홍성 일대에 땅을 엄청 사두었어요. 그런데 그만 34살에 죽고 말았어. 그런데 자그만치 8남매를 낳았다우. 내 남편은 3남5녀 8남매 중 막내였는데 아마 핏덩이래서 아버지도 모르고 자랐겠지. 그런데 그 시아버지가 유언하길 내가 8남매 다 대학 보내고도 남을 만큼 돈을 벌어두었으니 자식들 꼭 교육을 잘 시켜달라구 당부하면서 죽었대. 그래서 그 어머니가 재산관리 잘 하면서 자식들을 똑똑하게 교육 잘 시켰다우. 그래서 여덟 남매가 다 교수, 의사, 선생, 법관 다 골고루 출세했어요. 그런데 집안에 꼭 머저리 같은 놈 하나는 끼게 마련이거든. 그게 하필 내 남편이라우. 난 그 지씨 집안 막내며느리로 들어갔는데 정말 머저리한테 걸리고 말았지."

"본인들도 잘 모르는 중매였나보지?"

"아니, 연애 반 중매 반이었다우."

"그럼 됐지 뭘 그렇게 남편 숭을 보누?"

"이 머저리가 글쎄 딱 부러지게 하는 게 아무 것도 없어요. 집
안 꾸릴 능력도 없구, 취직도 못하고, 자영업도 못하구……
날 괴롭게나 안 하면 좋은데, 난 말이요 독서하는 게 그렇게
좋았어요. 파스테르나크의 『닥터 지바고』나 도스토예프스
키의 『악령』이나 김주영의 『객주』, 박경리의 『토지』 같은
소설을 읽는 게 취미였지. 하여튼 그런 명작들을 읽고 있으면
얼마나 아기자기하게 재미있는지 몰라요. 그런데 이 인간이
내가 그런 책을 읽고 있으면, 책을 뺏어다 마당에 내동댕이
치는 거야. 질투를 하는 게지. 자기보다 책을 더 사랑한다구
지랄지랄 거리는 거야."

"훌륭한 남편이구만 그래, 책에다 질투를 느낄 정도면 얼마나
이씨를 사랑했겠수?"

"아니 그럼 지가 돈이나 벌어올 것이지!"

"돈 못 번다구 남편 구박하면 쓰나?"

"아이구우! 밥먹으라구 불러대두 이층에 쑤셔박혀 내려오길

하나! 아이구 두야!"

"그래서 헤어지진 않았을 거 아냐?"

"결혼하자마자, 똑똑한 누나들이 미국으로 이민을 갔다우. 그래서 누나들이 막내동생 무엇 하나 제대루 하는 것이 없다구, 희망의 땅 미국에나 와서 새 삶을 펼쳐보라구 초청을 했어요. 그런데 보통 이민신청하구 3년이면 초청장이 떨어지는데 우리는 8년이나 걸렸다우. 그래서 결혼 후 8년이 지나 이민갈 팔자가 생겼다우. 그래서 가려니까, 그 초청한 시누가 말하길, 미국은 황금땅이 아니라 황막한 땅이니 죽으라구 일하지 않으면 살 길이 없다. 그래서 돈벌 수단이 좀 있어야 하는데 한국에서 재봉질을 잘 배워오면 돈을 벌 수 있다구 하는 거예요. 난 겁이 덜컥 났지. 난 어려서부터 요리는 일가견이 있었어두, 성격이 괄괄해서 바느질은 젬병이었거든. 단추 하나 제대루 달질 못하는 여자예요. 그래서 겁이 덜컥 났지. 그런데 남편은 좋다구 무조건 가자는 거야!"

"떠나구 볼 일이지, 뭘 그렇게 서성거렸나?"

"난 겁이 많아요. 자식 둘이나 낳았는데 어딜 황무지에 나앉나 말이요. 우리 친정어머니가 명답을 내렸지. 자네 한국에서도 딱 부러지게 성공한 일이 아무것도 없었는데 어떻게 무작정 처자식을 데려가겠다는 건가? 그러니 자네 혼자 먼저 가게! 미국에 가서 자리를 잡고 처자식 데려올 만큼 성공하면 그때 내가 딸하구 외손주들 데리고 직접 가서 자네한테 건네주지! 그래서 남편 혼자 먼저 떠난 거야. 뉴욕 롱아일랜드에 있는 누이집으로 간 거지."

"그래 어떻게 됐나?"

"맨날 분란 덩어리였지."

"왜?"

"빤하잖아! 미국에서 누가 거저 밥멕여주나? 시누인들 얼마나 피곤했겠어. 초기 이민생활이 얼마나 처절했수. 유대인들이 닦아놓은 삶의 터전을 우리가 치고들어가면서 승계한 과정이 보통 일이 아니었다우. 채소장수, 세탁소, 햄버거가게 등, 새벽부터 맨몸으로 근면하게 일해야만 먹고살 판인데, 이 머저리가 미국 가서도 똑같은 행태를 계속한 거지. 어디 취직시켜주면 하루도 못 버티고 돌아오고, 나중엔 아예 집안에 쑤셔박혀 방귀나 뀌고 앉아있으니 누나인들 남편 보기가 민망치 않겠수? 그래서 참다참다 못해 내쫓은 거지. 나가서 죽이 되든 밥이 되든 독립적으로 살아봐라! 대학 나왔으니 영어도 할 께고 뭐가 걱정이누! 좀 나가서 독자적으

로 삶을 개척해봐라! 그러니까 이 머저리가 배낭 하나 걸머
메고 터덜터덜 나가더래. 시누인들 오죽 마음이 쓰렸겠수.
그런데 그게 끝이야."

"아니, 그게 끝이라니?"

"그 뒤로 영 소식이 두절된 게야. 1년을 기다리고, 2년을 기
다리고, 3년을 기다리고, 수십 년이 지나도록 아무 연락이
없는 거요. 그렇다고 그 드넓은 미국에서 어떻게 사람을 찾
겠어요. 한국인이 FBI래도 움직일 수 있겠어요?"

"그래서!"

"그래서 죽은 줄 알았지. 누이집에도 한국에도 일체 종무소
식이니 죽었다고 생각할 수밖에 더 있겠수? 울 엄마도 내색
은 안 하지만 가슴에 회한의 멍이 드셨겠지."

"거 참 보통 일이 아니네."

"그래두 10년 지날 때까지는 간간이 생각이 나더라구요. 아들
9살 때 홀로 되어 내가 식당을 시작했는데 잘 되는 거예요.
그래서 자리를 잡고 살 만하게 되니깐, 아이쿠, 이 머저리
래두 이제 나타나면 식당을 같이 해나가면서 친정엄마한테

그래도 내 남편 버젓한 행세를 하는 놈이라구 자랑이라도 하구 싶더라구요. 처갓집에서 한 번두 대접 못받은 남편이 불쌍하게 생각되기도 하드래니깐."

"그래서!"

난 이 여자의 이야기가 끊어질 것이 두려웠다. 뭔가 기구한 곡절이 숨어있을 것 같았다.

"그런데 10년 지나니깐 생각이 안 나드라구요. 싹 잊어버렸죠. 그런데 문제는 땅이었어요. 홍성 일대에 지씨 집안 땅이 엄청 많이 있었는데 그걸 팔자는 거예요. 그런데 땅을 파는 것은 좋은데, 모든 사람의 동의가 있어야 한데요. 그러니까 내 남편의 도장이 필요한데 없으니까 실종신고를 내자는 거예요. 그런데 내 생각에 실종신고를 낸다는 것은 좀 두려웠어요. 이승만·박정희 밑에서 우리가 오죽 벼라별 연좌제에 시달렸수. 괜히 실종이라 하면 북한으로라도 사라진 것처럼 생각하면 우리 자식들 크는데 지장이 많을 것 같았지. 그래서 내가 단호히 말했지. 우리 두 아이가 대학 나오고 취직한 후에는 실종신고를 하겠다. 그 전에는 참아달라구 했지. 그런데 시댁사람들이 참 점잖은 사람들이예요. 그래서 내 취지를 이해해주었지. 그리고 세월이 흘렀죠. 난 장사를 잘했고, 애들은 다 장성했죠. 그리고 대학 나오고 취직까지

다 한 거죠. 그래서 실종신고를 내기로 합의를 본 거예요.
때마침 군청에서 체육시설을 짓겠다고 그 큰 땅덩어리를
매입하겠다는 거예요. 그래서 실종신고를 냈는데 일 년 후에
그게 사망신고로 떨어졌지. 그래서 내 남편은 사망자가 되어
버린 거야. 그리고 땅값이 많이 올랐어요. 그래서 8남매가
공평하게 3억씩 나누어가졌지. 모두가 해피했지. 20년 전에
판 것보다 더 잘 되었으니까. 내 남편이 사망자가 되고나서
우리 친정어머니도 돌아가셨죠. 아마 가장 가슴아프게 날
바라보신 분이 우리 엄마였을 거예요."

"그런데 어떻게 됐어?"

"그런데 울 엄마 돌아가시고나서 일 년째 어느날 전화가 온
거예요! 25년만에! 글쎄 아들이 아버지 전화를 받았다는
거예요!"

"와아! 우리 친구 한대수 아버지 얘기보다 더 흥미진진하구
만. 그래서?"

"이 머저리가 갑자기 25년만에 한국에 나타난 거예요. 그리
고 큰형님 집에 먼저 전화를 건 모양이예요. 나두 가슴이
쿵쾅거리기 시작했지. 이게 도대체 뭔 일인가? 내가 지금
미친 카츄샤처럼 달려가서 만나기래도 해야 하나? 도무지

종잡을 수가 없었지."

"사랑했구만."

"큰 동서가 나에게 전화를 해서, 우선 자기가 자세히 상황을 알아볼 테니깐, 좀 기다려보라는 거예요. 그래서 그러마구 했죠."

"도대체 왜 25년 동안 멀쩡한 사람이 연락을 안 했을까?"

"드디어 큰 동서 연락이 왔죠. 그런데 큰 동서가 너무도 실망스런 얘기를 전하는 거예요. 글쎄 그 인간이 누이집을 나가자마자 어느 한국 여자를 만났는데 그 여자는 어린 애가 셋이나 있었고 남편한테 버림받은 상태였던 모양이예요. 그런데 그 여자가 생활력이 있었대요. 그래서 그 여자하구 25년을 잘 살았대요."

이 말을 하는 이씨의 얼굴에는 지나간 분노의 염이 다시 끓어오르는 듯했다.

"그래서?"

"그런데 시집 사람들은 점잖은 사람들이니깐 날 보호해주는 입장이었죠. 그래서 난 만날 필요가 없다구 해버렸죠. 내가 그 머저리를 만나 뭘 하겠어요. 정이 싹 가셨는데. 그런데 아들하구 딸이 생각이 싹 갈리는 거예요. 아들은 아버지가 살아계시다구 그렇게 좋아하는 거예요. 그래두 아버진데 살아돌아오셨으니 얼마나 기쁘냐구 잘 해드리자는 거예요."

"아이쿠 이 자식아! 내가 널 어떻게 키웠는데 니 애빌 싸고 도냐? 그런데 우리 딸은 아주 냉정했어요. 만나지도 마라! 관계를 싹 끊어버려라! 이젠 끝이다. 더 이상 없다!"

"그것 참 대단한 갈림길이라니깐. 딸은 엄마 편이구, 아들은 그래두 아버지 편이야. 이게 우리네 동방인들 심성이지. 외디푸스 지랄하는 서양사람들하구 달라. 그래서 정말 안 만났나?"

"이 머저리가 날 찾아왔어요. 밤이 으슥한데 우리 식당으로 날 찾아온 거예요. 그런데 25년만에 만났는데도 쳐다보기가 싫더라구. 그래서 근처 까페라도 가서 앉아 이야기하고 싶질 않더라구. 그래서 그냥 요 앞에 있는 동네교회 마당으로 데려갔지. 그 후미진 담벼락에 그냥 서서 이야기했지."

"뭘 얘기하던가?"

"꺼버정하게 서서 두 자식 건강하게 버젓하게 키워주어서 감사하다. 그리고 내 몫까지 건강하게 살아다오. 이 두 마디만 하는 거예요."

그리곤 이씨는 엎드려 흐느끼는 듯했다. 사실 그때 내 눈에서도 눈물이 나왔다. 이야기를 같이 듣던 내 제자들도 모두 숙연해졌다.

"좋은 사람이구만. 남편이 잘 생겼지?"

"잘 생겼구 말구. 착하디 착한 사람이지. 키가 175cm구, 아주 허우대가 좋아요. 혜화성당에서 결혼했는데 웨딩마치에 들어오는데 모두 남편이 너무 잘 생겼다구 했지. 신부가 잘 생겼다구 말하는 사람은 없었다우."

"그러니까 남편은 25년 동안 그냥 생활력 강한 여자에게 얹혀서 행복하게 살았던 거겠지. 그러니 뭘 더 바라겠어. 당신보다 그 여자하구 체질적으로 더 잘 맞은 거야."

난 얘기가 끊어질까봐 조바심이 났다. 세상 이토록 재미있는 한판 소리는 없는 것 같았다.

"그래서 어떻게 됐나?"

"우선 죽은 사람이 되었으니 살려달라고 하는 거야. 그건 해줘야되지 않겠어요? 그래서 생존증명재판을 했지. 그것도 6개월이나 걸렸어요."

"그리구?"

"이혼절차를 밟을 수밖에 없었어요. 난 이혼할 생각이 없었는데, 이혼을 안 하면 내 국민연금도 반을 남편이 차지하게 되고 내 재산도 모두 공동소유가 되는 거예요. 그리구 홍성에 땅을 팔구두 금싸라기 같은 땅이 내 명의로 100평이 있었어요. 이혼을 안 하면 그 땅도 남편이 싹 가져갈 수도 있다는 거죠. 그런데 그 집안사람들이 충청도 양반답게 일체 그 얘기를 남편에게 하질 않은 거죠. 그리고 이혼을 해주라고 권유한 거죠. 시누 하나에 바늘이 네 쌈이라는 말도 있지만 우리 시누들은 너무도 나에게 잘 해주었어요. 일체 스트레스를 안 주었죠! 단지 지씨네 호적에서 내가 떨어져나가는 것이 참으로 안타깝다구만 했죠. 지씨 집안의 제일 좋은 며느리가 제일 머저리 같은 놈한테 시집와서 고생만 했다구 날 위로해주었지. 그래서 6개월만에 완벽한 합의이혼에 서로가 도장을 찍은 거죠!"

"피차에 잘된 일이야! 해피엔딩이구만."

내 입에서 "해피엔딩"이라는 말이 떨어지자 내 주변의 제자들이 다 박수를 쳤다. "해피엔딩이다! 해피엔딩!"

"내 호적은 친정으로 돌아갔지. 그래서 좀 호적이 지저분해졌어요. 그것만이 아쉽죠."

"그리구"

"그리군 안 만났지. 아들한테 200만 원 주면서 비행기표 사드리구 공항까지 잘 모셔드리라고 했지."

유난히 쌀쌀한 밤이었다. 우리는 그 국보집을 나오면서 의견이 분분했다. 그러나 한 가지, 그 남자를 동정하는 의견도 만만치 않았다. 아버지를 모르고 누이들 밑에서 자란 그 남자가 니체처럼 아주 천재적 기인이 되든가 그 반대의 어떤 특이한 성격의 소유자일 수도 있을 것 같았다.

"그 남자 얘기도 들어봐야 되는데……"

"해피엔딩으로 끝냈으면 됐지 뭘 더 생각해?"

"확실한 건 그 남자가 여복이 많다는 것이죠. 양쪽으로 다 좋은 여자를 만난 겁니다. 그 미국측 여자는 이 남자가 착

하기 때문에 그냥 애아버지 노릇만 해달라 하고 일체 스트
레스를 안 주었던 것이죠. 그러니 이 착한 남자가, 내일내일
하다가 그냥 주저앉은 게 25년이 된 것이죠. 생존을 회복하
고, 이혼하고 돌아갔으니 그 여자에게도 체면을 세운 거죠.
그렇게 살다가 행복하게 죽겠죠."

나는 다시 한 번 떠올렸다. 인생이 과연 희극일까? 비극일까?
희극이라도 비극적 정조가 없으면 참 웃음을 자아낼 수 없고
비극이라도 희극적 바탕이 없으면 비장미는 생겨나지 않는다.
인생이란 걸어가는 그림자. 자기가 맡은 시간만은 장한 듯이
무대 위에서 떠들지만 그것이 지나가면 잊혀지는 가련한 배우
일 뿐. 인생이란 바보가 지껄이는 이야기, 시끄러운 소리와 분노
로 가득하지만 아무것도 의미하지 않는 이야기.

2013년 2월 19일
밤 10시 탈고

젊은 날의 초상

선생님께 반한 순간이 있습니다. 오래 전 EBS에서 강의를 하시던 시절, 전 고등학생이었습니다. "동양철학이 이렇게 재미있었나? 참 재미나게 강의하시네." 그 시간이면 꼬박꼬박 텔레비전 앞에 앉아 있던 이유였지요. 하지만 죄송하게도 그 이유 때문에 반한 것은 아니랍니다.

어느날. 두둥.
이백의 시를 읊으셨습니다. 그것도 중국어로, 그것은 노래였습니다.

삑사리(!)의 한 획을 그으시던 당신의 목소리가 그토록 기품 있고 아름답다는 것을 알아버렸습니다! 눈앞에 풍경이 펼쳐졌습니다. 물소리, 바람, 향기, 온도, 계절. 탱글한 비파의 음률에 복사꽃이 흩날렸습니다. 아니 저 분이! 도올! 거기, 다른 사람이 서 있었습니다. 너도 나도 모두 구름 같은 것. 선생님은 어제와 다른 구름이 되어, 가만히 손을 뻗으면 닿을 것 같은 하늘을 슬며시 흘러 가셨더랬죠.
그리고는 다시 알았습니다. 꼬박꼬박 텔레비전 앞에 앉아 있던 이유를. 선생님은 이전부터 쭉 음악이셨던 겁니다. 고조되는 선율과 밀고 당기는 장단에 철학과 이야기를 녹이는 소리꾼. 소리꾼이 그날 새삼 기똥찬 노래 한 곡조를 뽑았던 것뿐입니다. 말의 음악성, 이야기의 음악성, 시의 음악성. 모든 순간에 내재된 기의 흐름, 음악의 "흐름"이 저를 꼬박꼬박 붙들어 두었던 것입니다.

저는 음악창작과 학생입니다.

음악극의 범주에 대한 논의는 다양하지만, 제게 음악극이란 음악적 흐름을 가진 세상의 모든 극입니다. 하여 가능할, 음악 없는 음악극, 그것은 도올의 강의일 수도 있고, 누군가의 몸짓일 수도 있습니다.

선생님의 강의를 들으며 종종 판소리를 생각합니다.

갖은 이야기를 분방하게 오가시는 술부적 사고 속에 진양과 자진모리, 아니리가 있어 웃고 웁니다. "무아"에 대한 말씀을 들려주신 날, 그 잔잔하고 깊은 울림에 크게 울컥하려던 것을 가까스로 참았지만. 거기에 불쑥 끼어든 일본인 학생의 이야기와 김태웅 선생님 일당의 시와 노래는 결국 눈물을 뽑아냈습니다. 어디로 흘러갈지 모르는 이야기 속에 끝없이 내재돼 있던 음악적 흐름의 완성. 제가 만들고 싶은 음악극입니다.

감사합니다. 선생님.

끝내 울었던 날, 그 옛날 이백의 시를 읽어주시던 순간이 떠올랐습니다. 참 감사하다고, 달려가 말씀드리고 싶었습니다. 팬레터를 전하고 싶었습니다. 어떤 인연으로 선생님을 매주 마주하며 강의를 듣고, 이런 두서없는 글로 감히 선생님의 빨간펜 지도편달을 받게 됐는지 신기하고 감사합니다. 졸업을 앞둔 마지막 학기에 큰 힘과 생각을 주셨어요.

"나도 밤이 되면 불안해져 …" 이런 선생님의 말씀에 마음이 짠했습니다. "결국 이러다 팩! 뒈지고 마는 거지." 요새말로 웃픈(웃기고 슬픈) 말씀이셨지만, 그 안에 깃든 술부적 삶의 여유와 힘이 저를 응원했습니다.

무엇이 되기 위해 안절부절하지 말고, 무엇이 될지 모를 이 과정을 즐기고 노력하자. 그리고 윤리적인 감성. 예술. 철학.

요새의 고민은 무지와 악의입니다.

도올 선생님이 오시고, 가을이 갑니다.
2013년 11월 7일 이유진 올림

이 글은 한예종 음악창작과 학생이 쓴 레포트 속에 나오는 한 대목이다. 다음의 시를 한번 보자!

저온화상

박철현

하늘이 뿌옇게 번져간다.
단전에서부터 타오르는 뜨거움에
푸른 하늘 참 덧없어 데일 듯하다
저온 화상, 와닿는 느낌은 살갗 찢어진다며
내 겁은 고통보다 큰가 보다.
잃지 않으려 몸부림치던 날들
까맣게 부서진 마음 두 손으로 떠올려 본다.
진한 살구색 흉터의 한 남자는
손 안에서 나를 바라보고.

우는 듯, 웃는 듯, 넘치는 애정에
나 밝게 타올라, 우는 듯, 웃는 듯.

이 시는 연극원 연기과 학생 박철현군의 작품이다. 내 강의가 끝났을 때 박군이 읊은 것이다.

2013년 가을학기 나는 우연찮게 한국예술종합학교에서 "몸철학과 예술Philosophy of Mom and Art"이라는 제목의 3학점짜리 강의를 하게 되었다. 보통 "한예종"이라 약칭되는 한국예술종합학교는 노태우정권시기로부터 3년간의 준비기간을 거쳐 한국예술종합학교설치령(1992년 12월)에 의거하여 1993년 3월 음악원을 개원함으로써 출발한 문화부직속의 국립예술학교이다. 그 다음 해 연극원이 개원되었고, 그 뒤로 영상원, 무용원, 미술원, 전통예술원이 차례로 개원됨으로써 6개 원이 갖추어진 명실공히 우리나라 최고의 국립대학·대학원급의 예술학교이다. 그러니까 올해로 스무 돌을 맞는다. 내 강의는 연극원이 주최한 정규과목이었는데, 어찌 보면 한예종 스무 돌을 기념하는 강의라 해도 좋을 것 같다.

나는 현재 『노자한글역주』라는 내 필생의 모든 사유를 집약하는 대작을 집필중이고, 또 한신대학교 석좌교수의 직함을 가지고 있기 때문에, 타 학교에서 강의할 수 있는 생활여건을 갖추지 못했다. 뿐만 아니라 별 의욕도 없다. 늙어갈수록 건강상 외부출입하는 것이 두렵고, 서재 골방에 쑤셔 박혀 책을 읽는 재미가 농도를 더해갈 뿐 아니라, 남은 생애에 부지런히 저술을 하여 남은 생명의 가치를 유감없이 발현해야 한다는 생각이 촉박하게 다가오기 때문이다. 철학자로서 산다는 것, 그것은 결국 사상투쟁이다. 사상투쟁이라는 것은 철학자로서 자신의 철학체계를 완성하는 것이다. 그리고 그 완성된 논리적 결구는 반드시 역사 속에서 검증되어야 한다. 또 검증과정을 통하여 반드시 사회변혁이라든가 인간혁명을 이룩해내야만 한다. 나는 아직 이렇다 할 체계를 수립하지 못했다. 그러나 그 험난한 등반여정의 중간 길목에 있는 "깔딱고개"를 코앞에 쳐다보고 있는 느낌이다. 깔딱고개만 넘으면 그래도 나머지 등반이 수월하게 이루어질 수 있겠다는 생각이 든다. 그런데 깔딱고개는 너무도 숨이 차서 못 넘을 수도 있다. 그러면 결국 도로나무아미타불이 되고 마는 것이다. 깔딱고개란 본시 숨이 차도 무리해서라도 내친 걸음으로 힘차게 행보해야만 넘을 수 있는 것이다. 이렇게 숨막히는 세월에 내 어찌 한가롭게 강의를 할 수 있단 말인가!

물론 강의는 학자에게 영감을 불어넣어 주는 교감의 장이 될 수도 있다. 젊은 학생들의 열의가 뿜어내는 기氣와의 교감이 나에게 생명력을 부여해줄 수도 있다. 그러나 요즈음 대학의 강단에서 이런 열기를 느낀다는 것은 눈 덮인 허허벌판에서 따끈따끈한 닭다리 튀김을 구하는 것처럼 황당한 일이다. 요즈음 대학은 너무 싸늘하다. 학점이든 강의내용, 방식이든 획일적 기준이 교수에게 적용되고, 쓸데없는 요구가 많아 교수가 학문의 주체로서 개성을 발휘할 여지가 별로 없다. 교수가 까닥 잘못하면 학생이 에스앤에스를 활용하여 의견을 개진할 수 있으니, 교수

또한 조심스럽다 보면 "괴짜" 스타일의 교수는 살아남을 수가 없게 된다. 그리고 나같은 사람의 입장에서 보자면 강의의 최대 문제점은 가르치는 내용이 입문적 수준을 벗어날 수 없다는 데 있다. 그러니 나로서는 공부가 아니라 기초적 계몽서비스에 불과한 삶의 반복이 되고 만다.

그런데 어찌된 일인지 한신대 신학대학원에서 나 보고 강의를 안 해도 좋다고 휴식권면을 했다. 한신대 신대원의 경우 학생들은 세속적 지식의 잣대로 형량할 수 없는 구도자적 삶의 자세가 돋보였다. 그리고 이들은 곧 목사가 될 사람들이기 때문에 초월적 무엇인가를 위해 자신의 삶을 헌신하겠다는 디시플린이 있는 청년들이고, 또 경건한 생활태도가 몸에 배어있는 사람들이다. 나는 강의하는 데 매우 보람과 재미를 느꼈다. 작년 가을학기에는 신대원에서 "도道와 덕德의 신학"이라는 제목으로 『노자도덕경』을 강의했는데 17명이 수강했다. 그런데 17명의 학생이 한 학기 내내 단 한 명도 지각·결석을 하지 않았다.

전원이 내가 요구하는 레포트를 다 완벽하게 성실하게 제출했다. 나는 학생들의 성실성에 감동을 받았다. 그래서 처음 강의계획서에 공언한 평가방식에 근거하여 17명 전원에게 A+를 주었다. 물론 대학원은 상대평가제도가 없다. 그래서 학칙에 걸릴 것도 없다. 그런데 17명 전원 A+ 성적을 교학과에 제출할 때 교학과에서 불평을 토로했다. 터무니없는 불평이었기에 나는 교학과 직원의 불평을 기각했다. 그런데 그 다음 학기에 나에게 "휴식권고"가 내려온 것이다. 요즈음 대한민국의 대학은 교수와 학생의 대학이 아니라, 상주하는 교직원이 주도하는 대학일지도 모른다.

덕분에 잘 쉬고 있는데, 엉뚱하게 국립극단에서 단장을 하고 있는 친구 손진책이 나의 집을 놀러와선, 자기 임기 종년의 기념비적 강연을 하나 기획했는데 맡아달라고 했다. 대한민국의 연극인들을 위한 강의를 매주 월요일 4회만 해달라는 것이다. 나는 친구의 간곡한 부탁을 수락했다. 그리고 "노자의 시니피앙과 연극이라는 시니피에"라는 제목으로 2013년 3월 한 달 동안 열강을 했다. 손진책은 훌륭한 연출가였기에 내 강의 분위기 또한 탁월하게 연출했다. 마이크 성능과 조명이 아주 우수했을 뿐 아니라, 관객이 가슴에 폭 안기는 듯한 분위기를 잘 연출해주었다. 서울역 서부역 건너편 기무사 자리에 새롭게 세워진 국립극단의 강의는 내 생애에서 잊을 수 없는 명강으로서 모든 사람의 추억에 남았다. 그런데 이 추억이 한예종 강의로 이어질 줄이야!

나는 기실 한예종과 인연이 깊다. 초대총장을 지내신 이강숙 선생도 잘 아는 분이고, 또 전통예술원이 개원될 때 그 초대원장으로 간 백대웅 선생은 나와 함께 "악서고회樂書孤會"라는 역사적인 국악운동을 주동해간 인물이었기에, 그가 중앙대 국악대학 교수를 그만두고 원장으로 가는 과정에서 나의 자문을 많이 구했다. 백대웅은 참으로 강직하고 타협을 모르는 정의로운 인격의 소유자였으며 나의 백년지기라 할 만한 인물이었다. 나는 백대웅의 소청으로 전통예술원 객원교수 노릇을 한 2년 했다. 뿐만 아니라 연극원의 초대원장을 지내신 김우옥 선생께서 친히 우리 집까지 방문하셔서 나에게 강의를 요청하셨다. 1997년 두 학기를 강의했는데, 그때 강의를 들은 학생들과는 인간적으로 깊은 친근감이 쌓였다. 그때 변정주는 제일 나이가 어린 학생이었는데 엄청 공부를 열심히 했다. 결국 지금도 엄청 열심히 연출하는 한국연극계의 촉망받는 인재가 되었다. 연출하다가 궁금한 것이 있으면 지금도 나에게 달려와서 묻곤 한다. "진경"도 너무도 아름다운 학생이었는데 요즈음 영화에도 자주 나온다. 정주는 연상의 진경과 결혼을 했는데 언젠가 서로의 새출발을 위해 각자의 길을 떠난 모양이다.

현재 연극원의 원장 선생님은 아동청소년극을 전공하신 최영애 교수님이다. 나의 부인과 동명이래서 이름기억이 쉬운데, 매우 개방적인 성품에다가 학생들에게 무엇인가 많은 깨달음을 던져주고 싶어하는 교육자로서의 열정이 항상 넘치시는 매우 학구적인 분이시다. 최 원장님은 연극원의 학생들이 예술 방면의 공부를 하는데 인문학의 소양이 부족하여 갈증을 느끼고 있으므로, 그 갈증을 해소하기 위하여 인문학강좌를 개설했다. 그런데 인문학강좌를 담당하는 선생님들이 너무 예술인의 현실과 동떨어진 학구적인 이야기만 딱딱하게 하게 되면 학생들이 흥미를 잃어버릴 수도 있다. 인문학강좌는 항상 이런 문제 때문에 존폐의 위기에 봉착하게 된다. 이때 국립극단에서 내가 한 강의의 소문을 듣게 되었고, 혹시 한예종에 나를 모실 수 있을까 하는 발상을 하게 된 것이다.

그러나 실상 나를 데려간다는 것이 결코 쉬운 일은 아니다. 우선 나는 어디 나가서 강의를 해야만 한다는 내면적 욕구가 없다. 끊임없이 인간과 우주에 대하여 물음을 던지는 학인으로서 어찌 그 내면적 욕구가 없으랴마는, 그 욕구는 후즈닷컴에서 매주 월요일 밤에 하는 강의로도 충족이 된다. 그리고 그 강의는 인터넷·스마트폰 등의 개방적 매체를 통하여 대중과 소통되고 있다. 그리고 어느 대학에서 나를 데려갈 경우, 기껏해야 강사료를 주는 것인데, 그것은 한 달에 기십만 원에 불과한 금액이다. 그러니까 나의 강의는 "순결한 봉사" 개념으로서 내가 주체적으로 마음먹지 못하면 성사될 수가 없다. 더욱 중요한 것은 시간싸움이다. 내가 강의시간만큼을 내 삶 속에서 헌신할 수 있다 할지라도, 강의하러 가는데 그 전후로 많은 시간이 깨져나가면 도저히 감당할 길이 없다. 나는 동숭동-신촌권에서 몇 킬로 밖을 나갈 생각이 없다. 한신대 강의를 기꺼이 수락한 것도 신대원이 30분 이내의 거리에 자리잡고 있기 때문이다. 그런데 한예종은 다행스럽게도 30분 권역에 자리잡고 있었다.

한예종 연극원은 극작과, 무대미술과, 연극학과, 연기과, 연출과, 협동과정 음악극창작과가 있고, 그 외로도 서사창작전공, 예술경영전공, 아동청소년극전공이 분립되어 있다. 최영애 원장님은 나의 초청문제를 연극학과 학과장인 김미희 교수와 상담했다. 김미희 교수는 고려대학교 81학번 영문과 출신이었는데 예일대학에서 희곡으로 박사를 했다. 당시 고려대학교 영문과에는 희곡의 여석기呂石基, 어학의 조성식趙成植, 소설의 강봉식康鳳植, 영시의 김치규金致逵, 비평의 노희엽盧熙燁, 미국학의 김우창金禹昌 교수님 등 실로 세계 어디에 내어놓아도 쟁쟁한 대가들이 꽉 들어차 있었다. 나는 당대 육중한 고려대학교 석탑 분위기에서 최연소의 정교수였다. 나는 불과 새파란 37세의 나이에 대 고려대학교의 정교수가 되었던 것이다(1985년 9월). 그것은 진실로 이례적인 사건이었다.

나중에 만나보니 김미희 교수의 얼굴은 너무도 낯이 익었다. 나는 "인간과 국가"라는 고려대학 전교생 필수과목의 대강좌를 담당했는데, 내 강의는 인기가 하늘을 찌를 듯이 높았다. 보통 저학년 필수과목은 학생들이 조는 과목인데, 내 강의는 50분 내내 폭소가 터져나왔다. 학생들은 자발적으로 출석했고 레포트도 꼬박꼬박 잘 냈다. 그때부터 나는 이미 모든 레포트를 내가 직접 다 읽고, 채점하고, 개별적 평론을 가하여 꼭 다음 시간에 본인들에게 돌려주었다. 이러한 방식은 미증유의 사태였기에 학생들은 나의 성실함에 꾀를 부릴 생각을 하지 않았다. 김미희 학생은 항상 기다란 대강의실에서 가장 오른쪽벽열에 세

번째쯤 앉아 있었는데 레포트를 아주 성실하게 깨알 같은 글씨로 수십 장을 써내곤 했다. 항상 "베리 베리 엑설런트Very Very Excellent"라는 평가를 얻은 학생이었다. 나는 김미희를 그때 헤어지고 30년만에 처음 만났는데 그토록 자세히 기억하는 것을 보면 어지간히 그 학생의 인상이 짙었던 모양이다.

"선생님 강의를 들은 학생입니다."

"그래? 어디서?"

"고대 영문과 81학번입니다. 인간과 국가를 열심히 들었지요."

"성골聖骨이구만."

"요번 한예종 연극원 주최로 선생님 강의를 모시려고 해요.
좀 수락해주셨으면 해요."

순간 나는 한예종에서의 강의가 내 삶의 역정에 있어서 모종의 필연이라는 예감이 들었다. 그것은 말로 표현할 수 없는 우주적 중력 같은 것이었다.

"그래? 그런데 내 강의를 모셔 가려면 부대조건이 까다로운
데…… 나는 학점상대평가도 하지 않고, 백묵 칠판이 있어
야 하고,……"

"그런 모든 문제는 저희들이 해결하겠습니다. 딴 대학과 달라 저희 학교는 예술학교라서 교과내용이나 모든 것이 유연성이 있습니다. 선생님께서 수락만 해주신다면 전교생이 선택하여 들을 수 있도록 특별한 배려를 하여 교실 분위기를 선생님께서 원하시는 방향으로 잘 만들어보겠습니다."

"오케이! 합시다!"

이토록 중대한 결정을 순간에 내린 것은 나로서도 초유의 사건이다. 학교에서는 모든 원에서 학부생, 전문사 과정의 학생들이 다 들을 수 있도록 배려했고 학부생의 경우는 패스·훼일(S/U: Successful/Unsuccessful) 과목으로 처리하여 상대평가의 문제를 피해가도록 했다. 전문사의 경우는 상대평가가 적용되지 않는다. 그리고 실제로는 한 과목을 개설하는 것이지만 학부 1과목, 대학원(전문사 과정) 1과목을 같이 합병하는 것으로 하여 나의 강사료를 두 배로 늘렸다. 그래봐야 한 달에 70만 원 정도. 그래도 넉 달이니까 280만 원을 벌 수 있다. 내가 만약 이런 강사료로 생활한다면 어떨까? 피똥을 싸야 할 것이다. 예나 지금이나 강사생활의 고달픔은 매한가지. 우리 때 강사료로 생활하는 사람들은 여러 학교에서 열 과목 이상을 뛰는 자들이 많았다. 진실로 그렇게 뛰어봐야 한 과목 당 몇 만 원밖에 못 받는다. 버스 타고 여기저기 다니며 목청 째지라고 떠들고 하다가는 피똥을 싸고, 폐병 걸려 각혈하고, 돈없어 피 뽑고, 쓰러져 황천객이 되는 사람이 적지 않았다. 그런 사람들의 각고의 삶의 흔적이 사실 유수 대학의 교정에는 배어 있다.

한예종은 프로페셔날한 예술학교이다. 예술 방면에서는, 비록 짧은 세월의 연륜밖에는 못 지녔지만, 이미 서울대학을 뛰어넘었다. 당대 가장 우수한 인재들이 모이는 곳이다. 내가 한예종의 강의를 수락한 것은 우수한 인재들이 모이는 곳이기 때문이 아니다. 우수한 인재들이기는 하되 그 우수함을 세속적 부귀나 영화를 추구하는 데 쓰지 않고 예술이라는 어떤 초세간적 이상에 의식의 지향성을 지속시키는 재목들이 모여있는 곳이기 때문이다. 물론 많은 사람들이 예술에 대하여 허황된 생각을 가지고 있을 수도 있다. 유명한 인기스타가 되거나, 영화감독이 되어 돈을 많이 벌거나 화려한 삶을 살 수 있겠다는 소박하면서도 저질적인 꿈을 지닌 인간이 물론 있을 것이다. 그러나 예술인의 현실은 항상 고달프게 마련이다. 확고한 과정과 단계와 자격에 의하여 세속적 영화가 획득되지 않는다. 유명세라는 것은 만 명에 한 명도 누리기 어려운 것이다. 그리고 유명세라는 것은 타 봤자 지속적인 삶의 보람이 되질 못한다. 퇴물로 전락한 창기나 신체가 망가져버린 올림픽 메달리스트의 일시적 명성, 그 이상의 아무 것도 아니다. 오죽하면 플라톤이 그의 이상국가에서 예술인을 추방하려 했을까?

나는 나의 강의 속에서 이런 말을 한 적이 있다.

"한예종의 학생들이여! 그대들의 앞날은 암담하다. Your future is gloomy! 입학하고 몇 달은 자신을 자랑스럽게 생각하며 구름 위에 떠서 지내겠지만 곧 추락하고 만다. 그대들은 스스로 누구보다도 먼저 현실감각을 획득할 수밖에 없다. 졸업해봐야 비리비리, 비실비실, 확고한 방향성이 잡히지 않는다. 예술이란 본래 그런 것이다. 확고한 방향성이 없다. 막연한 의식의 지향성만 그대들을 지배할 뿐, 현실의 방향성은 가시적으로 주어지지 않는다.

희랍인들이 말하는 아레떼arete, 아레떼 중의 아레떼, 즉 탁월함 중의 탁월함을 획득하는 극소수만이 도약의 행운을 얻고 그 나머지는 주색이나 진속의 나락으로 추락하고 만다. 그런데 왜 예술을 하는가? 그대들의 우수한 머리를 가지고 예술에 들이는 공력을 법관이 되는데, 의사가 되는데, 잘나가는 기업의 이사가 되는데, 벼락돈을 굴리는 금융에 투자하면 확고한 방향과 성취가 주어질 수 있을 것이다. 그런데 왜 바보같이 한예종에 왔는가? 오직 한 가지 이유 때문에!

그 이유란 무엇인가? 이 여자가 아니면, 이 남자가 아니면, 울부짖고 매달리는 어린 연인들처럼, 그대들은 예술이 아니면 살 수 없기에, 예술이 아니면 도저히 삶의 의미를 발견할 수 없기에, 딴 것은 죽도록 싫기에 이곳에 온 것이다. 그러나 그 사랑은 대부분 결실을 맺지 못한다. 그런데 결실을 맺지 못할 것을 알면서도 그 사랑에 매달리는 비리비리한 청년들이 없다면 대한민국은 내일 바로 멸망한다. 나 도올은 외치노라!

그대들과 같이 예술에 미친 자들이 있기에 나는 오늘 이 땅에서 이상을 추구하며 사상가로서 살고 있노라고! 그대들은 나의 동지이다! 어떠한 경우에도 낙담하거나 절망하지 말라! 맹자가 말하지 않았던가? 자포자기자와는 더불어 의논할 수 없고, 더불어 행동할 수 없다고! 그대들은 삶의 정로正路를 걷고 있다. 이 시대에 저항하라! 세간을 초월하지 않은 자는 세간을 리드하지 못한다. 이상의 추구가 없는 자는 결코 현실의 왕자가 되지 못한다."

한신대 신대원에서 강의할 때 나에게는 큰 걱정이 하나 있었다. 한신대는 나의 모교이다. 그런데 한신대는 그 개창자인 장공長空 김재준金在俊, 1901~1987 선생께서 신앙이나 신학의 해석에 관하여 일체의 구속을 가해서는 아니 된다는 자유주의의 신념의 모범을 보이신, 그런 학구적 분위기를 유지하고 있는 위대한 학문의 전당이다. 그런데 그러한 전통을 확고하게 지켜나가는 채수일이라는 신학자가 총장이 되면서 더욱 그러한 상식적 성향은 확고해졌고, 채수일 총장 덕분에 내가 석좌교수로 초빙된 것이다. 채수일 총장의 성향을 나타내주는 재미있는 일화가 하나 있다. 채수일 총장은 총장에 취임하자마자 총장집무실 입구에 아주 멋드러진 체 게바라 사진을 걸어놓았다. 대형사이즈의 사진이었는데 아주 섬세한 표정을 살린 좋은 작품이었다. 그런데 체 게바라는 게릴라군복을 입고 웃으면서 담배를 피우고 있었다. 나는 그 사진에 반하고 말았다. 채수일 총장은 그 사진을 쿠바에서 직접 샀다고 했다. 그런데 WCC한국총회 모임일로 얼마 전에 수유리 총장실을 갔는데 그 사진이 안 보이는 것이다. 그래서 그 사진이 어디로 사라졌냐고 물으니, 교단 사람들로부터 약간의 항의가 있었던 모양이다. 우선 신대원에서는 학생들이 술·담배를 하지 못한다. 가든파티를 해도 막걸리조차 들여올 수 없다. 목사를 양성하는 곳이니 이런 디시플린이 있는 것에 관하여 나는 반대하지 않는다.

그러니까 체 게바라가 무신론자라는 것이 문제가 된 것이 아니라 담배를 피우고 있는 모습이라는 데 항의의 포인트가 있었던 모양이다. 그래서 비서가 그 액자를 떼어내었다.

"어디 두었습니까?"

"창고에 꿔박아두었습니다."

"내가 가져가도 되겠습니까?"

"가져가십시오."

나의 동숭동 연구실에는 채수일 총장이 준 체 게바라의 사진이 항상 웃으면서 나를 쳐다보고 있다. 물론 나는 담배를 피우지 않는다.

아무리 이런 신학대학이지만, 내 강의는 『노자도덕경』을 주제로 한 것이고, 노자사상은 근원적으로 하느님을 술부화하는 사상이다. 신이라는 존재가 근원적으로 존재자의 모습에서 해체를 일으킨다. 존재자는 존재로 해체되는 것이다. 그러나 존재는 무無다. 그것은 하이데거가 말하는 죽음을 향한 존재의 공포 Angst가 아니라 무형의 생명력이다. 하여튼 『노자』를 깊게 읽으면 세속적 신앙의 유형성은 다 사라진다. 결국 내 강의는 목사가 될 사람들을 무신론자로 만드는 강의이다. 그러니 신대원에서 나에게 "휴식권고"를 내린 것도 이해가 될 수 있는 일이다. 그러나 나는 학생들의 신앙심을 해체시키거나 약화시키는 강의를 하고 싶지 않았다. 그래서 내가 고안한 방식이 수업에 들어가기 전과 수업이 끝날 때에 학생들로 하여금 기도를 하게 하는 것이었다. "기도"를 즉흥적으로 하는 것이 아니라 "마음의 시"를 써보라고 했다.

자기 인생의 최고의 명문이라 자부할 수 있는 간결하고도 함축적인 글을 써와서 읽으라고 했다. 목사의 기도가 상투적이면 그의 목회도 천박한 것이 되고 만다. 나는 첫 시간부터 외쳤다: "나는 그대들에게 목사가 되기 전에 인간이 되는 것(Learning to be Human)을 가르치려 한다. 큰 인물이 되어라!"

나의 방식은 학생들에게 큰 호응을 얻었다. 그리고 학생들의 기도의 내용이 날로 고급스러워졌고 진지해졌다. 그리고 "도올 선생님으로 하여금 신앙심을 갖게 하여 주시옵소서"하는 따위의 엉뚱한 문구들은 사라졌다.

나는 한예종에서도 강의를 진행하면서 동일한 방법을 모색했다. 한 학기 15회의 강의, 그러니까 시작과 끝 30회에 걸쳐 30명의 학생에게 발표할 기회를 주는 것이다. 예술가들을 기르는 학교에서 기도를 하게 할 수는 없다. 그래서 나는 사전에 학생들에게 순번을 정해놓고 "1분발표"를 시켰다. 어떠한 내용이라도 좋다! 자기 인생체험도 좋고, 시를 써도 좋고, 강의내용을 품평해도 좋고, 연극이나 연주를 해도 좋고, 춤을 추어도 좋다. 그러나 반드시 "준비된 내용"을 성의껏 발표해야 한다. 짧은 시간 내에 자신의 예술세계의 모든 것을 함축시키고 간결하게 요약하여 타인들과 공유할 수 있는 장을 창조해야 한다.

한예종 20년 역사에 있어서 한 강의에 내 강의처럼 많은 학생이 운집하는 유례가 없었다. 우선 학생 수가 적은 데다가, 수업 내용이 모두 실기중심이라서 대부분의 학생이 무엇인가를 만들어야만 하는 부담에 쩔어있기 때문에 밤새는 것은 다반사, 그러니 낮시간은 대충대충 보낼 수밖에 없다. 아무리 학생이 많아봐야 20명 정도, 더구나 높은 출석률은 기대할 수도 없다. 오전 시간은 아예 수업이 잘 되질 않는다. 한예종에는 유명한 얘기가 있다: "노벨상 10개를 받은 유명 석학이 와서 강연을 한다 해도 20명 이상 모이는 법이 없다."

그런데 내 강의는 금요일 오전 10시부터 12시까지! 주말에다가 최악의 시간대였다. 그런데 최영애 원장은 총장과 상의하여 전교생이 듣도록 강의를 개방하였고 수강생 제한인원을 130명으로 늘여놓았다. 나도 그 소리를 듣고 끽해야 50명이나 올랑가? 신대원과 같은 오붓한 분위기에서도 20명이 안 왔는데?

그런데 예상을 뒤엎는 사태가 벌어졌다. 공고 나간 후 몇 시간 안에 130명이 다 차버렸고, 100명이나 웨이팅 리스트가 줄섰다. 그렇다고 다 올랑가? 2013년 8월 30일, 오전 10시 연극원 5층 계단강의실에는 150명에 달하는 학생이 입추의 여지도 없이 강의실을 메웠다. 그리고 2013년 12월 6일까지 평균 130명 정도의 학생이 내내 유지되었다. 이것은 문자 그대로 기적이었다. It is a miracle!

한예종에는 큰 강의실이 없다. 가장 큰 강의실이 100명 정도의 좌석을 가지고 있었다. 그런데 이 강의실의 사이즈는 나에게 최적의 컨디션이었다. 강의실이 크면 클수록 강의자에게는 불리한 여건이 많이 생겨난다. 작은 공간에 많은 수강생이 밀집

할수록 "감동"을 전할 수 있는 분위기 조성이 쉽다는 것은 너무도 당연한 이치다. 그런데 요즈음의 모든 공간활용방식은 이러한 당연한 이치를 묵살시킨다. 공간이 헤벌어지면 아무리 위대한 약장사가 멋드러진 공연을 해도 약을 팔 수 없다. 한예종의 열악한 강의실 시설이 나를 살린 것이다. 마이크도 체크해보니 엉망이었다. 그래서 앰프는 그냥 쓰기로 하고 손에 드는 마이크는 흡음이 잘되는 고급기종으로 내가 내 것을 가지고 갔다. 그리고 천행인 것은 그 강의실이 문이 하나밖에 없었다는 것이다. 학생이 도중에 빠져나갈 구멍이 없는 것이다. 강단 앞에 있는 문만 닫으면 모두가 갇혀 버린다. 이 강의실 조건이 나에게 완벽한 출석체크를 가능케 했다. 인간의 자율은 근본적으로 믿을 것이 못된다. 타율의 규제가 없으면 자율의 규율도 사라진다. 칸트의 정언명령은 너무 추상적이다.

130명의 출석체크는 어떻게 하는가? 시간은 금이다. 호명하는 시간낭비는 있을 수 없다. 그래서 나는 출석카드를 내가 만들어 간다. 그 강의실에 들어오는 학생들에게 나의 숙련된 연구소 조교 2명이 출석카드를 하나씩 나눠준다. 그리고 나갈 때 한 명에 한하여 하나씩 받는다. 그런데 출석카드에는 싸인란이 있다. 그리고 출석카드에는 날자가 아예 인쇄되어 있다. 그리고 출석카드는 날조될 수 없도록 매번 글씨체가 바뀐다. 당일의 출석카드와 싸인을 대조하여 출석부에 출석을 기재하는 작업을 나의 연구소 직원들이 행한다. 출석에 관한 한, 거의 대리출석의 가능성이 배제된다. 이것이 가능한 것은 단 한 개의 출입문이 있는 교실이기 때문에만 가능한 것이다. 위대한 시설이었다.

130명의 학생이 15회를 모이는 이벤트 자체가 한예종의 역사에 처음 있는 일이다. 그런데 우리는 이 130명의 성격에 관해 알아둘 필요가 있다. 이들은 자발적 의지를 가지고 내 강의를 선택한 사람들이다. 한예종의 학생들은 대한민국 전체에서 몇 백 대 일의 경쟁을 거쳐 들어온 가장 우수한 급의 인재들이다. 그런데 그 중에서는 뜻을 가진 130명이 한자리에 모였다.

한 대학 내에서도 인터디시플리너리한 교류의 기회는 거의 없다. 서로가 구체적으로 무슨 작업을 하는지 잘 모른다. 나의 수업, 그것은 이미 그 자체로서 위대한 인터디시플린의 장이었다. 여기에서 발표할 기회를 얻는다는 것은 학생으로서도 너무도 난득難得의 호운이었다. 처음에는 학생들이 방황도 했지만 자신의 발표를 타인과 비교해가면서 천재성을 발휘하기 시작했다. 몇 개의 퍼포먼스, 특히 무대미술전공의 이재복군의 영상쇼는 매우 충격적인 걸작이었다. 이런 쇼는 지상에 소개할 수 없으니, 몇 개의 문장발표를 우선 소개한다. 영화과의 김윤주군은 큰누이가 도올서원 출신이었고, 누나의 영향으로 철학을 전공했다. 철학과를 졸업하고 다시 영화과에 입학하였다. 김군은 자신의 소박한 꿈을 이렇게 말했다.

안녕하세요. 전 영화과에 다니고 있는 김윤주라고 합니다.

전, 저의 어릴 적 꿈에 대한 이야기를 하려고 합니다.

83년에 태어난 저의 어릴 적 꿈은 우주비행사가 되는 것이었습니다. 그림을 그리면 항상 행성에 착륙한 우주인의 모습을 그렸고, 우주에 관련된 만화, SF영화들을 좋아했습니다. 초등학교에 다닐 때 본격적인 준비를 해야겠다는 생각에 초등학생에겐 어울리지 않는 두꺼운 물리학 책을 사달라고 부모님께 조르기까지 했었죠. 인류의 우주도전역사에 대해서도 공부하게 됐습니다. 스프트니크 위성, 아폴로 프로젝트 같은 이야기는 저의 마음을 두근거리게 했습니다.

그런데 초등학교 고학년이 됐을 즈음에 의문이 생기기 시작했습니다. 그때까지 한국에선 우주비행사가 한 명도 없었고, 심지어 로켓조차 쏴본 적이 없었습니다. 우주로 사람을 보낸 건, 오직 미국과 소련 사이에서만 있었던 일이었습니다. 한국이 로켓을 왜 만들지 않을까. 왜 우주로 사람을 보내려고 하지 않을까. 좀 더 자세히 알아보았더니, 한국과 미국 사이엔 미사일 협정이란 게 있는데 이 때문에 한국에선 300㎞ 이상 사거리의 로켓은 아예 개발조차 하지 못하게 되어 있다는 걸 알게 됐습니다. 그때 전 결론을 내렸습니다. 한국에선 우주비행사가 될 수 없다. 저는 오랫동안 가지고 있던 우주인의 꿈을 포기했습니다. 이룰 수 없는 꿈이라고 생각했으니까요.

그리고 시간이 흘러 제게 우주인이 꿈이었단 사실이 희미해져가던 2008년 4월 8일 오후 8시 16분 39초. 이소연 박사가 한국인 최초로 우주로 날아갑니다. 2013년 1월 30일. 여러 번의 시행착오가 있었지만 한국 최초의 발사체 로켓 나로호가 발사에 성공합니다. 이를 지켜보던 전 티비를 보며 매우 큰 후회를 했습니다. 속으로 그런 생각을 했죠. "내가 저기에 있을 수도 있었다."

꿈을 이루지 못하는 이유에는 여러 가지가 있죠. 경제적인 이유, 혹은 환경, 한국에서 태어나서, 남자라서 혹은 여자라서 등등이죠. 하지만 이소연 박사가 우주에 있는 모습을 보며 이것 하나는 깨닫게 되었습니다. 20년 뒤의 세상은 내가 생각하는 것 이상으로 변해있다. 가능성이 없다는 생각 자체가 내 자신의 가능성을 가로막는 길이다. 중요한 건 한계에 대한 인식보단, 내 자신의 의지다.

전 우주인의 꿈을 버린 뒤로 영화를 만들고 싶다는 꿈을 꾸고 있습니다. 최근엔 여러 가지가 저의 꿈을 다시 흔들고 있습니다. 하지만, 적어도 20년 뒤에 다시 후회를 하고 싶진 않다고 생각하며 노력하고 있습니다. 제가 준비한 이야기는 여기까지입니다. 감사합니다.

다음의 발표는 연기과 연기전공의 채연정의 글이다. 지금은 35세의 성숙한 여인인데, 자신의 불면증에 시달렸던 과거를 이와 같이 독백한다.

무엇에 관해 글을 써볼까 진지하게 고민을 해보던 중 도저히 내 인생에서 남들과 달랐던 소재가 생각나지 않아 아— 이렇게 재미없이 살았나, 생각하다가 문득 한 단어가 떠올랐다. 과히 유쾌한 것은 아니지만. 그래, 이것만큼은 남들과 차별되는 한 가지겠구나 하는……

바로 지독한 불면증에 관해서이다. 벌써 까마득히 잊고 있었나 새삼 놀라면서 20대를 거쳐 30대 중반에 이르기까지 근 10년간을 이 지독한 불면증에 시달렸던 게 생각났다.

맞아…… 난 정말이지 죽을 만큼 힘들었다.

내게 불면이 찾아온 것은 2003년 즈음이다. 원치도 않는 직장생활을 하다가 뜻한 바 있어 갑자기 연기라는 세계에 뛰어들면서부터였다. 한 대형 뮤지컬을 계기로 시작하게 된 연기로의 입문이 내게는 스스로 감당해야만 했던 처음 맞닥뜨린 책임 있는 삶이었기에, 그 무게는 그 시절 내가 감당하기에 쉽지 않았던 것 같다. 그렇게도 원했던 숙원을 달성했으니 잘하고 싶은 욕망이야 오죽했으랴……

일주일에 이틀 정도 잠을 잤다. 그것도 두어 시간 눈을 붙이고 깨면 그게 다였다. 뜬눈으로 뒤척거리다보면 온몸에 혈액순환이 안되어서 저릿저릿 해진다. 밤새도록 시계초침 소리에 온 신경이 집중되어 있다가 날이 훤하게 밝아오기 시작하면 온몸이 버석버석 말라버린 기분이 들고 신경은 머리를 뚫고 폭발해버릴 것만 같은 상태가 되어버린다.

그때쯤 환하게 밝아진 창밖으로 밤새 어딘가에서 단잠을 자고 온 새들이 지저귀기 시작한다. 상쾌한 아침이니 일어나라는 식으로…… 나의 포악은 극에 달한다. 아— 저놈의 모가지를 비틀고 싶다. 아— 약올라……

그런 몸을 이끌고 일분일초도 늦어서는 안된다는 부담감을 안고 연습장으로 향한다. 그곳에서는 서로 눈에 띄기 위해 경쟁에 여념이 없는 수많은 배우들이 자신의 기량을 마음껏 드러내며 연습에 임한다. 나는 할 수 없이 악으로 깡으로 오늘을 버텨야만 살아남을 수 있다. 잠 못자서 이래요…… 라는 핑계는 그 누구에게도 할 수 없는 프로의 무대…… 나는 그곳에서 살아남아야만 했다.
남들이 보지 않는 곳에서 헛구역질을 해대고 너무 말라서 갈비뼈가 훤히 드러났다. 남들처럼 지도해줄 선생님도, 선배도 없었던 나는 홀로 감당해야 했던 이 부담의 무게에 휘청거렸다.

이렇게 시작한 나의 첫 연기생활은 내게 혹독한 삶의 훈련이 되었다. 나는 스스로의 몫을 책임지는 연극이라는 작업을 통해서 20년 넘게 맘대로 멋대로 살았던 시간보다 급속도로 사람이 되어가는 듯했다. 불면증도 경력이 쌓이다 보니 나름의 노하우가 생겼다.
자려고 노력하지 않는 것. 남들은 일부러 잠을 쫓으면서 공부도 한다는데. 그래, 몸은 곤하더라도 마음이라도 편히 먹자 싶어서, 평소에는 잘 읽지도 않을 인문학 책들이나 심리학, 종교, 양자역학 같은 책들을 읽었다. 그러면서 난 왜 이리 잠도 못자고 팔자가 사나울까 싶어 『주역』이라는 책을 손에 든 적도 있었다.

사람들은 이런 나를 신기하게 여겼다. 잠 한 숨도 안 자고 쉬는 날 아침이면 북한산에 올라갔다. 신기하게도 곧 죽을 것 같던 몸이 산을 타다 보면 생기가 돌고 심신이 편안해졌다.

하지만 늘 공연이 문제였다. 좋지않은 컨디션으로 무대에 서는 것이 늘 불안하고 초조했다. 사람들은 내게 그렇다면 연극을 때려치우라고 했다. 하지만 독한 나는 견뎠다. 무대에 서고 공연을 한다는 것이 내 최선을 다하되 결과는 내가 컨트롤 할 수 있는 것이 아님을 인정하고 내려놓았다. 아등바등 전전긍긍 하던 불안에서 해방되고 내 몸과 무대가 화해하도록 내버려두었다. 그런 태도를 갖게 되자 긴장이 해소되고 무대에서 더 편안하게 연기하게 되는 날이 찾아왔다. 그맘 때 쯤, 불면증 하면 채연정이라는 소문을 듣고 상담을 의뢰하는 사람이 찾아왔다. 피아노로 미국유학을 갔다가 불면증이 생겨서 입국했다는 친구인데 첫인상에도 병색이 완연했다. 불면증 3기 정도 되어 보였다. 그 아이와 이야기를 나누면서 동병상련에 부둥켜안고 엉엉 울던 기억이 난다. 그리고나서 그 아이는 한 달 후 신경정신과에 입원을 했다는 소식이 들려왔다. 그 충격이란 이루 말할 수가 없었다. 그리고 수년이 지난 지금 많은 것이 달라졌다. 그때 그 아이는 남편과 함께 극단을 창단하고, 부대표이자 음악감독으로서 종횡무진하며 자신의 충만한 삶에 대한 감사를 카카오 스토리에 올리기 바쁘다.

나는? 지금 잠이 너무 많아져서 탈이다.
늦깎이로 다시금 공부를 하고 싶어서 한예종의 문을 두드리고 이렇게 좋은 수업도 듣는다. 돌아보면 참으로 긴 터널을 지나왔다는 생각이 든다. 10여 년의 불면의 세월……
무얼 잘못했던 걸까? 생각해봤지만 대답은 "아니오"이다. 청춘이란 그 어떤 모양이냐에 상관없이 누구나 부나방처럼 불을 향해 돌진하는 시기가 아닌가. 잘못한 것은 없다. 그저 치열했을 뿐. 위태위태하지만 거친 파도에도 쓰러지지 않고 자신의 자리에 우뚝 서있는 벼랑끝 바위들이 파도에 깎이고 패이고 했을 테지만 이제는 떠올랐다. 파도와 친구인 양 조화롭다.

나 또한 눈물 없이 잠들지 못하던 날들 대신 이젠 옆에 사랑하는 남편이 곤히 잠들어있다. 또한 연극은 내게 이젠 둘도 없는 친구다. 아직도 가야 할 길이 멀지만 땀이야 지나가는 바람이 씻어줄 것이고 언제고 다리가 아프면 쉬어가기도 하리라. 그러니 미래에 또 힘들어지는 어떤 날, 내가 다시 용기를 가졌으면 한다. 그것이 또 나를 더 깊은 성숙으로 이끌어줄 것이리라.

혹시 누군가 잠 못드는 청춘이 있다면 역시나 용기를 가졌으면 한다. 마지막으로 당신이 머리아픈 건 당신이 열정적이기 때문이라는 타이레놀 카피문구로 대신하며 이만 글을 마친다.

한예종의 학생들은 모두 이 정도의 짙은 인생의 사연을 지니고 있다. 나는 이 학생들을 지도하면서 나의 젊은날의 초상을 보는 듯했다. 나는 발표자들에게 상품을 주었다. 우리 집에는 명절 때나 평상시에 들어오는 물품들이 있어 한 학기 내내 줄 수 있는 상품이 있었다. 별것은 아니지만 학생들은 상품 받기를 좋아했다.

나는 대학이지만 강의를 시작할 때 그리고 강의를 끝맺을 때 반드시 학생들로 하여금 차렷, 경례를 하게 한다. 옛날 내가 국민학교 또 중고등학교 시절에 했던 대로 반장을 세워서 호령을 하게 한다. 시작할 때는 "안녕하세요" 하게 하고, 끝날 때는 "감사합니다" 하게 한다. 이렇게 경례를 시키니까 어느 학생이 나에게 항의 비슷한 얘기를 했다.

"너무 딱딱하지 않습니까? 좀 더 자연스러운 방법이 없을
까요?"

"……"

글쎄, 경례를 안 하기로 하면 몰라도 하기로 한다면, 그 이상의
자연스러운 방법을 찾을 수는 없었다. 그리고 대부분의 학생들
이 이 방법에 이의를 달지 않았다. 다음 시간에 일찍 교실로 가서
나는 칠판에 『예기』「악기」의 다음과 같은 구절을 써놓았다.

樂者爲同, 禮者爲異。 同則相親, 異則相敬。
악자위동 예자위이   동즉상친 이즉상경

樂勝則流, 禮勝則離。 合情飾貌者, 禮樂之
악승즉류 예승즉리   합정식모자   예악지

事也。 禮義立, 則貴賤等矣; 樂文同, 則上下
사야   예의립 즉귀천등의   악문동 즉상하

和矣; 好惡著, 則賢不肖別矣; 刑禁暴, 爵擧
화의 호오저 즉현불초별의   형금폭 작거

賢, 則政均矣。 仁以愛之, 義以正之, 如此,
현 즉정균의   인이애지   의이정지   여차

則民治行矣。 樂由中出, 禮自外作。 樂由中
즉민치행의   악유중출   예자외작   악유중

出故靜, 禮自外作故文。 大樂必易, 大禮必
출고정 예자외작고문   대악필이 대례필

簡。 樂至則無怨, 禮至則不爭。 揖讓而治天
간   악지즉무원   예지즉부쟁   읍양이치천

下者, 禮樂之謂也。
하자   예악지위야

이 문장은 내가 평소 『예기』 중에서도 가장 사랑하는 구절이다. 그리고 동방인의 "예약"사상을 깨닫게 해주는 천하의 명문이다. 나는 칠판글씨를 꼭꼭 짚어가면서 다음과 같이 해설해주었다. 그 내용인즉 예술이라는 내용과 예의라는 형식은 결코 대립적인 이원적 실체가 아니라 서로를 보완하는 천지의 경위라는 것이다. 이 「악기」의 문장은 내가 왜 학생들에게 경례를 하게 했는지 그 이유를 잘 설명해준다.

"**악**(=예술)**이라는 것은 같음을 위한 것이요, 예**(=사회적 형식, 규율, 의례)**라는 것은 다름을 위한 것이다. 같으면 서로 친해지고, 다르면 서로를 공경하게 된다. 악이 예를 승하면 좀 난잡하게 흐르게 되고, 예가 악을 승하면 모든 것이 서먹서먹하게 격리된다. 인간의 자연스러운 정감에 합하는 것을 악의 일이라고 한다면 인간의 외모의 형식을 질서있게 만드는 것은 예의 일이라 할 수 있다. 예의가 확립되면 오히려 귀천의 구별이 사라지고 평등한 인간이 드러나며, 악**(예술)**의 질서가 모든 사람을 공감케 하면 상하의 대립이 조화로 바뀐다. 호오가 정직하게 드러나면 현명한 자와 현명치 못한 자의 구별이 확연하게 드러난다. 형**刑**으로 폭력을 제압하고, 작위로써 현명한 자들을 대접하면 정치가 제대로 돌아간다. 인仁으로써 백성을 사랑하고, 의義로써 백성을 바르게 하면, 백성 스스로 다스려지는 이상정치가 실현되게 된다.**

악樂이란 인간 내면에서 저절로 우러나오는 것이며, 예禮라는 것은 사회적 가치로서 밖으로부터 인간에게 부과되는 것이다. 악은 내면에서 우러나오는 것이기에 고요하고, 예는 외면에서 부과되는 것이기에 보편적인 질서감이 있어야만 한다. 그러므로 위대한 음악은 반드시 쉬워야 하고, 위대한 예의는 반드시 간단해야 한다. 악이 지극한 경지에 이르게 되면 인간세가 원망 없는 사회가 되며, 예가 지극한 경지에 이르게 되면 인간세의 다툼이 없어지게 된다. 폭력을 쓰지 않고 서로 절하고 양보하면서 천하를 다스리는 길은 예악禮樂밖에는 없다."

그 얼마나 위대한 설득인가? 내가 이『예기』「악기」의 문장을 애써 해설하고 왜 내가 차렷·경례의 예를 학생들에게 행하도록 하는지를 설득했을 때 학생들은 눈물겨웁도록 감사하게 나의 설득을 받아들였다. 경례란 군대의 호령이 아니요, "경례敬禮"이다. 맹자도 "치경진례致敬盡禮"(『진심』상8)라는 표현을 썼다. 즉 공경스러운 내면의 마음으로 서로 "예禮"를 표하는 것이다. 대례는 필간이라고 했다. 학생·선생간에 만나서 차렷·경례하는 것이 얼마나 간결한 아름다운 형식의 표현인가? 왜 그것을 왜곡적으로 의미부여를 하는가? 일제의 군사문화의 연속이라고 비판하는 사람도 있다. 천만에! 이 지구상의 모든 군사문화가 예라는 형식이 없는 상황은 없다. 일제 군사문화를 비판하는 핵심은 이승만이 반민특위를 좌절시키고 국회프락치사건, 진보

당사건을 날조해가면서 친일파들과 연합하여 종신집권을 꾀한 여파가 오늘날까지도 우리나라 정치현실의 중핵을 형성하고 있다는 뼈아픈 사실을 반성하는 데 있어야 한다. 군사문화 자체의 비판은 무의미하다. 위대한 군사문화가 없이는 우리는 대한민국의 민주공화국됨을 지킬 수 없다는 것을 알아야 한다. 나는 학생들에게 외쳤다: "나는 무인武人이다! 나는 연약한 문인文人이 아니다!"

나는 강의가 끝나면 항상 점심시간이 되기 때문에, 과별로 학생들을 모아 교수식당에서 같이 식사를 했다. 그러면서 학생들의 소감과 요구를 들었다. 그래서 학생들의 요구에 따라 강의내용을 보정했다. 나는 나의 시간·공간·인간 "삼간론三間論"을 강의했고(※ "삼간론"은 내가 1977년 봄, 펜실바니아대학에서 당시 학생이었던 연세대학교 건축과 김성우 교수와 건축세미나를 진행하면서 처음 만든 개념인데, 건축학계에서 널리 쓰이는 이론이 되었다), 미술원 건축과 학생들을 위하여 허虛와 기氣와 시공時空을 논하는 "나의 기철학적 건축론"을 강의했다. 그리고 아동청소년극 전공학생들의 요청에 따라 과정연극론의 이해를 위한 과정철학(Process Philosophy)의 핵심을 강의해주었다. 그리고 모두를 위하여 "내가 생각하는 아름다움"이라는 나의 미의식에 관한 논고를 나누어주고 강독했다. 나는 연극 연출도 했고, 영화도 만들어보았고, 배우 노릇도 해봤고, 대본도 썼고, 집도 지어보았고, 문글로우 무대에서 재즈보컬로 활약도 해보았다. 그리고 검도 김재일 범사님,

합기도 서인선 총재님, 경호무술 창시자 장명진 선생께 직접 무술을 배우며 나의 몸의 가능성을 모색해보았다. 그래서 나의 철학이론은 모두 나의 삶의 직접적 체험에서 우러나온 것이다.

그리고 틈나는 대로 나의 "몸철학Philosophy of Mom"을 강론했다. 그리고 몸과 관련된 무술(martial arts)의 이론과 실기를 실연해 보여주었다. 학생들은 자신들이 지니고 있는 몸, 자신의 모든 정신활동의 원천인 몸Mom이 그토록 정교하고 신비롭고 광막한 우주라는 것을 처음 자각하는 듯했다. 나는 현직 의사이다. 의사로서 학생들에게 단순한 해부학적·생리학적 사실만 이야기해주어도 학생들은 그것을 경이로운 충격으로 받아들였다. 체내(Intra-Body)란 무엇인가? 체외(Extra-Body)란 무엇인가? 그대들은 그대들의 자궁 속을 체내라 생각하는가, 체외라 생각하는가? 나의 몸철학은 철학적 사유와 과학적 사유가 복합적으로 논의된다. 내가 말하는 몸은 정신과 육체의 통합체이며, 훗설이 에포케에 집어넣는 모든 자연론적 관점이 다 포섭된다. 심리주의(Psychologism)도 부정의 대상이 아니라 극히 사소한 몸의 일부관점으로서 포섭될 뿐이다.

데리다Jarques Derrida, 1930~2004는 무명의 알제리 출신의 유대계 철학자였는데 1966년 죤스홉킨스대학에 초청되어가서 강연을 하면서 갑자기 세계적인 명성을 획득한다. 서구적 세계관을 뒤바꾸어 놓았던 것이다. 데리다가 대접받은 논리로 말하자면 나의 한 학기 한예종 강의가 조선예술운동의 새로운 지평을 열 만한 내용을 가지고 있었다고 나는 확신한다. 그러나 나는 유명하지 않고 한예종 수강자들도 나의 강의내용을 세계적인 사상으로 확산시킬 지적유산을 계승하고 있지 못하다. 그래서 우리는 항상 원점에서 다시 시작하곤 하는 것이다. 그러나 나의 강의는 분명한 유산을 수강생들에게 물려주었다. 그것이 앞으로 어떠한 방식으로 인류사에 발현될 것인지 아무도 알 수 없지만 그 교감의 짙은 질점들은 우주를 변혁할 만한 블랙홀의 무게를 지니고 있었다는 것은 분명하다. 그만큼 나는 피곤을 느꼈다. 매 금요일 강의에서 돌아와 나는 녹초가 되어 깊은 수면을 취해야만 했다.

마지막으로 수강자 모두를 감동시킨 연기과 연기전공의 이승원군의 발표를 소개한다.

오늘 수업의 발표를 무엇으로 할까 고민하던 중 저는 며칠 전 "정답사회"라는 이름의 한 웹툰을 친구의 페이스북에서 우연히 보게 되었습니다. 그 내용은 한국사회에는 어떠한 정답이 있고 서로가 서로를 눈치보고 비교하고 평가하며 정답을 향해가고, 거기에 벗어난 이들을 공격하며, 남들이 생각하는 대로 생각하는 게 안전하고, 남들이 좋아할만한 얘기를 하는 사람이 성공한다는 얘기를 하고, 나는 누구의 인생을 살고 있느냐에 대한 질문을 던지며, 끝이 나는 내용의 웹툰이었습니다. 그럼 나는 지금 과연 나의 인생을 살고 있느냐에 대한 질문을 던져봅니다.

11년 전 저의 고3 시절의 환경은 내가 좋아하는 것이 무엇인지도 모르면서 어떠한 동기부여도 없이 수능시험에서 정답을 많이 맞추어 좋은 대학을 가기 위해 아침 6시 반부터 밤 11시 반까지 수업과 자율학습을 하고 깜빡 졸게 되면 가차 없이 복도로 불려나가 엉덩이와 허벅지에 넓직한 매를 맞으며 공부를 해야 했던 삭막한 남고의 모습이었습니다. 스트레스와 수면부족에 얼굴에 여드름이 잔뜩 나고 새벽 5시 반에 일어나 어머니가 차려주신 미역국을 먹으면서 졸다가 손가락을 국에 담궈 움찔하면서 깨서 다시 밥을 먹곤 하던 기억이 지금도 생생합니다.

예민한 사춘기 시절 자신과 인생에 대한 모든 고민은 대학이후로 미뤄지고, 일기장에 끄적이는 글들과 몇 권의 책만으로 위안 삼으며 수능을 보고 점수에 맞추어 대학에 가게 되었는데, 당시 어감이 좋아서 선택한 국제관계학과에 들어갔지만, 나의 가슴과 존재에 전혀 와닿지 않았습니다. 그러나 수능을 다시 보는 것은 썩은 공부를 하는 것이라는 생각에, 당시엔 재수가 죽기보다 싫었습니다.

그렇게 들어간 대학에서 스무 살의 나는 외롭고 공허했습니다. 수많은 사람들이 모인 술자리에서 웃고 떠들며 왁자지껄함을 마치고 돌아오는 길의 공허함은 이루 말할 수 없이 크기만 했습니다. 나는 올바른 정답을 요구하는 오지선다형의 수능시험을 공부하듯, 나도 나중에 그 정답처럼 취업을 하고 결혼을 하고 살다가 죽는 것이 정말 정답이고 전부일까라는 생각을 했고, 그것과 나름대로 마주해보고 싶었습니다. 내 한 번의 소중한 삶을 그렇게 흘려보내고 싶지 않았습니다. 공허함이라는 것이 무엇인지, 그것을 느끼는 나는 누구인지, 이런 나를 자유케 하리라 외치는 진리는 무엇이고, 대학교가 말하는 큰 공부라는 것은 무엇인지, 그들의 발뒤꿈치를 마주하고 보고 싶어 했습니다. 그렇게 나는 배우고 싶은 것을 배우고 해보고 싶은 것들을 해보기 시작했습니다.

혼자 듣고 싶은 수업을 듣고 아르바이트를 하고 배낭여행을 떠났습니다. 연세대 노천극장에서 운동권 집회에 참석하여 화염병에 불타는 신촌거리를 바라보기도 했고, 대치동 한 교회에서 목사님의 열변에 귀를 기울여보기도 했습니다. 그즈음 도올 선생님의 『달라이라마와 도올의 만남』이라는 책을 우연히 읽게 되면서 선생님의 책을 처음 접하게 되었습니다. 경전에 대한 진정한 이해를 통해 인간이 경전에 부과해온 권위로부터 자유로워질 수 있으며, 지혜를 증가시키지 않는 지식은 결코 지식이라 불리울 수 없고, 취업하기 위한 지식이 아닌 살아있는 삶의 지혜로 전환시킬 수 있는 지식의 추구를 이야기하는 선생님의 신념을 접하며, 사회가 삶에 대해 부과하는 관념들과 정답이라는 것들에 대해 나의 체험을 수반한 이성으로 답을 찾아나가 볼 작은 용기를 얻게 되었습니다.

니체의 『차라투스트라』를 만났고, 칼릴 지브란의 『예언자』를 만났고, 인도경전인 『우파니샤드』와 헬레나 노르베리 호지의 『오래된 미래』를 만났습니다. 『오래된 미래』에서 진정한 지역적 다양성은 올바른 정체성을 기반으로 한다는 저자의 글을 읽으며, 국제관계라는 거창한 것을 논하기 이전에, 나를 아는 것이 더 중요하고 나다운 자리를 찾는 것이 국제관계와 세계평화에 기여하는 것이라는 생각을 하게 되었습니다. 『우파니샤드』는 내게 "그러나 나 자신보다 더 소중한 것이 있다고 그렇게 말하는 사람은 그가 그 자신보다 소중하다고 생각하는 것을 마침내 잃어버리게 될 것이다. 그러므로 나 자신을 소중하게 생각하라. 나 자신을 소중하게 여기는 이에게 그 사랑의 대상은 결코 소멸하지 않을 것이다"라고 말하며 가만히 내 어깨에 손을 올려놓았습니다.

그렇게 책을 읽고 여행을 하며 자전거를 타고 국토를 돌고, 인도 바라나시에서 구불구불한 골목길을 헤매다 소똥을 밟고 미끄러지며 헛웃음을 터뜨리고, 다람살라에서 달라이라마가 머무는 사원을 거닐고, 프랑스 아비뇽 페스티발에서 사과를 우적우적 씹어 먹으며 낯선 이의 길거리공연을 가만히 바라보고, 노숙을 해서 아낀 돈으로 의자가 다닥다닥 붙은 오래된 구식 극장에서 말도 못 알아듣는 공연을 보고 웃으며, 각지고 모난 나의 마음은 조금씩 녹아내리고 둥글어져가기 시작했습니다. 긍정과 부정을 넘어선 자리의 감성을 이해하기 시작했으며, 지금 내게 그 자리는 파도치는 바다표면 밑의 깊은 심해와, 천둥과 비바람이 부는 구름 너머의 고요한 자리라는 상징으로 마음속에 자리잡고 있습니다. 그것은 같은 것의 다른 면이며, 과정 속에 존재하는 양쪽 끝자리일 뿐이었습니다.

군대에 가서는 철원의 최전방부대에서 근무하며 남아도는 시간에 달라이라마의 『용서』라는 책을 7번 읽으며 그가 말하는 공과 자비와 상호의존성과 행복에 대해 생각해보기도 했고 밤에 야간보초를 서며 총 들고 하늘을 가만히 바라보다가 "국가를 위한 서비스도 이렇게 열심히 하는데 내 가슴을 뛰게 하는 공연을 해보고 싶다"는 마음에, 제대 후 학교에서 복수전공을 신청하여 연극영화과 생활을 시작하게 되었는데, 예비군 6년차가 된 지금 생각해보면 이 두 가지가 군 시절 가장 의미있던 행위가 아니었나 생각이 듭니다.

그렇게 공연과 연기에 대한 여정이 시작되어 그 가슴과 걸음을 따라 걷다보니 지금 여기에 이르러 이 자리에 이렇게 서게 되었습니다. 학부를 졸업 후 2년만에 처음으로 소속이 없는 백수가 되어 진공의 압력을 견디며 힘들어하던 시간 중에는 선생님의 『맹자, 사람의 길』을 읽으며 "하늘이 사람에게 큰 임무를 내리려하기 전에 반드시 먼저 그 심지를 괴롭히고 근골을 수고롭게 하고 굶주리게 하고 궁핍하게 하며 하는 일마다 어그러뜨리고 어지럽히는 등 고난과 시련을 주어서 분발하게 하고 인내케 하여 그의 그릇과 능력을 더욱 키워준다"는 문장에서 나를 다잡아갈 힘을 다시 얻기도 하였습니다.

선생님은 종교는 수신의 과정이며 나의 몸의 유한성 속에서 무한을 구현해나가는 과정이 곧 하느님이라는 것을 『중용』에서 말씀하셨습니다. 나는 현재 연기를 전공하며 몸공부를 하고 있고 내 안에서 하나님을 찾아가는 중입니다. 나라는 것은 관념을 넘어선 하나의 에너지이며 몸 자체인 것을 압니다. 나는 호흡합니다, 고로 나는 존재합니다. 나는 내 마음과 정신과 감성과 몸이 하나임을 압니다. 내가 나를 안다는 것이 지난 시간 『대학』의 구절에서 말씀하신 명덕明德을 밝히는 길이라는 것을 압니다. 스무 살의 나는 진리의 발뒤꿈치를 바라보고자 했지만 서른의 나는 진리의 새끼손가락을 붙들고 가만히 그 온기를 느낍니다. 그래서 나는 결과에 상관없이 지금 행복합니다. 현재 입시가 지나고 보강의 쓰나미와 과제의 압박 속에서 가을단풍도 충분히 못 즐기고 허덕거리고 있긴 하지만 그래도 행복합니다.

저는 소심하고 생각도 많은 한 인간일 뿐입니다. 하지만 생각은 언제나 생각 그 자체일 뿐 그 끝을 찍고 나면 보이고 돌아오는 자리는 언제나 지금 이순간의 현재가 있을 뿐이었습니다.

지난 3월 저는 선생님께서 한 달간 국립극단 백장극장에서 매주 월요일 강연하신 "노자의 시니피앙과 연극이라는 시니피에"를 들었습니다. 우리에겐 인간과 인간의 삶이 있을 뿐이라는 선생님의 뜨거운 언어를 기억하고, 강의를 듣고 난 후 극장 밖 저녁 무렵 밤공기의 기분좋은 시원함을 기억합니다. 그런 선생님께서 내가 한예종에 입학한 후 학교에 오시고 강의를 해주셔서 저는 선생님께서 날 위해서 강의를 해주고 계시다고 혼자 착각을 하며 수업을 듣고 있습니다. 저의 짧은 삶의 정신적 궤적을 만들고 내가 믿는 삶을 위해 행동할 정신의 깨달음과 용기와 양분을 공급해주신 도올 선생님께 깊은 감사를 드립니다. 저의 이야기는 여기까지입니다. 마지막으로 오쇼라는 한 명상가의 책 한 구절을 함께 나누며 이야기를 마무리를 하고자 합니다.

"인간은 나무이다. 종교는 오직 꽃들만을 이야기하기 때문에 실패했다. 그 꽃들은 철학적이고 추상적으로 남게 된다. 그 꽃들은 결코 실체화되지 못한다. 그 꽃들은 땅의 도움을 받지 못했기 때문에 실체화되지 못했다. 그리고 과학은 오직 뿌리에만 마음을 쓰기 때문에 실패했다. 뿌리는 추하고 거기에 꽃은 피지 않는다. 서양은 지나친

과학으로 고통 받고 있다. 동양은 지나친 종교로 고통받아왔다.
이제 우리는 종교와 과학을 하나의 인간 안에 두 가지 측면으로 받아
들이게 되는 새로운 인류를 필요로 한다. 그리고 그 다리는 예술이
될 것이다. 그것이 바로 내가 신인간은 신비가이며, 시인이며, 과학
자가 될 것이라고 말하는 이유이다."

감사합니다.

나는 학생들에게 몸철학을 열강하면서 예술인의 몸은 어떠한
종교의 도그마에도 예속되면 안된다는 것을 역설하였다. 모든
초월자를 초월하는 자유로운 정신이 없이는 예술은 참된 내일
을 창조할 수 없다고 말하였다. 예술은 자유로워야 한다. 그리
고 현실에 얽매일 필요가 없다. 남북의 분단도 예술인의 상상력
속에서 초극될 수 있다. 통일된 조국 속에서 사는 인간의 드라
마를 통해 오늘이라는 과거를 조명할 수도 있다. 나의 무신론적
(=과정론적) 사유를 99%의 수강생들이 적극적으로 수용해주었
다. 지금 우리나라 일류대학에서 종교비판을 하는 강의를 하면,
근 반에 가까운 학생들이 꼭 반발하는 레포트를 쓴다. 우리 사
회의 고급스러운 계층으로 올라갈수록 사람들이 종교적 도그마
에 쩔어있는 것이다. 나의 제도권 종교배제사상을 전적으로 수
용하는 수강자 그룹을 만난 것은 요번이 처음인 것 같다. 그만
큼 한예종 학생들은 사유가 자유로웠다.

2013년 12월 6일 마지막 시간, 나의 마지막 언어는 이러했다. 모두가 종강을 아쉬워하는 분위기였다. 그때 나의 이 한마디는 그들의 심령을 울리기에 충분했다. 그들의 눈시울은 이미 붉은 빛으로 물들어 있었다. 그 순간 나의 이 한마디는 저 깊은 선의지의 심연에서 저절로 우러나온 것이다: "한 학기 동안 내 강의를 경청해준 여러분! 나는 하느님을 명사로 생각해본 적이 없습니다. 나는 하느님을 존재로 생각해본 적이 없습니다. 나는 세인이 믿는 하느님을 믿지 않습니다. 그러나 이 순간 하느님이 존재해야만 한다면, 오직 이 자리의 제군 생명의 앞날을 축복하기 위하여 존재해야 한다고 믿습니다."

강의를 다 끝내고 나오는데 어느 학생이 레포트를 내민다.

"어느 과의 누구이지?"

"연기과 김선아입니다. 이렇게 늦게 레포트를 제출해도 받아 주시겠습니까?"

"아무렴. 끝까지 최선을 다하는 그대의 정성을 받아주겠다. 그러나 이제 레포트를 돌려받을 수는 없겠지."

"네, 괜찮습니다."

하늘보다 높고 바다보다 깊은 스승의 은혜에 감사드립니다!!! 늘 최선을 다해 무대에 섰지만, 15회의 말씀을 바탕으로 "2013 연극원 마지막 공연 〈안전가족〉" 혼신의 힘을 다해 올리겠습니다.

이번 학기도 논문만 제출하면 졸업이다.

연기자의 특성상 자신을 끊임없이 정직하고 투명하게 드러내기 위해 고군분투했던 만큼 지쳐있었고, 비워내고 정리하지 못한 만큼 지칠 대로 지쳐 숨고 싶고 쉬고만 싶은 그로기 상태에 빠져 있었다. 이런 상태로, 있는 그대로 만나게 된 도올 선생님의 수업은 "연기자에게는 철학이 중요하다!"라고 생각해왔던 나에게 힐링이 되었고, 지친 나를 깨우고 삶을 더욱 안정되게 잘 살아야 한다는 것을 믿게 해주었다. 나는 선생님께 "예술"을 배운 것이다. 기술과 같은 "술"을 받아 마신 게 아니라, "예"를 배운 것이다. 한예종 안에서, 학교에서 주는 것에만 만족하고, 교환학생, A+학점, 관객에게 받는 좋은 평가에만 만족하고, 영화감독들 하고의 친분 속에서 나태해질 대로 오만해졌던 나를, 가슴 아프도록 아니 뼈에 사무치도록, 바로보고 또 원점에 떨어진 모습을 인정해야만 했다.

하지만 지금의 나에게는 선생님이 늘 강조하신 노자와 이사도라 덩컨과, 몸의 수련을 향해 나아가야 한다는 신념이 있다. 이 신념은 선생님의 말씀대로 만능키인 동시에 풀어야 할 자물쇠이기도 하다. 시간이 흘러가고 있다. 짧은 시간이었지만, 위대하다면 가장 위대하다고 엄지를 들 수 있는 도올 샘의 명강의를 들을 수 있어서, 함께 할 수 있어서 영광이었다. 수고해주신 모든 분들께 감사를 드린다.

찬란한 젊은날의 초상들이여! 나야말로 그대들에게 감사를 드리노라! 밤하늘 저 프랙탈의 은하수에 그대들이 다시 그려놓은 장엄한 화엄, 그 카오스와 코스모스가 융합하는 소용돌이 속에서 무정無情의 친구가 되어 영란零亂의 춤을 추자꾸나. 2013년 가을학기 한예종 몸철학강의, 나의 생애에서 더없이 찬연했던, 보람과 감동이 엉켜 피보다 진한 생명의 기운을 모두에게 나누어준, 위대한 디스꾸르였다.

한예종의 130명 예술전사들이 이 땅에서 만들어갈 창작의 세계에 이 한 편의 문장을 헌정한다.

2013년 12월 21일

천산재에서 탈고

쌤의 죽음

그의 시신은 아리조나의 사막에서 연기가 되어 사라졌다. 그의 부인은 소복을 입고 그의 뼈가루를 담은 상자를 고이 들고 김포공항을 어색하게 걸어나왔을 것이다. 나에게 전화가 왔다. 안암캠퍼스에서 그의 영결식이 있을 예정이니 꼭 참석해달라는 것이었다. 과 주최로 조촐하게 친지들이 모이는 마지막 모임이 될 꺼라고 했다.

그토록 평생 절친하게 지냈던 친구, 아마도 내 인생에 가장 심원한 영향을 끼쳤다면 끼쳤다 할 그 친구를 이 지상에서 느낄 수 있는 마지막 기회를 놓친다는 것도 죄책감이 아니 들 수 없는 일이겠지만 나는 그의 영결식에 참석하는 발길을 삼가하기로

했다. 무엇보다도 안암동 캠퍼스에 발을 디딜 수 있는 내 감정의
상태가 정리가 되어있질 않았다. 안암캠퍼스만 아니었더라도 나
는 기꺼이 참석하여 친구를 떠나 보내는 눈물겨운 시 한 수라도
낭송했을지도 모른다.

그러나 내가 진짜로 그의 영결식에 안 간 이유는 바로 이러한
모든 상념들이 그의 죽음 앞에서 부질없는 장난에 불과하다는
것을 잘 알고 있었기 때문이었다. 그의 죽음은 완벽한 해탈이었
다. 찌꺼기 남지 않는 무여열반이었다. 그의 심장박동이 정지한
순간에 그는 완벽하게 그 존재성을 종료해버린 것이다. 그리고
그 종료는 그의 완벽한 실존적 결단이었다. 나는 그의 죽음을
축복해주고 싶을지언정, 타인 앞에서 눈물을 찌찌 짜는 연극을
하고 싶지 않았다.

그는 성삼문의 후손이었다. 그래서 변절한 신숙주의 후손들을
아주 우습게 알았다. 철학하는 아무개도 변절을 일삼는 놈이라
고 분개해 하면서 신숙주의 후손이라 그 모양이라고 빈축했다.
그는 금호동 판자촌에 살았다. 그의 아버지는 성삼문의 본관지
인 창녕 사람이었다. 자기네가 살던 옛 집은 창녕 목마산성 서
쪽 기슭에 있었는데 그곳에 그 유명한 진흥왕 순수비가 있다고
항상 자랑을 일삼았다. 그런데 그의 부모는 서울에 올라와서 계
속 생활고에 시달렸다. 한 때는 매우 잘 살기도 했다는데 영락
을 거듭하여 금호동 판자촌에 정착하게 된 것이다. 성삼문은

성승의 아들인데 홍주 노은동 외가에서 낳았다. 그의 어머니가 출산을 막 하려는데 공중에서 "낳았느냐?"하고 세번 묻는 소리가 들렸기 때문에 삼문三問이라 했다는 것이다. 그도 그 아버지가 세 번째로 낳은 아이래서 그냥 "성삼"이라 이름지었다. "삼"을 영문으로 표기하면 "Sam"이 되는데 이것을 아는 외국친구들이 다 "쌤"으로 발음했다. 그래서 그는 우리 친구들 사이에서 "쌤"으로 통했다.

내가 쌤을 알게 된 것은 참으로 기구한 인연이었다. 그가 나를 처음 본 것은 1967년 겨울 천안에서 였다. 소복히 눈이 쌓인 겨울 어느 날, 보리차가 바글바글 끓어 에밀레종의 선녀가 타고 다니는 구름과도 같은 김이 방안에 서리는, 그러한 구멍탄 난로 앞에서 몸을 옹크리고 앉아있을 때 느닷없이 나타났던 것이다. 그것도 시퍼런 군복을 입고 기다란 따블백을 둘러메고 나타났던 것이다. 나는 그때 폐병 3기환자보다도 더 파리한 얼굴을 하고 있었다. 그리고 나의 구멍탄 난로방을 빈틈없이 메우고 있었던 것은 국·내외의 모든 문학전집과 키엘케골이니 니이체니 쇼펜하우어니 하는 이름들이 주루룩 나라비 서는 그런 사상총서들이었다. 서향에 둘러싸여 뽀글뽀글 끓어오르는 보리차 주전자의 입김조차 눈속임에 불과한 신의 장난이 아닐까 하고 고민하는 데카르트『방법서설』의 고뇌를 진저리쳐지도록 되씹고 있었던 나의 창백한 모습은, 작열하는 남지나해의 태양 아래 그을릴 대로 그을린 그의 건장한 동공에는 하나의 신화로 비친 모양이었다. 월남 맹호부대의 참전용사로 활약하다가 현지에서 제대를 하고 귀향길에 오르던 중 부대에서 만난 친구 따라 잠깐 들린 우연한 기회에, 천안이라는 소읍의 한 가운데서, 골방에서 웅크리고 앉아 있었던 기대치 않았던 나의 모습이 너무도 충격적이었던 모양이었다. 나는 그때 관절염을 지독하게 앓았고 거동이 불편했다. 그리고 온 관절이 시베리아의 설풍의 혹한보다 더 으시시하게 시리기만 했다. 얼음칼날이 관절 속을 쑤시고 지나가는 듯한 그 고통을 나는 잠시도 망각할 수가 없었다. 그 고통의 망각으로 고안해낸 유일한 해결책이 독서였다. 그러니까 나의 독서는 지적 호기심의 충족이라든가 진리의 탐구라든가 도덕적 이상의 추구라든가 하는 따위의 안일한 선업과는 번지수가 멀었다. 그것은 그야말로 죽느냐, 사느냐 하는 벼랑길에서의 선택이었다. 저 황천길의 나락보다도 더 음산한 육신의 고통을 모면해보려는 처절한 본능의 탈출로였다. 그러한 탈출의 암중모색 속에서 나는 더욱 더 파리해져만 갔던 것이다. 그런데 쌤은 그러한 나의 모습을 예기치도 않았던 소읍의 한 골방에서 맞부닥친 것이다.

"죽음을 체험해보셨습니까?"

"전투에서는 항상 죽음이 방아쇠를 당기는 코끝에 걸려있
지요."

"아~항, 그래요. 그럼 정말 우리의 삶은 살 가치가 있는
겁니까?"

거두절미하고 휘몰아치는 나의 질문에 그는 좀 어지러운 듯
했다.

"인생을 너무 진지하게 생각하시는군요. 그냥 우리는 지금
살려고 몸부림치고 있는 것이 아닙니까?"

"실존주의자들이 말하는 맹목적 삶의 의지, 그런 거를 말씀
하시는 겁니까?"

"우리의 실존은 실존주의자들과 관계가 없습니다."

그의 어조는 단호했다. 그런데 이런 얘기를 하기 전에, 쌤을
나에게 데려온 선용군에 관한 이야기를 먼저 해야할 것 같다.
선용이는 우리 집 약제사였다. 옛날에 시골 병원에서 "약제사"
라는 직책은 그냥 병원에서 심부름하는 "고쯔카이" 정도의 신
분이었다. 약제실에서 약을 싸기도 하지만 청소도 하고 수금도
해오고 당직실에서 잠도 자는 그냥 꼬마아이였다.

선용이는 고향이 안면도였다. 그리고 그는 광산김씨였다. 우리
부모는 그를 그의 어머니의 간청으로 취직시켜 주었다. 서울서

고등학교를 1학년까지 다니다가 다니기 싫다고 낙향해서 빈둥빈둥 놀고 있다는 것이었다. 우리 엄마는 빈둥거리는 것은 마음에 안 들지만 그래도 광김이니 씨가 좋다고 그를 집에 들여놓았던 것이다. 그의 어머니는 "이집사"로 통했는데, 아마도 우리 집 사재를 통통 털어서 세운 장로교회에 열심히 나오는 모양이었다. 그런데 이집사는 야미장사를 했다. 미군부대에서 물건을 받아다 파는 것이다. 아마도 내 추측에 평택 미군부대 철조망 주변으로 피엑스에서 빠져나오는 물건들을 거래하는 중개상들이 많았던 것 같다. 거기서 물건을 받아다가 집집을 다니면서 이문을 남겨 파는 것이다.

이집사의 보따리는 어린 나에게는 아라비안 나이트의 호로병보다도 더 흥미진진한 세계였다. 보따리를 클를 적마다 진귀한 물건들이 쏟아져 나오는 것이다. 럭수비누에 폰드크림, 그리고 탱의 짜릿한 맛에 맥심커피, 그리고 네모난 타일 같이 생긴 빠다, 이런 것들이 매번 줄줄이 쏟아져 나왔다. 그런데 울 아버지가 제일 자랑스럽게 생각하는 건 소고기깐스메였다. 지금 생각해보니까 이 국방색의 큼지막한 통조림깡통에 들어있던 것은 "콘 비프"류의 무엇이었다. 커다란 숯불화덕을 방안에 들여오게 해서 겨울 내내 푹 익은 김장김치를 푹푹 썰어 큰 쟁반냄비에 수북하게 담아놓고 거기에 깡통을 따서 쏟아 붓고는 휘휘 저어서 자글자글 끓이면 도무지 형언할 수 없는 달콤한 맛이 우러나왔다. 울 아버지는 해방직후부터 이미 지독하게 상극적인 동·서문명의 퓨전 푸드를 고안해냈던 것이다. 하여튼 선용엄마의 보따리는 요술보따리였다.

그런데 나중에 선용이와 친해지면서 알게 된 이야기지만, 그 엄마가 어떻게 그렇게 떠돌이의 행상이 되었는지는 기구한 사연이 있었다. 선용엄마는 원래 만리포가 있는 태안사람이었는데 바다 건너 안면도로 시집을 갔던 것이다. 선용아버지는 안면도 중장리에 땅을 한 백여 마지기 가지고 있는 부농의 사람이었다. 그래서 선옥이 선용이 선국이 삼남매를 낳고 잘 살았다. 그런데 선용엄마는 본시 태안 동네에 눈이 맞았던 사람이 있었던 모양이었다. 그러나 옛날엔 부모가 정혼하면 군말없이 따라야 하는 것이 정칙이었다. 그런데 대부분의 뼈대있다고 하는 양반집이 다 그러하지만, 그리고 광산김씨의 콧대도 유별난 것이기는 했지만 하여튼 여자를 몹시 구박하고 하대하는 옹고집이 있었다. 선용아버지는 선용엄마를 몹시 학대했던 것 같다.

학대가 날로 심해져가던 어느 날, 젊은 날 자신을 사랑했던 남자가 결혼에 실패하여 상처하고 파리한 모습으로 나타났던 것이다. 그리고는 계속 선용엄마를 유혹했던 것이다. 어떻게 그토록 가냘프고 유약한 여인이 그토록 과감하고 강인한 결단을 내렸는지는 모르지만, 삼남매를 중장리 초가집에 남겨놓은 채 홀연히 옛 애인을 따라 가출을 해버리고 만 것이다. 부인을 잃어버린 선용아버지는 술고래가 되어갔고 포악한 주벽으로 날로 날로 무너져갔다. 그렇게 몇 해를 버티다가 영악한 선옥이는 막내 선국이만 집에 남겨두고 선용이를 데리고 "엄마 찾아 삼만리"의 정처없는 여행을 떠났던 것이다. 선옥이는 추수한 돈을 중간에 가로채어 광천 독배로 떠나는 배에 몸을 실었다. 늦은 가을 싸늘하게 비가 내려 가슴까지 싸늘해지는 어느 궂은 날이었다고 했다.

선옥이와 선용이는 물어 물어 중장리 광김 아무네 엄마를 수소문해보았으나 행방이 묘연했다. 독배에 늘어선 새우젓 독 사이를 헤매고 또 헤매다가, 선옥이와 선용이는 서로를 부둥켜 잡고 낙수물 떨어지는 타향의 처마 밑에서 울고 또 울었다고 했다. 그렇게 몇 개월을 떠돌다가 극적으로 홍성 노운서원 아랫동네에 살고 있는 엄마를 만났다. 그때 엄마의 품에 다시 안기는 감격과 기쁨을 무엇으로 다 표현하랴마는 엄마에게는 이미 조그만 아들이 하나 있었고, 눈이 맞아 같이 도망쳤던 그 남자는 폐병으로 피 토하고 황천객이 되고 없었다.

결국 엄마를 찾은 선옥이는 안면도로 몰래 돌아와 선국이까지 데리고 그 한 많은 섬을 완전히 별리해버렸다. 그리고 엄마를 도와가며 세 남동생을 먹여살리는 생활전선에 뛰어들었던 것이다. 이런 이야기는 요즈음 사람들에게는 기구한 멜로드라마의 장정처럼 들릴지 모르지만 내가 살았던 시대에는 주변에 흔히 깔렸던 다반사였다. 울 엄마는 이집사의 고요하고 얌전한 성격을 좋아하면서도 이 세상에 음란죄처럼 무서운 죄는 없다고 하시면서, 저 여자는 저주받은 여인이라고 서슴지 않고 나에게 말씀하시곤 했다. 그 죄업을 반드시 후손이 받는다는 것이다. 음란죄처럼 무서운 죄는 없다는 울 엄마의 이야기는 어린 나의 무서운 슈퍼이고가 되었다.

선용이는 구라가 탁월했다. 말솜씨가 매우 훌륭했던 것이다. 쌤도 그를 월남 맹호부대에서 처음 만났을 때, 그가 상관에게 따지는 소리를 듣고 서울법대생이나 되겠구나 했다는 것이다. 선용이는 나보다 나이가 한 세 살 위였다. 그의 말이 어디까지 믿을 수 있는 것인지는 몰라도 서울서 중동고등학교 1학년까지 다녔다고 했다. 중동유단자클럽에서 준왕초 노릇을 했다고 했다. 그런데 아주 매력적이고 야무진 영어선생이 서울사대 영문과를 나온 여자였는데 아이들에게 인기가 높았다. 어느날 선용이는 반 아이들에게 그 어여쁜 여선생님의 빤스를 보여주겠다고 약속을 했다. 긴장의 한 시간이 흘렀고, 여선생님이 수업을 끝내고 나가는 복도 뒤를 졸랑졸랑 쫓아가면서 긴 막대로 여선생의 스커트를 걷어올렸다. 뒤로 빤스가 보인 채로 여선생은 아무 영문도 모르고 궁둥이를 씰룩거리며 한참을 걸어갔다. 반 아이들은 전부 복도로 나와서 그 진귀한 광경을 다 보았던 것이다. 선용이는 영웅이 되었지만 그것은 학교로서는 실로 대사건이었다. 여선생은 선용이를 퇴학시킬 것을 강력하게 주장했다. 그 여선생은 꽤 유명한 법관집안의 딸이었는데 그 부모가 선용이의 퇴학을 강력하게 요청했다는 것이다.

그러나 교장선생님은 아무리 모독적인 사건이라 해도, 폭력적
사태는 아니며, 영웅심리에 저지른 어린아이의 장난끼에 불과
한 것일 수도 있으므로 정상을 참작하여 한달 정학을 메겨 참회
의 기회를 주자고 했다. 교장선생님은 감정에 치우치지 않은 훌
륭한 교육자였음에 틀림이 없었다. 그런데 문제는 선용이가 그
여선생의 빤쓰와 허이연 허벅지를 보는 순간 정말 꼴리고 말았
다는 해괴한 사태에 있었다. 아찔아찔한 그의 구라가 어디까지
진실인지는 모르겠지만, 선용이는 자기의 퇴학을 주장한 여선
생에게 앙심을 품게 되었고 한번 꼴린 몸의 강렬한 추억은 끊임
없이 그를 괴롭혔다고 했다. 그래서 그는 막가파적인 행동을 저
지르고 말았다. 여선생집을 수배해두었다가 그 여선생이 야간
수업을 마치고 돌아오는 으슥한 골목길에서 그녀를 납치한 것
이다. 흉기로 그 여선생을 꼼짝 못하게 해놓고 빤스 밑으로 손
을 집어넣어 수북한 음모하고 꽁알까지 부벼댔다는 것이다. 그
북새통에도 이 여인은 올가즘에까지 도달했다 한다. 선용이 말
로는 올가즘이 후환을 없앴다는 것이다. 하여튼 사실을 말하면
죽여버리겠다고 위협하고는 자기는 이제 낙향해버리겠다고 선
언했다는 것이다. 이것이 선용군의 낙향의 무용담이었다. 지금
생각해보면 고등학교 1학년짜리가 과연 이런 일을 저지를 수
있을까 하고 의심도 되지만 선용이의 위인은 충분히 그러고도
남을 그러한 계획력과 담력이 있었다.

선용이는 우리 병원에 근무하고 있으면서도 밤이면 곧잘 천
안역전엘 다녀왔다. 옛날에는 밤에 기차역에서 내리면 여인숙
에 묵으라고 추근대는 아줌마 호릿꾼들이 많았다. 옛날 서울역
앞에도 저 인천행 열차홈 밑으로, 그러니까 용산 굴다리로 내려
가는 그 방면에는 엄청난 여인숙동네가 있었는데, 그곳이 바로
종삼 홍등가보다는 조금 질이 떨어지는 사창굴이었던 것이다.

　천안역도 예외가 아니었다. 광장에서 화릿벌쪽으로 가는 꼬불
꼬불한 뒷골목들이 모두 홍등가였던 것이다. 선용이는 그곳에
몇 명의 단골을 거느리고 있었다. 자기의 단골은 그 사창가에서
는 최고의 미녀들이라고 했다. 돈을 안 주고도 하고 온다고 했다.
그 이유인즉슨 자기 물건이 죽여주기 때문에 사창가의 계집아
이들이 사죽을 못쓴다는 것이다. 자기가 나타나기만 하면 사방
에서 끌어 잡아당긴다는 것이다. 오늘밤에도 열탕을 뛰고 왔다
고 했다. 그가 말하는 "열탕"에는 매우 특별한 밀교수행적인 고
도의 경지가 숨어있다. 창녀들은 자기 구멍을 그냥 대주기만 하
는 것이 통례이다. 자기자신이 애써 올가즘에 올라가는 그런 짓
을 하지 않는다. 여러 손님을 받아야 하기 때문에 올가즘에 올
라가면 피곤해서 영업이 불가능하기 때문이다. 남자가 물건을
넣고 흔들어대면 그냥 써비스 차원에서 "으으음"하고 신음소리
를 내주든가 남자가 픽 싸버릴 때 "아악"하고 한번 소리를 질
러주는 식으로 해서 손님을 기쁘게만 해준다. 그런데 그런 것은
다 속임수에 불과하다. 선용이는 밑에 깔린 겨집이 그런 수작을

부리면 용납을 하지 않는다고 했다. 그리고 집요하게 그 겨집의 궁둥이가 자기 음모에 엿가락처럼 철썩 달라붙어 맷돌요동을 칠 때까지 흔들어대는데, 그 기술의 대전제는 꼴린 채로 유지하되 사정을 하지 않는 음경의 힘이 있어야 한다는 것이다.

그러니까 그가 열탕을 뛰었다는 것은 한 창녀를 연거퍼 열 번 올가즘에 올릴 때까지 자기는 한번도 사정을 하지 않았다는 것을 의미한다. 그리고 그 겨집이 열 번째 자지러질 때 한번 철퇴 같은 맹공을 가해서 쭈욱 굵은 장대비처럼 쏟아 붓고 푹푹 너털 웃음을 지으며 털고 일어난다는 것이다. 하여튼 이러한 식의 선용이 구라는 끝이 없었다. 호기심에 가득찬 나는 상상조차 하기 어려운 그 오묘한 세계에 대한 환상으로 입안의 침이 마르는 것이 한두 번이 아니었다. 울 엄마 예언은 적중했다. 선용이는 자기 엄마 음란죄의 유업을 충실히 계승하고 있는 것 같았다. 그러나 난 선용이를 무척 좋아했다. 그를 음란한 죄인이라고 생각해본 적은 한번도 없었다. 그는 우리 집과도 같은 퓨리타니즘의 울타리 속에서 보호받고 있었던 음란의 달인이었다. 그와 내가 어떤 영적 교감을 하게 된 계기는 진실로 진실로 극적이었다.

울 아버지 병원은 산부인과 전공이었다. 옛날에는 "전문의"라는 것이 없었다. 그냥 의학전문학교를 나오면 인간의 질병을 두루두루 다 보는 동네의사가 되는 것이다. 그런데 그 동네의 성격과, 또 자기 취미와 경험의 축적에 따라 그냥 어느 정도의 전공의 윤곽이 자연스럽게 정해지는 것이다. 지금 내가 병원이라고 말하지만, 옛날에는 의원과 병원의 구분이 없었다. 그냥 병자가 가는 곳이면 다 병원이었다. "의원"이라는 말은 발음하는 데 좀 에너지 소비가 많이 들기 때문에 별로 쓰인 말이 아니다. 울 아버지 병원은 그러니까 요새말로 하면 산부인과의원에 가까운 곳이다. 그렇지만 내과·외과·피부과·이비인후과의 기능도 다 구비되어 있었다. 안과와 치과만이 독립된 영역이었다.

울 아버지는 정말 위대한 의사였다. 요즈음의 발달된 의학의 기준으로는 울 아버지와 같은 의사는 무지막지한 시골의 따이후우大夫 정도로 간주될지도 모르지만 그들은 그들 나름대로 요즈음의 의사들이 범접할 수 없는 지고한 경지가 있었다. 옛날 의사들은 대단한 치료기구도 없었고 정교한 검사기계도 없었다. 그들은 육안과 육감과 직감, 그리고 적나라한 손으로 모든 것을 치료했다. 그들은 인간으로서 인간을 치료했다. 그 사이에 개입되는 매체가 근소했다. 나중에 엑스레이 기계를 한 대 사들여 놓았지만, 별로 쓰지를 않았다. 그때의 엑스레이는 엄청난 쇳덩어리였다. 나는 그 엑스레이실 한 구텡이에 만들어진 암실 속에서 필름을 인화하는 작업에 스릴을 느꼈다. 칠흙 같은 암흑 속에서 현상액이 출렁거리는 소리, 그리고 빠알간 등에 필름을 비쳐보는 감동, 그리고 고정액에 그 필름을 담그고 물 흘리는 과정…… 이 모든 경험이 훗날 나의 사진취미의 바탕이 되었다.

울 아버지의 특기는 "행이난산"이었다. 아침에 부시시 눈을 뜰 때면 전신에 피튀긴 까운을 입고 낡은 가죽 왕진가방을 들고 방에 들어오시는 아버지의 모습은 밤새 백마고지를 탈환하고 개선의 개가를 올리면서 귀환하는 해병대의 용사보다도 더 비장한 그 무엇이 서려 있었다. 또 행이난산이구나! 나는 피튀긴 까운의 정도로써 행이인지 아닌지를 직감할 수 있을 만큼 그런 상황에 익숙해져 있었다. 시골여자들이 애기를 낳게 되면 꼭 새벽녘에 잘 낳았다. 옛날 시골의사들은 정해진 시간이라는 것이 없었다. 밤 열두시가 넘었어도 우리 집 창문을 두드리며 "왕진요! 왕진!"하면 아버지는 출정준비를 하셔야만 했다. 그때 천안에는 두 대의 시발택시밖에 없었다. 그 중에 한 대는 꼭 천안역전에서 대기중이다.

"시발택시 불러라!"

선용이는 따라나설 차비를 채려야 했고, 숙직간호원은 조산기계들을 가죽가방에 담기 시작한다. 조산기계라 해봐야 큰 집게뻰찌 같이 생긴 매우 투박한 쇳덩어리였다. 그걸 여자 가랑이 밑 구멍으로 집어넣는다는 것은 나로서는 좀 상상하기가 어려웠다. 구체적인 상상이 단절되는 세계였다. 주섬주섬 담아 넣고 그걸 시골집에 도착하면 그 집 부엌 무쇠솥에 넣고 끓이는 것이다.

그런데 "행이"라는 말은 지금 생각해보니 발음의 와전이었다.

행이난산이란 정확하게 "횡위난산橫位難産"이란 의미였다. 태아가 열 개월이 가까워 오면 신비롭게도 머리를 엄마 자궁경구 쪽으로 향하고 고개를 치켜들며 골반을 벌리면서 통과하게 되어 있다. 진통이 시작되고 복압이 상승하고 양수가 터지면 태아의 머리는 등쪽의 천골과 앞쪽의 치골결합 사이에 동그랗게 형성되어 있는 골반강으로 하강하기 시작한다. 처음에는 코가 오른쪽으로 가게 머리를 옆으로 뉘이면서 하강하다가 골반을 통과하면서는 다시 종축으로, 코를 등쪽의 치골 쪽으로 박으면서 머리를 쳐들고 골반의 만곡을 빠져나온다. 그러다간 다시 머리를 옆으로 뉘이면서 어깨를 빼고 이 세상으로 나오게 되는 것이다. 태아에서 가장 문제가 되는 것은 머리다. 태아에 있어서는 비례적으로 머리가 그 몸의 전부라고 해도 과언이 아닌 것이다. 그러기 때문에 조물주께서는 가장 부피가 큰 머리가 먼저 엄마 골반을 밀치면서 빠져나오도록 설계를 해놓은 것이다. 엄마의 산도의 크기와 어린애 머리의 싸이즈를 비교하면 어떻게 해서 저렇게 큰 놈이 그 구멍을 빠져나올 수 있는가 하고 의아하게 생각할 수도 있겠지만, 갓 태어나는 생명의 머리는 아직 우리들 대가리처럼 딱딱하게 굳어있는 것이 아니래서 골반의 형태에 맞추어 형태변화를 일으키는 응형應形의 신축성을 지니고 있는 것이다.

그런데 개구진통이 시작될 때 이렇게 머리가 엄마 자궁경부 쪽을 향해 있고 올챙이가 요리조리 바위 밑을 헤엄쳐 빠져나가

듯이 머리가 먼저 빠져나오게 되면 그런 것을 우리는 순산順産이라고 부른다. 두위분만인 것이다. 그런데 애기가 머리 쪽으로 내려와 있지 않고 반듯이 서있어서 다리가 먼저 나오는 상황도 있다. 이런 것을 골반위라고 하는데 이런 것도 참 골치덩어리다. 그런데 최악의 상황은 태아가 옆으로 가로 누워있는 것이다. 이것을 횡위橫位라 하는 것인데, 어린 나의 귀에 들린 것은 "행이"였다.

그런데 요즈음은 이런 것이 크게 문제되지 않는다. 바로 "씨쎅c. sec."이라는 기술로 모두 간단히 해결하고 있기 때문이다. 하복부와 자궁벽을 절개해서 태아를 꺼집어 내는 것이다. 마야부인은 싯달타를 옆구리로 낳았다고 했는데, 아마도 그때 이미 인도에는 씨쎅이 발달했을지도 모른다. 그렇지 않으면 그렇게 위대한 성인이 어떻게 그 냄새나는 하수구멍 같은 여성의 질구를 빠져나올 수 있겠냐는 그러한 성스러움에 대한 존경과 우려 때문에 그런 설화를 지어냈을 것이다. 그러나 씨쎅의 발상지는 인도가 아닌 로마였다.

씨쎅은 씨 쎅션c. section의 줄임말이다. 그런데 씨 쎅션의 씨(c.)는 "씨세리안cesarian"이라는 말의 줄임말이다. 그런데 이것은 로마의 황제 "씨이저"라는 말의 형용사형이다. 「마태복음」 22장에 보면 "가이사의 것은 가이사에게"라는, 정치와 종교의 분리를 암시하는 아주 애매한 예수의 말이 나오고 있다. 여기 "가

이사"는 영어 "씨이저"의 로마 원발음에 가까운 표기이다. 이 "가이사"를 중국인들은 "개살凱撒"이라고 표기했다. 이것을 북경만다린으로 읽으면 "카이사"가 된다. 그래서 우리 아버지 때만 해도 "씨쎅"이라는 말은 없었고 "개왕절개"라는 말만 있었다. 개왕凱王은 곧 씨이저를 말하는 것이다. 그리고 때때로 "제왕절개"라는 말도 썼다. 개왕凱王은 로마의 황제였으므로 "제왕帝王"이라고 표현했던 것이다. 그레코-로망 세계를 나이브한 공화체제에서 전 세계를 지배하는 제국체제로 전환시킨 가이우스 줄리어스 씨이저Gaius Julius Caeser라는 인물이 과연 씨쎅으로 태어났는가? 씨쎅의 발상은 얼마든지 가능한 것이지만, 19세기까지만 해도 씨쎅은 과도한 출혈과 패혈증으로 반드시 산모의 죽음을 초래하는 것이었다. 줄리어스 씨이저는 기원전 100년 7월 12일에 태어났다. 7월을 "줄라이July"라고 부르는 것은 씨이저의 탄생을 기념하여 그의 이름을 본따서 명명한 달력 때문인 것이다. 그런데 줄리어스 씨이저는 아버지는 조실했지만 훌륭한 어머니 밑에서 성장하였다. 다시 말해서 씨이저의 산모는 죽지 않았던 것이다. 따라서 개왕절개의 신화는 엉터리인 것이다. 의학사학자들은 로마의 고래로부터 내려오는 관습에 애기 낳다가 죽은 여자는 반드시 복부를 칼로 갈러보고 매장하는 전통이 있었는데 이것이 후대에 로마황제 씨이저의 칙령으로 되었기 때문에 그래서 "개왕절개"라는 말이 생겨나게 되었다고 추론하기도 한다.

하여튼 울 아버지 때만 해도 개왕절개는 쉽게 할 수 있는 수술이 아니었다. 천안과 같은 시골의 열악한 상황에서 개복수술이란 실로 대수술이었다. 그리고 대부분의 분만이 가정에서 이루어지는 "안방출산"이었기 때문에, 개왕절개는 상황적으로 불가능했다. 진통이 시작되고 애기 낳는 방으로 들어가게 되는 새악씨들은 툇마루 댓돌에 놓인 어여쁜 고무신을 쳐다보며 내가 또다시 저 신을 신을 수 있을까 하는 회의와 공포 속에 떨며 진통의 시련을 시작해야 했던 것이다.

시골에서는 특히 난산이 많았다. 그런데 시골사람들은 대뜸 의사를 부르는 그런 짓을 하지 않는다. 의사는 너무 비싸기 때문이다. 따라서 죽음에 임박할 때까지 개기다가 마지못해 부르거나, 보통은 조산원인 산파를 부르게 마련이다. 우리 동네에 "남집사"라는 얌전한 산파가 있었는데, 솔솔찮게 잘 불려 다니고 돈도 잘 벌었다. 그러나 행이난산 같은 경우는 자기가 해볼려다 해볼려다 안되면 울 아버지를 부르는 것이었다. 그리고 천안에 딴 의사들도 자기들이 해보다가 해보다가 안되면 죽음의 직전에 울 아버지를 부르는 것이다.

"이건 광제병원 의사 아니면 못해요!"

요즈음은 너무 쉽게 젊은 의사들이 개왕절개를 선호하지만 "자연분만"처럼 좋은 것은 없는 것이다. 그리고 복부를 칼로 째는 것도 흉악한 일이려니와 더구나 여성의 비궁秘宮인 자궁에 칼을 댄다는 것은 참으로 끔찍한 일이다. 자궁처럼 신체에서 위대한 신축력을 발휘하는 조직이 없다. 평소 때 주먹크기 만한 것이 만삭 때는 신장 50cm의 거대한 태아를 담는 거대한 푸대자루로 변모하는 것이다. 그리고 출산 후에는 또 다시 한 5cm 가량의 작은 조직으로 수축해버리는 것이다.

행이난산의 경우는 애기의 팔이 하나 쑥 먼저 나오는 경우가 있다. 이건 참 처치곤란이다. 도저히 방법이 없는 것이다. 양수가 터지고 탯줄의 피공급이 중단되고 심장의 난원공이 막히고 태아의 폐호흡이 시작될 무렵, 그런 상태에서 산도에서 지체하게 되면 태아는 곧 질식사를 일으킨다. 하여튼 애를 낳다가 애가 산도에서 죽는 경우가 많았다. 아이의 죽음이 확인되면 산모를 살리기 위해서 태아의 팔을 절단하는 상황도 있다. 생각해보라! 여성의 질구 앞에서 태아의 팔뚝을 삭둑 잘라내고 있는 모습을!

그런데 울 아버지는 탁월한 난산의 해결사였다. 아버지가 떴다 하면 100중 98은 살리고 돌아왔다. 그것도 울 아버지 손 그것 하나로! 울 아버지 손이 지닌 마력은 이 지구상에 존재했던 산부인과 의사의 역사에서 가장 신화적인 기록이었을 것이다. 울 아버지의 맨 손! 울 아버지는 거꾸로 다리가 먼저 나오든, 행이로 팔뚝이 먼저 나오든 어떠한 상황에도 아이를 다시 자궁 속으로 집어넣어 그 자궁 속에서 자신의 손을 활용하여 회전시켜 머리 쪽으로 돌려 빼내는 신묘한 기술을 개발했다. 그것이 어떻게 그렇게 될 수 있는 것인지는 내가 가히 추측할 수 있는 바가 아니었지만, 옛날 우리나라 개화시대 때의 의사들은 정말 훌륭한 휴매니스트들이 많았다.

나는 여기서 휴매니스트라는 말을 어떤 도덕적인 의미로 쓰고 있질 않다. 기계나 어떤 외재적 힘을 쓰지 않고도 천명이 허락하는 한도 내에서 순수한 자기 몸의 능력 하나로 인간을 사지에서 구해내는 비범한 능력을 그 상황 상황에서 개발해내었던 것이다. 요즈음의 의사들은 질병적 상황에 대한 자기 자신의 직감이나 판단보다는 객관적 자료나 인간외적 매체수단에 의존하기 때문에 그러한 매카니즘의 한 부속물로서 잘 기능할 수 있을지는 몰라도 휴매니스트의 자격은 보유할 수 없는 것이다. 울 아버지 당대에도 모교인 세브란스에 가서 울 아버지가 하는 시술의 무용담을 얘기하면 서울 대병원의 의사들이 도무지 믿을 수 없다는 표정만 짓는다는 것이다. 울 아버지는 난산으로 죽어가는 수없는 여인들을 살렸다. 그것이 프로정신 때문인지 뭔지는 몰라도 하여튼 휴매니스트적인 인간구원의 손길임에는 틀림이 없었다. 어떻게 자기 손을 여자 질구 속으로 집어넣어, 어떤 때는 팔뚝까지 들어간다 했다, 그렇게 태위를 급하게 변경시킬 수 있는지, 평상적인 산과의 상식으로는 이해하기 어려운 것이다. 그러나 울 아버지는 죽어가는 사람을 살렸다. 그것은 신화가 아니고 사실이었다.

내가 중학교 때 본 영화로, 헤밍웨이 원작소설을 필름화한 『무기여 잘 있거라』라는 아름다운 작품이 있었다. 그 전쟁의 포화 속에서 주인공 록 하드슨은 간호사였던 제니퍼 죤스와 기구한 사랑의 연을 맺는다. 그 험난한 상황에서 결국 두 사람은 다시 만났고 아름다운 사랑의 결실을 맺는다. 그런데 내 기억에 입술이 엄청 크고 광대뼈가 널찍한, 매력적인 그녀는 결국 애기 낳다가 죽는다. 허탈해진 록 허드슨이 병원을 나와 낙엽지는 불러바드를 멍하게 걸어간다. 너무도 공허한 표정 뒤로 가을바람에 스러지는 낙엽들이 스쳐지나간다. 그것이 그 영화의 마지막이었다. 나는 막이 내린 후에도 돈암동 동도극장에 앉아서 울고 또 울었다. 너무도 그들의 사랑이 맺어져야만 하는 기구한 열정이었기에…… 그리고 인간이 인간에게 바치는 순결한 사랑이었기에…… 나는 텅 빈 극장에서 흐느끼며 외쳤다. 하여튼 나는 눈물이 많은 아이였다.

"울 아버지를 불렀으면 살았을 텐데…… 울 아버지가 거기 계셨더라면 제니퍼 죤스는 죽지 않는 건데……"

그런데 내가 선용이와 깊은 우정의 교감을 나누게 된 사건은 행이난산과는 좀 거리가 먼 다른 사건이었다. 그것은 매우 가난한 시골농부의 절망감, 그리고 처절한 고독과 관련된 어떤 사건이었다.

우리 집에는 병원과 안채 사이에 기역자 긴 회랑의 입원실이 있었다. 한 여인이 입원을 했는데 그 여자는 자궁에 병이 있었다. 매일 열이 간헐적으로 올랐다 내렸다 하면서 시름시름 앓았다. 그 시골여인의 얼굴은 창백했고 매우 선량한, 그야말로 누가 보든지 착하기 그지없는 그런 조선의 갸름한 여인이었다. 그리고 그녀를 아내로 맞이한 청년도 무척 건실한 농부였다. 그리고 자기 아내를 끔찍하게 사랑하는 사람이었다. 이들은 정말 금실 좋은 가난한 연인들이었던 것이다. 이 여인은 딸을 하나 낳았다. 입원할 때도 어린 딸이 졸랑졸랑 같이 따라왔다. 그런데 최근에 애가 하나 생겼었는데 생활고에 시달리고 또 어느 점쟁이가 합궁날짜를 보니 또 딸이 분명하다고 얘기를 한 바도 있고 해서 시골 돌팔이 의사에게 소파수술을 받았다는 것이다. 그런데 소파수술을 받은 후로 시름시름 앓게 되었다는 것이다. 뭔가 자궁에 상처가 크게 났고 감염이 지독하게 된 것임에 틀림이 없었다.

울 아버지는 자궁치료를 했고 항생제를 계속 투여했으나 그 여인의 증상은 호전의 기미를 보이지 않았다. 한 달 가량이나 입원치료를 했는데도 별 진전이 없었다. 그리고 질구로 흐르는 분비물의 상태로 보아 자궁이 심각한 부패현상을 일으키고 있다고 판단되었던 것이다. 아버지는 그 여인을 살릴 수 있는 유일한 길은 개복수술을 감행하여 자궁을 적출해내는 방법밖에는 없다고 판단하였다. 그런데 울 아버지는 개복수술에 자신이 없었다. 그리고 수술시설도 매우 열악한 것이었다. 그러나 그 가난한 부부가 이제사 딴 병원을 갈 여력은 없었다. 그런 발상조차 할 수가 없었다. 그냥 살려만 달라고 울 아버지 까운자락에 매달렸다. 아버지는 하는 수 없이 우리 집에서 그냥 수술을 하기로 결정했다. 그러나 수술에 능한 외과의사를 한 분 타지에서 모셔왔다. 옛날에는 검정의사들이 많았다. 의대를 제대로 안 나오고도 어떻게 검정시험을 봐서 의사가 되는 것이다. 그런데 이런 사람들 중에 기술이 좋은 사람이 많았다. 아마도 아버지가 꾸어오기에 편한 사람이었을 것이다. 드디어 개복수술 날짜가 잡히고 수술실의 준비가 완료되었다.

나는 아버지한테 개복수술의 광경을 보게 해달라고 졸랐다. 내 인생에 처음으로 사람의 뱃속을 육안으로 들여다 볼 수 있는 기회! 그것은 인디아나 죤스의 모험이 유가 아니었다. 그것은 어린 나의 환상이요, 도전이었다. 울 아버지는 날 어떻게 생각하셨는지는 모르지만, 감수성이 풍부한 아이의 교육을 생각하셨는지, 하여튼 입회를 허락했다. 울 아버지의 결정은 지금 생각해봐도 참 내리기 어려운, 조금은 상식에서 벗어난 위대한 결정이었다.

날카로운 메스가 뽀이얀 배를 짜악 가르는 순간의 섬찟했던 느낌은 지금도 몸서리치도록 생생하게 기억하고 있다. 그리고 뭉게뭉게 배 속에서 피어오르는 기름덩어리! 나는 인간의 뱃대기가 그렇게 여러 층으로 된 두꺼운 것인지 몰랐다. 집게로 뱃가죽을 벌리고 드디어 자궁의 모습이 드러났을 때, 나는 정말 생명의 신비로움에 어떤 전율을 느끼지 않을 수 없었다. 그런데 자궁이 드러나는 순간부터 이미 살 썩는 냄새가 수술실에 진동했다. 외과의사가 집게 같은 것으로 자궁을 건드리자 푸욱하고 고름이 나왔다. 그리고 이미 자궁이 여기저기 변색이 되어 있었다.

그런데 마취를 에피듀랄로 했기 때문에 하체는 완전히 마비되었어도 환자의 정신상태는 멀쩡했다. 외과의사는 자궁을 몽땅 드러내는 길만이 살 길이라고 판단했다. 그곳에는 남편도 입회하여 있었다. 의사가 상황을 설명하고 그렇게 하자고 권유하니까, 환자는 수술대 위에서 갑자기 절규했다.

"그럼 또 다시 애기를 낳을 수 없는 겁니까?"

지금 애기를 낳는 것이 중요한 게 아니라 본인의 위태로운 생명을 건지는 것이 더 중요하다고 잘 설명했어도, 그녀는 남편의 손을 잡고 달기똥 같은 눈물을 흘리면서 호소하는 것이었다.

"여보! 난 당신을 위해서 당신과 같이 생긴 아들을 하나 낳아 키우는 것이 소원이었어요. 자궁을 떼어버리면 제가 뭔 희망으로 살아요?"

남편이 자궁의 일부만을 도려내고 애기를 한번 더 낳을 수 있는 가능성을 남겨둘 수 있는 형태로 시술할 수는 없냐고 하니깐 외과의사는 그것도 불가능한 것은 아니지만 지금 상태로서는 생명의 보장이 어렵다고 했다. 이때 그 여인은 또 외쳤다.

"죽어도 좋으니까 제 자궁을 살려두세요. 전 자궁없는 여자가 되어 살 수는 없어요. 아들을 꼭 하나 낳아 키우고 싶어요! 여보! 여보! 제발 내 말을 들어요!"

고개를 흔들고 눈물을 뿌리면서 그 조선의 여인은 남편의 소맷자락에 매달리며 호소했다. 흰 까운을 입고 입회한 나는 어린 아이였지만 그 너무도 기맥힌 실존의 결단들이 엇갈리는 생사의 갈림길에서 같이 눈썹을 껌벅껌벅 하면서 달기똥 같은 눈물을 떨구지 않을 수 없었다. 나의 판단으로는 의사가 과감하게 본인들의 말과 무관하게 자궁을 완전히 적출해내는 시술을 감행했어야 했다. 그러나 당대의 윤리관 속에는 그 여자의 죽음을 불사하는 호소는 너무도 지당한 것이었다. 자식이 뭐길래! 아들이 뭐길래! 사랑이 뭐길래! 기존의 모든 가치관에 속박된 그 여인의 애틋한 호소는 모든 조선여인의 애원이었던 것이다.

울 아버지와 외과의사는 둘이서 영어술어로 씨부렁 씨부렁 대더니, 결국 그 여인의 호소대로 일부만 적출하는 것으로 결론을 내렸다. 아마도, 그 외과의사는 이미 그 여인의 생명을 포기

한 상태였을지도 모른다. 배는 다시 꿰매졌고 그 여인은 입원실로 옮겨졌으나 사흘 후에 영면하고 말았다. 영문을 모르는 꼬마 딸의 손을 잡고 싸늘한 시체 위에서 흐느끼는 남편의 구슬픈 곡소리가 밤새 촛불과 향을 피운 입원실에서 새어나왔다.

나는 새벽에 일어나 그들이 나가는 모습을 보았다. 남편은 아내의 시신을 가마때기로 둘둘 말아 꽁꽁 묶었다. 그리고 리야까에 그 둥그렇고 기다란 가마때기를 털썩 올려놓고 우리 집 대문 앞을 처량하게 떠났다. 집까지 시오리나 된다는데 그냥 그렇게 리야까에 싣고 자기혼자 끌고 떠나는 것이다. 서너 살 난 아이 손에 주먹밥 하나 들리우고, 같이 가마때기 옆에 태우고 떠났다. 내 인생에서 만감이 착종했던 잊을 수 없는 장면이었다. 나는 차마 그냥 집에 앉아있을 수가 없어 얼마간 그 리야까 뒤를 따라갔다. 그리고 온양나들이 넘어 철길옆을 가는 그 리야까의 뒷모습을 멀리 멀리 사라질 때까지 바라보았다.

그런데 우리의 얘기는 여기서 낭만적인 종말을 고하지 않는다. 아버지는 몇일 후에 선용이에게 그 남자에게 가서 수술비를 받아오라고 재촉했던 것이다. 그 남자가 그 막대한 입원비와 수술비를 다 냈을리 만무하다. 아들도 못 낳고, 사랑하는 부인도 죽은 판에 또 우리 병원에 큰 빚을 진 것이다. 선용이는 사정을 다 아는 터였기에 매우 난감했을 것이다. 그리고 나보고 같이 가자고 했다. 수금하러 가는데 내가 같이 간 것을 울 아버지가 아시면 무척 화를 내실 것이지만, 나는 몰래 선용이 뒤를 따라 나섰다. 그 착한 농부의 집을 보고 싶었다. 그들이 살았던 터전을 직접 눈으로 확인하고 싶었던 것이다.

그것은 너무도 초라한 초가집이었다. 상을 치루고 난 후 텅 빈 마당은 깨끗이 쓸려 있었다. 선용이와 그 농부의 오가는 말이야 뻔할 수 밖에 없었다. 우리는 터덜터덜 온양나들이로 돌아오는 길을 철길따라 지름길로 왔다. 월봉산에 넘어가는 해가, 철도 위를 양손으로 발란스를 취해가면서 분홍신처럼 걸어가고 있었던 우리에게 실루엣을 드리웠다.

"울 아버지가 널 수금보낸 것은 잘못된 일이다. 넌 수금의
    의무가 없다."

"그렇지 않다. 그는 시술을 받았고 병원에서는 당연한 비용
    이 소비되었고 그는 그 비용을 지불해야만 한다. 그리고 나
    는 병원에 고용된 사람으로서 당연히 수금을 해야 할 의무가
    있다."

"그렇지 않다. 우리 집은 그 농부보다 더 잘 산다. 더구나 그
    부인이 죽었다. 어찌 긍휼히 여기는 인정도 없이 지금 돈을
    받아 낼려고 하는가? 울 아버지는 장로가 아닌가? 기독교
    정신이 다 무엇인가?"

"그렇다고 수금을 안하면 병원운영의 기준이 서질 않는다. 어떤 사람은 돈 받고 어떤 사람은 돈 안받는 기준을 어디에다 세울 것인가?"

"그 기준은 사람 마음에 있다. 죽은 그 여자도 진실했고 그 남편도 불가항력적 운명에 휘말렸다. 그리고 현실적으로 지불능력이 없다. 그런데 독촉해서 뭘 하겠다는 것인가? 여유로운 자들이 베풀어야 한다. 그가 자발적으로 돈을 가져올 때까지 기다려야 한다. 우리는 보다 여유로운 사회를 건설해야 한다. 울 아버지는 너무 베풀줄을 모른다."

그러다가 선용이는 나에게 갑자기 다른 맥락의 이야기를 던졌다.

"내가 너같이 어린 사람에게 반말 듣기는 생전 처음이다."

그는 나보다 세살 위였다. 옛날에는 나이가 주는 상하질서감은 거역키 어려운 엄연한 것이었다.

"그런데 이상하게 조금도 기분이 언짢지 않다. 그런데 갑자기 네가 위대한 사람이라는 생각이 든다."

"난 위대할 것이 없다. 단지 느끼는 대로 말했을 뿐이다."

"난 그대를 위하여 살고 싶어졌다. 넌 하늘이 낸 인물같다."

선용이는 갑자기 철도길 침목이 총총한 사이 자갈밭 위에 무릎을 꿇고 선서하였다.

"지금부터 그대는 나의 삶에 존재의의를 주는 이상이다. 난 그대를 평생토록 시봉하리라!"

이렇게 해서 그와 나는 오야붕과 꼬붕의 의리를 맺었다. 물론 내가 오야붕이고 그가 꼬붕이었다. 그는 나의 생애에서 내가 만난 최초의 제자였다. 그는 항상 나를 오야붕으로 깍듯이 모셨다. 그리고 자기는 대기업주가 될 것이라고 했다. 그리고 나보고는 돈은 신경쓰지 말고 공부만 열심히 하라고 했다. 내가 써야할 모든 돈은 반드시 자기가 모으겠다고 다짐하고 또 다짐했다. 나는 그의 말을 철통같이 믿었다. 난 돈은 생각치 않아도 된다! 난 공부만 하면 된다! 선용이 같은 유능한 꼬붕이 있으니까! 우리의 우정은 날로 날로 돈독해져갔다.

몇 년 있다가 선용이는 우리 집 약제사를 그만두었고 군대를 갔다. 군대를 갔다가 그는 월남으로 지원해 갔다. 그 전장터에서 쌤을 만났고, 쌤을 만날 때마다 내 얘기로 화제를 피웠다 했다. 그리고 자기가 월남에서 사귄 친구중에서 자기의 오야붕을 알현할 수 있는 가장 가치있는 놈을 선택한 것이 바로 쌤이었다.

그리고 쌤은 선용이 말을 듣고 온양醞釀된 모든 환상을 가지고 자기 서울집에 가기도 전에 친구의 오야붕을 알현키 위해 데카르트의 고민을 하고 있었던 나의 방문을 열었던 것이다.

- Unfinished -

2002년 7월

구도범망求道梵網

아침에 눈을 떴다. 늘어지게 잔 기분이다. 어머님께서 말씀하신다. "너 참 좋은 일 했다. 어제 너무도 많은 사람들이 너로 인하여 구원을 얻었다."

엄마의 목소리는 항상 내 곁에 들려온다. 이천십삼년 사월 십육일 아침이었다. 어제 오후 2시 나는 국립박물관 대강당에서 열린 탄허 대종사 탄신100주년 기념 월정사 주최 대법회에서 큰 법문을 했다. 1천여 명의 4부대중이 입추의 여지도 없이 강당을 메웠다. 열기가 대단했다. 1980년대 후반, 나는 동국대학교 중강당에서 엄청난 열기가 밀집된 대강연을 여러 차례 했다. 그때는 우리나라의 뭇사람들이 모두 반군사독재투쟁으로 일심동체가 되어있었기 때문에 이상주의적 갈망이 충천했던 그런 시절이었다. 그 뒤로는 그러한 열기를 다시 느껴보지 못했다. 그런데 어제의 법회는 예상을 뒤엎는 뜨거운 호응이 있었다.

탄허는 20세기 우리나라 불교사의 대맥을 이어간 대 선승이며 학승이시다. 스님은 전북 김제분인데 1913년 1월 15일(음), 율재栗齋 김홍규金洪奎를 부친으로 하고 최재조崔在祚를 모친으로 하여 5남3녀 중 차남으로 태어났다. 아버지 율재는 당대 정읍 지역 중심으로 교세를 떨치던 보천교普天敎 조직의 핵심인물이었다. 탄허의 속명은 김금탁金金鐸인데, 『논어』에 보면 공자를 "목탁木鐸"(하늘의 메신저라는 특별한 의미)에 비유한 구절이 나오는데, 그 부친이 탄허를 그 비슷한 어떤 인물이 되어주기를 바라는 심정에서 "금탁"이라 했을 것이다.

탄허는 17세에 충남 보령의 이복근李福根과 결혼했다. 이복근의 아버지, 그러니까 탄허의 장인 되시는 분은 토정 이지함의 8대종손이었다. 탄허는 보령 처갓집에서 숙식을 하면서 그 동네의 유명한 한학자 이극종李克宗 슬하에서 유학을 배웠다. 매우 치열한 경서공부였다고 한다. 이극종이라는 사람은 간재艮齋 전우田愚, 1841~1922의 제자였는데 정통 성리학의 틀에 안주하지 않는 매우 폭넓은 견식을 가진 인물이었다. 탄허의 전기를 쓰는 사람들이 막연하게 간재 전우를 면암勉庵 최익현崔益鉉, 1833~1901의 문인인 것처럼 생각없이 말하는데, 면암과 전우는 사승관계가 겹치지 않는다. 면암은 이항로의 문인이며 리기이원을 전제로 한 주리主理의 입장을 철저히 고수한다. 그러나 간재 전우는 성균관 좨주祭酒 전재全齋 임헌회任憲晦의 제자이며, 임헌회의 학문은 매산梅山 홍직필洪直弼에서, 매산의 학문은 근재近齋 박윤원朴胤源에서, 근재의 학문은 미호美湖 김원행金元行에서, 미호의 학문은 농암農巖과 삼연三淵을 계승한 것이다. 따라서 전우의 학문은 낙론洛論의 정통을 이은 것이다. 하여튼 탄허가 배운 이극종이 전우의 제자라고 한다면, 이극종은 결코 최익현 계열의 사람으로 볼 수는 없다.

하여튼 탄허는 어려서부터 『사서집주』류의 정통유학 지평을 벗어나 『주역』이나 상수학이나 노·장과 같은 우주론적·인식론적 사유의 맛을 보았던 것이다. 그러나 이러한 사색의 자극은 그의 한학수련이 심화되면 더욱 깊은 회의를 몰고만 왔다. 그리고 시골 서생들의 학문세계는 경전암송의 당위를 일깨웠을 뿐 그의 우주론적 회의를 풀 수 있는 체계적 실마리를 제공하지 못했다. 탄허는 글방에서 같이 공부하던 도반들과 안면도로 여행을 간 일이 있었다. 그때 우연히 김목현이라는 세상물정에 밝은 한 친구로부터, 오대산 상원사에 그의 의문점을 해결해줄 만한 도인 같은 승려가 있다는 이야기를 듣는다. 그래서 김목현에게 상원암의 위치와 주소를 알아내었다. 그리고 구도의 열정을 담은 편지를 3년 동안 계속 보냈다. 어느날엔가 한암으로부터 답서가 왔다. 참으로 위대한 서한이었다.

細讀來書，足見向道之誠也。年壯氣豪，
세 독 래 서　족 견 향 도 지 성 야　연 장 기 호

作業不識好惡之時，能立丈夫志，欲學
작 업 불 식 호 악 지 시　능 립 장 부 지　욕 학

無上道，非宿植善根之心，焉能如是！
무 상 도　비 숙 식 선 근 지 심　언 능 여 시

… 不必鬧求靜，棄俗向眞。每求靜於
불 필 뇨 구 정　기 속 향 진　매 구 정 어

鬧，尋眞於俗。求之尋之，到無可求無
뇨　심 진 어 속　구 지 심 지　도 무 가 구 무

可尋之處，則自然鬧不是鬧，靜不是靜，
가 심 지 처　즉 자 연 뇨 불 시 뇨　정 불 시 정

俗不是俗，眞不是眞，猝地絶爆地斷矣。
속 불 시 속　진 불 시 진　졸 지 절 폭 지 단 의

到恁麼時，喚甚麼道？是可謂一人傳虛，
도 임 마 시　환 심 마 도　시 가 위 일 인 전 허

萬人傳實。然切忌錯會。一笑。
만 인 전 실　연 절 기 착 회　일 소

　내가 이 편지를 좀 간략히 중략中略하였는데, 참으로 대선사
다운 편지라 하겠다. 그 내용을 번역해보면 다음과 같다.

　그대가 보내준 편지를 자세히 읽었노라. 그 도를 향한 정
성을 족히 볼 만하다. 나이가 장년에 이르러 호협한 기운
이 차고 넘쳐 업을 짓되 그 업이 선한지 악한지도 구분치
못할 때에, 능히 대장부의 뜻을 세워 더 이상 없는 도를
깨우치려고 노력하니 선근善根을 깊게 박지 아니 하였다면

어찌 이와 같을 수 있겠느뇨? 참으로 가상토다! …

그러나 시끄럽다고 해서 반드시 고요함을 구할 일이 아니요, 속俗되다고 해서 반드시 그것을 버리고 진眞을 구할 일이 아니다. 일상생활 중 항상 시끄러움 속에서 고요함을 구하고, 속에서 진을 구해야 할지니라. 구하고 찾다보면 더 이상 구할 수도 없고 더 이상 찾을 수도 없는 자리에 도달하게 되나니, 이리 되면, 스스로 그러하게 시끄러움이 시끄러움이 아니게 되고, 고요함이 고요함이 아니게 되며, 속이 속이 아니요, 진이 진이 아니게 되나니라. 졸지에 모든 것이 끊어지고 폭지에 모든 것이 사라지나니라. 이러한 지경에 도달했을 때 무슨 도를 불러내야 할까? 이것은 한 사람이 허虛를 전하니 만 사람이 실實을 전하는 경지라 이를 만하다. 그러나 또 내 말을 착회錯會(오류적으로 깨닫다)하지 말지어다. 한번 웃노라!

3년 후에 탄허는 도반들과 함께 상원암을 찾았는데 가는 날이 장날이라고, 때마침 한암 선사는 출타하고 부재중이었다. 한암이 오대산 주석기간 동구불출하였는데 딱 2번 출타하였다고 한다. 이때 한암은 치아치료차 경성京城에 갔던 것이다. 결국 탄허는 허탕을 쳤고 다음해 다시 한암 스님을 찾아 구족계를 받았다(1934년 음10월 15일). 택성宅成이라는 법명을 받고 불법의 대해에 들어갔을 때, 그의 나이 22세, 한암 선사의 나이 59세였다. 한암 선사의 높은 경지를 나타내는 오도송 하나만 소개하면 다음과 같다.

着火廚中眼忽明, 從玆古路隨緣清。
<small>착 화 주 중 안 홀 명　종 자 고 로 수 연 청</small>

若人問我西來意, 岩下泉鳴不濕聲。
<small>약 인 문 아 서 래 의　암 하 천 명 불 습 성</small>

부엌에서 불붙이다 홀연히 눈이 밝아,

옛길따라 인연 닿는 대로 갔더니 마음이 맑아지더이다.

누군가 나에게 달마가 왜

서쪽에서 왔냐고 묻는다면,

저 바위 아래 흐르는 물소리

물에 젖는 일 없다 말하리라!

탄허의 육성을 한번 들어보자!

"내가 노장사상을 연구하다가 중이 된 사람이거든. 난 선생이 없었어. 내가 이십절부터 노장사상에 파고들다가 선생님이 없어서 그래서 선생을 구하다가 방한암 스님이 유명하다는 말을 듣고 편지를 해보고 참 도반道盤이 넓은 것 같았지. 3년간 편지로 굉장히 연애가 깊어서, 그러다가 따라와서 중이 되었거든"(1983년 1월 강의 녹취).

대학교 시절에 나에게 동방철리의 눈을 뜨게 만들어주신 김충렬金忠烈 선생은 원주 문막 사람인데, 그의 생애에는 "서자"라고 하는 어두운 그림자가 드리워져 있다. 옛날 우리 시절을 살아보지 않은 사람은 서자의 설움 같은 것을 실감하지 못할 것이다. 제사 때도 등청을 하지 못하고 마당에서 멍석 깔고 절하곤 했다. 하여튼 김충렬 선생을 생각하면 동무東武 이제마의 생애가 나에게는 겹쳐 그려진다. 동무도 그 조부가 길렀듯이, 허주청광廬舟淸狂이라 자호한 김충렬 선생도 그 조부가 문간 사랑채에 글방 선생을 들여 한학을 가르쳤다 했다. 청광은 어려서부터 사장에 능했다. 작시作詩로는 당대에 그를 당해낼 자가 없는 신동神童이었다. 그런데 김충렬은 반항끼로 똘똘 뭉친 아이였고 장난이 매우 짓궂었다. 중학교도 퇴학을 맞았고, 또 16살 때 집안에서 돌이킬 수 없는 대사건에 휘말렸다. 시골학교 운동회에서 조카를 잃어버렸던 것이다. 김충렬은 시 한 수를 남기고 집을 떠난다.

| 抱寃飮恨出鄕山 | 어린 마음에 억울한 가슴 |
| 포 원 음 한 출 향 산 | 한을 들이키고 고향산천 떠나노라 |

| 志在聖賢非錦還 | 내 뜻은 성현이 되는데 있지 |
| 지 재 성 현 비 금 환 | 금의환향 바랄 생각 추호도 없다 |

| 一任行雲流水去 | 떠나가는 구름에 맡겨 |
| 일 임 행 운 류 수 거 | 흘러가는 물처럼 흘러가는 이 몸 |

| 時來運退那何關 | 성공할지 실패할지 |
| 시 래 운 퇴 나 하 관 | 그걸 미리 따져 무엇하리오 |

그리고 그가 간 곳이 바로 한암 스님이 계신 상원사였다. 충렬은 어려서부터 한암 스님의 고명을 익히 들어 알았고, 한암 밑에 출가하면 새로운 계율의 삶이 열릴 것 같다는 희망을 품었다. 16살 먹은 어린아이가 한암 스님을 곧바로 뵙기도 어려운 일, 충렬은 시를 써서 한암의 마음을 움직이려 했다. 그때 쓴 시가 남아있으나 마지막 말련末聯 하나만 소개하면 다음과 같다.

十方何處容微命
시 방 하 처 용 미 명

蘿月松風夙有緣
나 월 송 풍 숙 유 연

이 세상 어디에다 이 미약한 명줄을 의탁하리오?
여라덩굴에 걸친 달
심산 솔가지에 부는 바람
이미 점지된 숙연夙緣이 아니고 무엇일까?

　그러나 한암은 충렬의 끼를 높이 사질 않았다. 그 가슴에 맺힌 한을 다스려주기에는 세월이 필요하다 느꼈을 것이다. 충렬은 상원암에서 한 달 내내 마당도 쓸고, 산에 가서 나무를 해왔다. 한암은 묵묵부답이었다. 충렬은 한 달 후에 하산했다. 그것으로 그의 출가인연은 끝이었다. 그런데 그 배경에는 탄허와의 악연이 도사리고 있었다. 탄허와 충렬은 같은 경주김씨 문중 사람들인데 충렬의 말로는 그가 정읍에서도 산 적이 있다 하니 하여튼 집안내력을 서로 숙지하는 사이였던 것 같다. 사실 나이로 보면 탄허가 18세나 연상이고 큰형님이라 해도 한참 윗사람인데, 충렬은 탄허 알기를 우습게 알았다. 충렬이 상원사에 갔을 때 이미 탄허는 상원사에서 승려들에게 『금강경』『기신론』『범망경』『화엄경』을 강론하는 한암 스님 밑의 수좌였다. 그런데 16살 먹은 충렬은 상원사의 분위기를 무시하고 탄허에게 박박 기어올랐던 것 같다. 자기 한시가 더 윗길이라고 큰소리 치는 문중의 서자를 곱게 보았을 리 없다. 탄허의 냉대로 충렬은 상원사에 설 자리가 없었던 것이다. 이러한 숙연은 두 사람의 생애 내내 지속된다.

나는 약관의 나이에 몹시 출가에 대한 로망스가 있었다. 나는 한때 해인사 성철 스님 밑으로 출가할 생각도 했었는데, 아무래도 성철이라는 고승의 상징성은 너무 권위주의적이었고 또 해인사 같은 대찰은 나의 로망스에 적합한 곳이 아니었다. 나는 당대의 대학승·선승으로서 역경과 교육에 심혈을 쏟고 있었던 열정적인 탄허에게 무엔가 강렬하게 끌리는 향심이 있었다. 성철과 탄허는 동년배의 거물들이었다(성철이 탄허보다 한 살 위이다). 그런데 나의 탄허를 향한 마음에 재를 뿌리는 것이 김충렬 선생이 툭하면 내뱉는 시니피앙들이었다. 탄허 스님이 고려대학교에 와서 『장자』특강을 했는데, 심리학과의 김기석 교수가 하루는 김충렬 교수 연구실에 찾아와 이런 말을 전했다: "탄허 스님께서 왜 충렬이는 내 강의 안 들으러 와? 하고 말씀하시던데." 김충렬 교수는 냅다 쏴붙였다: "내가 그 녀석 강의를 뭘 들을 게 있다구 가누?"

나는 김충렬 선생님 연구실에 조교로 있었는데 탄허 스님에 관하여 이런 대화를 나눈 적이 있다.

"그래도 탄허 스님은 우리 시대의 가장 거대한 학승이시지 않습니까?"

"탄허가 어려서부터 한학에 능통하다는 것, 그거 하나인데, 그 한학실력이라는 게 학문적 기초가 하나도 없는 그냥 암송 덩어리일 뿐이거든. 그런 한학은 불도를 깨우치는 데 방해만 될 뿐이지. 그 엉터리 한학 때문에 오히려 탄허는 임제의 발가락에도 못미치는 정통선문의 아웃사이더일 뿐이야."

"그래도 난해한 불경을 후학들을 위하여 우리말로 옮기시느라고 너무도 큰일을 하고 계시지 않습니까?"

"현토만 다는 게 뭔 번역일꼬? 그거 백날 해봐야 소용없지. 그 사람 번역을 이해할 사람이면 원문도 이해할 사람들이야."

하여튼 이런 인연으로 나는 만나 뵙고 싶었던 탄허 스님을 찾아가볼 엄두를 내지 못했다. "무인연의 큰 인연"이라고나 할까?

나는 생전에 가까이서 탄허 스님을 뵈올 기회가 많았는데도 한 번도 뵙질 않았다. 아마도 한 번만 인연이 닿았더라도 나는 분명 탄허 스님 밑으로 출가했을 것이다. 결국 탄허, 청광, 도올 이 세 사람은 제각기 갈 길을 갔다. 아마도 이것이 더 큰 불문의 입법계入法界 구도행이었을 것이다. 이런 솔직한 얘기를 내가 해주니깐 사부대중이 모두 기뻐했다.

올해는 겨울이 유난히 추웠다. 그래서 그런지 봄맞이도 각별히 어려운 듯, 차디찬 삭풍이 봄기운을 제압하고 있었다. 그토록 차디차고 쌀쌀한 봄기운 속에서도 송장처럼 보였던 잿빛나무들이 용감히 생명의 환희를 구송謳頌하기 시작한다. 빠알간 꽃틔눈이 언 가지를 가르고 대기와 숨을 쉬기 시작할 때 그 생명력의 분출이란 "노방怒放"이란 표현이 너무도 어울린다. 울울한 분기를 터뜨리듯, 겨울 동안 억눌렸던 생명의 포효는 빠알간 봉오리에서 저 봄하늘을 찌르는 듯 울려퍼진다. 점점 봉오리가 틔여 열리게 되면 색깔은 점점 빠알갛게 농축되다가, 점점 하이얗게 변해간다. 드디어 하이얗게 하늘거리는 꽃닢이 온 하늘을 휘덮게 되면, 아아~ 꽃받침마다 꽃술이 모여 아름다운 노래를 연주하고, 아아~ 그것이 화엄의 화장세계가 아니고 무엇이랴!

탄허의 정신세계는 『화엄』에 있었다. 그는 죽기 전에 네 가지 소의所依를 중생에게 당부했다. 1) 대의大義에 의지하고 문자文字에 의지하지 마시오. 2) 지혜智慧에 의지하고 식識에 의지하지

마시오. 3) 법法에 의지하고 사람에 의지하지 마시오. 4) 료의
경了義經에 의지하고 불료의경不了義經에 의지하지 마시오. 여기
"료의了義 nīta-artha"라는 것은 "명료한 의리"라는 뜻으로 방편이
아닌 직절直截한 진실의 가르침이라는 것인데, 이는 곧 『화엄
경』 80권을 가리킨다. 부처님이 깨달음을 얻은 직후에 포효한
사자후가 바로 『화엄경』의 가르침인데, 하도 그 경지가 높아 사
람들이 이해하지 못하니까, 에둘러서 강론한 것이 49년 설법이
요 그것이 8만대장경을 이루었다고 탄허는 말씀한다. 아함부阿
含部 12년 설법이 소학교과정이요, 방등부方等部 8년 설법이 중
학교과정이요, 반야부般若部 21년 설법이 고등학교과정이요, 법
화부法華部 8년 설법이 대학교과정이라는 것이다. 그러나 구극
적인 대학원과정은 역시 『화엄』에 있다는 것이다. 『화엄』을
모르면 모든 불타의 방편설법이 무효라는 것이다. 같은 대승불
교라 할지라도 조선인들은 특별히 『화엄경』을 사랑했고 일본인
들은 유독 『법화경』을 사랑했는데, 그 나름대로 충분한 이유가
있는 것 같다.

한국인들은 이 조선팔도의 아름다운 삼천리금수강산에 살면
서, 금수강산의 그 여여如如한 모습에 무한히 낙관적인 신뢰감
을 가지고 살았던 것 같다. 그런데 일본인들은 최근의 코오베지
진이나 후쿠시마원전사태에서도 엿볼 수 있듯이 너무도 불안한
환경 속에서 살 수밖에 없었다. 인간과 자연에 대한 불신이나
비극적 정조가 훨씬 더 짙게 깔려있는 것이다. 『법화경』 즉 천

태종은 인간과 우주의 현실적 모습에 더 깊게 착목着目한다. 구원받기 어렵도록 운명 지워진 인간의 현실태에 대한 무한한 비감悲感을 가지고 있는 것이다. 그러나 『화엄경』은 있는 그대로의 인간과 우주의 모습을 곧바로 불성佛性의 현기現起라고 긍정해버리는 것이다. 『화엄』은 인간의 이상태의 대긍정이라 말할 수 있다.

『법화경』의 원명은 "묘법연화경妙法蓮華經"이다. 『화엄경』의 원명은 "대방광불화엄경大方廣佛華嚴經"이다. "대大"라는 것은 적당히 크다는 말이 아니고 "절대絕對의 대大"이며 그것은 시공을 초월하는 것이다. 그리고 "방광方廣"이라는 것도 무한한 시간・무한한 공간을 말하는 것이니, 결국 "대大"와 같은 의미이다. 그 산스크리트 원어는 "붓다・아바탐사카・나마・마하・바이풀야・수트라Buddhāvataṃsakanāma-mahā-vaipulya-sūtra"이다.

『묘법연화경』은 그 중점이 어디까지나 "묘법妙法" 혹은 "정법正法"에 있다. 즉 "법法"에 있는 것이다. 즉 불타가 설한 대승의 진리에 있다. 그러나 『대방광불화엄경』의 강조는 어디까지나 "불佛" 그 한 자에 있다. 『법화』가 법法을 말한다면 『화엄』은 불佛을 말하는 것이다. 『화엄』은 곧바로 부처님의 모습을 말하는 것이다. 천태의 묘법은 "연화蓮花"라는 비유를 가지고 있다. 연꽃은 인도 특유의 "백련白蓮"을 가리키는데, 그 상징성은 온갖 더러운 진흙구덩이 속에서 너무도 고결하게 피어오르는 그 진·속의 파라독스에 있다. 연화 즉 백련꽃의 자태야말로 속俗에서 피어오르는 진眞이요, 번뇌煩惱 속에서 자라나는 보리菩提라고 말할 수 있다. 법화의 부처는 자내自內에 번뇌와 악을 보지保持하는 부처라 말할 수 있다. 그러기에 중생의 번뇌와 악에 감응할 수 있는 생명력을 지닌다. 법화의 부처는 부처 스스로 자신의 번뇌를 극복해간다. 부처가 미혹하면 그것이 곧 중생이요, 중생이 각오覺悟하면 그것이 곧 부처이다. 부처와 중생이 둘이 아니라는 것은 대승불학의 공통처이지만 『법화』의 강조는 어디까지나 연꽃이 자라나는 진흙탕 속에 있다. 번뇌와 집착 속에 고통받는 인간의 모습이다. 삼계三界(욕계·색계·무색계)가 다 화택火宅(불난 집)이라서 인간에게는 어느 곳에도 쉴 집이 없는 것이다. 그 얼마나 가련한 존재인가!

그러나 『화엄』은 이러한 인간의 번뇌를 인간의 본질로 파악하지 않는다. 불성의 내면의 자리에 번뇌를 안치하지 않는다. 인간의 번뇌, 그것은 오히려 가현假現이라는 것이다. 그것은 리얼한 것이 아니라는 것이다. 인간의 본래모습이 곧 부처라는 것이다. 그 부처의 상징성이 바로 "화엄"이다. 『화엄경』의 초기번역을 보면 "화엄"이라는 애매한 표현을 쓰지 않고 "잡화경雜華經"이라는 표현을 썼다(법장法藏의 『탐현기探玄記』 권1에 그렇게 되어있다). 『화엄경』보다는 『잡화경』이 훨씬 더 아름답고 정직한 표현이라고 나는 생각한다. "잡雜"이라는 것이 꼭 나쁜 의미는 아니다. "온갖"이라는 의미로 중성적으로 쓰일 때가 많다. 세상의 꽃 중에서 "잡화"야말로 가장 보편적인 위대한 꽃이 아니고 무엇이랴! 봄철에 울밑에 소리없이 핀 냉이꽃이나 민들레꽃, 그 아름다움이 어찌 모란꽃이나 국화의 탐스러움에 열劣하다 말할 수 있으리오? 자그마한 냉이꽃, 그것을 잘 들여다보면 그 작은 공간에도 꽃으로 갖추어야 할 모든 것이 들어있다. 냉이꽃 하나에도 전 우주를 함장하고 있는 것이다.

올해 우리 집 마당에 핀 살구꽃이 예년과 너무도 다른 모습이 있었다. 살구꽃이 활짝 피고 화사한 봄바람이 불게 되면 2·3일이 지나면 훈훈한 봄바람에 꽃닢이 휘날려 마당을 휘덮고 만다. 사흘이면 지는 것이다. 그러나 올해는 너무도 추웠다. 그 추위 속에서 어렵게 핀 살구꽃은 그 추위와의 무서운 긴장감 속에서 열흘 이상 활짝 핀 그 모습을 그대로 유지하고 있었다. 있는 힘을 다해서 그 생명의 만개를 유지하는 그 모습을 화엄철학에서는 "거체전력擧體全力"이라고 말한다. 혹은 "거체전진擧體全眞"이라고 말한다. "온 몸을 들어 그 참됨을 온전케 한다"는 뜻이다. 냉이꽃이 피어있는 모습을 보면 그것은 그 나름대로 온 힘을 다하여 전력하고, 전진하고 있는 것이다. "거체전진擧體全眞"을 다른 표현으로 "거체전망擧體全妄"이라 해도 상관이 없다. 그 꽃이 비록 곧 지고마는 하나의 망상이라고 할지라도 그 망상이 전존재의 있는 힘을 다하여 온전케 한 망상이라고 한다면 그 망상은 망상이 아니고 진이다. 즉 진眞과 망妄은 서로 투철하는 것이다. 이것을 "진망교철眞妄交徹"이라고 말한다. 이 세상의 모든 잡화가 거체전진하여 만개한 교철의 경지, 이것이 곧 화엄이다.

내가 지금 불교의 교리를 다 말할 수는 없을 것 같다. 잡화雜華의 화장華藏이 곧 비로자나 부처님의 모습임을 말하는 이『화엄』의 낙관론이 없이는 중국불교의 정점을 장식한 선禪이 태어날 수는 없었다. 법상종法相宗은 팔식八識을 말하고 전식성지轉識成智를 말한다. 법상종도 식識에 얽매인 인간의 비참한 모습을 말하는 것이다. 무시이래無始以來의 아라야식의 훈습에서 벗어날 수 없는 인간의 비극을 말한다. 이 아라야식의 번뇌가 여래장식으로 변하는 전식성지의 배경에도 역시『화엄경』의 낙관론이 깔려있다.

임제臨濟 의현義玄은 말한다: "밖으로 구해도 법이 없다면 안으로 구해도 그것은 또한 얻어질 수 없는 것이다.向外無法, 內亦不可得. 나 임제는 그대들에게 말하노라! 부처도 없고 법法도 없고 닦음도 없고 깨달음도 없다.向你道, 無佛無法, 無修無證. 부처를 구하고 법을 구하는 것은 곧 지옥을 만드는 업일 뿐이다.求佛求法, 卽是造地獄業。"

탄허는 말한다: "선을 알려면 화엄을 알아야 하고, 화엄을 알려면 노장을 알아야 하고, 노장을 알려면 공맹도 알아야 한다. 선은 유·불·도의 통합이다!"

나는 임제야말로 니체가 구가한 위버멘쉬Übermensch 초인超人의 구극처가 아닐까 생각한다. 아니, 임제가 말하는 "무위진인無位眞人"이야말로 노예도덕이 완전히 무화無化된 위버멘쉬의 실상이라고 나는 확신하고 단언한다. 진정한 강자는 인간을 초월하여 신의 자리로 가는 것이 아니라 신의 자리마저 사라진 무의無依·무위無位의 단독자라고 생각한다. 인간의 가장 큰 미망은 인간이 만든 구극적 가치에 의하여 미혹되는 인혹人惑이다. 밖에서 구하든 안에서 구하든 길에서 만나는 모든 것을 족족 죽여야 한다. 부처를 만나면 부처를 죽여라! 조사를 만나면 조사를 죽여라! 아라한을 만나면 아라한을 죽여라! 엄마아버지를 만나면 엄마아버지를 죽여라! 사랑하는 자식이나 친척을 만나면 자식과 친척을 죽여라! 해탈을 만나면 해탈을 죽여라! 깨달음을 만나면 깨달음을 죽여라! 하느님을 만나면 하느님을 죽여라! 예수를 만나면 예수를 죽여라! 어떠한 사물과도 구애됨이 없을 때 비로소 우리는 훨훨 벗을 수 있고 자유롭게 되는 것이다. 不與物拘, 透脫自在。

니체는 상향上向만을 희구했고 존재의 무화無化라는 근원적 해소를 알지 못했다. 기독교전통에는 "일즉일체一卽一切"를 말하는 화엄사상이 없는 것이다. 우리에게 믿음이란 초월적 절대자에 대한 믿음이 아니요, 바로 내가 곧 부처라고 하는 사실을 직시하는 발심發心을 말하는 것이다. 나는 나의 대법회를 이와 같은 법문으로 종결지었다:

"여기 계신 나의 도반들이여! 보살들이여! 사부대중들이여! 『화엄』의 『입법계품立法界品』에서는 구법求法하는 선재善財와 설법說法하는 선우善友(=선지식善知識)가 둘이 아니올시다. 선재가 곧 선우요, 선우가 곧 선재올시다. 선재의 구법은 선우의 나이나 신분이나 성별이나 귀천이나 선악을 가리지 않습니다. 배울 것이 있는 자라면 모두 깨달음을 줄 수 있지요. 악마에게서 악마의 철학을 배웁니다. 나도 여기서 지금 여러분에게 법을 말하면서 동시에 여러분들로부터 법을 배우고 있습니다. 여러분들의 환희에 찬 모습이 곧 만개한 화엄 부처의 모습입니다. 이 법회의 이 자리야말로 장엄한 화장세계가 아니고 무엇이겠습니까? 망심妄心과 정심淨心은 둘이 아닙니다. 화엄에는 승·속의 구분이 없습니다. 중생이 곧 본래불이지요. 중요한 것은 여러분들이 곧 성불의 가능성의 존재라고 하는 믿음을 발하는 것입니다.

발심을 하는 순간, 여러분들에게는 이미 여러분에게 내재하는 부처님이 깨어나신 것이지요. 잠자고 있는 부처의 마음을 일깨우는 것, 바로 그 초발심이 정각正覺이요 대각大覺입니다. 화엄이야말로 모든 깨우침의 단계를 뛰어넘어 여러분의 일상 속에서 여러분들 스스로의 발심에 의하여 여러분들 스스로 대각자大覺者가 될 수 있다는 확신을 던져주는 혁명의 철학이지요!"

나는 진정으로 많은 대중의 가슴으로부터 피어오르는 화엄의 향기를 흠뻑 취하도록 마셨다. "환희봉행歡喜奉行"이라는 말의 의미를 처음 느껴보았다. 나는 이날 밤 늘어지게 잤다. 그리고 아침 엄마의 소리를 들은 것이다: "너로 인하여 많은 사람들이 구원을 얻었다."

십육일 저녁 나는 제자들과 함께 도성 너머에 내가 잘 가는 돌솥밥집을 가고 있었다. 혜화동 로타리를 지나는데 갑자기 남군이 한마디 했다.

"지금 난리가 났습니다. 선생님께서 사시던 보스턴 동네에!"

"왜 한국 선수가 레드삭스에서 대박이라도 날렸나?"

"아니, 그렇게 좋은 소식은 아니구 아주 나쁜 소식입니다. 정
말 불행한 일이지요."

나는 이때 비로소 보스턴 마라톤대회에서 폭탄이 터졌다는 소식을 들었다. 나는 하바드대학 재학시에 보스턴 마라톤 결승선 부근에서 참관한 적이 있었기에 그 참상에 대한 실감이 더욱 절절했다. 최근 나는 빈 라덴을 사살한 과정을 다큐식으로 다룬 영화를 두 편이나 보았다. 내가 이런 말을 하면 많은 사람에게 오해의 소지를 던져줄 수도 있겠지만 빈 라덴을 사살한 사실

이 그렇게 상업영화의 소재로 가볍게 다룰 수 있는 그러한 사태는 아니다. 빈 라덴은 혹자에게는 흉악한 범죄자일 수 있지만 혹자에게는 거룩한 성자일 수도 있다. 우리는 윤봉길을 위대한 의거의 열사로 추앙하지만, 일본인들에게는 응징되어야만 하는 흉악한 범죄자일 수도 있다. 선·악의 이원론밖에 가지고 있지 않는 기독교·유대교·이슬람류의 가치관 속에서는 이 세계에서 벌어지고 있는 "테러"에 대한 화엄적 이해가 성립하지 않는다. 바로 그것이 미국의 근원적 문제이다. 미국의 지폐나 동전에는 "하나님 안에서 우리는 신뢰한다In God We Trust"라고 쓰여져 있다. 그때 하나님이 도대체 무슨 하나님이며, 그들이 "트러스트"하는 신뢰의 내용이 무엇인가? "예수가 믿는 하나님 속에서 우리 미국인만이 고귀하다고 믿는다"라는 것이 "In God We Trust"의 실내용이라고 한다면 그것은 참으로 인류의 불행이다. 옆에 있던 신군이 재미있는 말을 했다.

"얼마 전에 국제안보지원군I.S.A.F의 전체 사령관이었던 미군 대장 스탠리 맥크리스탈Stanley McChrystal이 너무도 의미심장한 말을 했어요. 우리 특수부대가 이라크·아프가니스탄에서 탈레반이나 알카에다를 체포·사살하기 위하여 출동한 건이 한 달에 300여 회를 상회한 적도 있다. 그만큼 전술과 테크놀로지가 발전하여 효율적으로 대처할 수 있기 때문이다. 그러나 이러한 무력적 대처는 사태를 근원적으로 개선시키지 않는다. 우리가 성과를 올리는 것만큼 상대방도 우리에게 타격을 가할 수 있다. 우리의 기술의 발전에 안위하는 것보다는 그만큼 우리의 삶의 위험수위가 높아지고 있다는 것을 미국인들은 깨달아야 한다. 정치적 해결이 없는 한, 근원적 문제에 대한 인식의 전환이 없는 한, 누가 맨해튼의 센트럴 파크에서 자살폭탄을 터뜨렸다 해도 미국인들은 그로 인하여 분노를 느끼기만 해서는 아니 될 것이다. 이렇게 말했지요."

남군이 말을 이었다.

"보스턴 사태를 그 사람이 육감적으로 예견한 셈이군. 군인이 정치인들보다 항간의 학자들보다 더 감각이 탁월하군."

일즉일체, 일체즉일! 미국인들은 무고한 사람들이 죽어가는 테러의 악랄함을 분개하기보다는 자신들이 세계를 바라보는 인식의 틀을 치료할 필요가 있다. 요즈음 한국사회의 동네편의점 체인점을 보아도 미제국의 문제점을 잘 알 수 있다. 동네편의점에 투자하는 행위는 소시민이 자기 쌈지돈 털어 하는 것인데, 일단 그 체인에 걸려들면 모든 것이 타율화되며 일체의 자율적 판단이 없어지고, 터무니없는 확대재생산 싸이클의 노예로 전락하고 만다. 그런데 그 이윤의 주체는 점주가 아니라 체인의 거대조직이다. 점주는 시스템의 노예로서 식민화되는 것이다. 그런데 점주의 자율적 상생을 도모하는 느슨한 시스템도 얼마든지 가능하다. 이윤의 폭만 줄인다면! 그러나 시스템은 악착같이 이윤의 폭을 늘릴 생각만 한다. 미국이 냉전체제 이후로는 이 세계를 악착같이 착취하는 것을 정도로 삼아왔기에, 오늘날과 같이 살벌한 테러전쟁의 시대가 도래한 것이다. 나는 보스턴 마라톤 테러사건의 이야기를 들었을 때도 그것이 반드시 이슬람권의 소행이 아닐 수도 있다는 생각이 들었다. 미국사회 자체의 문제일 수도 있는 것이다. 그만큼 미국사회는 도덕이 해체되어가고 있는 것이다. 내가 지금 미국의 사상가라면 얼마나 고통스러울까? 얼마나 절망의 심연을 헤맬 것인가? 그 무기력감을 생각할 때 이 조선땅에서 밥 세끼라도 잘 얻어먹으며 건강을 유지하고 있다는 사실에 대하여 더없는 감사의 념이 끓어올랐다. 이 땅을 축복하소서!

그런데 외부에서는 대한민국이야말로 전쟁의 포화가 곧 터질 곳으로 착각하고 있다. 그것이 착각이 아닐 수도 있겠지만 그 진망眞妄이 교철하는 가운데 그래도 희망이 엿보이는 곳은 삼천리금수강산이지 미제국이 아니다!

정성스럽게 차려준 "청석골 밥상"을 너무도 맛있게 먹었다. 돌솥밥과 된장찌개 그리고 낙지볶음과 빈대떡, 모두 천하일품이다. 상을 물릴 쯤, 우리와 이야기를 나누는 것을 즐기는 청석골 아줌마가 들어왔다.

"오랜만이야!"

"아이구 글쎄, 안 오시는 동안두 또 일이 많았다우. 글쎄 요 밴댕이 콧구멍만한 것이라두 점포라고 벌려놓고 있으니께 벼라벨 일이 다 생겨유."

아줌마는 털썩 주저앉는 품이 한 사설 풀어놓지 않고는 못배 길 셈이었다.

"지난 토요일이었다우. 아 글쎄, 우리 집에 항상 쥐바구니 풀 빵드나들 듯하는 할아버지가 있다우."

"생쥐새끼 풀빵구리 드나들 듯한다는 말은 있어두 풀빵이 드나든다는 말은 처음 듣는구만."

"하여튼, 그건 그렇구 그 노인이 얼마나 건강하구 바지런한 지 몰라유. 이 동네에서만 50년을 산 늙은인데 혼자 살아 유. 그래서 리야까두 아니고 카트에다가 이 동네에서 나오 는 종이쓰레기, 보루바꾸 같은 것을 자기 키만큼 쌓아가지 고 끌구가서 삼선교 고물상에다 팔며는 한 삼천 원에서 오 천 원은 받는 모양입디다. 한 6년 전부터 우리 집을 들락거 렸는데 내가 밥도 주고 용돈도 주고, 박스도 몰아주면서 보 살펴드렸쥬."

"근데 뭐가 문제야?"

"근데 이 노인이 잠이 없어유. 새벽 6시면 심심해서 우리 집엘 와서 북실이 하구 놀아유."

"북실이가 누군데?"

"아 글쎄, 내가 키우는 풍산개라우. 이 녀석이 족보가 있는 거대한 몸집의 백구인데 보통 지랄스러운 풍산개하군 달라유. 아는 사람을 보면 꼬리치구 덤벼들지도 않아요. 그냥 점잖게 옆에 와서 아는 체 할 뿐이에요. 그리고 모르는 사람들이 오면 그냥 뒷걸음치면서 지 집으로 들어가유. 손님을 물거나 짖거나 해치거나 한 적이 한 번두 없어유."

"노인을 물었는가뵈."

"그런데 어느날부터 이 노인이 플라스틱 빗자루로 북실이 등을 긁어주기 시작한 거유. 쎄멘바닥을 쓸던 몽땅 빗자루는 어찌나 끝이 날카로운지 송곳 같다우. 그런데 그 빗자루로 계속 등을 베껴준 거유. 북실이가 좋아할 리가 없지."

"왜!"

"아프니깐."

"노인들은 예부터 부드러운 솔로 소를 잘 쓰다듬어주곤 했거든. 그러니까 그 옛 생각으로 자기가 빗자루로 쓸어주면 북실이가 좋아할 거라구 생각한 거겠지."

"그런데 개가죽은 소가죽하구 달라유. 아주 부드럽고 연약하다우. 땀구멍도 없는 놈들이래서 피부가 생각보다 고와유. 거기다 긁어댔으니 피멍이 맺히구 급기야 피가 흐르기 시작했지. 그것도 모르고 이 노인네가 계속 긁어대는 거유."

"그 노인이 몇 살이야?"

"올 여든 여섯이요."

"완고해서 한번 좋다는 생각이 들면 막무가내 계속 해대는 거겠지."

"이 노인이 와서 긁어대면 북실이가 계속 으르렁거리더래요. 그래서 우리 집 부엌 아줌마들이 할아버지 보고 제발 그 짓 하지 말라고 그렇게 야단을 쳐도 계속 긁어대는 거에요."

"아아! 참 딱한 일이구만."

"그런데 또 요즘에는 어디서 미용실에서 내버린 쇠빗을 주워다가 긁어대는 거에요. 쇠빗 끝에 달린 플라스틱이 빠져 도망가 날카롭게 된 빗이니 북실이가 얼마나 아프겠수? 그런데 지난 토요일 오후 3시쯤에 이 노인네가 와서 또 미용실 쇠빗으로 북실이를 긁어대기 시작한 거에요. 북실이가 몇 달을 참고 또 참은 거에요. 북실이도 성인군자 노릇을 한 거죠. 내가 방에서 북실이 으르렁거리는 소리가 나길래 냅다 소리치며 달려나갔는데 때는 이미 늦은 거에유. 사단이 나두 보통 사단이 난 것이 아니지. 두 손을 다 물어뜯었는데, 바른손등을 문 채 흔들며 놓지를 않는 거에요."

"풍산견은 원래 개마고원에서 놀던 놈이라 호랑이에게도 뎀빈다는 놈인데 오죽하겠수?"

"장대로 북실이를 후려쳐서 겨우 내가 말렸지."

"아이쿠, 그래서 어떻게 했어?"

"그것이 오후 3시 상황이었는데 택시를 잡구 냅다 고대병원 응급실로 갔지. 3시 20분에 도착했는데 토요일 오후라서 인턴밖에 없는 거유. CT 찍구 벼라벨 검사 다했는데 의사가 9시나 되야 온다는 거유. 여섯 시간을 초조하게 기다리는 내 심정이 어떠하겠수. 의사는 없대지, 소갈딱지 없는 인턴

들은 양손 다 신경이 손상되어 손을 짤러야 할지도 모르겠
다구 그 지랄하구 있는 거유. 겁이 덜컥 났지."

"아이쿠 공포스러웠겠네?"

"그래서 입원부터 하자구. 내가 입원실을 알아보자니까 반
드시 친척이나 자녀, 보호자 허락동의서가 있어야 한 대유.
나야 완전 남 아뉴. 난 사실 이 할아버지가 누군지도 잘 몰
라유. 그리고 말이 나왔으니 말이지. 내가 책임있는 게 아니
잖아유. 북실이는 잘 묶어 놓았구, 이 할범이 괜히 괴롭혀서
북실이두 몇 달을 참은 거유. 그러니 모른 체 해두 그만이
란 말이지. 그러나 사람의 도리가 그렇지 않잖아유. 그래서
난 괜히 좋은 일 하구 악연에 말려만 드는 거유."

"인생이라는 게 그렇지 뭐. 나두 지금 화엄 강의하구 오는
건데, 선연과 악연이 잘두 꼬였네. 화엄선사라두 별 수가 없
겠는데!"

"난 그 할범이 자식이 버젓이 전곡인가 연천인가 어디서 잘
살고 있다는 것을 알아유. 그래서 아들에게 연락하자구 했
지. 그런데 이 할범이 절대 연락하지 않는다는 거에유. 자
긴 이런 일로 자식에게 신세 안 진다구. 이제 살 만큼 살았
으니 치료 안하구두 그냥 죽겠다는 거유. 미치구 환장할 일

아니유. 그러면서 또 청석골 아줌마는 천사 같으신 분이라구, 지가 잘못했다구 눈물을 떨구는 거에유."

"온갖 청승은 다 떠는구만. 아줌마만 죽을 일이겠네. 번뇌가 보리라는 말이 소용이 없네!"

"키를 재보니깐 148cm구, 몸무게가 43kg입디다. 툭 건드리면 쓰러질 듯한 노인네유. 그런데 건강하기가 이를 데 없어유. 하루 세끼 라면만 먹는다우. 고대병원에서 6시간 동안 지옥 같은 시간을 보내는데 노인네 손이 너덜너덜한데두 피두 안 나유. 노인이라 피가 마른 거지. 손이 꾸둑꾸둑해질 만할 때 의사가 왔슈. 아이구! 두야!"

"그래 어떻게 됐어?"

"다행히 의사가 검진해보더니 신경이구 뼈구 크게 문제가 없다는 거유. 그래서 좋은 약 쓰면, 요즈음은 항생제가 좋으니깐 그냥 가라앉을 수 있다는 거에유."

"통원치료를 해야지, 입원하면 더 돈만 들잖아?"

"안 그래유. 난 시간이 금쪽같은데, 이 노인넬 데리구 매일 통원을 할라니 이게 뭔 상팔자냔 말이우."

"경찰에 연락을 해서래두 그 아들을 찾아내서 늙으신 자기 아버지 문제를 해결토록 해야겠지."

"이 노인네가 일제시대 때 중학교 나오고 일본어와 영어가 능통하대유. 그리고 20년 동안 유명대학 총장 지프차를 몰았대유. 잘 살았대유."

"인테리구만."

"그런데 총장집 식모와 눈이 맞어 가지구 바람나는 통에 그 부인이 속을 앓아 암이 걸렸대유. 그래서 암치료 하는 바람에 가산을 다 탕진했대유."

"옛날에 암 걸렸다 하면 집이 날아갔어. 운전사는 부엌을 잘 들락거리니 그 꼴 나기 십상이지."

"그래서 아들이 셋이나 있었는데 둘은 미국 유학 가서 20년 동안 소식이 두절이고, 한 아들은 한국에서 잘사는데 며느리와 척지는 바람에 이 고집쟁이 할범이 등돌리구 혼자 사는 거래유."

"알기두 많이 아네."

"한 동네에서 50년을 살았으니 이 얘기 저 얘기 다 돌아다닐
  꺼 아뉴."

"허긴 그려."

"그러니 내가 아무리 전곡에서 어린이집을 한다는 아들에게
  연락하라구 해봤자 이 노인의 마음을 움직이지 못할 것은
  뻔해유."

"꼼짝없이 잡혔네."

"할 수 없죠. 우리 딸내미가 그 놈의 노인네 요번까지만 치
  료해주고 상종을 하지 말라구 벼르고 있지요. 돌아와서 북
  실이를 안락사를 시킬까, 개장사에게 팔까 별 생각을 다해
  보았는데 북실이 잘못이 아니잖어유. 그 등을 조사해보니
  까 정말 피멍이 맺혀 말할 수가 없어유. 그래서 북실이 등
  에 약을 발러주면서 미안하다구 했지유. 그 노인에게 한번
  북실이 등을 보라구 그랬더니 그제서야 그 노인두 자기가
  잘못했다구, 북실이에게 미안하다구 눈물이 글썽한 거에유.
  어찌 생각해보면, 글쎄 북실이가 그 영감 목덜미래두 물었
  다면, 영감이 죽기라도 했다면 내가 뭔 꼴이 될 것인가? 그
  만큼 노인에게 큰 상해를 입히지 않을 정도로 본능적으로
  절제하면서 물었다는 생각이 드니깐 정말 북실이가 고맙

기도 한 거에요."

"무명이 인간의 가장 큰 죄업이라는 붓다의 말이 맞아. 자기가 한 짓이 북실이가 좋아할 것이라구 굳게 믿고 한 짓이니까. 미국놈들두 이라크나 아프가니스탄을 그렇게 믿고 폭격했을 꺼야."

"그래서 돌아와서 내가 상을 차려주면서 전두 부쳐주고 고기도 주면서 먹으라 해도 절대 안 먹어유. 라면에다가 달걀 두 개만 넣어달라는 거유. 빨리 회복하려면 잘 먹어야 한다구 해두 절대 안 먹어유. 아이쿠 두야!"

"정말 일본말로 쇼오가나이네."

"내가 이 노인한테 틈틈이 용돈도 주고 도와주었는데, 어느 날 나한테 와서 하늘교회에다가 100만 원을 헌금했다는 거에유."

"정말?"

"내가 10만 원 아니냐구 그랬더니 통장을 보여주면서 100만 원을 감사헌금 냈다는 거유. 미치구 환장할 일 아뉴. 난 용돈 한 푼 제대로 못쓰고 절약하며 살면서 저한테 도와줬는데 그걸 모아 부자교회에다가 바친다니, 이런 아이러니가 어딨 어유."

"참을 수 없는 오만이구만. 그런 허약과 오만이 뒤엉킨 인간 의 모습 때문에 교회가 돈을 번다구. 많은 교회가 다 그런 돈 빨아먹구 파렴치하게 하나님은혜를 외치는 거지."

"지금도 또 129만 원이 쌓였대유. 그것으로 치료비 낼 생각 않고 또 교회에다 감사헌금 낼 판이유. 날 쌩고생시키구 감 사는 교회에다 하는 거죠."

"그게 세상 사는 부조리라는 거지."

"저 아래 수도원성당에도 시베리안 허스키 큰 개가 있어요. 그런데 그 개는 줄을 10m 가량이나 느슨하게 매어놔서 마 당을 다 어슬렁거려유. 그런데 우리 딸이 거길 갔다가 그 놈이 팔뚝을 꽉 물었어요. 다행히 파카를 입고 또 세타를 입고 또 내복을 입었기 때문에 심하게 물리진 않았어두 결 국 팔뚝에 피가 났어요. 몰래 도망쳐나와 우리가 치료를 했 지요. 그 뒤로 어느날 그곳에 가서 신부님에게 우리 딸이 물렸다구, 그 줄 좀 짧게 매어놓으라고 했죠. 그런데 그 신 부가 대뜸하는 말이 그때 개가 임신해 있었기 때문에 예민 했다고 그만하기가 다행으로 알라는 거에유."

"그 신부도 정말 형편없는 놈이구만. 자기네 개 걱정만 하고 사람이 물린 것에 관해서는 일언반구 관심도 없구만. 그 놈의 하나님은 개를 구원하기 위해 있는 하나님이구만."

"말도 못붙이구 그냥 나왔어요."

청석골을 떠나오는 우리들은 여러가지 감회가 착잡했다. 우리 사회가 점점 경직되어가고 있다고 느꼈다. 완고한 노인들의 숫자가 늘어나고, 그들이 장수하면서 이 사회는 그들의 복지만을 정당화하는 방향으로 기울어지고 있기 때문이다. 우리 사회는 젊음의 활력을 잃어가고 있는 것이다. 그 할아버지의 업보는 완고함, 그 하나에 있다. 변통을 모르는 것이다. 그런데 그들이 투표권의 메이저리티를 형성하면 모든 정책결정은 그들을 위한 방향으로 흘러가지 않을 수 없다. 젊은이들은 투표장에 갈 생각 않고 노인들은 그들의 자존심인 투표권을 꼬박꼬박 행사하려 한다.

청석골 아줌마는 손을 흔들었다. 그 옆에 꼭 백곰 같이 생긴 의젓한 북실이가 우리를 같이 배웅했다. 유난히 쌀쌀한 봄기운은 여전했다.

2013년 4월 20일
밤 7시 21분 탈고

개원초일開院初日

"The First Day of My New Life," 이날 나의 일기는 이와같은 문구로 시작되고 있었다. 설레이는 마음, 불안한 마음은 소풍을 앞두고 엎치락 뒤치락 잠을 설치는 천안 재빼기 제삼국민학교 꼬마소년의 모습과 다를 바가 없었다. 계단이 아득히 뻗어 있었던 수도산 광경, 그리고 비중격을 매꼼하게 쑤셔대는 사이다, 그리고 쿠린내 나는 달걀…… 지금 생각하면 이렇게도 하찮은 것들이 왜 나를 그렇게도 설레였던지…….

오는 환자들에게 첩약을 넣어줄 쇼핑백도 마련이 안되어 허름한 무지의 백에다 붓글씨로 일일이 "도올檮杌"이라 휘갈기고, 침소독 하고, 탈지면을 가위로 쓸어 알콜스폰지를 한통 만드는 등, 밤 3시에나 겨우 집에 기어들어와 잘 수 있었던 것이다. 나의 인생의 첫환자는 나의 학문의 국제적 캐리어에 걸맞는 연분이었던지 일본인이었다. 7시 정각, 어김없이 토오쿄오로부터 따르릉 전화통이 울렸다. 나스노요이찌 선생으로부터 였다. 일주일전 동아일보사와 인민일보가 공동으로 주최한 "동양사상과 사회발전" 국제학술회의에 참석차 오신 기사를 보고 전화를 걸어 인사를 드렸는데, 내가 개원한다는 소리를 듣고 당신의 따님의 정신질환을 호소해왔던 것이다.

"정신질환을 뇌의 문제로 생각하는 아주 기초적 오류로부터 해방될 필요가 있습니다. 따님의 문제는 결코 도파민의 문제가 아닙니다. 프로이드는 정신질환이 정신만의 분석으로 해결될 수 있다는 위대한 신념을 가졌지만 성적 억압이라는 구체적 일면에서 주로 인격의 구조를 생각했고, 따라서 그의 정신분석은 성적 억압이 해소된 현대사회에서는 별 의미가 없습니다. 따라서 8·90년대의 정신과학의 대체적 경향이 정신현상의 물질적 기초로 쏠리고 있고, 따라서 신경전달물질을 조절하는 약물에만 치료방법이 의존하고 있습니다. 허나 정신질환은 어디까지나 정신의 문제며, 또 이 정신의 기초를 뇌나 신경만의 문제가 아닌 몸 전체로 확대해서 생각해야 합니다. 새로운 정신분석과 새로운 약물치료방법이 전인적 장기론적 기초 위에서 새롭게 통합되어야 합니다. 선생님은 의아스럽게 생각하실지 모르지만 정신질

환이 침으로 해결될 수 있다는 놀라운 경험을 하실 수 있게
될 것입니다. 따님을 한국에 보내십시요. 기꺼이 치료해드
리겠습니다."

나는 당당하고 자신있게 그리고 강렬하게 말했다. 미조구찌
선생은 따님을 나의 환자로 보내는데 동의했다. 일본에서 병원에
쏟을 돈이면 여기서 신라호텔과 같은 쾌적한 환경에서 묵으면서
나의 치료를 받을 수 있을 것이다. 그리고 정신과의사는 그에게
찾아오는 모든 사람을 정신질환 환자로 대한다. 허나 나는 나에
게 찾아오는 모든 사람을 그냥 사람으로 대한다. 나에겐 "환자"
라는 전제가 없다. 모든 사람은 치료의 대상이 아니라, 나에겐
철학적 성찰의 대상일 뿐이다. 나는 질병조차 건강의 다른 양태
로 파악한다.

따라서 모든 인간을 일단 건강하다는 전제 위에서 바라본다.
결국 여러 곡절을 거쳤지만 나스노요이찌 선생의 따님은 나에
게 왔다. 그리고 병세는 급격히 호전되었다. 약물에 의존치 않
고 자신의 질환을 극복해나갈 수 있도록 나는 그녀의 마음을
유도할 수 있었던 것이다. 나는 왜 정신과의사들이 환자들에게
"먹던 약을 끊으면 큰일난다"라는 위협적 전제를 관철시키면서
끊임없이 환자들을 공포의 도가니로 휘몰아가는지 참으로 이해
할 수가 없다. 정신과 약을 먹고 바보멍청이가 되지 않는 자를
나는 본 적이 없다. 정신과의사들이 인간정신에 대한 근원적 신

뢰를 상실하고 있다면 과연 누가 인간정신의 자기회복능력을 인정한단 말인가?

9월 2일, 첫날 내가 본 환자는 모두 아홉명이었다. 아홉명조차도 내가 소리없이 문을 열고 앉아있었다면 올리가 없었다. 나는 애초에 나의 개원을 세상에 알릴 생각이 없었다. 물론 개원식도 계획한 바 없었고, 그렇다고 무슨 안내장을 돌릴 생각도 없었다. 도무지 그러한 행위가 쑥스러웠고, 쑥스럽지않다해도 우선 내가 의사행세를 하기에는 너무 경험이 부족한 것 같았다. 그래서 어쩌다 한두 사람 들려주면, 그들에게 정직하게 나의 생각을 말하면서 하나 둘 차분하게 의사수련을 쌓아갈 작정이었던 것이다. 그런데 이러한 계획에 큰 차질이 생기고 말았다.

사실 나의 개업을 보도할려고 벼르고 있었던 기자 한 명이 있었다. 그는 고대高大 출신으로 세계일보 문화부에 근무하고 있는 최영재 기자였다. 최기자는 내가 임상을 통해 추구하려는 세계를 진지하게 그려보겠다고 한 달 전부터 긴장하면서 벼르고 있었다. 하도 그의 태도가 진지했기 때문에 나는 그의 간청에 말끝을 흐려놓고 있었다. 헌데 막상 그가 인터뷰를 하려고 했을 때, 그의 상관인 부장·차장기자들이 전혀 그의 계획에 동의하지를 않았던 것이다.

"김용옥이가 뭐라고 우리가 그의 개업선전을 해주나? 쪼그만 빡스나 하나 칠려면 쳐주지. 뭘 전면을 할애하나?"

사실 세계일보 문화면 전면이라고 해봤자 나에겐 그리 달가운 지면도 아니다. 그런데 언론계에 종사하고 있는 사람들은 이 세상의 많은 사람들이 언론이라는 것을 바라보고 있는 눈을 제대로 읽지 못할 때가 많은 것같다. 그도 그럴 것이 어떤 특수한 경우에는 언론의 한줄이 이 세상의 여론을 마음대로 주무르는 것처럼 보이기 때문이다. 그들은 매일매일 그들의 막중한 영향력의 환상 속에서 살고 있는 것이다. 김용옥이 개업을 한다는 사실이 중요한 것이 아니라, 그러한 사실을 "사회적 가치"로서 인식하는 눈, 그리고 그러한 인식을 표현하는 언어, 그리고 그 언어를 보도하는 방식의 파격성에 따라 값있는 기사는 얼마든지 생겨날 수 있는 것이다. 그리고 우리나라 언론계의 가장 비극적 구조중의 하나가 일선기자들의 창의적 발상이 상부의 뷰로크라시의 아파씨apathy를 깨지 못한다는 것이다. 그들은 때로는 주문대로만 움직여야 한다. 최영재 기자는 참으로 정직하고 훌륭한 기자였다. 개업 몇일을 앞두고, 나에게 어렵게 따낸 기회를 활용할 수 없는 자신의 딱한 처지를 원망하면서 나에게 근심과 죄의식이 뒤범벅된 호소를 하는 것이었다.

"나는 신문에 안날 수록 감사할 뿐이야. 나는 사실 자네의 기자됨의 훌륭함을 보고 그냥 지원해주고 싶었어. 그런데 이렇게 솔직하게 얘기해주니 참 고맙네."

그가 나쁜 마음만 있었다면 얼마든지 나에게 거짓말을 하고 적당히 싸구려 기사 하나 날려먹고 나중에 어쩌다 그렇게 돼버렸다고 변명을 할 수도 있을 것이다. 일단 나가버린 기사에 대한 항변의 어리석음을 나는 수차례 뼈저리게 경험했다. 허나 그는 나에게 최소한의 신의와 의리를 지킨 것이다. 거천하지광거居天下之廣居. 설자리가 아니면 나는 서지 않는다. 이렇게 해서, 참으로 미숙한 판단으로 해서, 변명의 여지가 없이 세계일보는 나와 아베크할 수 있는 절호의 찬스를 잃어버리고 만 것이다. 아마도 그러한 기회는 다시 오기가 어려울 것이다.

그런데 언론계의 움직임은 여기서 끝나질 않았다. 8월 29일 오후 3시, 분주하게 클리닉단장 준비를 하고 있는데 요란하게 전화벨소리가 울렸다. 한국일보 사회부의 박희정朴熙正 기자였다. 박朴기자도 역시 고대高大 출신이다. 그리고 그는 내가 한의대를 졸업한다는 것을 최초로 사회면에 보도한 기자였는데, 그의 기사는 나의 제자들의 분석의 평점을 통과했다. 기자들은 자기들만 일방적으로 인물이나 세상을 평가하고 있는 줄로 착각하지만, 거꾸로 그들도 정확하게 평가되고 있다는 것을 알지 못한다. 최소한 나에 관해 쓰여지는 기사는 철저하게 분석되고 평가되고 또 그 기사의 주인공인 기자의 인물됨이나 인식구조는 체계적으로 평점이 매겨진다. 박기자의 글은 순수하고 깨끗한 마음을 가지고 있는 글로서 평가되었었다.

"선생님, 선생님의 개업은 분명히 사회적 의미(social significance)를 갖는 사회적 사건입니다. 선생님 개인의 행위로서가 아닌 사회적 의미를 갖는 행위로서 그것을 기사화할 수가 있습니다."

"아니, 글쎄 그걸 부정한다는 뜻이 아니라 내 개업이 사회화되는 그 자체가 싫대두."

"선생님이 말씀하시는 것도 잘 알아듣겠습니다. 그런 피해가 없도록 언어를 잘 만들어 보겠습니다. 저에게 한번 맡겨 두십시요."

사실 신문에서는 사회1면의 박스기사가 가장 파급력이 크다. 사회1면의 한줄이 때로 문화면 전면보다 그 사회적 의미가 클 때가 많다. 신문에 나면 사람들이 많이 몰릴 것은 뻔하다. 보통 개업의라면 그러한 사실은 반가운 일이겠지만 나에겐 그러한 사실이 과히 달갑지 않았다. 나에게 절실한 것은 과연 내가 침 한번, 약 한돈을 시술한다는 것 자체에 대한 확연한 인식이 확보되어야 한다는 것이다. 이유없이 나는 침 한번이라도 놓을 수 없는 것이다. 이렇게 하자면 나에겐 연구와 성찰의 기회가 필요하다. 환자가 많이 몰리면 이러한 성찰의 기회가 부족해질 것은 뻔한 이치다. 그렇다고 개원을 해놓고 가뭄에 콩나듯 찾아오는 환자들을 기다리고 앉아 있다는 것도 효율적이 아니다. 박기자의 요청에 대해 나는 사실 마음정리하기가 어려웠다. 세속적 욕심과 수도승적인 정진의 삶의 자세가 엇갈렸던 것이다. 박기자의 센스있는 접근에 나는 마음이 쏠렸다. 김부장의 만류를 뿌리치고 나는 박기자와 당일로 만났다. 그래서 9월 1일 일요일 아침의 기사가 나가게 된 것이다. 그런데 참 요상한 일이 발생했다.

일요일 아침, 우리 집 전화통은 울리기 시작했다. 기사가 났다는 것을 알리는 전화임에 분명하다. 그런데, 그런데 재미있는 것은 나의 기사를 한국일보가 아닌 타신문에서 보았다는 것이다. 박기자의 기사 내용은 훌륭했고, 한국일보 편집팀들은 그것을 작은 박스가 아닌 사회1면 톱기사로 때려버렸다. 그리고 그것은 전날 그러니까 토요일 오후에 이미 지방판에 나갔다. 사태의 심각성을 알아차린 타신문들은 한국일보 지방판기사를 보고 부랴부랴 박스기사로 재구성, 둔갑시킨 것이다. 그렇게해서 일요일 아침 일제히 일간신문에 나의 개원이 보도되기에 이르렀던 것이다. 좋다 나쁘다를 말하기 전에 나의 삶의 요소에 사회적 가치가 내재하고 있었다면 그것을 사회화시킨 장본인이 바로 내가 아닌, 한국일보의 박희정 기자였다는 이 사실 하나는 여기 역사의 한 페이지에 기록해 놓고 넘어가자.

나는 박희정 기자 덕분에, 울며 겨자먹기 식이지만, 나의 개원이라는 사건을 처음부터 나의 개인적 경험을 넘어서는 사회적 사건으로서 인식해야만 했다. 그리고 결국 매스컴의 연쇄적 반응에 응수하지 않을 수 없었다. 9월 10일, 밤 10시 15분에 방영된 KBS 1TV의 "이것이 궁금하다", 그리고 추석 전후에 나간 『시사저널』 김훈 편집국장의 인터뷰, 이 모든 것이 내가 박희정 기자를 통해 저지른 업보에 대한 나 나름대로의 마무리작업이었다. 그런데 요번 일련의 매스컴의 반응에서 주목할만한 사실이 하나 있다. 그것은 그들이 나를 다루는 자세가 매우 정중했다는 것이다. 여태까지 언론이 나를 바라보는 눈은 "기인 운운" "독설을 퍼붓는 아무개 운운" "기행을 일삼는 아무개 운운"으로 시작하여 찬사를 늘어놓는 듯하다간 뒤에 가선 살짝 기자냄새를 피우면서 비꼬고 돌아서고 하는 식의 상투적 수법의 범위를 벗어나질 못했다. 그래서 나는 정말 기자들에게 나를 맡긴다는 것이 싫었던 것이다. 왜 내가 기인인가? 언제 내가 기행을 했던가? 내가 뭘 그렇게 심한 말을 했던가? 인식의 차이에 따라 그런 표현이 설사 가능하다해도 그러한 표현이 소기하고 있는 의미체계의 진실성이 나에겐 더 큰 문제였다. 나의 기인성의 배면에 엄존하고 있는 상식성의 정당함을 그러한 표현으로 은폐하고 묵살시키려는 그들의 자학적 의도가 결국 우리가 살고 있는 시대의 문화의 진실성마저 저버리고 있다는 데 나의 분노가 도사리고 있었던 것이다.

허나 요번엔 나를 대하는 기자들이 나를 진지하게 색안경없이 바라봤고 또 정당한 평가를 하려고 노력했다. 내가 한의대를 졸업하고 의사가 되었고, 서울대학교 천연물과학연구소 교수로 초빙되었고, 또 개원이라는 사회적 실천으로까지 돌입했다고 하는 사실이, 범인의 부정적 기대를 여지없이 깨뜨려 버린 지적 모험의 쾌거로서, 사회적 성취의 상식적 굴레를 벗어난 한 모델로서 긍정적으로 평가하고 그러한 사회적 가치를 독려하려는 문화의식이 그들에게 엿보였던 것이다. 이것은 나의 삶의 도덕성의 결론이다. 이제 우리사회는 이러한 도덕성에 먹칠을 할 수가 없는 것이다.

개원초일開院初日! 나에게 가장 새로웠고 가장 어색했던 체험의 요소는, 개원이라는 행위가 이루어지는 기氣의 장場의 형식에 관한 것이었다. 나는 여태까지 개인을 대상으로 해서 살아본 적이 별로 없다. 이것은 인간학을 표방하고 있는 내가 미처 생각해보지 못했던 나의 삶의 사실이었다. 내가 만났던 개인들은 나의 아내나 아이들, 그리고 친구……. 대개가 나의 사적공간에서 만나는 사람들이다. 나의 공적공간을 점유하고 있었던 대상은 모두가 개인이 아닌 집단이었다. 나는 자타가 공인하는 명강의자로서 소문이 나있다. 허나 강의의 대상은 결코 개인이 아니었다. 그것은 수강자라는 클라스 집단이었다. 내가 서재에 비록 홀로 앉아 고독하게 붓을 놀리고 있을 때도 그 대상은 개인이 아니라 불특정 다수의 집단인 사회전체였다. 그런데 "환자"는 사적공간이 아닌 공적공간에서 내가 만나야 하는 "개인"이었다. 집단은 개인으로 이루어져 있지만 개인의 실존은 사라지고 그 추상성만 존재한다. 나는 이러한 추상적 대상을 나의 공적

대상으로 삼고 살아왔던 것이다. 헌데 갑자기 나의 실존적 삶의 공적공간이 개인으로 메꾸어지기 시작한 것이다. 4시간 동안 강의를 한다는 것은 어렵지 않다. 허나 4시간 동안 연속적으로 개인을 만난다고 하는 이 사실이 나에겐 무척 낯설고 괴로운 일이었다. 너무도 인간적이었고 지겹도록 구체적이었다.

처음에 나는 환자를 대하면서 내가 의사가 되어있다는 사실을 너무도 낯설게 생각하지 않을 수 없었다. 나는 인간의 질병이란 질병 자체의 책임이 아니라 그 질병의 주체인 인간의 실존적 책임이라고 생각해왔다. 나는 갑자기 타인의 실존적 책임을 나자신의 실존적 책임으로 떠맡어야하는 상황에 몰리게 되는 매우 낯선 처지에 몰리게 된 것이다. 그리고 더더욱 낯설었던 것은 타인의 책임을 나의 책임으로 떠맡게 되는 공적상황의 필연적이라면 필연적이라할 연결고리가 외면적으로 "돈"이라는 사태라는 것이었다 내가 그들의 병을 고쳐야만 하는 사태에 몰리게 되고 나는 그 대가로서 "돈"을 영수하는 것이다. 이것은 참으로 어색한 일이었다. 내가 얘기하는 이러한 것들은 매우 수사학적으로 복잡하게 들릴지 모르지만 많은 사람들이 그들의 직업에서 당면하는 문제들의 일환에 불과하다. 삶의 공적인 공간에서 개인을 상대해야만 하는 모든 사람들의 공통적 고민일지도 모른다.

나는 사실 박희정 기자를 필두로 한 언론공세 때문에 갑자기

이러한 상황에 깊숙이 휘말려들 수 밖에 없었던 것이다. 그리고 나에게 지극히 어색한 이러한 상황 속에 나를 집어넣음으로써 여태까지 내가 추상적으로만 경험했던 인간의 실존적 상황속으로 더욱더 깊숙이 개입하게 되는 계기를 얻게 된 것이다. 나는 이러한 과정을 통해서 억지로 "의사수업"을 받게 되었던 것이다.

첫날 내가 번돈이 22만원이었다. 가치의 양의 다소를 떠나 정말 그것은 나에게 기이하게만 느껴지는 그 무엇이었다. 그날밤 나는 그 돈이 나의 노동의 대가라기 보다는 막중한 책임의 전조라는 의미에서 건드리기 싫은 무슨 부적같이 느껴지는 것이었다.

나의 챠트를 제1호로 기록한 환자는 박모군이었다. 박군은 어느회사 대표를 맡고 있지만 대학교시절때 내가 가르친 학생이었다. 그가 대학교를 막 졸업하고 패기발랄할 때 만나본 강렬한 인상이 남아있던 나로서 그의 얼굴을 본다는 것은 좀 서글픈 일이었다. 나보다도 더 젊음을 상실해버린 얼굴, 정신과 필로 찌들어 버린 부은 얼굴, 그리고 몽롱한 눈동자를 보는 순간 나는 참으로 인생의 무상함을 느끼지 않을 수 없었다. 그에겐 부모와의 충돌에서 발생한 깊은 성격적 문제가 모든 병증의 배면에 자리잡고 있었다. 그에게 그의 생명에 대한 확신을 불어넣어 줄 수 있다면 얼마나 좋을까!

두번째도 나에겐 매우 서글픈 환자였다. 역시 내 강의를 들은 제자였는데, 유방암으로 젖 하나를 도려낸 상태였다. 나는 그녀의 젖가슴을 보는 순간, 그냥 눈물이 핑 돌았다. 어쩌자구 여기까지 왔는가? 어찌 그렇게 자신의 몸을 돌볼 수 없었는가 하구. 첫날에 날 찾아온 환자들에게서 내가 아주 고무적으로 느꼈던 것은 우선 병증이 매우 다양하다는 것과 연령층이 골고루 분포되어 있다는 것, 그리고 매우 다양한 계층의 인간들이었다는 것이다. 그리고 아주 진지한 사람들도 있었는가 하면 내 노동력을 갈취해먹는 얌체족속도 있었다. 하여튼 이들이 나에게 매우 다양한 경험을 선사하리라는 것은 확실한 사실이었다. 이날 나는 그동안 무리를 한 피로가 쌓인 탓인지 몸 컨디션이 무척 좋지 않았다. 그리고 무엇보다 내 잇몸이 부어 있었다. 나는 앞으로 볼 환자들을 위해서 내 몸부터 치료해야겠다하고 클리닉스케쥴이 다 끝나는 대로 김성철 선생의 태능제일치과로 갔다. 그곳에서 나는 부어오른 어금니의 잇몸을 수술해야만 했다. 김선생은 최소한의 조치만을 취하는 아주 훌륭한 의사선생님이었지만 이날 나에게 생각의 여유도 주지 않은채 내 잇몸을 메스로 잘라놓았다. 허나 어찌보면 그것은 미래의 더 큰 사태를 예방하기 위한 최소한의 필연적 조치였다고 나는 확신하지만, 역시 동의와 서의의 근본적 문제해결방식의 차이를 말해주는 것이기도 했다.

서의의 메인스트림은 역시 외과적 방법(써저리)인 것 같다. 그리고 그것은 확실한 변화와 예측을 가능케한다. 허나 동의의 기본방식은 온전한 몸을 있는 그대로 보전하는 상태에서 몸의 회복을 꾀할려고 노력한다. 동의적 해결방식을 넘어서는 것은 역시

서의가 담당할 수밖에 없을 것이다. 따라서 현존하는 전체적 의료제도 안에서 동의적 방법이 시술되고 있다는 것은 환자들에게 선택의 범위를 넓히고 있다는 의미에서 고맙고 다행한 일이다. 허나 동의적 방법으로 해결될 수 있는 생각보다 엄청난 질병의 상황들이 엄존한다. 예술에 있어서 미니말리즘이 있다고 한다면 치료예술에 있어서야말로 제일의 원리는 미니말리즘이 되어야 할 것이다. 환자의 몸에 대한 의사의 개입을 최소화하면서 최대의 치료효과를 올릴 수 있는 방법을 우리는 고민해봐야 할 것이다. 최소의 치료로 최대의 효과를 올릴 수 있는 사람이야말로 명의가 아닐까? 정치적 권력의 개입이 최소화된 사회일수록 더 건강한 사회라는 정치철학적 사실들과도 일치하는 일일지도 모르겠다. 나는 인간의 몸의 권리와 의무를 동시에 존중할 것이다. 그리고 인간의 생물학적 사실들을 과도하게 개변시키는 우매한 인위적 조작들을 삼갈 것이다. 그리고 최소한 내가 개원초일에 느꼈던 낯선 느낌의 순수성을 의사의 말일까지 지속시킬 것이다.

개원초일, 나는 무척 피곤했다. 집으로 돌아왔을 때 내가 할 일이란 깊은 잠에 빠지는 일밖엔 없었다. 내일의 건강한 새벽을 위하여.

1996년 9월 29일 오후 3시
뉴욕에서 서울로 돌아오는 기내에서 탈고

짝사랑

"선생님은 정말 제가 얼마나 아픈지 모르시죠? 아세요? 정말 제가 얼마나 괴로움을 당하는지 느낄 수 있으세요?"

사실 자기의 고통의 느낌을 남에게 강요한다는 것처럼 어리석은 일도 없다. 타인의 고통을 같이 느낀다는 것은 동정과 연민의 기초과목이요, 휴매니즘의 출발처다. 그러나 나의 고통의 강도나 질감이 동일하게 타인에 의하여 이해되기를 바라는 것처럼 어리석은 것도 없다. 그것은 근본적으로 불가능하기 때문이다. 그런데 그렇게 근본적으로 불가능한 것을 타인에게 기대하는 애절한 심정, 그리고 그러한 애절한 심정의 괴리와 좌절감이 주는 상처, 이러한 악순환 속에 인간의 허약함은 깊어만 간다.

그러나 그러한 애절한 호소를 거부하는 것처럼 잔인한 일은 없다. 그렇다고 그러한 호소에 백프로 동감을 표시하는 위선 또한 방편적으로는 허용될 수 있을지는 몰라도 항구적인 진실은 될 수 없다. 그러니까 이러한 국면에 당면했을 때 최상의 방책은 그러한 호소를 묵묵히 들어주는 일이다. 그리고 진솔하게, 내가 느끼는 대로, 그러한 호소가 타인에게 무엇을 전하려는지를 알아보는 것이다.

"좀 이해할 수 있을 것 같애요."

"슬퍼요, 정말 슬퍼요. 저는 너무도 열심히 못살고 있는 것 같애요. 부끄러워요."

"학교에 매일 나가 학생들을 잘 가르치시고 있지 않습니까? 그만하면 됐지 뭘 더 바래요?"

강소저는 현재 전라남도 어느 여고의 독일어선생님이다. 그는 매우 실력있는 선생님이며 학생들의 존경도 받는다 했다. 그리고 강소저는 용모가 단정했다. 타인에게 실수를 범하는 일도 없었다. 한마디로 상식있고 얌전한 여인이었다.

"전 학생들은 잘 가르쳐요. 그리고 열심히 가르쳐요. 그리고 교단에 서있는 동안만은 안 아퍼요. 그런데 교단에서 내려오기만 하면 아퍼요. 학생을 가르치는 시간을 제외하곤 하루 종일 아퍼요."

"어떻게 아퍼요?"

"이루 형언할 수 없이 아퍼요. 온 전신이 두드려 맞는 것 같이 찌뿌뚱하고 혼자 집에 있으면 골이 뼈개지는 듯해요. 아침엔 일어날 수가 없어요. 실오라기 하나 들 수 있는 힘이 없어요."

"혼자 사세요?"

"네, 시골에서 방 하나 얻어 자취하고 있어요. 같이 사는 아줌마도 아주 좋은 사람이에요."

참으로 해괴한 병이다. 학생들을 가르치는 그 순간만 씻은 듯이 고통이 다 사라지고, 그 시간만 제외하면 스물 네 시간이 다 아프다니⋯⋯.

"요즈음도 정신과에서 주는 약을 먹고 있습니까?"

"정신과에서 주는 약을 먹으면 자꾸 졸려요. 그래서 그것을 안 먹고 동네병원에서 몸살약을 타다가 한 일년을 먹었는데 선생님을 뵌 후로는 그것도 먹지 않아요."

나는 그녀에게 숙지황이 들어간 약을 처방해주었다. 그녀의 화를 가라앉히기 위해서다. 난 환자들에게 무엇이든지 전투적으로 물어보지는 않는다. 환자가 스스로 어떤 믿음이 생겨 실토를 하기까지 나는 그냥 기다린다. 프로이드의 정신분석은 잘못하면 환자를 쌩으로 괴롭힐 수가 있다. 자연스러운 인간관계를 전제하지 않은 과도한 개입은 결국 무의식의 얽힘을 풀어내지 못한다. 인위적 분석은 그 얽힘을 더욱 옥죌 뿐이다. 그래서 나는 강소저의 질병이 도대체 무엇인지를 모른다. "학생들을 가르칠 때만 안 아프고 그 외의 시간에는 모조리 아픈 병" 이것이 내 차트에 써놓은 강소저의 병명이다.

"내가 준 약은 좀 대려먹어 보았습니까?"

"예! 선생님 뵙고 나서 처음에는 정말 씻은 듯이 나았어요. 선생님이 주신 약을 정성스럽게 대려먹었더니 그 다음날부터 그렇게 몸이 가뿐할 수가 없었습니다. 그런데 그게 며칠 안 갔어요. 또 그전 같이 계속 아퍼요. 그렇게 죽도록 아퍼요. 정말 이제 전 희망이 없나봐요."

이런 대화가 되풀이 된 것이 벌써 1년이 흘렀다. 그녀는 그럼에도 불구하고 꾸준히 시간이 될 때마다 그 먼 곳에서 기차를 타고 왔다. 그리고 월드컵기간 동안에는 몸이 가뿐했었다고 했다. 무엇엔가 정신없이 몸이 사로잡혀 있으면 그녀의 병은 사라지는 것이 분명했다. 월드컵이 끝나자 다시 아프기 시작했다는 것이다. 그녀의 아픔을 이길 수 있는 진정한 어떤 "사로잡힘"이 그녀의 삶 속에는 결여되어 있는 것이다. 그렇다고 그것을 의사가 제공할 수는 없는 일이다.

그런데 오늘 강소저의 모습은 좀 유별났다. 매우 화려하게 화장을 했고 장식을 했다. 그런데 그러한 화려한 모습의 배면에는 무엇인가 서글픈 애조가 짙게 감돌았다.

"선생님! 전 왜 이렇게 아프죠? 선생님! 제가 얼마나 아픈지 아세요? 정말 아퍼요! 선생님! 선생님은 제가 꾀병을 앓고 있다고 생각하시죠?"

내가 맥으로 짚어서 알 수 있는 그녀의 병이라곤 아무 것도 없다. 그렇다고 나는 "정신병"이라는 말 자체를 믿지 않는다. 그녀는 분명 아프다. 그녀가 아프다고 생각하는 이상 그것은 리얼한 것이다. 타인인 내가 그녀가 안 아프다고 선언해야 할 아무런 근거가 없다. 그녀는 정말 아픈 것이다. 그녀의 몸과 마음이 모두 아픈 것이다. 아픈 것은 그냥 아픈 것이다.

그런데 갑자기 그녀는 엉뚱한 소리를 했다.

"대학교 2학년 때 자퇴를 할 결심을 했어요. 그땐 정말 괴로웠어요."

그녀가 그녀의 병에 관하여 무엇인가 자신의 과거를 더듬고 있는 듯한 최초의 순간이었다. 이 한소리를 듣는데 나는 의사로서 일 년이라는 세월을 보내야 했던 것이다. 나는 이때다 싶었다.

"왜 학교를 자퇴할려고 했나요? 남자 문제가 있었나요?"

그녀는 고개를 아래위로 끄덕였다. 나는 다짜고짜 물었다.

"그 남자와 성관계가 있었나요? 어떤 억압이나 폭행 같은 거라도……"

그녀는 고개를 좌우로 흔들었다. 그리고 순순이 고백했다.

"성관계 같은 건 아무것도 없었어요."

"그럼 딴 남자와 성관계가 있었나요?"

나는 짓궂게 물었지만 그녀는 얼굴을 푹 떨어뜨린 채 좌우로 흔들었다. 그녀는 숫처녀임에 분명했다. 순간 그녀의 표정은 나에게 그러한 확신을 던져주는 그러한 수줍음과 솜털과도 같은 순결이었다.

"전 그 남자를 정말 좋아했어요. 그런데 그 남자가 날 싫어했어요. 그 남자가 날 싫어한다는 것을 아는 순간, 내 주변의 친했던 여자친구들이 모두 이상해졌어요. 허물없는 친구가 아니라 공포의 대상이 되었어요. 저는 걔들이 무척 섭섭했어요. 갑자기 무척 고독해졌어요. 그때 주변의 사람들이 모두 절 보고 정신이 돌았다고 했어요. 부모님도 시골서 상경해보시곤 충격을 받으셨죠. 그리곤 일 년 휴학을 했습니다. 그러다가 일 년 후엔 다시 복학했습니다."

"복학해선 학교 잘 다녔나요?"

그녀의 고향은 녹두장군이 체포된 순창 흥복산 피로리 주변의 산골이라고 했다. 그런데 공부를 너무 잘해서 서울의 일류대학에 진학했다고 했다.

"그때도 사실은 똑같이 문제가 있었는데, 복학해서는 신기하게도 완전히 정상인처럼 살았어요. 졸업하고 서울에 있는 학교 선생으로 취직하려고 열심히 뛰었지요. 우수한 성적으로 졸업했어요."

"그런데 왜 서울에서 취직 안했습니까?"

"아~ 친척이 광주에서 학교를 했는데 마침 학교선배가 그

학교를 떠나게 되었는데 그 학교로 와달라고 간청을 했어
요. 그래서 그냥 자연스럽게 취직하고 말았지요. 그러다가
몇 년 후 지금 있는 학교로 옮겼어요."

나는 이러한 정보로써는 도저히 그녀의 아픔의 정체를 알 수
가 없었다. 한 남자가 자기를 좋아하지 않았다는 가벼운 사실이
그렇게 일생을 집요하게 괴롭히는 질병의 총체적 원인이 될 수
는 없을 것이다.

"병은 시골에 취직한 이후로부터 지독하게 재발했지요. 밤
마다 꿈속에 귀신이 나타나 절 괴롭혔어요. 매일 똑같은 모
습으로 나타나 절 괴롭히는 거예요. 밤새 그 귀신한테 시달
리고 나면 아침에 머리가 화통에 들어갔다 나온 것 같고,
천근만근 무거워서 일어나면 거꾸로 된 오뚜기처럼 다시 픽
쓰러지곤 했어요."

옳다! 이제 난 귀신잡는 해병아닌, 그 꿈속의 귀신을 잡는
의사가 될 수밖에 없었다.

"그 귀신은 지금도 나타납니까?"

"예! 어젯밤에도 나타났어요."

"아항~ 그래요!"

나는 좀 멍청하게 고개를 끄덕였다.

"꿈속에서조차 이렇게 생각해요. 난 정신병원에 가야한다. 이놈의 귀신을 없애려면 정신병원에라도 가야한다. 그러다가 꿈을 깨고나면 그런 생각이 사라져요. 그리고 하루종일 몸이 쑤셔 대는 것이죠."

"혹시 그 귀신이 어떻게 생겼는지 설명해주실 수 있습니까?"

"설명하기가 좀 곤란해요."

"색깔이 있습니까?"

"네! 뻘겋고 퍼렇고 막 그래요. 어떻게 표현하기 어려운⋯⋯ 온 우주가 아주 기분 나쁘게 주름이 잡혀 있고 그 속에 내가 갇혀 있어요. 그리곤 이상한 싸인들이 막 나타나요."

"아항~ 그래요!"

아무래도 귀신 생김새를 물어보아서는 귀신을 잡을 길이 없을 것 같았다.

"그 남자가 도대체 왜 강소저와 같이 어여쁘고 얌전하고 정숙한 여자를 싫어했습니까? 도대체 어찌 된 일입니까?"

"그 남자는 한양공대 전기공학과를 다녔어요. 그 당시 저는 그 남자를 꿈에 그리던 이상향으로 생각했어요. 그 남자는 후리미끈하게 훤칠 키도 컸고 얼굴도 참 맑았어요. 그리고 아주 매너도 있었어요. 그리고 노래도 썩 잘 부르고 기타도 잘 쳤지요."

"그 남자는 어떻게 만났어요?"

"우리는 모두 한 대학써클의 친구였어요. 주기적으로 만나 헤르만 헷세와 같은 작품 토론도 하고 지역봉사도 하고 같이 놀러 다니기도 하는, 아주 재미있고 이상적인 모임이었지요. 그리고 학교정원이 바라보이는 다락방에 아주 예쁜 써클실도 있었구요. 전 그 남자가 절 좋아한다고 생각했어요."

"좋아한다고 생각만 한 것이군요. 강소저 또한 그를 좋아한다는 것을 표현해본 적이 있습니까?"

"전 그 남자의 인격을 믿었기 때문에, 너무도 이상적인 사람이었기 때문에 의당 날 좋아할 것이라고만 생각했지요. 그 당시만 해도 어떻게 여자가 적극적으로 의사표시를 할 수 있습니까?"

"그럼 짝사랑이라 말해야겠군요?"

"아니, 그런 얘기가 좀 곤란하죠. 정말 그 남자가 날 싫어하는데 나는 그를 일방적으로 좋아하기만 했다. 그 남자의 감정과 아무 상관없이 나 홀로 사랑한 것이었다, 이렇게 말하기가 참 어려운 거예요. 짝사랑이라고 말한다면 짝사랑이 아니라고 말할 건덕지도 없겠지만, 흔히 말하는 그런 짝사랑이 아니예요."

그녀의 두 눈에는 약간 불그스레한 홍조가 엄습하기 시작했다. 무엇인가 의식의 저변에 괴로운 추억들을 더듬기 시작하고 있는 것이 분명했다.

"짝사랑이 아니라면 무엇이 그토록 강소저를 괴롭혔습니까?"

"문제는 지나놓고 보니깐 그 남자가 별로였다는 사실에 있었어요. 그 남자가 이상형이라고 굳게 믿었던 나의 신념이 너무도 우연찮게 허물어져 버린 데 더 큰 문제가 있었지요.

그러니까 짝사랑의 문제라기보다는 내 의식내의 변화가 더 큰 문제였던 것이죠."

"어떻게 해서 그 남자에게 실망하게 되었습니까?"

"대학축제 때였어요. 그 남자가 우리 써클의 딴 여자와 같이 간 거예요. 그리고 내가 그런가부다 하고 말았으면 아무 일도 없었을 텐데 난 또 그 남자와 친한 딴 남자와 갔거든요. 물론 축제에서 우리 커플끼리 마주친 일은 없었어요. 그런데 저는 딴 남자와 가면서도 그 남자는 날 사랑한다고 굳게 믿었거든요. 축제 때만 딴 여자와 간 것이지 그 남자의 마음은 나에게 있다고 말예요……"

이때 갑자기 그녀의 말소리는 목메인 소리로 변하기 시작했다. 무엇인가 치밀어 오르는 감정을 자제하기가 어려운 듯했다. 그러면서 절규하는 듯이 말했다.

"그런데…… 그런데…… 그런데…… 그 여자는 정말 비천한 애였거든요. 아무나 하고 여관방에 가고, 담배도 피우고, 나이트에서 밤새 술 마시며 뛰는 그런 애였거든요. 난 걔를 정말 잘 알았거든요. 그런데 그토록 고귀한 남자가 그토록 비천한 여자와 축제를 같이 가다니! 그러니까 저는 축제라는 들뜬 기분에 그런 애하고 일시적으로 간 것이거니 했거든요. 그런데…… 그런데…… 그 축제이후, 그 남자가 그 비천한 내 여자친구한테 폭 빠져들어가는 느낌이었어요. 난 그러한 사태를 더 이상 방관할 수가 없었어요."

벌써 강소저의 두 눈에는 달기똥 같은 눈물이 흐르기 시작했다. 난 환자들이 내 앞에서 눈물을 흘리면 얼른 크리넥스를 뽑아서 준다. 그들은 대체적으로 눈물을 닦을 수건을 준비하고 있지 않고 있을 때가 많기 때문에 그러한 갑작스러운 사태에 어찌 대처할 줄을 모른다. 그렇다고 눈물 콧물에 옷이 얼룩지는 것을 보고만 앉아 있을 수도 없다. 그리고 내가 크리넥스를 뽑아주면 어느 정도 감정의 제어력을 회복하기 때문에 효과가 좋다. 확 가버리면 난 좀 곤란하기 때문이다.

"그래서 어떻게 됐습니까?"

나는 매우 진지하게 그녀의 고통에 동참하는 어조로 물었다.

"난 그 남자에게 사랑을 고백하기로 결심했습니다. 그것은 참으로 부끄러운 일이었습니다. 나로서는 상상도 하기 어려운 용기였습니다. 그래서…… 그래서…… 어렵게…… 어렵게…… 말문을 열었습니다."

크리넥스 속에 고개를 파묻은 채, 쏟아지는 그녀의 눈물로 뒤범벅된 고백은 내면의 처절한 울부짖음의 공허한 에코 속으로 스러지는 듯하면서도 계속 이어졌다.

"그런데 그 남자는 날 사랑하지 않는다는 것이었습니다. 전혀 날 그렇게 생각해본 적이 없다는 것이었습니다. 그 순간에 내가 느낀 절망감, 아니, 무안이라고 해야겠지요. 그 수치감, 아니 챙피라 해야겠지요. 정말 자존심이 상했어요."

나는 이제야 비로소 그녀의 질병의 본질을 파악할 수 있었다. 그녀는 너무도 순결했던 것이다. 한국여인의 티없는 옥과도 같은 순결한 정조가 반만년이나 누적된 암반 속에서 피어오르는, 그러한 아키타입적 에너지의 희생물이었던 것이다.

"그 순간의 후회가 날 괴롭혀요. 평생을 날 따라다니고 있는 겁니다."

"그 남자는 지금 어떻게 됐습니까?"

"그 고백의 순간이후로 저는 그 남자를 한번도 만나지 못했습니다. 그리고 저의 문제는 그 남자의 행동에 있었던 것이 아닙니다. 생각해보니 그 남자는 정말 별 것 아닌 인간이었어요. 정말 별 볼일 없는 아이였어요. 그 비천한 계집애하고 희희덕거리는 것으로 만족하고 마는 그런 남자였는데,…… 바로

그런 남자에게 내가 사랑을 고백했다는 수치감, 그 내 행동
에 대한 증오감이 날 평생 괴롭히고 있는 것입니다."

"그 남자와 질펀하게 몇 번 섹스라도 하고 배신당하고 말았
다면 훨씬 더 건강한 결말이 났을 텐데요."

"문제의 핵심을 잘 이해하고 계시군요. 전 정말 이런 얘기를
들어줄 사람이 없어요. 그렇게 별 볼일 없는 인간에게 나의
고귀한 사랑을 고백했다는 그 후회가, 절 마귀의 암흑 속으로
밀어넣어버린 것입니다."

"그래도 그 남자는 첫사랑이었군요."

"첫사랑에 넣을 수도 없는 가벼운 해프닝일 뿐이었어요."

"그렇게 사태를 정확하게 파악하고 계신 당사자가 왜 그렇
게 고통을 당하고 사십니까? 너무 자신에게 가혹한 것이
아닙니까?"

"문제는 그 한순간의 후회 때문에 살아가는 방법을 못깨우
친 겁니다. 그 사건 이후로는 매사에 자신이 없어진 것입니
다. 사람을 사랑할 수 없게 된 것입니다. 어떠한 대상에게도
그와 같은 일이 반복되리라는 선입견에 내 자신이 먼저 혹사

당하는 것입니다. 나의 지금 이 감정은 결국 나의 착각일 뿐
이다, 하고 미리 단정해버리는 것이죠. 나는 어느 사이엔가
시끄러운 시장바닥에 앉아있어도 혼자만의 세계에 갇혀
버린 고도가 되고만 것입니다."

어느 정도 이성을 회복한 그녀는 계속 말을 이었다. 강소저는
매우 말을 아름답게 했다. 독문학의 깊은 소양에서 우러나오는
독특한 향기가 있었다. 강소저는 정말 청순한 여자였다.

"사실 그 남자도 날 좋아했어요. 그런데 그냥 좋아한다는 사
실이 남녀관계에서 아무 의미가 없다는 것을 저는 몰랐던
것이죠. 그 남자는 이미 그 축제날 그 여자에 이끌리어 여
관엘 갔고, 질펀한 육체적 관계를 한 겁니다. 그 뒤로 두 사
람의 육욕의 향연은 짙어만 갔던 것입니다. 마음만 통해서는
아무 의미도 없다는 그 평범한 진리를 전 몰랐던 겁니다."

"그럼 그런 것을 깨달았다면 왜 딴 남자와 육욕의 향연을 불
태우지 못했습니까? 나의 싱싱한 육체는 마음만 바꾸면
항상 열려져 있는 것이 아닙니까?"

"순간의 후회가 저에게 모든 삶의 기회를 앗아갔어요. 저는
아직도 그 순간에 머물러 있는 것입니다. 꿈속에서 그 귀신
이 나타나 날 구석에 처박고 때리고 구박합니다. 이 머저리

같은 년아!하고. 매일 밤 그렇게 꿈속에서 맞아요. 그리고 아침에 일어나면 정말 몸이 아파요! 정말 귀신한테 얻어맞은 거예요. 그렇게 20년을 넘게 살았어요."

나는 새삼스럽게 강소저의 차트를 훑어보았다. 나이 46세, 미혼!

"이러한 얘기를 나에게 처음 고백하는 겁니까?"

"아뇨, 수업시간에 아이들에게도 하곤 했어요. 아이들이 선생님 첫사랑 얘기해주세요 하고 조르면 이 얘길 해주곤 했어요. 그렇게라도 하면 이 고통에서 벗어날 수 있을까 하고…… 그런데 그런 날 밤이면 그 귀신한테 더 호되게 두드려 맞아요. 더 아퍼요. 그리곤 또 안좋은 일이 있었어요."

"뭔 일입니까?"

"하두 몸이 아퍼서 전 일 년 동안 휴직한 적이 있었습니다. 그리고 광주에 있는 대학병원 정신과의사에게 갔어요. 젊고 매우 유능한 의사였는데 저는 그 의사와 이야기하는 것을 낙으로 삼고 살게 되었습니다. 그 의사는 내 이야기를 너무 잘 들어주었고 내 삶의 진정한 문제들을 깊게 이해하는 것 같았습니다. 그리고는 매우 중요한 충고들을 해주었습니다. 그것은 내가 너무 세상사람들을 대처하는 법을 모른다는 충고였습니다. 그리곤 하나 둘, 이 세상을 살아가는 방법을 가르쳐주었습니다. 그리고 그의 말대로 해보니까 정말 인간관계가 개선되는 것 같았습니다. 그런데 어느날 저의 엄마를 모셔오라고 했습니다. 그 말인즉 딸 이야기를 믿느냐는 것이었습니다. 그 순간 나의 모든 것이 다시 허물어져 버렸습니다. 그 의사는 허위로 내 이야기를 들었던 것입니다. 정신병자의 넋두리로서만 듣고 나에게 고식적인 이야기만 해주었던 것인데 내가 착각했던 것입니다. 그 뒤로 병은 더 가중되어만 갔습니다. 엠알아이 찍고 벼라별 짓 다해봐야 아무 소용이 없었습니다. 그들은 결국 신경안정제만 주고 마는 것이지요. 정신과의사들은 근본적으로 불성실해요. 그래서 차라리 동네병원에 가서 감기약만 타다 먹은 것이죠."

더 이상 내가 할 말이 없을 것 같았다.

"이제 좀 속이 후련하십니까?"

"선생님 앞에서 이런 말 하지 않으려 했는데……"

그녀는 몸을 귀엽게 비틀며 수줍은 미소를 지었다.

"이런 얘기는 할수록 좋은 거예요. 오늘밤 잘 주무실 거예요. 내가 얼마나 기가 쎈 사람인 줄 아세요? 그 귀신이 나오면 이제 내가 팍 쏴 죽일 수 있어요. 안심하세요."

"전 나주에 사는데요."

"내가 쏘는 총알은 나주까지는 간단하게 날아갑니다."

나는 간호사에게 소리쳤다.

"넥스트!"

너무도 많은 사람들이 밖에서 줄서서 나의 진료를 기다리고 있다는 사실을 나는 망각하고 있었던 것이다. 그리고 오후에는 『대승기신론』강의 준비도 서둘러야만 했다.

2002년 11월 탈고

다님의 미소

    루쉰魯迅의 소설에 『콩이지孔乙己』라는 것이 있다. 콩이지라는 이름의 어떤 인물을 다룬 단편인데, 난 지금 자세한 내막은 다 잊어버렸지만 뭔가 너털웃음을 웃으며 호방한 듯한, 그러면서 실속없이 부유浮遊하는, 아주 희극적인 듯하면서 비극적인 정조가 짙게 깔린, 그러면서 정감이 가는 한 인간의 모습이 하나의 프로토타잎으로 내 뇌리에 깊숙이 남아있다. 아마도 우리사회가 점점 개인의 자유와 권리만을 따지는 치열한 이권사회가 되어가면 갈수록 아마도 이런 식의 실속 없이 호방한 그러면서도 가련한 애증의 정조를 풍기는 인물형은 찾아보기 힘들게 될 것이다. 그러나 이런 명작속의 인물은 우리주변에 찾아보면 항상 쉽게 찾아볼 수가 있다.

나는 동네 목욕탕엘 자주 간다. 아내는 편한 안방 욕실을 놓아두고 왜 그렇게 밖으로 나다니냐고 야단이지만 아마도 내가 조선문명에 살고 있다는 유일한 혜택 중의 하나가 동네 공동목욕탕에 가서 지친 몸을 담글 수 있다는 즐거움이다. 짜릿하게 뼈골을 쑤시고 들어오는 열탕의 시원함의 깊이가 도무지 반 평도 안되는 꼬딱지만한 변소깐 욕조의 느낌과는 같은 차원에서 논의될 수 있는 것이 아니다. 원래 우리나라 공동탕 문화는 우리 고유의 것이 아니고, 일제시대의 유산이다. 그들의 센토오錢湯 문화가 이전된 것이다. 우리나라의 공동목욕탕 문화는 전세계적으로 일본과 한국에만 있는 것이다. 중국에도 유례가 없다. 그런데 우리나라 사람들은 일본과는 또 다른 독자적 문화를 만들어낸 것이다.

　　"성함을 몰라서, 그동안 여기 올 때마다 사람들에게 물어봐도 영 헷갈려서…… 하여튼 오늘 잘 만났습니다."

참으로 오랜만이었다. 몇 년 전 내가 SBS에서 한 "똥과 성"등에 관한 건강강의가 말썽 끝에 막을 내리고 난 어느 때였다. 내 옆에 앉아 있던 매우 우락부락하게 생긴 한 사나이가 불쑥 말을 건네었다. 짙은 눈썹이 하늘로 치켜 오른 것이 꼭 『삼국지』의 장비를 연상시킨다. 그리고 배때기에는 깊은 칼자국이 크게 쭈욱 나아 있었다. 면도칼로 얼굴의 시꺼먼 수염의 그루터기를 후벼내고 있었다.

"거어 형씨 말씀 하나 속시원하게 하시던데, 다시 나오셔서 중생을 좀 깨우치시지 그래. 정말 강의 내용이 좋던데⋯⋯"

아구를 쫘악 벌리고 목에 힘줄을 세워서 면도칼을 주욱 그어 내리면서 인상을 쓰는 폼이 정말 흉악한 모습이었지만 그의 말에는 무엔가 꼭 말하고 싶은 진실을 전하고 싶다는 간절한 정감이 배어있었다.

"정말 강의가 좋던데⋯⋯"

그래서 EBS강의가 인기절정에 올라 사람들에게 한참 회자될 즈음, 여의도에서 종편을 마치고 피곤한 사지를 45도를 오르락거리는 열탕의 열기 속에 주욱 뻗을 때는, 나는 그 사람 생각이 났다. 그 사람이 그토록 다시 강의 듣고 싶다고 했었는데, 요즈음 EBS강의나 듣고 있는지⋯⋯ 아무리 사람들에게 그 외관을 형언해도 정확히 내가 지칭하는 그 콩이지같은 사나이의 번지수를 찾아낼 길이 없었다. 언젠가 또 목욕탕에서 마주치겠지 했는데, 그러던 차에 오늘 우연히 맞닥뜨린 것이다.

"봤어요?"

"아 봤지."

"그동안 내가 여기 올 때마다 찾았는데 이름을 몰라, 복부에 칼자국 있는 사람이라고 했더니 그런 사람이 여럿 있다고만 그러더라구요. 왜 강의 듣고 싶다구 그랬잖어요."

콩이지는 몹시 감격한 듯 싶었다. 그때 자기가 우연히 던진 말을 내가 특별히 기억하고 자기를 계속 찾았다는 것이 대단한 성의로 느껴졌던 모양이다.

"이제 우린 친구여~. 내 이름은 말여 혁거세 박씨에다가 에밀레 종에다가 빼어날 수짜라니깐……"

"이제 우린 친구여~"라는 이 한마디가 콩이지에게는 대단히 특별한 의미가 있는 듯 싶었다. 그가 그 말에 어떤 의미를 부여하든지간에 내가 마다할 일은 없었다. 그는 곧 자기 자랑을 늘어놓기 시작했다. 요 근처에 빌딩 몇 개 가지고 있다고 했고 자식들도 다 잘 키웠다구 했다. 서대문에서 자기 이름 모르는 새끼들은 다 간첩이라구 했다. 그리구 인생에선 인간관계가 가장 중요한 것이라구 했다. 여기 저기 "경장한" 회장님들 이름을 대면서 앞으로 자기가 다 소개시켜주겠다구 했다.

"어저께 밤에 내가 상가집엘 갔어. 그런데 내가 거기서 김교수 얘길 했다니깐. 거기말여 목사님두 있었구 신부님두 있었구 대학교수들이 즐비하게 있었다구. 그래서 내가 한판

노가리를 깠지. 왜 김교수가 강의에서 얘기하지 않았던가배. 사람이 죽으면 결국 허공으로 흩어지는 거라구 말여. 죽은 담에 천당갈라구 예수믿는 놈들은 다 미친 놈들여. 뒈진 담에 알게 뭐란 말여. 인간새끼들이라는 게 그렇게두 어리석다니깐. 말여, 말여, 내가 뭐라 했는 줄 알아? 내가 말여, 죽은 사람 위패를 가리키며, 여기 모인 사람들이 부조 놓고 돌아서서 저 사람을 욕하면 저 사람은 지옥에 있는 것이요, 여기 모인 사람들이 저 사람이 이승을 뜬 것을 진정 슬퍼하고 애통해하면 바로 천당에 있는 거라구 했지. 지옥과 천당이 바루 여기 있는 거라구 말여. 그랬더니 목사·신부새끼두 찍소리 않구 앉아있더라구. 내 말이 틀렸어? 김교수!"

말인즉 명언이었다. 그가 인생에서 인간관계가 제일 중요하다는 말의 의미를 알듯했다. 그는 내 강의의 핵심을 알아차리고 있었던 것이다. 고고한 지성인들이나 쩨쩨한 문필가들보다 오히려 콩이지 같은 뭇사람들에게 엉성하게나마 내 사상의 핵심이 전달된다면 그것은 나에겐 더 말할 나위없는 보람이다.

오월 십사일이었다. 일요일이었다. 이날 나는 무척 피곤했다. 나는 브라질에서 열리는 세계디자인대회에서 발표할 슬라이드 준비를 하고 있었다. 나는 또 목욕탕엘 갔다. 그러다 공교롭게도 또 콩이지를 만났다. 콩이지는 여전히 쾌활했다.

"술 한 잔 해야지."

"전 술 못합니다."

"술 안 먹고 어떻게 사나?"

한국의 중년남성 이상의 거의 모든 사람에게는 공통된 신념이 하나 있다. 술을 못 먹으면 밥도 먹을 수 없고 말도 할 수 없다는 것이다. 난 사실 밥 먹고 말하기 위해서 왜 꼭 술을 먹어야 하는지 그걸 도무지 알 길이 없었다. 콩이지는 한없이 아쉽다는 듯이 혼자 중얼거렸다.

"술은 먹을 줄 알아야지 ……"

그러더니 날 자랑스러운 듯이 이 사람 저 사람에게 소개하기 시작했다.

"말야, 저 형님 내가 소개시켜줄께. 저 형님 말야 퇴역장성인데 끝내주는 사람여어. 일사후퇴 때 압록강에서 헬리콥터에 부상당한 부하들을 다 싣느라구 자기는 못탔다니깐. 그래서 인민군한테 붙잡혔다가 나중에 남북포로 교환할 때 풀려난 사람이라니깐, 싸나이 중의 싸나이야 ……"

"어 저 사람말야! 무슨 통신인가 뭔가 하는 사람인데, 요새 뭐 벤천가 뭔가 하는 거 있잖아. 돈을 엄청나게 벌었다구. 알아둘만한 인물야~"

모처럼만에 한가하게 쭉 사지를 뻗기 위해 가는 목욕탕인데, 네기, 불알을 터덜거리며 이 사람 저 사람에게 인사하기 바쁜 형국이 되고 보니 결코 유쾌하지가 않았다.

"여보게 콩이지! 난 사람을 몰라 걱정이 아니라 너무 많이 알아 탈이라구. 제발 공인심 좀 그만쓰게!"라고 한마디 해주고 싶었지만 장비같이 치켜올린 두 눈을 씰룩거리며 너털웃음을 짓는 콩이지에게 야박한 소리를 할 수도 없는 형국이었다. 그런 데 또 문제는 거기서 그치질 않았다. 안 먹겠다는 점심을 굳이 같이 하자고 기다리고 앉아있는 것이다. 핸드폰을 누르더니 황복을 준비해놓으라고 호통을 친다. 그리고는 날 끌고 가는 것이다. 난 고삐물린 황소처럼 신촌 어느 복집으로 끌려갔다. 그리곤 또 동네방네 형님들을 모아놓고 어제 저녁에 술먹다 사고친 얘기로 앞에 놓인 황복을 자글자글 끓이고 있었다.

"아~ 그 쌍늠의 새끼, 내가 가서 이따만한 몽둥이를 들고 왔더니 어디론가 벌써 도망가 버렸더라구."

술취한 중에 지갑을 다 털리고 난 후 뒤늦게 정신 들어 몽둥이

들고 지하철역에 나타나 깽소리 쳐봐야 아무 소용없는 일이다. 그런 얘기들을 그렇게 재미있는 듯이 이야기하고 있는 것이었다. 난 참다못해 단호하게 자리를 박차고 집으로 왔다. 굳빠이 콩이지~.

집에 오니 심하게 졸음이 왔다. 난 특별히 할 일도 없고 해서 잠자리에 누웠다. 그러다가 곤요한 잠에 푹 빠져들었다. 3시간 가량이나 푹 잔 모양이다.

"따르르르르릉······"

따갑게 내 귀를 때린다.

"재장입니다. 다님이가······"

매우 목소리가 암울하고 침울하게 나의 가슴을 짓눌렀다. 처음에 나는 잠결에 얼떨떨했지만 이야기를 들어볼수록 가슴이 철렁거렸다. 아주 불길한 느낌이 들었다. 나의 뇌리엔 갑자기 죽음의 그림자들이 어른거리기 시작했다.

내가 한국의 젊은이들에게 한학을 전수하고 있는 도올서원이란 곳은 참으로 인위적인 발상이 없이 자연스럽게 물 흐르듯 형성된 집단이다. 그렇다고 특별한 형체도 없지만 우리는 여름방학과 겨울방학기간을 이용하여 어김없이 한국의 젊은이들에게 위대한 프로그램을 제공하고 있다. 도올서원에서 한 달 공부한 내용이 대학 사년 배운 것보다 더 많고 더 깊고 짙다는 얘기는 흔히들 하는 이야기다. 이렇게 지적으로 강한 자극을 주는 프로그램이 운영되는 배면에는 숨어 땀을 흘리는 많은 선남선녀들의 정성이 있다.

이런 선남선녀들도 내 강의를 듣다가 자연스럽게 만난 몇몇 사람들이 모인 것이다. 서원조직을 지원하는 이런 선남선녀들을 옛 조선시대 서원의 후원조직 이름을 따서 재임齋任이라고 부르는데, 그 재임조직의 일정기간 책임을 맡는 사람을 우리는 재장齋長이라고 부른다. 연대신과 대학원까지 나온 재장이 아주 새파란 총각시절에 내 강의를 열심히 들었다. 그런데 특이한 것은 신학대학을 나온 청년이 교회목사가 되질 않고 청계천 세운 상가에서 전자제품 장사를 하고 있는 것이다. 그리고 교회를 열심히 나가면서도 내 강의를 열심히 듣는 자세가 퍽 가상했다. 이 세상의 모든 신앙인들은 내 강의를 들으면 갈등을 느끼게 마련이다. 그런데 나는 그런 갈등을 배척하지 않고 수용하는 신앙인들을 존경한다. 그 갈등이 진정으로 해소될 때 그들은 어떠한 형태로든지 참 신앙을 찾게 될 것이다.

그런데 얼마 지나더니 이 청년이 결혼을 하겠다고 했다. 그런데 이 청년의 취약점은 이마가 지나치게 훤출하다는 데 있다.

한마디로 나이보다도 늙어보이게 되니까 아리따운 젊은 새악씨를 얻는 데는 분명 곤란한 점이 한둘이 아닐 것이다. 장모님께서 과히 즐거워하실 리 없다. 그런데 이 청년은 정말 아름다운 새악씨를 구했다. 경동교회에서 같이 성가대 일을 힘쓰다가 만난 모양이었다. 두 뺨이 황도복숭아처럼 발그랗고 두 눈이 보름달처럼 둥그런 새악씨를 만난 것이다. 나는 이 청년 덕분에 김수근의 명작 중의 하나라는 경동교회를 처음 가보았다. 그리고 가발 쓰고 결혼식을 올리는 청년도 처음 보았다.

그리고 또 한참 지났는데 아기를 낳았다고 했다. 딸이었다. 세월은 참 『포레스트 검프』의 장면보다도 더 빨리 지나간다. 나보고 이름을 지어달라는 것이다. 그때 나는 내가 쓴 희곡 『백두산신곡』의 주인공 이름들이 생각났다. 하늘을 상징하는 "하님," 땅을 상징하는 "다님." 그런데 딸에게 "다님"이라는 이름을 주는 것은 재미가 없다. 딸에게는 남성을 상징하는 하늘의 "하님"을 주자! 땅의 여자는 하늘을 보고 살아야 하구, 하늘의 남자는 땅을 보고 살아야 하니깐. 그래서 그 딸아기에게 "하님"이라는 이름을 주면서 나는 말했다.

"다음엔 아들을 하나 낳게. 그래야 이 이름과 짝이 맞으니까······"

그런데 얼마 있다가 정말 거짓말과도 같이 달쟁반 같은 옥동자를 안고 왔다. 그래서 그 옥동자 이름이 "다님"이 된 것이다. 하님이 다님이는 하늘과 땅을 오르락내리는 선녀선남처럼 무럭무럭 아름답게 자라났다. 그런데 심각한 사태가 발생한 것이다.

『논어』의 「위정」편에 다음과 같은 재미있는 이야기가 하나 실려있다. 노魯나라의 삼환三桓중의 하나인 맹손孟孫씨의 대부 맹의자孟懿子의 아들인 맹무백孟武伯이 공자에게 효孝가 과연 무엇입니까 하고 묻는 장면이 있다. 이때 공자는 참으로 우리 범인에게는 아주 뼈저린 얘기 한마디를 내뱉는다.

부모父母는 유기질지우唯其疾之憂시니라.

이 말은 곧 효를 부모의 마음을 미루어 답한 것이다. **부모는 오직 자식이 병들까 그것이 걱정일 뿐이라는 것이다.** 자식을 키워본 사람이면 이것은 정말 뼈저리게 가슴에 와 닿는 이야기다. 효도라는 게 별게 아니고 자식이 병만 안 들어도 큰 효도라는 것이다. 자식이 병들었을 때의 부모의 안타까운 심정을 이 한마디처럼 절실하게 표현한 구절을 나는 알지 못한다.

"죽음의 그림자!" 참 과도한 표현이지만 나에겐 이런 표현을 쓸 만한 충분한 이유가 있었다. 바로 엊그제, 우리는 바로 재장 집에서 서원장書院葬을 치렀던 것이다. 내가 이리에서 고생하던 시절부터 날 위해 자동차를 몰아주었고 꼭 십 년 동안 내 곁에 그림자처럼 따라다니면서 궂은일을 다 돌봐주었던 홍군이 갑자기 한 달 전에 시름시름 아프다고 했다. 뭐 별일 있겠냐구 난 무시를 했는데 병원을 간 홍군의 부인이 "미만성 림프종"(diffuse lymphoma)이라는 청천벽력 같은 병명을 통보받았다는 것이다. 난 뭔 그런 개같은 소리가 있냐구 소리를 버럭지르며 병원에 가서 의사들과 따져 보았지만 홍군의 얼굴엔 날로날로 짙은 황달의 기색과 더불어 혈소판 수치가 상식이하로 떨어져가고 있었다. 나는 림프종이라는 병명을 무시하고 침 한 자루에 매달려 홍군을 구원해보려고 갖은 애를 썼지만 나의 모든 노력은 수포로 끝나고 말았다. 나는 형장의 이슬로 사라지기 전 감옥의 벽에 써서 남겼다는 녹두 전봉준의 시구가 떠올랐다.

時來天地皆同力
시 래 천 지 개 동 력

때가오니 하늘땅이 하나되어 일어나더니

運去英雄不自謀
운 거 영 웅 불 자 모

운이가니 영웅이란들 어찌해볼 도리없다.

인간의 몸이라는 것도 마찬가지다. 한번 왕성하게 일어날 때는 한없이 기운이 솟구쳐도, 무너지기 시작할 때는 어찌해볼 도리 없이 갑자기 해체되는 것이다. 홍군의 사태는 펄미네이팅fulminating, 즉 격발성이라는 의학용어로밖에는 표현될 수 없는 어떤 전격적 사태를 의미한다. 왕성한 젊은이에게서 갑자기 나타나는 격렬한 병태의 진전인 것이다. 그런 전격성의 림프암종을 침 하나로 살려 보겠다고 덤비는 나를 독자들은 계란으로 바위를 깨겠다는 무모한 발상이라고 비웃겠지만, 문제는 어차피 현대의학의 상식으로는 구제의 소망이 부재하다는 사실에 있다. 나는 결국 허무하게 대자연의 섭리 앞에 무릎을 꿇을 수밖에 없었다. 참으로 슬픈 일이었다. 홍군을 고향 부안 산천 양지바른 곳에 묻어주고 난 후, 우리는 설움을 달랠 길 없어 엊그제 재장집에 모여 추모예배를 보았던 것이다. 그날 조영남 선생이 와서 추도의 노래를 불러주기로 했는데, 골프 치러 갔다가 길이 막혀 찻머리를 못 돌리고 말았지만, 재장 부부가 번갈아 부른 애니로리Annie Laurie의 찬송가는 거기 모인 많은 사람의 심금을 충분히 울리고도 남았다.

하늘가는 밝은길이 내앞에 있으니
슬픈일을 많이보고 늘고생 하여도……

그리고 나는 최후에 해금을 꺼내 우리 삼천만의 노래인 아리랑을 켰다. 깊은 농현의 울림 사이로 앙증맞게 울려 퍼지는 명주실의 떨림이 우리가슴의 추억을 깊게 흔들었다. 내가 두 줄 사이로 활을 힘차게 당기는 순간 재장부인의 눈빛이 촉촉하게 젖어올랐던 기억이 새로왔다. 그런데 그 순간 불길한 일이 일어나고 있었던 것이다. 바로 그 장례예배 그 자리에서……

그 장례예배를 준비하고 있던 그날 아침부터 다님이 좀 감기
기운이 있었다는 것이다. 우리가 예배를 보고 있는 동안 다님은
그곳에 모인 아이들과 신나게 뛰어놀긴 했지만 상태가 불안했
다는 것이다. 그날 밤 다님은 보채고 열이 올랐다는 것이다. 그
래서 무심결에 스치는 감기이거니 하고 그냥 두었는데 증상이
점점 심해지더니 며칠 지나니깐 열이 오르고 조금만 무얼 먹어
도 와왁 게워낸다는 것이다. 그래서 하는 수 없이 강북성모병원
엘 가봤더니 또다시 청천벽력 같은 병명이 떨어졌던 것이다. 뇌
척수막염(cerebrospinal meningitis)이라는 것이다. 당장 입원시켜
척추사이로 천자를 하여 뇌척수액을 뽑아 배양을 하여 정확한
병인을 알아내어 치료에 들어가야 한다는 것이다. 우리의 뇌는
단단한 해골로 싸여있다. 그런데 뇌를 보호하고 있는 해골과 뇌
사이에는 3층의 막이 있다. 해골쪽으로 붙은 막을 단단한 경막
(dura mater)이라 하고, 그 경막 아래에는 거미그물 같은 문양의
막이 있는데 그것을 지주막(arachnoid)이라 하고, 그 지주막 아래
뇌에 직접 부착되어 있는 막을 연막(pia mater)이라고 한다. 그런
데 경막 아래로 틈새가 있다. 우리는 이것을 경막하강(subdural
space)이라 부른다. 또 지주막 아래에도 틈새가 있는데 우리는
이것을 지주막하강(subarachnoid space)이라 부르는 것이다. 그리
고 이 경막하강과 지주막하강에는 뇌척수액이 흐르고 있다. 이
것은 참으로 정교한 하느님의 구조물인 것이다.

　그런데 우리의 뇌에는 참으로 절묘한 사실이 하나 있다. 뇌는

항상 피를 공급받는다. 피가 잠시라도 멈추게 되면 뇌는 급사한다. 한번 죽은 뇌세포는 재생이 불가능하다. 우리의 보통 몸세포와는 매우 다른 성격의 것이다. 그만큼 뇌세포는 소중한 것이기에 하느님께서 단단한 성벽으로 깊숙이 둘러싸놓은 것이다. 그런데 우리 몸에서 끊임없이 피를 공급받는다면, 우리 몸의 피에 감염되는 모든 사태가 직접 뇌에 전달된다고 보아야 한다. 그런데 사실은 그렇지 않다. 감기가 걸릴 때마다 균이 뇌에 침습한다면 우리 뇌는 정상 작동하기 어려울 것이다. 우리의 뇌는 피를 공급받지만 우리 몸의 피의 불순물을 제거하는 묘한 장치를 가지고 있는 것이다. 이 장치를 우리는 비비비(BBB=Blood Brain Barrier, 혈액뇌장벽)라고 부른다. 이 비비비는 추상적인 실체로서 기능적으로 추정되지만 그 물체성이 보여질 수 있는 것은 아니다. 뇌의 실질조직과 혈액사이에 있는 생리학적 장벽이며 양자간에 물질교환을 제한하는 장치로서 중추신경계의 혈관벽과 그 주위의 신경교막으로 구성된다고만 알려져 있다.

절깐에 가면 절깐의 핵심부인 대웅전에 들어가기 전에 꼭 대문 안쪽에는 무시무시한 사천왕이 무서운 얼굴을 하고 서있다. 바로 비비비는 우리 뇌라는 대웅전의 사천왕들이 쳐놓은 보이지 않는 그물과도 같은 것이다. 그런데 감기바이러스나 폐렴박테리아 같은 것이 요행케도 이 사천왕님의 비비비를 통과하게 되면 바로 경막이나 지주막·연막을 침습하게 되는 것이다. 경막이 침습되면 경막염(pachymeningitis)이라 하고, 지주막이나 연막이 침습되면 진성수막염(meningitis proper)이라 부른다.

균이 지주막하강에 침습하게 되면 지주막하강의 액은 뇌와 척수, 그리고 시신경계 전체를 싸고 돌아다니므로 단시간 내에 그 전체 구석구석 안 미치는 곳이 없이 감염을 일으킨다. 급성인 경우 사태는 매우 심각하다. 이것은 일주문이 쓰러지느냐 않느냐 하는 문제가 아니라 대웅전 본존불이 죽느냐 사느냐하는 매우 심각한 사태인 것이다. 그리고 이것은 촌각을 다투는 절박한 사태인 것이다. 벌써 다님이 심하게 게우고 있다는 사실은 감염으로 뇌압이 상승했다는 방증이며 뇌압의 상승은 뇌신경을 압박하여 구토증세를 유발시키고 있는 것이다.

강북성모병원의 진단의사가 하루 빨리 척추천자를 하여 뇌척수액의 정확한 상태를 알아내야만 한다는 소견은 물론 정당한 것이다. 그러나 문제는 막상 내 아들인 경우, 이것을 어떻게 처리해야 할 것이냐는 것이다. 죽음의 그림자가 엄습하는 촌각을 다투는 이러한 상황에서 내가 그 당사자인 부모라면 어떤 결정을 내려야 할 것인가?

물론 손쉽게 의사에게 내맡기고 치료에 응하여 요행하게 거뜬히 회복될 수도 있을 것이다. 그러나 뇌척수의 천자라는 것은 참으로 끔찍한 것이다. 다섯 살배기 다님의 척추를 바늘이 뚫고 들어가기 위해서는 마취를 할 것이고, 또 손재주가 어눌한 의사의 바늘이 잘못 신경다발을 건드리게 되면 전신마비가 일어날 수도 있다. 그리고 우리가 항바이러스 화학요법인 에이싸이클로비르acyclovir를 쓰든, 항생제계열의 암피실린ampicillin이나 클로람페니콜chloram-phenicol을 동시투약하든, 이것은 또다시 비비비를 통과해야만 하는 중대사태이기 때문에 혈관주사(intravenous)를 통해 대량 투입하게 된다. 그럼 체질에 따라 엄청난 부작용이 발생할 수도 있다. 살아난다 해도 필경 뇌성마비환자로서 일생을 살게 될 가능성이 높다. 갑자기 다님이 그런 흉칙한 급성질환에 감염되다니! 쉿!

"이거 정말 어떡하면 좋겠습니까? 정말 어떡하면 좋을지 입원시키기 전에 선생님의 고견이라도 한번 듣고 싶었습니다."

재장의 훤출한 이마 밑에 희멀건한 두 눈 아래로 눈물방울이 주루룩 흐르고 있는 느낌이 들었다. 홍군의 죽음 앞에 무기력했던 나의 침술을 되새기며 나는 또 다시 신과 맞대결을 벌일 수밖에 없다고 생각했다.

"좀 기다려보게. 내가 조금 생각의 여유를 얻는 후에 다시 전화해 주겠네."

내 가슴에서도 썩어가는 어떤 회한의 한숨 같은 것이 새어나왔다. 하님이 있는데 어찌 다님이 없을 수 있으리오! 어찌 저 하늘이 있는데 이 땅이 무너질 수 있으랴! 나는 우선 정확한 정보를 얻기 위해 내가 존경하는 후학인 내과의 박성신 선생에게 전화를 걸었다. 때마침 집에 있었다.

"뇌척수막염은 보통 바이러스성(무균성), 결핵성, 박테리아성이 있습니다. 그런데 사실 그 어느 것도 정확한 병인을 알 수는 없고 복합적입니다. 아마 감기 비슷하게 출발했다면 바이러스성일 가능성이 높습니다. 저도 사실 몇 년 전, 제 딸아이를 가지고 똑같은 고민을 한 적이 있습니다. 그런데 제가 용단을 내려 그냥 링겔 주사만 이틀 꽂아 놓았는데 그냥 씻은 듯이 나았습니다. 그런데 이것은 리스크가 높은 상황이기 때문에 누구도 자신 있는 결정을 내릴 수 없습니다. 그렇다고 저라도 제 자식을 쉽사리 이런 병으로 종합병원 인턴·레지던트 아이들에게 맡기기는 어렵습니다.…… 그렇지만 보밋팅을 하고 있다니 참 난감합니다……"

인생에는 어차피 정답이 없다. 죽느냐 사느냐? 존재하느냐 마느냐? 햄릿의 고민에도 아무런 해답은 주어지지 않았다. 오직 침묵만이 기다리고 있었을 뿐이었다.

"기다리게! 삼십 분 내로 내가 자네 집으로 가겠네."

나는 결단을 내렸다. 나는 침통에 침을 넣고 알콜 스폰지를 챙겼다. 나는 우선 다님을 내 두 눈으로 보아야겠다고 생각했다. 길게 앉아 생각할 여유가 없었다.

내가 평창동언덕에 자리잡은 널찍한 재장집에 당도했을 때 다님은 여기저기 뒹굴며 희멀건 액체들을 게워놓고 있었다. 높은 천장의 마루홀 한복판에 자리를 펴고 드러누운 다님이는 야릇한 소리를 내면서 보채고 있었다. 나는 다님을 보는 순간, 그의 해맑은 눈빛에서 모종의 생명의 환희 같은 것을 느꼈다. 육감이었다. 나는 의술을 과학으로 생각해본 적이 없다. 그것은 생명의 예술이요, 직감이요 영감이다!

내가 침통을 꺼내 미심쩍어 한 번 더 소독하기 위해 끓이라고 재장부인에게 명했을 때, 재장은 의아스러운 눈초리로 나를 쳐다보았다. 병원에 들어가기 전, 불안한 심리를 달래기 위해 나에게 의논을 했을지언정, 이렇게 긴박한 엄청난 사태를 나에게 침 한방으로 해결해달라는 어리석은 주문을 하기에는 우리 모두가 너무도 개화되어있고 "과학화"되어있기 때문에 나의 행동을 전혀 예상치 못했다는 눈치였다. 나는 다님의 몸에 침을 꽂기 시작했다. 참으로 어처구니없는 짓으로 보인다. 생각해보라! 열이 있는 다섯 살배기의 어린아이의 몸, 그것도 지금 감염증세로 고통을 당하고 있는 어린아이의 몸에 침을 꽂다니! 과연 상식적으로 가당할 이야기인가?

나의 육감의 근거는 이러했다. 어린 아이는 작은 어른이 아니다. 어린아이는 그 나름대로 독립된 성격을 갖는 생명체이다. 그런데 이 생명체는 매우 독특한 성질을 가지고 있다. 그것은 우리의 상상을 초월하는 놀라운 회복능력을 가지고 있다는 것이다. 쉽사리 파괴도 되지만 쉽사리 회복되는 생명체라는 것이다. 자동차에 비유하자면 그것은 분명 다 낡아빠진 똥차가 아니라 방금 울산공장에서 빼내온 신차와도 같은 것이다. 이런 새 차의 고장은 어느 부분의 발란스만 약간 조정해도 완벽하게 재생될 수 있는 것이다.

그리고 또 나의 침술에 대한 무지함을 논한다면 우선 나의 침은 완벽하게 무균성이라는 것을 전제로 다음과 같은 주장을 할 수 있을 것이다. 나는 다님의 병태가 분명 박테리아성이 아닌 바이러스성이라고 판단했다. 그런데 바이러스성이라고 한다면 사실 아무리 아이비로 암피실린 사백 미리그람에다가 클로람페니콜 백 미리를 투여한다 해도 소용이 없는 것이다. 바이러스는 항생제로 해결될 수 있는 것이 아니다. 바이러스는 이 지구상에 존재하는 가장 미세한 생물체이다. 그런데 이 바이러스란 놈은 몸뚱이는 없고 불알만 달고 다니는 이상한 존재다. 그래서 극미소한 형체를 유지할 수 있는 것이다. 그것은 DNA나 RNA같은 핵산만을 지니며 그 주변이 단백질코트로 둘러싸여 있을 뿐이다. 그것은 타 온전한 세포의 수용체에 부착하여 그 세포의 핵으로 파고 들어가 그 숙주세포의 효소들을 이용하여 DNA복제를 일으키게 된다. 그러니까 남의 둥지에 들어가서 그 알을 다 죽여 버리고 염치좋게 남의 엄마가 물어다 주는 먹이까지 훔쳐 먹고 사는 뻐꾸기보다도 더 악랄한 놈이 바로 바이러스라는 놈이다. 그런데 이 바이러스는 온전한 생명체가 아닌 생명체이기 때문에 항생제가 미칠 수 있는 범위를 벗어나는 것이다. 항생제는 바이러스에 비하면 거대세포에만 해당되는 것이다. 그렇다면 사실 바이러스를 퇴치하는 방법은 내 몸의 면역기능을 이용하는 것이 최상책이요, 나의 침은 몸의 불균형으로 인해 생긴 면역능력의 저하를 회복시킬 수 있는 것이다. 그리고 어린이의 경우 그러한 회복능력은 어른의 경우보다 아주 드라마틱하게 증가될 수가 있다.

그런데 어떻게 침으로 그러한 바이러스를 퇴치시킬 수 있는 면역력의 증가를 꾀할 수 있는가? 그것을 해결하는 열쇠는 바로 장부론이다. 즉 장부의 언발란스를 발란스 상태로 회복시키는 침을 놓게 되는 것이다. 그런데 그 다님의 장부의 언발란스를 나는 어떻게 아는가? 그것이 바로 체질(Constitution)이라는 것이다. 나는 평소부터 그의 부모를 잘 알고 있고 또 다님에 대한 행동들을 주시하고 느껴왔기 때문에 그의 장부구조를 쉽사리 판단할 수 있는 것이다.

나는 유침방식을 취하지 않는다. 매우 짧은 시간에 발침하면서 여러 포인트를 점차 공략해 들어간다. 마지막으로 나의 침이 아프다고 울어대는 가냘픈 다님의 손가락, 검지와 새끼손가락의 상양商陽과 소택少澤을 파고드는 순간, 나의 등골이 오싹해지면서 식은땀이 주르르 흐르는 것을 느꼈다. 순간 나는 외쳤다.

"다님아! 너는 살았다!"

이것은 영감이요 육감이요 삶의 환희였다.

"난 이제 그만 가보겠네. 오늘밤 아무것도 할 것 없어. 그냥 안심하고 잘 재우기나 하게······ 걱정말구······"

나는 찻머리를 무정재로 돌렸다.

무정재로 찻머리를 돌리는 내 심정은 천근만근 어둠의 나락으로 무거운 바위덩어리를 걸메고 빠져 들어가는 것 같았다. 과연 나의 침술로 다님에게 기적 같은 일이 일어난다면 좋겠지만, 그렇지 못하다면 다님의 치료를 지연시키기만 한 무지몽매한 돌팔이의 오명을 모면키 힘들 것이다. 누군가 젊어져야 할 삶과 죽음의 기로! 과연 내가 무슨 권한으로 한 생명의 시간의 진로를 판정할 수 있단 말인가?

"걱정 말게!"

태연한 척 재장의 어깨를 만져주며 다짐하고 또 다짐했지만, 진정코 다짐할 수 없는 것은 나의 양심이었다. 그러나 최소한 이 순간에, 이러한 승리와 패배의 기로에서 누구도 내릴 수 없는 판단을 감행하고 있다는 그 사실 자체만이 내가 기댈 수 있는 유일한 양심이었다. 다님에게 오늘 밤 무슨 사고가 일어난다 해도, 설사 그가 유명을 달리한다해도 그의 영혼 앞에 떳떳할 수 있다는 신념만이 나의 독단적 의술의 확고한 근거였다.

나는 그날 밤, 번민에 뒤척였다. 나는 꿈없는 잠을 깊게 자기로 유명하다. 아내와 격렬한 논쟁을 벌이다가도 몇 초 후에 코를 곯아버리는 통에 아내는 날 섭섭하게 생각한 적이 한두 번이 아니다. 나는 상황의 변화에 기민하고 단호하게 적응하는 놀라운 능력의 소유자다. 그런데 이날 밤은 나에게 잠이라는 상황이 도무지 찾아오질 않았다. 나는 밤새 번민 속에 이불을 뒤척였다. 나는 내가 꼭 『그린마일』에 나오는 존 커피와 같다는 어떤 환상 속에서 이리 뒹굴고 저리 뒹굴었다. 평창동과 봉원동사이의 공간이 무의미한 거리로 느껴졌다. 바로 다님이를 껴안고 자고 있는 듯한 느낌이었다. 그리고 존 커피처럼 다님이 몸의 모든 사기를 내 몸으로 쭈욱 빨아들이고 있는 듯한 어떤 띵한 열기를 느꼈다. 먼동이 틀 때 나의 육신은 안산의 푸른 새벽의 지평 너머로 사기를 뿜어내는 듯, 몽롱한 느낌 속에 깜박 잠이 들고 말았다. 일어나니 활짝 개인 8시였다. 나는 바로 다이알을 눌렀다.

"어땠나?"

다님엄마의 목소리는 결코 밝지가 않았다. 자연의 진로는 스스로 그러함을 따를 뿐이다. 인간의 소망과 무관하게 흘러갈 뿐이다.

"밤새 열이 떨어지질 않았어요. 그리고 계속 보챘어요……"

"그럼 또 투했나?"

"네."

나의 실망은 이만저만이 아니었다. 보밋팅이 계속된다는 것은 뇌압상승상태의 변화가 없다는 사실을 의미하기 때문이다. 그것은 정말 위험한 상황의 지속을 의미하기 때문이다.

"몇 번 토했나?"

"한번요."

"한번? 그럼 좀 괜찮아진 것 아냐?"

"글쎄요. 확실히 좋아지긴 좋아진 것 같아요."

"그럼 지금은 뭘 하나?"

"새벽에 어제까지는 먹기도 싫어하던 물을 마시고 깊게 잠
들었어요. 지금 아주 곤히 자고 있어요."

나는 분명 차도가 있다고 생각했다. 나의 침술의 확고한 효력
이 있다고 나는 확신했다. 곤히 자고 있다는 그 한마디만 해도
나에겐 구원이었다.

"이따가 잠에서 깨고 나면 동승한의원으로 데리고 와. 지금
분명 차도가 있으니까."

오월 십오일, 이날이 스승의 날이라고 했다. 한의원에 앉아 있
으니 당선의 기쁨에 어쩔 줄을 몰라 하는 이성헌군이 인사드리
고 싶다고 전화를 했다. 조금 있다가 다님이가 왔다. 나는 다님
이를 환자침대에 눕혔다. 다님의 얼굴을 보는 순간 나는 이미
죽음의 그림자가 나의 침술 앞에 무릎을 꿇고 있다는 사실을 직
감했다. 다님이는 생긋 생긋 웃었다. 다님이 같은 아이들은 내
가 그들에게 침이라는 공포스러운 아픔을 안겨주기 때문에 본
능적으로 피하려고만 할 뿐이다. 그런데 다님이는 그 순간 나의
침으로 인하여 그 자신의 몸에 어떤 긍정적인 변화가 일어나고
있다는 고마움을 자각하고 있는 듯한 매우 어른스러운 표정을
짓고 있는 것이다. 그 다님의 미소를 느끼는 순간 간밤의 기우는

내 머릿속에서 씻은 듯이 사라지고 말았다. 나는 자신있게, 매우 자신있게 어제 밤에 내가 놓았던 동일한 처방의 침을 꽂기 시작했다. 다님의 울음소리 자체가 상긋 상긋 피어나는 봄의 축제와도 같이 느껴질 뿐이었다.

이날 밤, 나는 재임들과 함께 승가사에 올랐다. 내가 괴로울 때 항상 찾아가곤 했던 승가사 마애불의 미소를 다시 한 번 느껴보고 싶었기 때문이었다. 저 멀리 서울장안의 야경의 불빛을 한 몸에 품고 있는 거대한 마애불의 미소 아래 그 얼마나 많은 사람들의 간절한 애원들이 저 검푸른 허공으로 사라졌을까 하고, 그의 인자한 얼굴과 날렵한 허리, 묵직한 팔뚝을 쳐다보고 또 쳐다보았다.

그 뒤로 다시 침 한 번, 약 한 봉지 쓰지 않고 다님은 완쾌되었다. 그 완쾌의 비밀은 오로지 하느님만이 알고 있을 것이다.

오월 십육일 저녁, 갑자기 다님생각이 나서 평창동으로 전화를 걸어보니 다님이 쾌활하게 뛰어놀고 있는 모습이 수화기속으로 들려왔다. 다님 엄마는 내가 그들이 무심하다고 생각해서 전화건 줄 생각했을 지도 모른다.

오월 십칠일 아침, 나는 무정재 정원에 수부룩 피어오른 잔디를 깎고 있었다. 그런데 따르릉 전화가 왔다.

"다님이가 이제 다 나아 쾌활하게 뛰어놀고 있는데도 인사도
　　못 드려 죄송해요."

어제 저녁 내가 공연한 전화를 해서 젊은 부부에게 부담을 준
모양이다.

"이제부터 잘 키우기나 해요. 다님이가 나은 것은 나하곤 아무
　　관계없어요. 아마도 다님이 속에 들어있는 하느님이 낫게
　　해주었겠지……"

그리고 난 좀 황급히 어색하게 전화를 끊었다. 낮질에 버혀지는
잔디의 내음새가 싱그럽게만 느껴졌다.

2000년 7월 탈고

천재, 순간 속에 영원이 있는

"의사선생님으로서 여쭈어 보겠습니다. 갑자기 하늘로 화악 솟구치면 어떻게 되겠습니까?"

피가 다리쪽으로 쏠릴까 대가리쪽으로 쏠릴까 도무지 아리쏭 알 수가 없었다. 우주소년 아톰처럼 한번 날아봐야 알텐데.

"그건 왜 물어?"

"제가 몇일 있다가 전투기를 타고 고공비행을 할 겁니다."

"그건 또 왜 그런 짓을 해?"

"기절하고 싶어서요"

"기절하고 싶으면 보드카나 들이키지…… 쯧쯧."

"아녜요. 하늘 속에서 기절하는 순간 어떤 엑스타시를 맛볼 수 있을 것 같아서요."

"그대의 하늘은 이젠 동화 속의 꿈의 하늘이 아니라 기상청에서 말하는 기압의 하늘이구만. 고공비……행? 기압이 갑자기 떨어지니까 온갖 구멍으로 피가 솟구쳐 나올꺼야."

"기절했다가 깨어나지 못하면 어떡허죠?"

"땅에 내려올 생각말구 하늘에서 장사지내게."

"아까운 놈 한놈 하늘에서 사라지다라고 한 줄 남겨주시겠습니까?"

"'순간 속에 영원이 있는, 한 천재
순간 속에 사라지다. 영원을 남긴 채.'

이렇게 비문에 써줄까?"

"감사합니다"

실눈에 답답하게 뭉친 비강이 뺨에 묘한 부조화를 자아내면서 희죽 웃었다. 그래도 고공비행에 대한 공포감, 죽음에 대한 삶의 미련은 남아있는 모양이다.

사실, 천재라는 말은 참으로 듣기싫은 말이다. 그 말처럼 사람을 어색하게 만들고, 사람을 형편없이 규정하는 말이 없기 때문이다. 또 그 렛뗄이 하나 붙어버리면, 그것 때문에 그 존재에 대한 애증의 곡선들이 아주 확연하게 그어져 버리기 때문이다. 천재라는 말처럼 비천재적인 언어도 없을 것이다. 천재는 한 순간도 자신을 천재라고 생각하지 않을 것이다. 그 순간 그는 천재일 수가 없기 때문이다. 난 요즈음 존재한다는 것 그 자체가 하찮고 죄송스럽고 짜증스럽게만 느껴진다.

강우현! 그는 확실히 천재인 것 같다. 나는 사실 이런 말을 누구에게 하는 것을 무지하게 죄송스럽게 느낀다. 그것은 찬사이기보다는 하나의 저주이기 때문에. 그런데 강우현을 천재라고 한 것은 내가 아니다. 그것은 나의 부인 최영애의 말이다. 나의 부인 최영애는 심미안이 지극히 높은 고결한 인격의 소유자다. 그래서 나의 부인 최영애는 평생 날 보고 "천재"라고 얘기해준 적은 한 순간도 없었다. 그런데 강우현 얘기만 나오면 그는 정말 천재라고 얘기한다. 그런데 사실 이런말에 나는 질투를 느끼지 않는다. 사실 별로 그렇게 좋은 말이 아니기 때문에. 나는 나의 부인에게 천재라는 말 한번 안듣는 것이 참으로 행복하다.

그런데 나의 부인이 강우현을 천재라고 부르는 이유는 아주 단순하다. 이것은 참으로 세상에 공표하기 수치스러운 일이지만, 나의 아내 최영애는 고교시절 미대지망생이었고 그 꿈은 내가 생각키엔 순수화쪽보다는 응용미술이나 생활미술, 디자인쪽에 있었던 것 같다. 그런데 불행하게도 서울미대가 그녀를 받아주질 않았다. 그러다가 이차로 미끄러진 길이 그녀의 평생을 지배하고 만 것이었다. 그런데 나의 아내는 내가 생각키엔 천재적인 뎃쌍실력을 가지고 있다. 나의 아내의 손재주는 바느질부터 요리솜씨부터 글씨쓰는 데까지 거의 완벽한 품격을 과시하고 있다. 그래서 그녀가 감지하는 손의 선에 대한 감각은 유별나다. 전문성에 의해 타락되지 않은 순수함과 유연성을 가지고 있다.

심미적 격조로 말하자면 조선반도 20세기에서 도올 두 자를 빼놓기 어려울 것이다. 그런데 나의 격조는 나의 아내 최영애의 심미적 감성 앞에서 항상 무릎을 꿇는다. 그런데 이러한 대가 최영애가 강우현을 천재라고 부르는 이유는 단 하나다. 강우현은 항상 변한다는 것이다. 만날 때마다 달라져 있다는 것이다. 그리고 고착된 데가 없다는 것이다. 그리고 아무 때나 어느 상황에나 아무렇게나 적응한다는 것이다. 보통사람이 가지고 있는 고집이 없다는 것이다. 체하는 "자기"가 없다는 것이다. 그러면서 찍 긋는 선이 모두 심미적으로 훈련된 선이라는 것이다. 자유자재自由自在! 선가禪家에서 많이 쓰는 말이지만, 강우현의 일기일경一機一境은 고착된 데가 없다는 나의 아내의 평가에 나는 동의할 수밖에 없다.

그런데 강우현이 하는 말들은 지극히 난해하다. 칸트나 헤겔처럼 순수이성이니 절대정신이니 하는 단어를 하나도 쓰지 않고 아주 일상적인 쉬운 얘기만 하는 데도 나는 강우현만 만나면 좀 현기증을 느낀다. 어지럽다. 어지러운 이유는 그의 말이 난해하기 때문이다. 고공비행만 해도 그렇다. 왜 고공비행을 해야 하는가? 그것은 국군의 날 에어쇼에 공군비행기가 하늘에 그리는 방귀꼬리들을 예술적 테마로 구성하기 위한 것이라고 한다. 그렇다면 강우현이 직접 전투기를 몰고 다니면서 하늘에다 그림을 그리는가? 물론 그럴리도 없다. 자기는 그냥 종이에다 그리면 그것을 조종사들이 하늘에 옮겨놓을 뿐일 것이다. 그렇다면 왜 구태어 하늘에 올라가는가? 실제상황의 감을 잡기 위해서란다. 그렇다면 왜 구태어 기절을 해야하는가? 하늘에 올라가 있는 그 순간에, 기절할 것 같은 그 순간에 손에 쥔 붓이 움직이는 그것이래야 위대한 작품이 될 것 같아서…… 운운, 뭔가 논리적 이유는 있을 것 같은데 하여튼 이 모든 얘기들이 난해하다. 그가 말하는 모든 것이 나에겐 난해하다. 그리고 그가 말하는 난해한 말들이 난해한만큼 가치있어 보이지도 않는다. 그럼 그는 아방가르드적인 행위예술가인가? 넌쎈스!

내가 이해키로는 그의 말들이 난해하고 어지러운 이유는 내가 너무 어른스럽기 때문일 것 같다. 어른이 되어 고착되어 있는데 반해 강우현은 어린애 같은 상상력과 어린애 같은 비논리적 사고를 마구 해대기 때문일 것이다. 어린애 같기 때문에 항상 쉽게 꿈을 꾸고 또 자기가 꾼 꿈에 대해 쉽게 확신을 갖는다. 그리고 또 그 꿈의 실패에 대해선 어린애처럼 쉽게 잊어버린다. 어른의 형상을 한 어린이래서 강우현은 난해하기만 한 것 같다. 나에게는 그의 일거수 일투족이 몽땅 난해하다. 그의 삶을 지배하는 것은 고공비행의 행위 그 자체에 있는 것이 아니라 고공비행이라는 새로운 체험에 대한 동경일 것이다. 어린이들은 로맨스로 가득 차 있다. 어린이에게는 모든 것이 확대되어 보인다. 모든 것이 가능태로 출현한다. 그리고 모든 것이 미지의 호기심의 대상이다. 어린이를 특징지우는 것은 "새로움에 대한 던짐"이다. 끊임없이 닥치는 새로운 미지의 체험에 대한 공포심이 없다. 끊임없이 쉬지않고 새로운 짓을 하려고 한다.

많은 사람들이 내고향이 충남천안忠南天安인 줄 아는데, 내 진짜 고향이 충북제천忠北堤川인 것을 아는 사람은 별로 없다. 고향을 어떻게 잡아야하느냐 이건 참 어려운 문제지만, 옛날에는 땅에 한번 삶의 말뚝을 박으면 그 말뚝이 빠질 수가 없었기 때문에 수십 대 수백 년을 한곳에서 줄곧 살게 마련이다. 그 말뚝을 빼는 데는 천재지변의 이변이나 전쟁같은 특수한 시대상황이 개재하게 마련인데 그 말뚝을 용감하게 뺀 사람은 나의 증조부,

조선 말기에 한양 시구문밖으로 이주했다. 그러니까 고조부까지 증조부당대에까지 우리 집안은 제천에서 몇백 년을 살았다. 그리고 증조부가 벼슬한 이후로는 전라남도 해남에 뿌리를 박았다. 그래서 증조부이래 우리는 해남과 목포, 충청도 여러 땅을 헤매었건만, 아버님 항상 말씀하시기를, "용옥아! 네 원래 고향은 제천이니라." 천안에서 태어나고 월봉산 일봉산 흑성리 거무산만 바라보고 자라난 나에겐 도무지 이 아버님말씀이 이해되질 않았다. "용옥아, 넌 제천사람이니라." 그래 내 몸뚱아리를 구성하고 있는 고깃덩어리는 그 DNA제료 속에 제친의 산하山河의 정보가 아직도 가장 많이 담겨있다고 나는 믿을 수밖에. 그런데, 더 기상천외의 사실은 바로 쿠즈Kwooz 강우현과 도올 김용옥이 동향지인同鄕之人이라는 사실이다.

제천에서 중앙선을 타고 조금 아래로 내려가면 단원 김홍도가 선려仙麗한 필치로 담아낸 팔경, 구담龜潭, 옥순玉筍, 도담嶋潭이 펼쳐지는 단양이라는 곳이 있다. 단양군 매포梅浦 도곡리道谷里 그곳이 바로 강우현의 생가가 자리잡고 있는 곳이다. 단양에선 가장 큰 동네가 제천. 그러니까 나는 항상 강우현보다는 좀 윗동네에서 살았다. 지금 북한산을 중심으로 말하면 동숭동이 장충동보다 좀 윗동네니까ㅡ. 도곡리! 강우현이 고등학교 졸업할 때까지 전깃불이 안들어왔다니까 그 촌스러움의 순결함은 이루 말할데가 없을 것이다. 그래도 도곡리에서는 굉장한 부자였던 것 같다. 아직도 강우현이 유업으로 받은 산때기가 10만

평이나 있다니까, 그 10만 평일랑 강우현 죽을 때까지 땅디자인 안하구 그대루 두기나 했으면 좋으련만…… 그런데 그래도 치악산 아래 봉양면 구학리九鶴里에서 시집온 엄마가 또릿또릿해서 논팔고 소팔고 산팔면서 그 남편부터 공부시켜 당대의 찬란한 위업을 달성한 모양. 매포에서 대학졸업자가 다섯명이나 나왔는데 그 다섯명인즉슨, 강우현 아버지, 강우현 형제자매 4명, 대학메달을 확 쓸어버린 것이다.

강우현이 이 우주의 기를 쐬인 것은 53년 10월 24일, 음 9월 17일, 너무도 아름다운 일화가 하나있다. 초롱초롱한 눈매에 개화와 자녀교육의 열망을 담고 있었던 그의 어머니, 가을의 전설과도 같은 얘기를 하나 들었다. 애를 낳자마자 100일 동안 첫닭이 울 때 새벽별을 보여주면 그 아기가 커서 총명해진다고. 늦가을, 이미 서리가 내리기 시작했건만, 감기걸릴쎄라, 강보에 우현을 감싸고 매일매일 새벽별을 보여주었다고 한다. 그 말이 사실인지 아닌지는 확인할 수 없지만, 캄캄한 하늘, 초롱초롱 달린 별이 옥구슬처럼 쏟아질 것 같은 그 현공玄空, 어느 곳이던 삼신三神이 자리잡을 만한 곳이면 쌀 한 종재기 물 한 정간수 떠놓고 흩날리는 촛불에 정성을 담아 두 손모아 비비고 또 비벼대는 뭇 조선 여인들의 지성至誠을 생각한다면, 아마도 강우현어머니의 이런 회상담은 모든 한국여인의 심정을 대변하는 아름다운 이야기, 최소한 『타이타닉』보다는 더 감동적인 사랑의 이야기일 것이다. 강우현이 오늘 우리에게 모종의 천재성을 과시한다면 나는 단언한다. 그 엄마가 낳자마자 매일 강우현의 실눈으로 첫 새벽 샛별의 정기가 들어가도록 백일동안 지성을 드린 그 정성때문일거라고 ─. 모든 게 첫 스타트에 정성이 더 들어가는 법. 5남매 맏아들인 강우현에게는 샛별을 백일 쏘였건만, 앗뿔싸, 그 다음 타자들에게는 그런 정성을 쏟지못했다. 스무날, 열흘, 닷새…… 이렇게 줄어갔겠지. 그래서 미안한 얘기지만, 그 동생들은 강우현만큼은 똑똑한 것 같질 않다.

위로 올라가면 제천·영월이 있고, 동남으로 내려가면 죽령넘어 풍기·영주가 나오고, 서남으로 뻗치면 상선·중선·하선암을 지나 문경·점촌이 나온다. 항상 인물은 마지날한데서 잘 나오는 법, 경상도·충청도·강원도가 인접한 이 접경지역에서 강우현은 한국근대사의 마지막 조선시골 풍속도의 훈습 속에서 자라났다. 국민학교·중학교때부터 미술상이란 미술상은 모조리 쓸면서, 하여튼 이미지를 담아내는 모든 구상·비구상에 천재성을 발휘하기 시작했다.

나는 그의 고향 단양을 생각할 때, 얼핏 나에게 가장 강렬하게 다가오는 모습은 우리 근대사의 가장 아픈 길목인 해월 최시형 선생의 도바리행각을 연상하지만, 강우현과 관련된 가장 강렬한 풍수적 이미지는 단 한마디로 압축되는 말이다. 물!

"대학교 1학년 때였습니다. 우연히 『노자老子』라는 책을 읽게 되었어요. 그 『노자』라는 책속에서 기억나는 것은 아무 것도 없는데 '물'이라는 것을 배운 것만 기억나요. 왜 이런 말이 있잖아요. '물은 낮은 곳에 머물면서 만물을 이롭게 한다. 물은 형태가 바뀌어도 본질은 변하지 않는다.' 이 노자의 말이 저의 인생을 가장 강렬하게 지배하는 좌우명이 되고 말았지요. 제 인생은 물이에요. 제 그림은 물이에요. 제 모든 사회활동도 물이에요. "

강우현은 아랑곳없다. 내가 바로 『노자』의 번역자이며, 노자 철학의 세계적인 권위라는 것도 그는 아랑곳 없다. 그런데 강우현이 인용하는 노자의 말이라는 것은 정확하게는 『노자』속에 들어가 있질 않다. 그가 말하는 『노자』는 강우현의 기억 속에 우연하게 편입된 재구성된 『노자』일 것이다. "물은 낮은 곳에 머문다." 이런 말은 『노자』에 없다. 단지 "처중인지소오處衆人之所惡"(물은 사람들이 있기 싫어하는 곳에 있기를 좋아한다)라는 말이 있을 뿐이다(낮은 곳이라는 말이 간접적으로 투영됨). "만물을 이롭게 한다"라는 말은 "수선리만물이부쟁水善利萬物而不爭"(물은 만물을 잘 이롭게 하면서도 다투지 않는다)라는 말로 들어가 있다. 허나 "물은 형태가 바뀌어도 본질은 변하지 않는다"라는 말은 전혀 『노자』속에 들어가 있지 않다. 그 말은 노자의 말이 아니라, 내 기억으로 우리나라 성리학자 율곡선생의 말이다. 물은 삼각형에 들어가면 삼각이 되고 원형에 들어가면 원이 되지만, 물은 항상 물이다. 상선약수上善若水! 가장 좋은 것은 물과 같다! 노자면 어떻고, 율곡이면 어떻고, 우현이면 어떠냐? 아마도 그 당시라면, 자유교양전집 속의 김경탁 선생의 『노자』 번역본이 유일했으니까 그 책을 읽었겠지.

그런데 사실 알고보면 그가 말하는 물은 노자의 물이 아니라 바로 자기가 자라난 고향 단양의 물일 것이다. 어려서 상구머리 깎고 벤또 허리에 둘러메고 지게지고 다니면서, 미역감고 고기잡고 장마에 떠내려갔던 그 단양의 물이었을 것이다.

단양중학교를 졸업했을 즈음, 향학열에 불탄 도곡리의 집안에서는 대토론이 벌어졌다. 이 천재를 어디로 보내느냐? 그림에 미쳐서 사방팔방 그림그리구 댕기는 이놈을 어디다 보내느냐? 이놈을 출세시킬려면 한양으로 내보내야지 않느냐? 그런데 어떻게 그 무시무시한 한양에 보낼 것이냐? 돈도 많이 들고, 친척도 없고, 황량하기 그지없는 한양벌에 어떻게 이놈을 살벌하게 혈혈 단신으로 보낸단 말이냐? 그래서 어음, 어르신네 할아버지께서는 어느날 서울로 출타를 하시더니만, 사왔다는 것이 용산 철도고등학교 원서였다. 그림은 나중에 그려두 될 것이구, 국비로 공부하는 철도고등학교에 보내면 사람 안 버리고 착실히 제 앞길은 가릴 것이구만. 에흠.

강우현은 한양에 진출할 꿈에 불타올라, 한양에서 가깝다는 용산, 용허리에라도 올라타볼 수 있다는 희망감에 부풀어, 드디어 용산철도고등학교에 시험을 친다. 이 기구한 인연이 맞아떨어졌더라면, 지금 강우현은 어떤 모습이 되어있을까? 일본순사 같은 역장모자를 쓰고 어느 시골 역 플랫홈에 서서 바랜 녹색기·바알간 깃발을 휘두르며 빽빽 기적소리를 울리고 있을까? 아니 아마도 역장모자챙 아래로 묘하게 삐뚤 휘어내린 콧등을 씰룩이면서 지나가는 기차모양이 재미없다고 페인트 걸레칠을 하다가 사회면 기사 톱으로 실렸을랑가? "지나가는 열차에 삥끼칠하는 단양역 역장!" 다행스럽게도 이런 기사깜 걱정은 안해도 되었다. 낙방!

오죽했으면, 용산철도고등학교를 떨어졌으랴! 허긴 이 천재 도올도 사대부중특특차! 배재중학교특차무시험전형에 다 낙방 먹었으니까 피장파장이긴 허지만 그래두 좀 너무하다. 용산철도고등학교를 떨어지다니. 강우현의 천재성의 촌스러움을 잘 나타내준다고 할 수밖에 없다.

실망에 실망을 거듭허신 할아버지, 슬그머니 또 서울을 올라가시더니만, 니끼놈 인문학교에 갈 생각마라, 상고나 가거레이, 광화문 보인상고! 원서를 또 사오셨다. 합격合格! 용산龍山에서 광화문光化門으로 튀었으니 이제 경복궁景福宮이 눈앞에 닥쳤겠다!

보인상업고등학교시절! 강우현은 맹렬하게 미술반활동을 했다. 되돌아보건대 옛 고교 자치활동이란 지금의 대학교육보다도 더 알찬 내용이 있었을지도 모른다. 대학교입시라는 압중감은 그때도 매양 있었다 하지만, 인간의 자율적 심성의 놀이가 더 폭넓게 허용될 수 있었던 푸근한 공간이었다. 강우현은 그때 이미 "전국학생미술동우회"라는 위대한 모임을 만들었다. 얼핏 이름만 들으면 어떻게 단양촌놈으로서 철도고등학교까지 낙방 먹은 놈이, 선린이나 청운도 못가고 보인으로 빠진 녀석이, 하루아침에 전국학생미술동우회를 만드냐? 그런데 "전국" 운운하는 것은 "세계제일" "동양제일"이라는 간판만으로 국가를 운영하려던 낭만적 시절의 다반사茶飯事! 어디선가 "전국"이라는 말을 붙여도 무방하다는 깡좋은 힌트는 얻어들었겠지. 아시아 문화교류연구소, 문화환경 소시얼 디자인연구소, 중국명인서화전, 국제그림동화 원화전시회, 세계아동미술전, 세계어린이공책전시회, 좋은 아버지가 되려는 사람들의 모임, 북한도서특별전, 유네스코꾸리에, 현지법인 중국문화환경,…… 강우현의 입에서 쏟아지는 이런 수없는 말들이 모두 보인상고시절의 "전국"에서, "국제"니 "세계"니 "우리나라초유" "세계최초" "세계최고의 디자인" 운운하는 좀 확대된 개념으로 바뀌었을 뿐, 알고보면 다 비슷한 갈등(선가禪家에서 쓰는 말로서 "언어"의 의미)에 속하는 버릇의 연장에 지나지 않는다.

전국학생미술동우회! 고1 때 7명의 고교생이 보문동에 37평이나 되는 화실을 차렸다. 몇만 원씩 모아가지고. 국민학생들을 3천 원씩 받고 가르치면서 경비를 충당하고, 그리고 고高1 겨울

방학 때, 순수고교생들의 자발적인 전시로서는 처음이자 마지막, 덕수궁 앞 국립중앙공보관을 빌려 전시회까지 했다하니 그 얼마나 극성을 떨었는지 잘 알 수가 있다. 그리고 당시 혜화동에 화실을 차리고 계셨던 홍석창 선생 문하에 가서 동양화를 배운 것도 특기할 사실. 난 홍석창 선생과는 대만에서 유학을 같이 했기 때문에 연분이 깊다.

그가 보인상고를 졸업했을 때, 162명 전교졸업생 중 157등! 보인상고 꼴찌나 마찬가진데, 그는 홍익대학교 미술대학 응미과에 당당히 입학했다. 우찌 이럴수가? 상고공부는 하나도 안하고 오로지 홍대미대시험과목만을 열심히 했기때문이란다. 보인상고 157등이 당년에 보인상고 출신으로서는 가장 좋은 학교에 붙은 셈이란다. 대학교 다닐 때 안정언 교수님의 영향을 가장 크게 받았다고 하는데 하여튼 한 인간의 존경을 20년 이상 줄곧 받을 수 있는 안교수님의 인품과 교육의 열정에 고개가 수그러진다. 그런데 난 안교수님을 만나 뵌 적도 없고 들은 바도 없어 여기 쓸 말이 없다.

강우현은 대학을 마치고 제일은행 홍보과 디자이너로 취직하면서 그의 전문가로서의 생애의 첫발걸음을 내딛었다. 지금 제일은행의 엄지손가락 형상을 한 마크, CI가 바로 강우현이 소속한 팀의 작품이었고 그가 주도적 역할을 했음은 말할 나위도 없다. 당시 코퍼레이트 아이덴티티라는 개념도 정립되어있지 않을 시절, 이런 개념을 도입하여 서울신탁은행과 함께 만년꼴찌 이미지에 젖어있던 제일은행이 심기일전, "으뜸"의 이미지로 CI와 함께 힘찬 운동을 펴나갔던 것은 강우현의 마당발의 역할이 컸을 것이다. 그런데 여기 내가 말하고 싶은 것은 그의 약력에 나열되는 학력이나 경력이나 입상이나 전시가 아니다.

1980년 28세 때, 그가 제일은행에서 일하고 있을 때, 그는 우연한 발견을 하기에 이른다. 이 발견이야말로 강우현의 일생을 찬란하게 만든, 우리 20세기 조선역사의 한 샛별과도 같은 자취를 남긴, 그러면서 강우현을 족쇄지운 위대한 발견이었다. 강우현의 위대성은 그가 그림을 잘 그린다거나, 디자인을 맵씨있게 한다는데 있기보다는, 그가 그림의 방식과 소재를 끊임없이 개발하고 창안했다는 데 있다. 그림 잘 그리는 사람은 많으니까…. 백남준이 보통사람들이 우습게 보던 비디오를 아트의 대상으로 만들어 "비디오아트"라는 하나의 장르를 개척하여 인류미술사에 한 획을 그었다면, 나는 강우현의 소재와 방식의 발견이야말로 실제적으로 백남준의 그것과는 또다른 하나의 위대한 역사의 모우먼트였다고 생각한다.

강우현은 칼렌다그림 등을 그리다가 에어 브러쉬용으로 쓰는 일본 쿄오토오 오타스회사에서 나오는 칼라잉크(소프트타입)의 번지는 모습의 우연한 효과의 특이성에 눈이 번쩍 뜨이게 된다. 그런데 이런 말들은 내가 아무리 설명을 해도 실제로 그의 그림을 보지 않으면 잘 이해가 되지 않는다.

이러한 설명의 배경으로 나는 먼저 강우현이 어려서 국민학교 다니기전에 시골 죽림 속의 서당을 다니면서 붓글씨로 『천자문』을 다 떼었다는 사실(나는 어려서 『천자문』을 뗄려다 뗄려다 못 뗐는데 다 떼었다니 좀 구라같기도 하지만 정말 떼었다면 나보단 더 나은 천재), 거기서 이미 습자지(창호지) 속의 발묵의 효과가 자아내는 재미를 깨달았다면 좀 과찬일지도 모르겠지만, 하여튼 그런 사실부터 언급을 해야할 것 같다. 많은 사람이 강우현의 그림세계를 서양동화작가들의 일러스트레이션을 방불하는 서양화로 분류할지도 모르지만, 실제로 서양사람들은 강우현의 섬세한 수채화 일러스트레이션을 동양화로 분류한다. 동양화니 서양화니 하는 구분이 우스운 세상이 되어버렸지만 분명 그가 쓰고 있는 종이는 한지요, 그가 그리는 기법은 동양수묵의 방법에 그 족보가 아우러지는 것이다. 그의 수묵의 방법이란 "발묵"이라는 전통적 기법의 효용을 20세기 세계미술사적 맥락 속에서 아주 극대화시키고 섬세화시킨 것이다.

발묵이라는 수묵의 방법의 광적효과는 명말청초明末淸初에 크게 유행하던 갈필조륵화풍渴筆釣勒畵風에서 아주 단적으로 나타나지만, 강우현의 수채화는 이러한 발묵의 효과를 수채화의 소재를 써서 아주 정교하게 만든 것이다. 나는 강우현의 그림에서 이 발묵의 효과의 가장 위대한 20세기적 표현을 발견한다.

강우현은 칼라잉크의 번지는 효과를 중시했다. 마구 번진다고 안 사가는 이 싸구려 물감의 탁월한 색채감, 그리고 발묵과 발묵의 센터들이 충돌을 일으키며 자아내는 선율, 이 자연스러운 선율의 예술을 화선지라는 미세한 화이버(섬유올)의 정글 속에서 발견해내기에 이른 것이다. 이건 또 무슨 얘긴가?

강우현은 물감으로 그림을 그리지 않는다. 그는 물감으로 그리는 것이 아니라 "물"로 그린다. 상선약수上善若水라 한 노자의 말을 여기서 다시 한번 연상해도 좋을 것 같다. 강우현은 수채화 칼라잉크물감과 묵의 특이성을 고려해서, 그는 우선 한지를 서양의 켄트지에 배지를 한다. 그것은 발묵의 효과의 깊이를 주기 위해서다. 그리고 먼저 물감을 바른 후, 그 물감이 마른 위에다가 물을 떨어뜨려 가면서 작업을 한다.

한지는 수없는 나무가 베어져 평평하게 쓰러져 있는 정글과도 같다. 물감이 떨어지는 사건은 그 정글 위로 대 홍수가 나는 사건과도 비유될 수 있다. 홍수는 자연스러운 흐름이 있게 마련이다. 물의 흐름은 높은 데서 낮은 데로, 채워진 곳에서 빈 곳으로 이동하게 마련이다. 이 물 속에 둥둥 떠있는 미세한 칼라입자들, 이 입자들은 홍수의 흐름에 따라 밀려가다가 걸쳐있는 뗏목과도 같은 나무결으로 밀집하게 마련인 것이다. 이 흐름이 어떠한 센터에서 주어지는가? 그 흐름과 흐름이 맞부닥치는 곳에 입자와 입자가 충돌하여 정글 속에 파이버를 따라 자연스러운 선을 그어내게 될 것이다. 강우현은 그림을 그리지 않는다. 강우현은 선을 긋지 않는다. 그의 선은 강우현이 그린 것이 아니라, 자연(自然: 스스로 그러함)이라는 연출가가 한지위에서 우리의 시각에게 제공하는 발묵과 발묵의 부닥침이다. 강우현은 물을 떨어뜨릴 뿐이다. 물을 떨어뜨리는 행위는 인위人爲요, 작위作爲다. 허나 그 행위의 결과로서 생기는 선은 신神의 세계요, 자연自然의 장난이요, 무위無爲의 소치다.

85년 9월, 그는 동경 유네스코(UNESCO) 아시아문화센터(ACCU)에서 주관하는 출판디자인 연수코스에 가게 되었다. 아시아 각국에서 유망한 일러스트 20명을 선발하여 20일 동안 연수를 시키는 장학프로그램에 참가하게 된 것이다. 그때 동경 ACCU에서 국제도서개발 담당과장으로 타지마 신지田島伸二라는 인물이 앉아있었다. 타지마는 비록 언어는 통하지 않았지만 재기발랄한 조선의 강우현이라는 인물에 특별한 관심을 갖게 된다. 연수가 끝나갈 즈음, 9월 17일, 타지마 신지는 아릿따운 동화작가 그의 아내와 같이 살고 있는 집으로 강우현을 초대한다. 필담과 필담으로 이어지는 두 사람의 대화, 언어보다 감정으로 소통되는 몸의 교감의 시간이 깊고 깊어져 새벽 먼동이 틀 무렵, 타지마는 다락에 올라가더니 한 원고를 가지고 내려왔다. 타지마는 동화작가였다. 와세다대학에서 철학을 전공하고 인도에서 다년간 철리를 연마한 그는 일본이라는 작은 쿠니(국가)의 울타리를 초월한 휴매니스트였다.

얼마전, 김영삼정권의 위업이라 할 조선총독부(광화문) 때려부수기가 한창 진행 중일 때, 나는 매일 광화문 앞으로 출근을 하면서도 내 시야를 가로막고 있던 그 레바이아탄, 중앙청이 안계에서 사라지는 모습을 목격하면서도 새삼 그 안을 들여다 볼 겨를이 없이 그 앞만 지나다니고 있었다. 타지마가 여행길에 우연히 날 방문했다.

"킨센세이와 함께 조선총독부가 허물어지는 모습을 보고싶습니다."

나는 타지마를 태우고 중앙청국립박물관 현장으로 차를 몰았다. 중앙청이 헐린 돌더미와 흙더미의 현장, 타지마는 감격스러운 눈으로 감탄과 경탄의 탄성을 높이면서 부지런히 비디오셧터를 눌렀다.

"대일본제국은 몇 년 후에 이런 꼴이 될 줄도 모르고 이 땅에 총독부를 세웠습니다. 일본은 지금도 이따위 짓만 하려하고 있습니다. 아〜 통쾌합니다. 이 허물어진 일본의 마보로시(환영)를 보십시오! 아〜 유쾌합니다."

타지마 신지가 강우현에게 그날 내어준 원고는 『사막의 공룡』이라는 이름의 몇줄이었다.

"내년 10월 말까지 노마(NOMA)입니다. 목표는 그랑프리."

노마(NOMA) 콩쿠르의 권위가 우리나라 일반독자들에게는 좀 낯설지 모르겠지만, 노마콩쿠르는 그림책 원화콩쿠르로서는 세계정상에 서있는 위대한 전통 중의 하나다. 노마란 일본의 훌륭한 출판사, 코오단샤講談社 회장會長 노마 쇼오이찌野間省一의 이름을 딴 것이다. 그 후 일년 동안의 강우현의 집념이 어떠했으리라는 것은 그의 원화의 파우어가 충분히 입증하리라 믿는다.

그는 86년 10월 말 마감일보다도 열흘이나 늦게서야 겨우 『사막의 공룡』 원화를 제출할 수 있었다. 86년이 끝나가는 12월 30일 타지마로부터 전화가 왔다.

"타이쇼오데스."

강우현은 그 말을 이해할 수 없었다. 타이쇼오란 "대상大賞"의 일본 발음이다.

"활?"

"활?"

"……"

"그랑프리데스!"

역사적인 순간, 이 눈물나는 순간, 우리나라에 동화일러스트 레이션이라는 개념조차도 소개되어 있지 않던 시절, 아이들 그림책이라면 싸구려 그림으로 땜질되고 있던 출판풍토에서, 무명의 작가, 그것도 조선반도에서, 세계정상의 노마콩쿠르 그랑프리를 따냈다는 이 사실, 이 사실은 우연이 아닌 실력, 바로 단양의 새벽 물방울의 축적이었다. 임권택이 강수연을 등장시킨 『씨받이』로 베니스영화제 여우주연상을 따냈다는 이 사실 하나는 외롭지 않은 매스컴의 공명을 자아냈지만 강우현의 이 위대한 역사적 사건은 타지마와 강우현의 전화수화기의 울음속으로 매몰되었을 뿐이다. 『씨받이』의 베니스진출과 같은 해의 사건이었다.

"엄마! 나 노마콩쿠르상 받았다."

"그게 뭔데?"

1987년 5월 17일 신주쿠세이부 아트포럼에서 열린 노마콩쿠르 원화전시회, 이례적으로 지금의 국왕, 세자가 직접 나와 관람했다. 강우현은 세자부부를 모시고 노마콩쿠르전시장을 돌았다. 익일翌日, 새벽 7시 반 동경TV에 나온 강우현에게 아나운서는 물었다.

"아~ 영광스럽게도 황태자전하와 만나셨는데 그때 무슨

말씀을 나누셨습니까?"

"인간은 자연 속의 방랑자다. 살아있는 동안만이라도 온전
하게 살아주었으면 좋겠다."

황태자전하, 뭐 말라빠진 게냐? 인간은 자연 속의 방랑자이긴
다 마찬가진데. 왜 그 방랑을 시기와 질투와 싸움으로 끝마치려누?

찐득아 찐득아
무얼먹고 살었니
오뉴월 염천에
쇠부랄 밑에
대롱대롱 달렸다가
뚝 떨어지니
길도 가는 행인이
질겅 밟어
시꺼먼 피가
찔금났다

우현이 자라난 고향 단양산천에 울려퍼진 전래동요 『찐드기
노래』의 한 대목이다.

나는 『사막의 공룡』 이후의 강우현의 세계에 대해 별로 할

말이 없다. 사실 관심도 없다. 별 감흥이 없기 때문이다. 이것은 나의 진심이자 혹독한 채찍이다. 강우현은 아직 『사막의 공룡』을 뛰어넘지 못했다. 그만큼 『사막의 공룡』은 위대하다. 우리는 이러한 역사의 모우먼트들의 중요성을 있는 그대로 인정하는 정직한 역사를 써야한다.

디자인! 디자인에 대한 나의 평가는 혹독하다. 디자인이라는 이름이 붙은 모든 것이 문명의 죄악이요, 강우현이 벌이는 대부분의 일들이 쓸데없는 장난이기 때문이다. 강우현은 최소한 자기가 하는 일의 대부분이 문명에 해악을 끼치는 일이라는 자성을 할 줄 알아야 한다. 그런데 우리가 문명 속에 살고 있다는 사실자체가 어차피 죄악이라면 그 죄악을 감소시킬 수 있는 "디자인"이 필요하다. 강우현이나 그외의 디자이너라는 이름을 가진 자들이 하는 일들의 대부분이 이런 해악을 감소시키는 것이 아니라, 이런 해악을 증대시키는 일들이다. 허나 그런 증대 속에서도 1·2%의 바람직한 디자인 때문에 그 악덕의 가치가 존속되고 있을지도 모른다. 이 IMF 거품빼기 시대에 가장 먼저 거품이 빠져야 할 동네가 디자인 동네가 아닐런지.

그렇지만 죄를 짓되 좀 아름답게 짓자! 문명을 존속시키는 죄를 아름답게 팔아먹기 위해선 국가전략으로서도 디자인육성이 절대적인 가치를 지닌다면 나는 서슴지 않고 말한다. 강우현같은 물같은 사나이가 그 진정한 가치를 인정받는 사회가 되어야 한다.

십 년이 넘는 교분속에서 단 한번도 화내는 얼굴을 본 적이 없고 웃음을 잃는 순간을 본 적이 없는 강우현, 그 배면에 배인 피와 땀을 후학들은 배워야 할 것이다. 나는 말한다. 조선문명은 살아 있다.

앞으로 이 땅에서 태어날 수없는 강우현을 생각하며 붓을 놓는다.

1998년 4월 24일

밤 8시 20분 탈고

ⓒ 강우현

의혈유서義血由緒

"대학은 죽었다." "인문학은 실종됐다." 이런 말들은 참 그럴
듯하게 들린다. 어찌 보면 나라를 걱정하는 우국지사의 절박한
고언苦言 같게도 들리고, 황폐해져버린 교육현장과 문학文學의
부재와 나태에 대한 고발의 경종 같게도 들린다. 참으로 걱정스
럽기 그지없고, 그런 탄식을 듣고 있자면 대학은 마치 포기되어
야 할 절망의 벼랑에 방치되어있는 듯이 보인다.

과연 그럴까? 내가 최근 경험해 본 우리나라 대학의 현장은
이러한 통념을 완벽하게 박쇄撲碎해버리는 살아있는 엘랑비탈
의 약동처였다. 대학은 살아있었고, 인문학은 실종된 적이 없었
다. 아니, 우리나라의 학문은 눈부시게 발전하고 있는 것이다.

대학이 죽었다면 살려내야 할 것이요, 인문학이 실종되었다면 되찾아와야 할 것이다. 살려내고 되찾는 자구의 노력을 포기한 채, 사망과 실종을 선언하고 있는 바로 그 나태한 아가리들이야 말로 바로 사망과 실종을 야기시킨 장본인들이 아닐까?

화사한 봄날이었다. 중앙대학교 안성캠퍼스 부총장으로 있는 친구 박범훈이 나를 심하게 졸라댔다.

"거 말이야! 요번에 우리 국악대학에서 국악교육대학원을 신청해서 어렵게 허가를 따냈거든. 국악발전에 획기적 전환점이 될 수 있는 좋은 계기야. 이 때에 김교수가 꼭 참여해주어야 한다구!"

박부총장은 올 수 있다면 나보고 신설된 국악교육대학원 원장이라도 맡아달라고 졸랐다. 그러나 난 평생 "장長"이라는 타이틀을 몸에 붙여본 적도 없거니와 지금 자유로운 내 형편에 어느 조직에 구속되는 생활을 한다는 것을 상상키가 어려웠다.

"그럼 말야! 요번 여름방학 때 대학원생 1기 집중수업이 있는데 그때 한 사흘만이라도 나와주게!"

이렇게 해서 나와 중앙대학교와는 인연은 시작되었던 것이다. 많은 사람들이 내가 중앙대학교 석좌교수로 가게 된 것이, 문화일보 기자직을 그만 둔 후에 생긴 일로 알지만 실상인즉슨, 그 일과 무관하게 이미 일찍부터 약정된 것이었다. 그러나 내가 안성캠퍼스에 가서 대학원생 30여 명을 놓고 강의를 해보니, 그 대부분이 현직 중·고교음악교사님들이었기 때문에 열의도 있었고 또 보람도 있었지만, 소규모의 집단에 나의 정성을 쏟는다는 것 자체가 나의 공력에 비해 너무 효율성이 떨어지는 일이라는 자책감이 들었다.

나에게 그리운 것은 대학, 그 자체였다. 소수의 정예집단이나 특정한 성격에 의하여 규정되는 그런 집단이 아니라, 분방하고 잡다한 다수의 개방된 사회, 시끌저끌한 아고라(agora: 시장) 속의 아카데미아였다. 인문학의 터전은 바로 그렇게 무규정적인 장場 속에서 오가는 사람의 기氣의 교감, 그 교감 속에서 싹트는 파이데이아(paideia: 교육)의 기회에 있는 것이다. 그래서 안성캠퍼스보다는 서울 흑석동캠퍼스에서, 모든 학생들이 선택할 수 있는 교양과목을 하나 가르치고 싶다고 했더니 박부총장은 그렇게 해줄 수만 있다면 그것이 바로 학교가 바라던 바라고 반색을 하면서 환영의 뜻을 표했다. 이어 나는 서울에서 박명수 총장님을 뵈올 수 있었다.

박총장님은 매우 경쾌한 성격의 소유자였다. 그리고 모든 것을 뒤끝없이 속시원하게 터놓고 말씀하시는 분이었다. 행정학이 전공이었는데, 그 중에서도 행정시스템의 개혁론을 중심으로 공부해왔다고 말했다. 시스템의 변화가 얼마나 어려운 일인가 하는 것을 총장이 되고나서부터 이론아닌 실제로서 절감하게 되었다고 말하면서 나에게 강의를 수락하기 전에 무슨 요구사항 같은 것이라도 있냐고 묻는 것이었다. 나는 이때다 하고 재빨리 말문을 열었다.

"제가 중앙대학교에 강의를 나오는 것은 중앙대학교라는 기존의 행정시스템에 복속되는 자리를 위하여 나오는 것이 아니라 그 시스템의 건강한 변화와 발전에 기여할 수 있겠다는 생각이 있기 때문에 나오는 것입니다. 저는 제 생애에서 총장선생님 같은 개혁적 마인드를 가지신 분 밑에서 일할 수 있게 되는 것을 무한한 영광으로 생각합니다. 시스템의 개혁이란 단지 시스템의 변화 그 자체에 목적이 있는 것이 아니고, 대학의 경우 어떻게 하면 교육의 기강과 효율을 높일 수 있는가 하는 데 그 소기하는 목적이 있습니다. 제가 중앙대학교에서 학생을 가르치는 데 제일 먼저 필요한 것은 교수로서의 저 도올의 존엄(dignity)입니다. 현재 대학의 시스템변화가 민주화라는 이름 아래 지나치게 효율성만을 강조한 나머지 교육자의 존엄성을 너무 깎아내렸습니다. 효율성의 지나친 강조는 교육을 상품적 가치로서 전락시키며 눈에 보이지 않는 많은 낭만적 기저를 파괴시켜 버립니다. 어찌 교육의 효율성을 자동차공장의 생산성제고와 같은 방식으로 잴 수가 있겠습니까? 이러한 그릇된 효율성제고를 위해 제일 먼저 기치를 든 대학이 연세대학교인데, 저는 학부제 등, 최근 십여년간의 이런 대학분위기의 변화가 결코 바람직한 면학분위기를 조성하지 못했다고 생각합니다. 더구나 인문학의 발전은 이공계의 논리와 같은 척도에서 이루어질 수는 없는 것입니다. 대학체제에 관한 복잡한 문제는 여기서 논외로 하더라도, 제 강의에 관한 한 다음의 두가지 조건을 꼭 수락해주셔야 할 것 같습니다.

첫째, 일체 학생이 교수를 평가하는 그런 시스템을 제 강의에 적용시켜주지 말아 주십시오. 요즘같이 이렇게 개방된 사회에서 인터넷문화도 있고, 학생들에게는 자율적으로 운영하는 대학신문이나 여타 의사채널이 수없이 확보되어 있는 이 마당에 쓸데없이 교수를 평가하는 그런 제도를 통해 사제지간의 푸근한 감정이나 주관적 진실을 지나치게 객체화시키고 왜곡시키며, 어색하게 만듭니다. 무엇보다도 그런 방식으로는 교수의 권위를 확보할 길이 없다는 것입니다. 수업방식에는 다양한 형식이 있습니다. 학생과 교수가 쌍방적으로 의견을 교환하는 세미나형식도 있지만, 교수가 학생에게 일방적으로 생각을 주입하는 주입식교육도 있습니다. 대형강의는 기본적으로 일방적인 주입방식을 취할 수밖에 없습니다. 주입식교육도 엄연한 하나의 교육형식이며 상황에 따라서는 매우 효율적인 방식이라는 것입니다. 일방적인 교육형식에 있어서도 당연히 교수는 학생의 반응을 여러가지 방식으로 감지하게 되며, 옛말에도 교학상장敎學相長이라 했듯이 가르치면서 배울 수밖에 없게 되어있는 것입니다. 쌍방적인 교감이 없을 수가 없다는 것입니다. 그리고 대학이라는 곳은 옛 서원이나 중세 칼리지로부터 오늘날까지 학생이 교수의 가르침을 얻기위해 예물을 싸들고 (執贄) 오는 곳이며 그 주체는 어디까지나 교수였습니다. 도산서원陶山書院의 주체는 퇴계 이황이었던 것입니다(소수서원紹修書院도 이황이 풍기군수로 오면서 사액서원이 되었고, 그 뒤로 엄청나게 많은 인재들이 이곳에서 배출되었다). 교수의 역할은 서원의 주체로서 그 교육의 의무를 성실히 수행하는데 있었던 것입니다. 그런데 요즈음은 교수가 객손이 되어버렸습니다. 교수가 주체로서의 자기권위를 지키지 못하고 있다는 것입니다. 저는 이런 현실을, 현실 그대로 받아들일 수가 없습니다. 저는 저의 권위를 제 스스로 지킬 것이며 이러한 저의 신념을 지킬 수 없다면 물론 그 자리에 제가 서있을 이유는 없습니다.

둘째, 학생들의 학업성과에 대한 저의 평가를 상대평가라는 틀 속에서 묶어 놓질 말아주십시오. 제가 가르치는 수업에 관해서 제 스스로의 기준에 의하여 성적평가를 할 수 없다면 그 수업의 권위나 낭만이 성립할 수 없다고 생각하기 때문입니다. 제가 전체의 학생을 A를 줄 수도 있고 F를 줄 수도 있어야 합니다. 제가 이러한 요구를 하는 것은 학생들을 자유로운 틀 속에서 독려하기 위한 것입니다. 아무리 공부를 열심히 해도 결국 이삼십 프로밖에 A를 받을 수 없다면 그것은 매우 불합리한 것입니다. 교수가 학생을 가르치는 것은 한 학생이라도 남김없이 좋은 성적을 받을 수 있도록 독려하는 데 그 목적이 있는 것이며, 성적을 가지고 교수의 권위를 과시하는 데 있지 않습니다. 제가 상대평가를 풀어달라고 요청하는 본뜻은 학생들을 학점의 공포로부터 해방시키고 자유로운 분위기 속에서 진정한 실력을 쌓아가는 과정이란 과연 어떻게 이루어지는 것인가를 가르쳐주고 싶기 때문입니다. 저는 학점에 응당한 요구를 할 것이며, 그 요구를 성실히 수행한 학생들에게 좋은 학점을 주어 그들에게 자신감과 프라이드를 불어 넣어주고 싶습니다. 상대평가체제하에서는 채찍과 독려의 다이내미즘이 먹혀들어가질 않습니다. 이 두가지를 우선 수용해주실 수 있다면 가을학기부터 '역사와 인간'이라는 제목으로 3학점짜리 과목을 하나 가르치고 싶습니다."

박총장님은 나의 웅변에 깔린 교육적 의도를 마음속 깊게 동감하셨고 당장에 그 조건을 수락할 수 있는 제도적 장치를 마련해보자고 교무위원들과 상의를 하셨다. 전홍태교무처장님은 학교의 현행관례가 있기 때문에 난처하다는 입장을 표명하셨으나, "석좌교수"라는 특별한 틀이 있고 또 미증유의 대형강좌이기 때문에 학교 전체의 이득을 위하여 설득될 수 있는 새로운 틀을 만들어 볼 수도 있겠다고 말씀하셨다. 이렇게 해서 나의 중앙대학교강의는 학교당국의 적극적인 협조하에 출범의 닻을 올렸다.

2003년 9월 1일 오후 2시 정각, 상기된 일천여개의 어린 눈동자가 중앙대학교 아트센터를 가득 메웠다. 500석이나 되는 넓은 홀이었지만 한 자리도 남질 않았다. 내 강의 소식이 학기초에 뒤늦게 전하여졌건만, 불과 3·4일만에 학생들의 수강신청이 쇄도했던 것이다. 문제는 이 많은 학생들을 한 강좌 속에서 어떻게 만족스럽게 이끌고 가느냐에 관한 것이다. 만족스럽지 못하다면 다음 학기부터 이 수업은 수강신청자들로부터 등돌림을 당하게 될 것임은 너무도 뻔한 이치다. 그런데 이러한 대형강의를 성공적으로 이끌기 위한 나의 요구는 매우 사소한 문제로부터 출발하는 것이다.

우리나라에서는 마치 한 반에 학생수가 적으면 적을수록 선진국가형의 수업이 되는 것처럼 생각하고 학교시설평가도 그런 기준에서만 이루어지고 있는 넌센스가 반복되고 있다. 그러나 학생수가 적은 클라스는 적은 대로, 많은 클라스는 많은 대로 그 교육의 효용과 가치가 다른 것이다. 대학에서 대규모강의라는 것은 절대적으로 필요한 것이다. 많은 학생이 한 선생님의 말씀을 한 시간, 한 공간에서 공유한다는 것은 감동의 폭을 증대화시킬 수 있으며, 참여의식과 일체감, 그리고 대학사회의 아이덴티티를 형성하는 데 막대한 공헌을 할 수 있다. 미국이나 선진국의 대학에서는 물론 개별적 토론이 이루어지는 작은 세미나도 있지만 그 외로도 치밀한 계획하에 이런 대규모강의가 개설되고 권장된다. 사계의 대석학이나 원로학자들이 맡는 개론강의는 대부분 이런 대규모강의의 형식을 취하고 있다. 그리고 이러한 대규모강의는 다시 분반되어 그 분반된 그룹을 맡는 수업조교(Teaching Assistant)들에 의하여 세미나토론이 진행되는 입체구조를 지니고 있다. 우리나라 현실에서 이런 TA제도의 효율성을 기대하기는 어렵기 때문에 나는 그런 것까지는 학교에 요구할 수는 없었다. 그리고 학생들의 수업부담을 최소화시킬 수밖에 없는 학점구조가 우리나라 대학에는 정착되어 있기 때문이다.

그런데 재미있는 것은 이런 대규모강의의 최우선적 기본요건이 음향(acoustics)이라는 사실이다. 그러나 우리나라에서는 이러한 물리적 사실이 철저히 외면당하고 있는 것이다. 우선 오륙백명의 학생을 놓고 내가 강의한다는 것은 나의 소리가 완벽하게 그들에게 전달될 수 있어야 한다는 것은 너무도 당연한 것이다. "완벽하게"라는 뜻은 그 자리에 앉아있는 모든 사람에게 골고루 나의 숨결까지 옆에서 속삭이는 것처럼 들릴 수 있어야 한다는 것이다. 잡음이나 하울링이 없이. 그런데 우리나라대학에는 이런 시설을 갖추고 있는 곳이 거의 전무하다. 돈을 쳐들인 건물은 여기저기 많은데 음향이 완벽한 건물은 한 채도 없는 것이다. 흡음이 완벽하게 이루어지는 마이크 하나가 대학에는 없다. 가수들의 공연에는 수천만원, 아니 수억대의 음향시설을 갖추어야 한다는 것을 의례적인 상식으로 아는 사람들이, 강의자에게는 비내리는 스피커에 삐꺽거리는 싸구려 마이크 하나 올려놓고 강의를 하라는 것이다. 가수들의 2시간 공연에는 가수가 실제로 목청을 쓰는 시간은 그 반밖에는 되지 않는다. 그리고 배경의 밴드 음향효과로 목소리 그 자체의 효과를 증감, 변조시킬 수 있다. 그러나 나의 3시간 강의는 일초도 쉼이 없이 계속 목청을 진동시켜야 하며, 오로지 육성 하나만으로 청중을 사로잡아야 한다. 그것은 매우 특수한 공연인 것이다. 강의라는 퍼포밍아트에 관한 이해가 우리나라는 전무하다 해도 과언이 아니다.

내가 중앙대학교 아트센터에 들어갔을 때, 우선 직감적으로 음향시설이 매우 훌륭한 건물이라는 것을 알아차렸다. 그리고 마이크의 성능이 매우 우수했다. 마이크·앰프·스피커의 시설이 완벽한 곳에서는 수천 명의 청중을 대상으로 하더라도, 그런 시설이 없는 좁은 공간에서 2·30명 놓고 하는 강의보다 오히려 더 편하고 힘 안들게 강의할 수가 있다. 그만큼 음향은 결정적이다. 중앙대학교 아트센터의 음향시설은 나의 기준을 90%는 통과했다. 매우 만족스러웠다.

그런데 또 하나의 우려는 무대였다. 강의실은 강의실 나름대로 독특하게 설계되어야 한다. 우선 학생과 교수 사이의 간격이

벌어지면 교감이 어렵다. 그런데 중앙대학교 아트센터의 무대
는 과도하게 단이 높다. 상당히 촌스러운 설계다. 권위주의시대
의 설계일수록 무대의 높이가 올라간다. 물론 무대 높이는 좌석
의 눈높이와 적당히 맞도록 설계되어야 할 것이나 중대의 설계
는 눈높이보다 불필요하게 높은 것이다. 나는 무대위에서는 도
저히 칠판 하나 댕그렁 놓고 강의할 수 없다는 것을 깨달았다.
순간 나는 중대한 결단을 내렸다. 중앙의 무대로 올라가는 계단
을 없애버리고 그 자리에 흑판을 내려놓으라고 했다. 그리고 조
명을 무대밑으로 때리고 무대는 블랙아웃시켜버리라고 했다.
그러니까 무대밑 좌석앞에 있는 작은 통로가 나의 강단이 된 것
이다.

그렇게 설계변경을 해놓고 보니 중앙대학교 아트센터는 순식
간에 완벽한 강의실로 변모되었다. 학생들이 500여 석의 계단식
의자에 앉아 편안하게 눈을 떨어뜨리는 곳에 내가 서있는 것이
다. 초록색 분필칠판을 배경으로! 500명의 氣가 내가 서있는
곳으로 깔대기처럼 빨려들어오는 것이 아닌가? 아스펜도스의
원형극장보다 더 완벽한 음향과 구도였다. 흠이라면 이제 남은
것은, 의자 옆에 접히는 간이책상이 안달려 있다는 것뿐이다.
그 외로는 내가 훌륭한 강의실로 체험했던 하바드대학의 사이
언스 센타 대형강의실보다 더 훌륭하면 훌륭했지 뒤지는 바가
없었다.

9월 1일 첫날, 마이크를 잡은 나의 목소리는 이렇게 시작되었다.

"나는 그대들에게 아무것도 요구하지 않는다. 오로지 이 시
간만이라도 생각하고 또 생각하는 것, 그것만을 요구한다.
나는 그대들에게 철학(philosophy)을 가르치지 않는다. 오직
철학하는 것(how to philosophize) 그것만을 가르치겠다 …….."

때마침 나는 대만에서 츠언 쉐이삐엔陳水扁 총통을 만나고 온
직후였다. 나의 제2의 고향, 나의 아내를 만난 신혼의 보금자리
타이뻬이를 30년 만에 가보고 느낀 소감과 그곳에서 느낀 세계
질서의 문제를 화두로 거침없이 이야기를 퍼부었다. 열강이 끝
난 2시간 후 학생들은 숨쉴 사이도 없이 퍼부어대는 나의 언어
공세에 머리가 머엉해진 듯 소리없이 자리를 떴다.

다음 주 9월 8일에는 나는 브리티시 뮤지엄British Museum의 초
청으로 영국에 가있어야만 했다. 나는 다시는 휴강이 없을 것이
며 일초의 지각도 없을 것이라고 공언했다. 나는 이 약속을 지
키기 위해 10월 6일 평양 류경정주영체육관 개막식에도 올라갈
수가 없었다.

9월 15일에는 장나라양과 현대아산의 김윤규 사장을 초대했
다. 모두 즉흥적으로 초대된 것이다. 대만 갔다오는 길에 공항
에서 장나라양을 만났고 그 부친 주호성 선생이 나의 초청을 즉

각 수락했던 것이다. 나를 놀라게 만든 것은 한국의 대학생들이
현대아산의 대북사업을 매우 긍정적으로 평가하고 김윤규 사장
에 대한 각별한 애정을 표시해주었다는 것이다. 나는 우리나라
젊은이들의 미래를 내다볼 줄 아는 견식에 저으기 놀라지 않을
수 없었다. 조선의 아침햇살은 맑게 빛나고 있었던 것이다.

9월 22일 셋째번 강의부터 나는 대표를 뽑아 반드시 내 강의
시작과 종료 때 "차렷, 경례!"를 하게 했다. 오백여 명의 학생들
이 숙연히 선생님께 절하는 모습은 대학가의 진풍경이었을 것이
다. 요즘의 감각에 좀 서투른 짓 같이 보일 수도 있었겠으나 그
런 고전적 분위기를 사랑하는 것은 오히려 학생들 자신이었다.

9월 29일, 넷째번 강의 때는 나는 "중앙대훈中央大訓"이라는
짧고 아름다운 문장을 강의초 인사후에 제창하는 프로그램을
첨가했다.

> 하늘이 명하는 것이 나의 본래모습이요,
> 나의 본래모습을 따르는 것이 나의 길이요,
> 나의 길을 닦는 것이 나의 배움이다.
> 내몸을 닦고 닦아 하늘의 명을
> 매일 매일 새롭게 하노라.
> 내몸의 기운이 하늘과 땅에 가득차니
> 나는 천지간에 우뚝 선 대장부로다.

사사로운 욕심을 버리고 천리를 실현하며

모든 생명을 존중하며

하늘과 땅과 인간의 조화를 꾀하며

인간세의 무궁한 아름다움을 이어가리.

우리는 자랑스러운 중앙인,

의에 죽고 참에 살자.

어찌보면 이런 문구를 제창한다는 것이 매우 교조주의적인 위험성을 내포할 수도 있겠지만 우선 그 내용이 동양의 고전의 정화를 요약한 것이며 아무런 폐쇄적 의미를 지니고 있지 않다. 나는 그 배경이 되는 『중용』, 『대학』, 『맹자』, 주자, 불교, 화이트헤드의 미학사상 등을 상세히 설명했다. 그리고 마지막으로 중앙대학교의 교훈인 "의에 죽고 참에 살자"를 이해하기 위해서는 이러한 배경철학이 필요하다는 것을 역설했다. 학생들은 이러한 나의 배려를 아름답게 해석하고 받아들였다. 그리고 힘차게 나를 따라 제창해내려갔다. "우리는 자랑스러운 중앙인, 의에 죽고 참에 살자!" 교육에는 형식이 반드시 필요하다. 예禮와 악樂은 반드시 동시적으로 요청되는 것이다.

10월 6일부터, 나는 강의실에 죽비를 들고 들어갔다. 그리고 학생들에게 자세가 불량한 학생들에게는 회초리를 들겠다고 공언했다. 그것은 수강생들과의 신성한 약속이다. 그러나 어느 누구도 나의 회초리를 맞을 학생이 없었다. 오륙백 명의 학생들이 단 한 명도 휴대폰이 울리거나, 졸거나, 옆 학생과 웅성거리거나, 또는 도중에 자리를 뜨거나 하질 않았다. 그것도 무려 2시간 반 동안이나! 놀라운 집중력이었다. 나는 중앙대학교를 사랑하게 되었다. 그리고 오늘날 우리나라의 젊은 학생들에게 무한한 희망을 품을 수 있게 되었다. 우리나라에는 젊은 꿈이 살아있는 것이다! 우리나라의 대학은 살아 꿈틀거리고 있었다. 나와 중앙대학교의 학생들은 서로 놀라운 체험을 하고 있는 것이다.

내가 중앙대학교를 사랑하는 길은 중앙대학교를 깊게 이해하는 것이다. 내가 중앙대학교를 깊게 이해하는 길은 중앙대학교 학생들의 삶을 체험하는 것이다. 나는 박총장님의 배려로 법과대학 안에 연구실을 하나 얻을 수 있었지만 나는 학생들과 더불어 공부하기를 원했다. 나는 반백半百이 가까워 학부생으로서 대학을 다녔기 때문에 학생생활에 매우 익숙해있다. 한의사 국가고시를 볼 때도 나는 연세대학교 총도서관에서 내내 공부를 했다. 그래서 나는 가급적이면 중앙대학교 중앙도서관에서 학생들과 같이 공부하기로 했다. 그래서 제3열람실에 내 자리를 하나 확보하고 사라져버린 옛날 나무의자를 하나 갖다놓기도 했다. 나는 도서관에 앉아 책을 보면서 학생들과 같이 식당에도 갔고, 또 산보도 했다. 학생들은 처음에는 내가 도서관에 앉아 있는 모습이 낯설기도 했겠지만 곧 익숙해졌다.

나는 도서관에 앉아 공부하면서, 요모조모로 학생들의 삶을 더 잘 이해할 수 있게 되었다. 그런데 내가 중대에서 느낀 가장 획기적인 것은 중대 서울캠퍼스가 매우 아름답고 짜임새있는 캠퍼스라는 사실의 발견이었다. 물론 흑석동캠퍼스는 5만 평도 채 안되는 좁은 부지에 1만 5천 명의 학생들이 우글거리고 있으므로 학생 1인당 차지하는 단위면적이 가장 좁은 캠퍼스로 악명이 높다. 그러나 우리나라의 캠퍼스는 모두 미국이라는 신생국가를 모델로 생각하고 있으나 일본이나 유럽의 캠퍼스는 결코 우리의 생각처럼 크지를 않다. 일본의 와세다대학만 해도 지극히 협소한 부지에 고색창연한 대학건물들이 빽빽이 들어서있다.

"흐르는 눈물, 그 눈물 속에 지나간 학창생활의 꿈같은 추억들, 평화의 동산에서 배우라 울리는 거룩한 종소리. 봄날의 푸른 잔디에 엎드려 클로우버 네 잎사귀를 얻으면 행복이 온다고 하여 애써 모으던 그 때! …… 부드러운 바람 속에 이별의 애수가 숨어온다. 나의 이별은 봄날의 화려한 애수이여! 나는 나의 일생을 내 자신의 안락만을 위하지 않고 의를 위하여 동포를 위하여 힘쓰리라고 마음 깊이 작정하였다. 그러면 나의 학창이여, 잘 있기를. 젊은 여인 하나 새벽길을 홀로 굳세게 걸어가리라."

이것은 1939년 『여성』 2월호에 실린 문이순文李順이라는 졸업생의 소감이었다. 1918년 중앙유치원으로 시작하여 1928년 중앙보육학교로 인가되어 임영신任永信이 그것을 인수한 것이

1932년. 피어슨성경학교자리를 거쳐 오늘의 흑석동자리로 이전한 것은 1938년이었다. 그러니까 중앙보육학교로서 오늘의 자리를 잡았기 때문에 당시는 그다지 큰 터를 필요로 하지 않았을지도 모른다. 해방직후에는 그것은 중앙여자대학이었다.

그러나 내가 체험한 흑석동캠퍼스는 바로 그 좁은 공간에 매력이 있었다. 우리가 어릴 때는 한 방에서 모든 식구가 몸을 부비면서 같이 잤다. 그래서 그런지 그 시절에는 한 식구간에 우애가 돈독했다. 그런데 요즈음은 식구들이 콩크리트 벽으로 갈라진 구조 속에서 모두 각방을 쓴다. 그래서 그런지 형제자매간에도 분란이 많다. 도서관 주변으로 문과대학, 사범대학, 법과대학, 정경대학, 경영대학, 공과대학, 자연과학대학, 의과대학, 약학대학이 다닥다닥 엎드리면 코닿는 지척지간에 붙어있다. 그리고 학생들이 "자이언트"라고 부르는 농구코트, 그리고 그 위 법과대학 너머에는 매우 훌륭한 황토흙 내음새 풍기는 소담하고 멋진 운동장이 자리잡고 있다. 이것은 우리나라에 현존하는 고전적 캠퍼스의 마지막 전형이다. 서울대학교는 물론이려니와 연세대학교나 고려대학교의 경우도 쓸데없이 교사만 신축하고 부지를 확장하는 데 여념이 없어 캠퍼스의 유기체적인 생명력을 모두 파괴시켰다. 효율성이 떨어지는 차디찬 콩크리트 공간의 증대만을 대학발전이라고 외쳐대는 대학운영자들의 뇌리에는 그러한 "현대화"가 바로 대학이라는 공간을 비교육화시키고 비인간화시키고 있다는 사실을 알아차리지 못한다. 내가 앉아있는 중앙도서관, 런던의 비그벤Big Ben처럼 생긴 시계탑을 중심으로 대칭으로 배치된 이 건물만 해도 1959년에 우남雩南도서관이라는 이름으로 완공된 건축물인데, 매우 인간적인 너그러움이 돋보이는 아름다운 건물이다. 요즈음에 지어진 어떤 밀폐된 건물설계보다도 개방적이고 소통적이며 또 견고하다. 그리고 2층의 개가식 서고는 서적의 다소를 떠나, 매우 실용성이 높게 잘 사용되고 있었다.

나의 중앙대학교 생활은 이렇게 학생들의 숨결 속에서 하루하루 인식의 지평을 넓혀갔다. 그리고 CJ가 운영하는 교수식당 음식도 꽤 먹을 만했다. 그곳 식당의 예쁜 아주머니들, 그리고 종업원들이 나에게 친절과 호의를 베풀어주었다. 나는 특별한 일이 없는 날은 아침부터 밤11시까지 꼬박 제3열람실에서 책을 읽었다. 학생들은 이렇게 비좁은 공간에서 여러 가지 이벤트를 동시에 체험하면서 자기도 모르는 사이에 교육의 훈도를 받고 있는 것이다. 내 강의에 그렇게 다양한 학과의 많은 학생들이 골고루 수강할 수 있는 것도 바로 흑석동캠퍼스라는 그 좁은 공간의 효율성 때문에 가능한 것이다. 나의 강의실을 채우고 있는 학생들의 상당수가 문과대는 물론, 법대, 공대, 경영대 학생들이다. 의대, 약대학생들도 있다. 나는 공과대학 학생들이 내 강의를 듣는 것을 너무도 행복하게 생각한다. 인문학의 본령을 맛볼 기회가 없었던 그들에게 인간의 문제에 관해 한번 깊게 생각할 수 있는 기회를 준다는 것은 우리나라의 미래를 생각할 때 너무도 다행스러운 일이다. 학문이란 교류되는 속에서 그 창조성이 드러나게 되는 것이다. 그러나 대부분의 캠퍼스가 이공대학이 본교정으로부터 분리되어있어 그들에게 그런 기회가 주어질 수가 없는 것이다.

가을이 깊어갔다. 중앙대학에도 축제의 계절이 왔다. Y로 특설무대 청룡가요제, 경제학과 모의국회 한·칠레FTA, 보디빌딩부의 총장배 미스터중앙 선발대회, 고전기타반 멜로스의 정기연주회, …… 포스터가 어지럽게 붙기 시작했다. 9월 30일밤이었다. 나는 도서관에서 최한기崔漢綺의 『인정人政』을 탐독하고 있었는데, 밖에서 하도 노래를 열심히 부르는 소리가 들리길래, 산보도 할겸해서 슬슬 계단을 내려갔다. 학생들이 "Y로"라고 부르는 교문 안쪽길에 무대가 설치되어 있었다. 무슨 노래자랑이라도 하는 모양이었는데 물어본즉 청룡가요제 예선이라고 했다. "청룡"이란 고대의 호랑이처럼 중앙대학교의 심볼을 가리키는 말이다. 예선이라 그런지 학생들이 노래를 별로 잘 부르지를 못했다. 10월 9일 본선에는 꽤 잘 부르는 애들이 올라올 거라고 했다. 그런데 나는 무대밑에 쓰여있는 이상한 문구에 눈이 끌렸다: "2003의혈축전." 나는 이 문구를 이해할 수가 없었다. 나는 처음 그 뜻을 전혀 모르는 상태에서 그것을 "2003의 혈축전"으로 해석했다. "혈축전"이라는 게 도대체 뭘까? 그래서 옆에 서있는 불문과 여학생에게 물어봤더니 "혈축전"이 아니라 "의혈축전"이라며 보통 중앙대학생들은 스스로를 "의혈중앙"

이라고 부른다고 했다.

의혈중앙이라! 그 뜻을 새겨보니 의혈이란 "의혈義血"밖에는 없을 텐데, 대학의 상징어치고는 너무 과격하고 직설적이며 비린내가 났고 감치는 맛이 없었다. 그리고 내 기억으로는 고전에 용례가 없었다. 난 벼라별 이름도 다 있다 하고는, 문득 얼마전에 인터뷰했던 한나라당의 이재오 의원의 격렬한 인품이 생각났다.

"아항～ 이재오 의원이 의혈중앙에서 교육을 받은 사람이래서 그렇게 피거품을 뿜는구나!"

의로운 사람들이 배출되는데 이런 상징어가 도움이 된다면 뭐 군말을 보탤 필요가 있겠냐 하고 생각했으나, 하여튼 그 말의 유래가 궁금했다.

그러다 며칠이 지났다. 갑자기 가을 소나기가 내려 비를 피하려고 중앙도서관 계단위 현관에 서있는데, 오른편으로 이상한 탑이 눈에 들어왔다. 갑자기 내린 비가 돌을 아직 다 적시지 않았는데 칙칙하게 젖은 탑 위로 "의혈탑義血塔"이라는 글씨가 보이는 것이 아닌가?

"아항～ 여기 바로 의혈의 유서가 있었구나!"

우산을 받혀들고 그 앞에 서니, "단기 4293년 9월 중앙대학교 학생일동"이라는 비문이 눈에 들어왔다. 그것은 1960년! 4·19가 난 바로 그 해였다. 고려대학교는 4·18을 항상 자랑스럽게 기념한다. 4·19혁명의거의 최초의 도화선이 되었다는 것에 대해 엄청난 자부심을 느끼는 것이다. 그러나 재미있는 사실은 4·19의거 전체를 통하여 고려대학교는 단 한명의 사망자도 내지 않았다는 것이다. 그 아이러니를 자랑스럽게 말하는 고대인은 아무도 없다. 1960년 5월 3일자 『고대신문』은 조지훈趙芝薫의 시, "늬들 마음을 우리가 안다"와 함께 "본교생사망자전무本校生死亡者全無"라는 기사를 싣고있다. 그러나 한강 이남에 자리잡고 있었던 중앙대의 사정은 다르다. 4월 19일, 셋째 시간이 채 끝나기도 전에 중앙대학생들은 임영신 총장의 만류를 뿌리치고 일제히 스크럼을 짜고 흑석동고개를 넘고 한강대교의 저지선을 뚫고 삼각지를 지나 서울역을 거쳐 시청앞 광장으로 진격했다.

"우리 중대생이 자유당 정권의 폭정을 규탄하는 것은 기성세대의 파렴치한 유산을 물려 받지 않으려는 젊은 세대의 정당한 저항이다. 총칼의 탄압에도 굴하지 않고 감행되어야 할 이 항쟁은 우리 후손에게 민주주의를 말살하려는 광적인 장기집권이 가져다 준 부정과 부패의 무서운 해독을 오염시키지 않으려함에 있다."

이 격렬한 문구는 바로 중대생들이 교문을 나서기 전에 외친 선언문의 머릿구다. 그들은 그들의 외침을 배반치 않고 총칼앞에 끝까지 투쟁하였다. 서울대생 7명 다음으로 중앙대는 6명이라는 가장 많은 희생자를 내었다. 중앙대생들은 4월 19일 당시 대학들 가운데 가장 마지막까지 저항했던 "최후세력"이었다.

> "…… 총탄 하나가 바로 손끝에 와 떨어짐을 느낀 나는 얼른 손을 오므리고 꼼짝을 않고 있었다. 바로 그때 누구인가 머리채를 휘어잡기에 고개를 들려하니 '이 깜찍한 년이 달아나지도 않아!'하며 총대로 목덜미를 내려치지 않는가? 순간 나는 아찔함과 머리 속에 어떤 뜨거운 액체가 하나 가득 흐르는 듯함을 느꼈다."

이것은 6명 희생자 중의 한 명인 당시 법학과 3학년 여학생의 일기 중의 한 대목이다. 서현무! 그녀는 "의에 죽고 참에 살자"는 플랭카드를 들고 선봉에 섰다. 학생시위대의 협상대표로 홍진기 내무부장관과의 면담을 요청했다가 경찰에 연행되어 심한 고문을 받고 7월 2일 수도의대부속병원에서 영면하고 말았던 것이다.

의혈탑! 그 밑에는 의혈을 빛낸 6명의 이름이 새겨져 있었다.

고 고병래 (상학과 3)
고 김태연 (약학과 3)
고 서현무 (법학과 3)
고 송규석 (정외과 3)
고 지영헌 (신문학과 3)
고 전무영 (신문학과 1)

그리고 그 밑에는 다음과 같은 아름다운 시구가 내 눈길을 따라 흘러내린다.

우리들은 남으로부터 싸워 올라가
마침내 사월학생혁명 그 대열에
기를 높이 올렸다
그러함에 있어 우리들은
우리들의 영원한 사랑
조국의 자유와 독립
민주와 번영
생존의 평등 평화를 위하여
모든 지성 모든 생명 모든 사랑을
다하여 아낌이 없었다.
그리하여 여섯명의 벗을 잃었으니
아! 슬프도다 4월이여! 광영이여!
벗의 이름으로 끝이 없어라

나는 그 시구가 너무 아름답고 품격이 돋보여 내 수첩에 적어 썼다. 그 시절과 나 사이에는 별 큰 간격이 없건만 역시 옛 정취를 느끼게 하는 소박한 문장이었다. 내가 수첩에 이 글을 적고 있으니까 지나가는 학생들이 별 것을 다 적는다는 식으로 힐끔힐끔 쳐다본다. 그리고 며칠이 지났다. 도서관에 늦게까지 앉아서 플라톤의 『폴리테이아』를 읽고 있었다. 『폴리테이아』는 플라톤이 이상국가를 설계한 대화편이다. 나는 최한기의 인정人政 구상과 플라톤의 이상국가 구상을 마음속에서 비교해보고 있었던 것이다. 그런데 자꾸만 "와~ 와~"하는 함성이 들려왔다. 또 노래자랑이거니 하고 무시하고 계속 앉아있었는데, 그 소리가 엄청나게 많은 군중으로부터 은은히 울려퍼지는 함성같이 들려왔다. 그리고 그 함성은 내 발길을 유혹하는 힘이 있었다. 나는 궁둥이를 들썩거리다가 결국 함성이 울려퍼지는 곳으로 걸어갔다. 도서관 아래쪽이 아니라 윗쪽이었다. 법대옆에 있는 흙마당의 대운동장임이 분명했다. 대운동장을 들어서면서 나는 운집해있는 군중에 압도당하고 말았다.

로마의 콜로세움에 입장한 글라디에이터가 느끼는 그런 압도 감이었다. 그렇게 많은 학생들이 밤에 운동장스탠드에 앉아 함성을 지르고 있으리라고는 미처 생각 못했던 것이다. 10월 10일, 개교85주년기념 범중앙한마당이라는 축제가 열리고 있다는 것을 나는 새카맣게 모르고 있었던 것이다. 설치된 무대앞에 박범훈 부총장, 김경무 부총장, 박명수 총장 등 교무위원님들이 앉아계신 것이 아닌가? 나는 곧 총장님 곁으로 안내되었다. 총장님은 내가 도서관에 앉아 있다가 함성에 이끌리어 우연히 왔다니까 깔깔 웃으면서 곧 사회자에게 도올선생이 도서관에서 공부하다 왔다고 학생들에게 소개시키는 게 좋겠다고 귀뜸을 하였다. 이렇게 해서 결국 나는 총장님과 함께 무대위로 끌려올라가게 되었다. 총장님의 열변 끝에 마이크가 나에게로 왔다.

"나는 최근 내가 졸업한 고려대학보다도 중앙대학을 더 사랑하게 되었습니다. 의혈중앙! 여러분들의 패기찬 모습은 너무도 아름답습니다."

이것은 내가 어느 대학을 선호한다는 분별심을 표출한 언사가 아니다. 나의 의식세계에서 한국의 젊은이들은 누구든지 나의 사랑을 받을 수 있다는 것을 말한 것이다.

"의혈중앙의 여러분! 여러분들을 모두 졸업하기 전에 꼭 한 번은 제 강의 속에서 만날 수 있었으면 좋겠습니다."

와~ 하고 함성이 터져나왔을 때, 나는 별로 할 말이 없었다. 그래서 나는 묘수를 찾아냈다. 나는 며칠 전 수첩에 적어둔 의혈탑의 시구가 생각났다.

"여러분! 의혈의 뜻을 아십니까? 그것은 여러분의 선학이

4·19혁명의 전열에 서서 흘린 의로운 피를 상징하는 말에서 비롯되었습니다. 그 의혈탑에 새겨진 이 시구를 이 범중앙한마당에서 새롭게 여러분들의 가슴에 되새겨드리고 싶군요. 우리들은 남으로부터 싸워올라가 ……"

아마도 이 의혈탑의 시구를 읽어본 중앙대생은 별로 없었을 것이다. 나의 낭랑한 육성으로 이 시구가 그들의 가슴에 울려퍼졌을 때 그들은 숙연한 그 무엇을 짜릿하게 느꼈을 것이다. 내가 단에서 내려오니까 제일 감격한 것은 박총장이었다.

"김교수! 그건 또 언제 적어두셨습니까? 참 놀랍습니다. 그 탑을 누가 세운 건지 아십니까? 아마 그 탑이 세워진 이래 그 시구가 전 중앙대생들에게 낭독된 것은 오늘이 처음인가 싶습니다. 그러니까 꼭 43년만이군요."

그는 북받치는 감개를 억제키 어려운 표정을 지었다. 그리고 이젠 교무위원들이 자리를 뜰 때도 되었으니, 김교수도 온 김에 술 한잔 하러가자고 분위기를 띄웠다. 흑인영가의 깊이를 연상케 하는 버블시스터스의 탁월한 노래소리가 한마당에 울려퍼질 때 우리는 교문앞에 있는 슈가멜론이라는 까페에 당도했다. 의혈탑에 숨겨진 기막힌 사연이 여기서부터 풀려나가리라고는 그 누구도 생각치 못했던 것이다.

나는 며칠 전 도서관에서 공부하던 가정교육과 학생들과 이곳에서 맥주를 한잔 마신 적이 있다. 귀여운 4명의 학생들이 하도 정다웁게 인사를 해서 저녁을 사주었는데, 저녁먹고 까페를 가자고해서 근처를 뒤지다가 우연히 올라간 곳이 이곳이었다. 나무마루바닥에 묵직한 의자들이 놓여있었고 중앙대학교정문이 내려다보이는 전망과 차분한 분위기가 마음에 들었다. 무엇보다도 크롬바허니 디벨스니 레페니 하는 독일맥주리스트도 괜찮았고 내가 좋아하는 벨기에산 호오가든이라는 매우 특이한 국화향의 무색투명한 맥주까지 있었다. 맥주콜렉션이 우리나라 시중에서 흉내만 내는 까페보다 훨씬 더 격이 높았다.

나는 박총장님, 교무위원님들과 앉은 자리에서 폭탄주 딱 한잔만 하자고 제의했다. 그리고 나는 컵을 열개 늘어놓고 그 사이사이에 올려놓은 위스키잔이 퐁퐁 빠지는 도미노 폭탄주 묘기를 보여드렸다. 모두 내가 실패할 줄 알았는데 어김없이 순식간에 열잔의 폭탄주가 만들어지자 함성이 터져나왔다. 그리고 총장님은 그 까페에 앉아있는 모든 사람들과 같이 건배를 제의했고, 그곳에 앉아있는 모든 학생들의 술값을 내겠다고 기마이를 썼다. 분위기는 점점 유쾌하게 고조되어가고 있었다. 이때 박총장님은 감격스러운 듯 다시 한번 의혈탑이야기를 꺼내시는 것이었다.

"정말 몰랐습니다. 중대출신 아무도 의혈탑이야기를 안 꺼내는 판에 아니 전혀 중대와 관련없으시던 분이 그토록 단시간에 중대분위기를 파악하시다니 …… 그 탑을 누가 만든 건지 아십니까? 그걸 제가 세운 겁니다. 그때 그해 바로 제가 중앙대학교 총학생회장이었습니다.”

나는 선뜻 흥미가 끌렸다. 우리시대의 흘러간 이야기를 듣는 것은 언제 들어도 재미가 있다.

“아 ～ 그러셨군요.”

“제가 총학생회장에 출마를 했는데, 임영신 총장님께서 너 데모만 하는 나쁜 놈이라고 퇴학시키겠다고 하셔서 할 수 없이 출마포기를 했었죠. 그런데 4·19가 나자 그 어용적이었던 학도호국단이 해체되어버렸고 5월 3일 대의원회에서 뽑아서 새롭게 당선된 학생회장이 저였습니다. 당시 행정학과 4학년이었죠. 그리고 비민주적인 학교행정에 대한 개혁을 요구하는 것과 시혼제詩魂祭를 지내고 탑을 건립하는 것, 이 모든 일들이 제가 추진해야 할 일이었습니다. 그런데 그 탑은 원래 지금 자리에 있지 않았습니다만, 그 탑을 세우는 과정에서 평생 저를 고민케 만든 한 사연이 숨어있었습니다. 그걸 한번 말씀드려볼까요?”

그 자리에 있던 모든 사람들이 일제히 듣고 싶다고 분위기를 북돋았다.

"이런 얘기는 꼭 중앙대학교 역사의 뒷페이지에 남아야 할 이야기이기는 해요. 그때 서현무라는 여학생은 경찰에 연행되어 이틀 동안 심한 고문을 당했고, 그렇게 아픈 몸에도 불구하고 사월혁명부상학생동지회 부회장으로 맹렬한 활약을 계속했습니다. 결국 두어달 후에 수도의대부속병원에서 꽃다운 청춘을 마감했죠. 개가 죽은 다음날 『동아일보』(7월 3일자)에 '쓸쓸히 진 혁명의 꽃'이라는 제목의 전면 기사가 났었습니다. 이런 분위기에서 위령탑을 건립하는 문제는 모두의 시급하고도 열렬한 바램이었습니다."

"그 시는 누가 지은 것입니까?"

"그때 저는 시인 조병화 선생이 생각났어요. 선생님은 당시 우리대학 국문과 교수님이셨거든요. 저는 그 선생님 연구실로 찾아가서 탑의 비문과 탑이름을 부탁드렸지요. 얼마 후에 전화를 드리니깐 '화신 건너 양지다방으로 10시까지 나오게'하시는 거였어요. 그날 참 햇살이 좋았어요. 나가 보니까 선생님이 양지다방 햇살드리우는 창가에서 빵떡모자 쓰고 파이프 연기를 피워올리고 계시더군요."

"뭐라 하시던가요?"

"'박군! 탑이름은 몇십 년 후에까지 사람들이 두고두고 보아
도 물리지 않고 아름다워야 하고, 무엇보다도 해석의 여지가
있어야 하네. 상징적일수록 좋아! 무슨 무슨탑이라고 이름이
고정되어버리면 해석의 여지가 없어져. 그러니 탑이름은
안짓는 게 좋겠어. 내가 고민 끝에 생각해 낸 것인데 그냥
"사월"이라고 한글로 써놓게. 사월! 사월! 얼마나 아름다운
가? 사월이 되면 이 조선 금수강산의 꽃은 남으로부터 피어
오르네. 4월혁명도 마산 이주열군의 죽음으로부터 시작해서
남으로부터 피어올랐어. 그리고 우리 중대생들의 혁명열기
도 남으로부터 불타올라 한강다리를 건너지 않았나? 그래
서 내가 "우리들은 남으로부터 싸워 올라가 마침내 ……"
이렇게 쓴 것이야. 여기 무슨 위령탑이니 시혼탑이니 이따위
상투적인 말을 붙여놓으면 천박해진단 말야. 그냥 "사월"이
라고만 써놓게. 그게 좋겠어'하시는 거예요. 그런데 전 그
소리를 듣고 참 개똥같은 소리도 다있다. 지금 우리 학우들
이 피를 흘리고 죽어간 마당에 한가롭게 "사월"이라구?
참 시인의 감성은 저렇게 연약하다니깐, 하고 그냥 코웃
음을 치고 말았어요."

"그래서 어떻게 했습니까?"

나는 흥미진진해서 다그쳐 물었다. 그리고 몇 년 전에 부산엘
갔을 때 우연히 새마을호 기차간에서 조병화 시인을 만났던 일

을 회상했다. 내가 잘 아는 사람 중에 김재운金在雲이라는 분이 계셨는데, 이분이 일제시대 때 니혼다이가쿠日本大學 럭비부선수로서 방명을 휘날렸다. 그리고 해방 후에도 고려대, 경희대, 해사, 육사 등지에서 럭비코치를 했다. 그런데 항상 나에게 조병화와 동경에서 학교를 같이 다녔다고 얘기를 했다. 그래서 그 얘기를 확인하고 싶었다.

"김재운이라는 분, 왜 거 니혼다이가쿠 럭비부선수였다던데, 기억하세요?"

"알구말구. 김선생, 거 꺼벙하고 잘 웃는 친구였지. 참 착한 사람이었어. 태릉육사에서 가르친 것까지 내가 아는데. 그 친구 하두 잘 웃어서 '니코니코킨상'이라고 불렀어. 벌써 고인이 되었구만."

"어떻게 그렇게 늙어서까지 시를 많이 쓰십니까?"

"마음이 젊으면 돼."

"마음은 어떻게 하면 젊어지나요?"

"그냥 놓고 살면 돼. 뭐든지 소유를 하면 늙어버려. 그냥 잡지 않고 흘러가는 대로 살면 마음은 젊어져."

아마도 조병화 시인이 탑에 이름을 쓰지말라 한 것도 깊은 뜻이 있었을 것이다. 그는 『도덕경』의 첫 구, "도를 도라 하면 그것은 항상 그러한 도가 아니다"라고 한 그 말을 잘 이해하고 있었을 것이다.

"저는 그 길로 시문만 받아가지고 양지다방을 나와 인사동으로 갔어요. 인사동 한옥골목에 있는 어느 수염이 길게 난 할아버지가 글씨를 잘 쓰신다고 해서 소개받았거든요. 전 그 할아버지를 만나자마자 그냥 퉁명스럽게 말했지요: '의혈탑義血塔'이라구 써 주세요. 양지다방을 나와서 인사동골목까지 걸어가는 길에 이 못난 놈 대가리에서 불쑥 튀겨나온 말이 '의혈'이었던 겁니다. 뭔 얼빠진 '사월'이냐? '의혈'이 더 낫지! 전 자신만만했던 겁니다. 그리고 시문 끝에 '중앙대학교 교수일동'이라고 써놓은 것을 싹 지워버리고 '중앙대학교 학생일동'으로 바꿔버렸지요."

"혈기왕성했던 박명수는 시인의 감성을 이해하기에는 너무 의분에 차있었군요."

"그런 셈이었죠. 그런데 거기까진 별 문제가 없었습니다. 평생 저를 괴롭힌 것은 그 다음부터였어요. 9월 10일 드디어 제막식 날이 다가왔어요. 탑의 전신이 흰 천으로 가리워 있었구, 그 앞에 임영신 총장님, 조병화 교수님, 이종극 교수님, ⋯⋯

쭈욱 나란히 앉아계셨는데 드디어 제막의 순간이 다가왔지요. 흰 천이 벗겨지는 그 순간, 저는 조병화 선생님의 얼굴을 힐끗 훔쳐보았지요. 순간 고개를 푹 숙이시더니 아무 말도 않고 일어나셔서 선생님연구실이 있던 문과대학쪽으로 혼자 걸어가시는 것이었죠. 그 순간 외롭게 걸어가시는 뒷모습이 어찌나 슬프게 보였던지 제 가슴이 찌잉 캥기고 눈물이 핑 돌았습니다. 그 뒤로 저는 오늘까지 평생 그 탑을 '사월'이라 부르지 않고 '의혈'이라 이름지은 것을 후회해왔습니다. 미국에 유학가서 접시를 닦으면서도 항상 생각했지요. 사월이라 쓰지않고 의혈이라 쓴 것은 내 원죄다! 두고두고 생각해봐도 의혈보다는 사월이 더 나은 이름이라는 후회가 엄습했습니다. 그리고 젊은 날의 경망했던 행동을 두고두고 후회했습니다."

사실 시인 조병화의 "사월"의 구상도 참 아름다운 것이지만, 학생 박명수의 "의혈"의 구상도 그에 못지않게 정당한 것이다. 박명수의 "의혈"이 없었더라면 오늘날 중앙대생들의 심상 속에 너무 직설적이기는 하지만 의혈이라는 의로운 감정이 피어나지 않았을 수도 있다. 박명수의 "의혈"은 흥행상으로는 분명 "사월"보다는 더 성공적인 것이다. 그런데 "의혈" 뒤에 감춰진 박명수의 후회의 감성은 더욱 아름답고 고귀한 측면이 있다. 선생님의 외로운 뒷모습 한 카트의 영상 때문에 평생을 후회하게 되었다는 인간 박명수의 섬세한 감성은 타인의 진실에 대한 깊은 배려를 깔고 있는 것이다.

"참∼ 그 조병화 선생님의 뒷모습을 평생 기억한다는 총장
님의 심성이 참 아름답습니다."

"말도 마세요. 제가 어쩌다가 이렇게 총장이 되고보니 학생
들이 뻘겋게 의혈이라고 써붙이고 다니면서 데모를 하는
모습을 보면 이게 다 내 업이려니 하는 생각이 듭니다. 지난
3월 조병화 선생님이 돌아가신 경희대 영안실에 무릎꿇고
앉아 제가 얼마나 울었는지 모릅니다: '선생님, 제가 잘못
했습니다. 이제 편히 잠드소서.'"

의혈의 유서는 여기서 끝난다. 우리가 모두 Y로 앞 교문에서
헤어질 때, 이미 깊어가는 가을의 찬바람이 취기서린 내 몸을
훈훈히 스쳐갔다. 이렇게 나의 새로운 대학생활은 시작되고 있
었다.

2003년 10월 24일 탈고
누런 감이 익어가는 늦가을 청명한 하늘을 바라보며

51가의 페들러

지금은 모든 것이 거꾸로 되었지만 내가 젊었을 때만 해도 미국에서 사는 삶은 질이 높았다. 그것은 확실히 그 문명의 질이 높았기 때문이다. 그 문명의 질의 수확은 곧 그 문명 속에서 사는 사람들의 삶의 혜택으로 표현된다. 나는 유학시절에 미국에서 사먹는 쌀의 질에 충격을 받았다. 코쿠호오國寶라는, 일본사람들이 미국서 개발한 쌀! 냄비에 넣고 자글자글 끓이다 보면 찰진 기름기가 사르르 감도는, 정말 형언키 어려운 감미가 알알이 박혀있는 것이다. 그런데 요번엔, 그러한 충격이 더욱더 증폭되어 다가 왔다. 뉴욕 32가 한아름슈퍼에 진열된 쌀들의 종류의 다양성과 그 품질의 격조에 다시금 찬탄을 금치 못했던 것이다. 코쿠호오가 있기는 있으되, 니시키, 타마키田牧 골드… 그보다 더 맛있는 쌀이 한두 종이 아니었다. 요즈음은 한국쌀이 오히려 일본쌀보다 더 맛있고 순결하다는 평가를 얻고 있지만, 당시 한국에서의 식사는 우선 밥부터가 기름기도 없고, 톨들이 모두 깨지고 찌그러진 모습에 푸걱푸걱 군내가 났다. 내가 말하는 문명의 질이란 이런 것이다. 쌀 한 톨이 바로 그 문명이 성립하고 있는 땅의 질을 표현하고 있고, 농부들의 삶과 손길의 수준을 표현하고 있는 것이다. 우리 조선땅은 피폐해지고 있고 황폐해져가고 있는 것이다. 농촌과 그 문화를 대접하지 않아 대지의 싱싱한 기운이 사라져가고 있는 것이다.

첼시 7번가 25가 정도에 자리잡고 있는 거대한 홀 후드 마켙 Whole Food Market에 들어가 보면 그 찬탄은 경악으로 바뀐다. 보스톤 캠브릿지, 센트랄 스퀘어 근방에도 브레드 앤 써커스 Bread'n Circus라는 위대한 마켙이 있다. 캠브릿지에 살면서 우리는 이 브레드 앤 써커스를 곁에 끼고 살 수 있다는 것을 주 예수 그리스도를 끼고 사는 것보다 더 큰 축복으로 알았다. 그곳에서 사먹는 오렌지 쥬스 하나의 싱싱함, 온갖 야채와 과일의 신선함, 그리고 모든 음식류의 보장되는 무공해성은 이것이 곧 천당이려니, 나뭇꾼이 새끼줄 타고 올라가려 했던 천상의 영화가 모두 하찮게 여겨질 정도로, 위대한 행복감을 안겨주는 것이다. 브레드 앤 써커스에서 사다먹는 해산물의 신선도와 달콤함을 그 어느 곳에서도 감지할 수가 없었던 것이다. 아내와 같이 그곳에서 산 스캘롭을 살짝 데쳐서 타바스코 소스에 찍어 먹었을 때 감돌았던 혓바닥의 감미가 지금도 찌릿찌릿하게 남아있다.

그런데 맨해튼 첼시의 홀 후드 마켙에 발을 들여놓는 순간, 브레드 앤 써커스는 시골의 구멍가게로 전락하여 버리고 만다. 보스톤 사람들은 보스톤이 미국에서 가장 수준이 높은 문화도 시로 여긴다. 그리고 여타 도시에 사는 사람들을 내리깔아 보는 습관이 있다. 특히 뉴욕을 쌍놈들 사는 데로, 천박한 유위의 극치로 여기는 데 아무런 주저함이 없다. 그러나 이것은 정말 위대한 착각이다. 도시란 어차피 자연이 아니라 문명이다. 문명은 무위가 아니요 유위일 뿐이다. 이왕 유위적 도시를 선택하기로 말한다면, 이 지구상에서 가장 위대한 유위는 맨해튼이라는 세 글자를 벗어날 수가 없다. 파리도 런던도 토오쿄오도 도무지 맨해튼의 다양성과 그 문화적 심도에는 명함을 내밀 수가 없다. 지극히 천박한 문명으로부터 지극히 고매하고 아방가르드적인 문명에 이르기까지 인류가 성취해온 모든 유위적 가능성이 매우 농도짙게 온축되어 있다.

나는 맨해튼의 아편에 걸려든 후로는 모든 도시문명의 허세를 우습게 바라보는 습관이 생겼다. 더구나 보스톤의 위세는 정말 어느 깡촌 양반성씨마을의 허세의 수준에도 미치지 못하는 것이다. 그것은 브레드 앤 써커스가 첼시의 홀 후드 마켙에 비하면 새발의 피도 안되는 구멍가게라는 사실에서 이미 입증되는 것이다. 정말 홀 후드 마켙에서 사먹는 모든 오개닉 후드라는 것은 유위의 밀림 속에서 엔죠이할 수 있는 무위의 극상이다. 홀 후드 마켙에서 사먹는 복숭아 하나, 당근 하나, 그리고 소고기 한 근이 모두 탐스럽고 풍족한 원시의 미각이요 향취다. 소고기도 사료를 쓰지 않고 순수한 자연 속에 방목된 소의 고기라는 렛뗄이 붙어있으면 그 죽은 한 덩이의 살점의 과거사는 거짓이 없다. 그리고 정말 우리가 흔히 먹어볼 수 있는 소고기의 맛과는 형언키 어려운 격차가 있다. 홀 후드 마켙에서 오개닉이라는 노란 딱지가 붙은 과일이나 채소를 사다 먹어보면, 그것을 파삭 깨무는 순간, 나의 구강 속에 감도는 향취는 찌든 황토흙의 내음새가 아니라, 고조선의 원시림에서 피어난 향취를 연상시킨다. 아사달의 사람들은 이런 것을 먹었을 것이다. 그리고 음주가무를 즐겼을 것이다.

미국에서의 삶에 프라이드를 느끼는 사람들은 결국 이런 순결한 유위 때문에 고결한 착각을 느끼며 산다. 그리고 자기가 정신만 차려서 그 문명의 장점만 캣취해서 산다면 문명과 자연의 모든 극상을 엔죠이 하면서 살 수 있는 곳이 미국이라고 굳게 믿고 있는 것이다. 그 미국이라는 문명의 정점에 맨해튼이 우뚝 서 있다. 나는 이런 미국문명의 강점을 엠파이어 스테이트 빌딩의 옥탑에 올라갔을 때보다는 평범한 첼시의 홀 후드 마켙에 들어갔을 때 더욱 절실하게 느낀다. 나는 예전에 미국의 대륙을 횡단하면서 이와 같이 외친 적이 있다: "미국의 힘은 궁극적으로 문명의 힘이 아니라 자연自然의 힘이다." 나의 이러한 소신에는 아직도 변함이 없다.

그러니깐 이러한 측면의 미국 맛을 한번 본 사람은 미국에 가서 살기를 원한다. "생활"이 삶의 목적인 대부분의 중생들에겐 미국의 향수란 지구상 그 어느 곳에서도 맛볼 수 없는 것처럼 느껴지는 것이다. 결국 인간이란 살다 죽는 존재이다. 이왕 살 바엔 삶의 질이 높은 곳에서 살다 죽자! 아멘! 혹자는 나의 이런 설법을 구시대의 가치관이라고 말할 지 모른다. 한 60년대까지만 해도 미국과 한국의 삶의 격차는 하늘과 땅의 거리였다. 그러나 그 후 한국의 삶의 수준은 계속 높아졌다. 그래서 그 고수준에 프라이드를 느끼고 살던 미국이민 일세대들의 코를 납작하게 해버렸다.

그 프라이드의 근거가 모두 물질적 풍요에 있었다면, 그 물질적 풍요가 초라하게 느껴질 만큼 한국 본토인들의 삶이 더 풍요로와졌다는 것이다. 그러나 미국적 삶에 프라이드를 느끼는 인간들은 한국이 풍요로우면 풍요로울수록 미국의 풍요로움의 질감의 진실성은 더욱 강렬하게 아필된다고 강변한다.

맨해튼의 문명의 심도는 끝이 없다. 식당 하나, 화랑 하나, 뮤제움 하나, 디파트먼트 하나 곳곳에서 느껴지는 질점의 육중한 트래디션의 감각은 희랍의 대리석상보다도 더 심오한 태고의 풍진을 실감케 하는 것이다. 이스트 빌리지, 캇츠의 델리에 줄을 서서, 푹 찍어 내놓는 시꺼먼 육괴肉塊를 육중한 식칼로 순식간에 착착착착 저미어 내는 빠스뜨라미를 입에 집어넣는 순간에 느끼는 충격은 "디 베스트 빠스뜨라미 온 더 플래닛the best pastrami on the planet"이라는 자타가 공인하는 찬사의 캣치프레이즈의 시비를 이미 떠나 버린다. 한 자리 한 곳에서 그 모습대로 113년간을 팔아온 전통의 정직성과 추종을 불허하는 자연스러운 맛의 질감은 도무지 우리나라 "궁중음식"이라는 허명을 부끄럽게 만든다. 어디 우리나라에 19세기 후반 한양 도성 안의 음식점이 그 모습대로 그 맛대로 영업을 존속시키고 있는 곳이 있단 말인가? 과연 "궁중음식"이라는 게 있을까? 물론 전통음식의 정통적 격조를 유지하고 있는 많은 요리예술가들이 계시겠지만, 흔히 시중에서 접하는 궁중음식이라는 것은 미원에 들들 볶아 날조한 전통의 가면들이 아닐른지? 미국을 결코 신생국가라고 천박하게 규정해버릴 수만은 없다. 200년 동안 세계문명의 성취를 압축시킨 인류문명의 보고라는 사실을 다시 한번 상기해 볼 필요도 있다.

그러나 나의 미국예찬에도 한계는 명백하다. 왜 그렇게 좋은 미국에 사는 대부분의 한국인들이 한국예찬가가 되고 또 미국을 혐오하게 되는 감정에 빠지는가? 사실 그것은 미국에 뿌리를 내리지 못한 인간들의 어설픈 노스탈쟈라고 쉽게 논박이 가능할 수도 있겠지만, 미국에 사는 한국인에게는 묘한 파라독스가 존재한다. 예수에게 마귀가 시험을 걸었다. 돌을 빵으로 만들어 보라! 그때 예수는 뭐라 대답했던가? "사람은 **빵**으로만 사는 존재가 아니다."(Man shall not live by bread alone).

인간의 문제는 결국 인간의 삶이 그 삶을 구성하는 물리적 관계로만 풍요로와질 수 없다는 사실에 있다. 인간은 일상적인 물리적 관계 속에 매몰되어 있을 때, 그 물리적 관계가 아무런 문제를 일으키지 않는 한, 그리고 그 물리적 관계가 고도의 문명의 안락과 복지 속에 놓여 있을 때는 한없이 행복하게 느낄 수 있다. 그런데 인간을 괴롭히는 것은 물리적 관계라기보다는 인간적 관계이다. 인간의 정신성이라는 것은 대부분 인간과 인간의 관계 즉 휴먼 네트웤에서 발생하는 것이다. 그런데 미국에서 사는 삶의 파라독스는, 특히 대부분의 한국인들이 겪는 고초는 물리적 관계의 풍요로움과 인간적 관계의 곤요로움 사이에서 발생하는 저질성의 갈등에서 유래되는 것이다.

대부분의 한국인들이 미국에서 맺고 있는 인간관계가 매우 저질적인 것이다. 그리고 모든 인간관계가 미국사회에 적응키 힘든 구조로, 그리고 미국사회에서 존경받기 힘든 구조로 맺어져 있다. 그런데 이러한 인간관계의 저질성은 인간의 정신성 자체에서 발생하는 것이 아니라 대부분 물리적 관계의 이상상태로 촉발되는 것이다. 예를 들면, 델리가게를 열심히 해서 돈을 벌어 벤츠를 편하게 몰고 다닐 때는 행복감의 보장에 별 문제가 없다. 그러나 어쩌다 충돌사고가 생겼다, 그런데 상대방이 와스프 변호사였다, 그런데 경찰이나 위트니스들이 모두 와스프 변호사의 억지변호에 어김없이 찬동하는 빤한 추태를 연출한다, 이럴 때 치밀어 오르는 울화는 결국 씨팔 앵키 아메리카를 외치면서 고독한 코리안으로 침몰해버리고 마는 것이다.

식료품가게나 세탁소를 열심히 운영하여 돈벌고 잘 살았다. 그런데 밤낮을 가리지 않고 열심히 일한 끝에 당뇨나 간경화증에 걸렸다. 이때 코리안은 과연 내가 무엇 때문에 열심히 살았나? 과연 무엇을 위해서, 어떠한 가치를 구현키 위해서 살았나? 심한 회의감에 빠지게 되고 존재가 허물어지는 허무감을 만끽하게 되는 것이다. 즉 나를 떠받쳐 주었던 물리적 관계가 전혀 나의 존재를 보장해주는 실상이 아닌 허상이었다는 자각에 함몰한다. 그 자각의 결론은 심각한 고독감이다. 그런데 고독이란 인간의 관계없이는 불치의 병이다. 그러나 코메리칸들에게는 인간의 관계가 대부분 불건강한 것이다. 결국 그들의 고독을 달래주는 것은 기껏해야 종교의 마수일 뿐이다. 기독교가 되었든, 불교가 되었든, 단전선도가 되었든 모두 불건강한 또하나의 광신의 굴레 속으로 그들을 함몰시켜 버리는 것이다.

나는 사실 미국문명에서 잘 적응하고 살 수 있는 모든 여건을 구비한 인간이다. 언어나 습관에 익숙치 못한 구석이 별로 없고, 한국음식에도 특별한 집착이 없을 뿐 아니라, 미국문명이 가지고 있는 강점을 잘 활용해서 살 수 있는 섬세한 감성의 소유자이기 때문이다. 그래서 오랜만에 한국을 좀 비워달라는 요청이 들끓어 출타한 심정이 좀 처량하기도 했지만, 삶의 젊음과 기쁨을 만끽할 수 있는 새로운 계기가 되었다. 나는 맨해튼 한 복판에 무명인으로 서있을 때는 항상 스무 살의 청운의 꿈을 느낀다. 나는 정말 좆도 아니라는 반야적 허무감이 나를 한없이 젊게 만드는 것이다. 그래서 행복하게 나날을 살고 있던 중, 또 하나의 고독이 나를 엄습했다. 그것은 다름 아닌 나의 고질인 치통이 재발했기 때문이다. 몸이 아프면 모든 것이 구찮아진다. 그리고 정신상태가 허약해지고 박약해진다. 그리고 잇몸이 항상 부어있는 상태는 구강에 염증이 상존한다는 것인데, 이러한 염증은 반드시 두통으로 연결된다. 즉 골이 항상 띠잉 한 것이다.

나는 술을 마시지 않는다. 그러나 술을 먹기를 매우 좋아한다. 술만 먹으면 모든 것이 몽롱해지고 신발도 구름 위를 밟는 것 같이 가뿐해진다. 나는 그런 느낌이 무척 좋다. 나는 참 어리석은 사람인가 부다. 그냥 좋은 것을 좋아하기 때문이다. 내가 부인에게 쿠사리를 먹는 대부분의 상황은 좋은 것을 너무 좋아하기 때문이다. 그런데 이렇게 좋은 술을 안 먹는 이유는 사실 단순한데 있다. 먹으면 잇몸이 붓기 때문이다. 그 잇몸의 고통은 참 형언키 어려운 것이다. 치과의사들에게 이런 이야기를 하면 잇몸과 술은 필연적 인과관계에 있지 않다고들 이야기하지만 그들은 정말 체질적 특성을 너무 이해하지 못한다. 술만 먹었다 하면 나는 잇몸이 부어 어쩔 줄을 모르는 것이다. 사실 잇몸이 나쁜 덕분에 나는 절제의 성자가 되어온 것이다. 인간은 이렇게 하찮은 존재다. 적극적으로 무엇을 성취하기에는 너무도 허약한 존재다. 사실 나는 고승의 경지라는 것을 크게 믿지 않는다. 몸을 가지고 있는 한 인간의 경지의 고하는 크게 차이가 없는 것 같다. 하여튼 나는 그런 엉터리 성자인 것이다.

이빨은 잇몸 속에 감추어진 치조골(alveolar bone) 속에 뿌리를 박고 있다. 그런데 나의 이빨들은 현재 그 뼈가 다 삭아내려 치첨공(apical foramen) 부분까지 다 노출되어 간당간당 흔들거리고 있다. 막말로 손가락을 뺀찌 모양으로 잡고 확 잡아 땡기면 모두 훌러덩 빠질 수준으로 근덩거리고 있는 것이다. 나는 치주과 의사에게 가는 것도 이제 포기해버렸다. 이제 나의 유일한 치료 방법은 하나님께 기도하는 것이다. 빠질 때까지 좀 오래 견디게 하옵소서!

"케이비에스(KBS) 도올의 논어이야기"강좌를 시작할 때부터 나는 간절한 소망이 하나 있었다. 이빨이여! 버텨라! 나는 나의 체력에 자신이 있다. 남들 앞에서 손가락으로 수십 회의 푸쉬엎을 가뿐히 해낼 정도의 체력은 아직 푸릇푸릇 세포 속에 간직하고 있다. 그런데 나의 최대의 취약점은 잇몸인 것이다. 치통 앞에는 왕후장상이 따로 없는 것이다. 인간의 가장 치열한 고통은 치신경의 노출과 관계되어 있는 것이다.

미국에 이민가는 사람들에게 공통된 질병이 하나 있는데, 그것은 이민 3년 후면 반드시 콧물·눈물이 항시 쏟아지는 알러지에 걸린다는 것이다. 미국이 한국보다 공기가 더 좋고 또 음식이 더 자연적이고 또 더 여유롭게 베케이션도 엔죠이 하는데 왜 알러지에 걸리는가? 아무도 그 간단한 대답을 잘 모르고 있는 것 같다. 그것은 일상적 삶의 방식에 큰 변화가 생겼기 때문이다. 그 큰 변화 중의 하나는 미국에 가면 필히 에어콘 속에서 살게 된다는 것이다. 에어콘이 돌아가는 중앙제어체제 속에서 필히 인생을 살게 되는데, 그중 최악의 사태는 한 여름에 에어콘 속에서 잠을 자게 되는 것이다. 한국에서부터 그런 생활습관에 젖어 아무 문제가 없는 사람이라면 모르겠지만, 대부분의 사람들이 그런 변화를 감당키 어렵다.

그런데 미국의 가옥구조는 에어콘 없이는 생존불가능의 환경 속에 위치할 때가 많은 것이다. 나는 요번에 호텔방에서만 삼개월을 전전하는 험난한 나날을 보내야 했다. 시차, 고독, 외식의 독성, 집필의 핍박… 등등에 시달려야 했지만, 가장 내가 견딜 수 없는 것은 중앙냉방으로 내가 완벽하게 제어할 수 없는 방 공기의 문제였다. 온도계기를 속이느라고 수건에 물을 적셔 그놈을 푹 싸아 기화열을 빼앗기게 만들어 냉풍이 안 돌아가게 만드는 데는 성공을 했지만, 바람만 안 돌아갈 뿐 열려진 천장 에어콘 구멍에서 뿜어대는 냉기는 오리털 솜이불을 사러 메이시즈 백화점을 뒤져야만 했다.

8월 8일『유에스에이 투데이』신문은 다음과 같은 일면 톱 헤딩을 달고 있었다: "오븐 라이크 템프 베이크 유에스에이Oven-like temp. bake USA." 빵 오븐 속 같은 날씨가 미국을 굽고 있다. 유난히 더웠던 미국의 여름이었건만 나는 오리털 솜이불에 그것도 모자라 그 위에 베드 스프레드를 얹어 폭 뒤집어쓰고 자는 삼개월이어야 했다. 아침에 일어날 때쯤이면 물론 잠옷 내의까지 입고 잔 광적인 도올의 스킨의 표면에는 촉촉히 땀이 한 겹 흘렀지만, 어깻죽지는 여전히 얼음짱처럼 시큰거렸다. 몸의 인위적 온도의 차, 그리고 호텔 방 내와 대기의 온도의 차, 이 기氣의 어긋남은 여지없이 나의 몸에 전기현상을 발생시켰다. 아침에 일어나면 어깻죽지로 해서 팔 전체가 찌릿찌릿 마비상태가 되어버리는 것이다.

그러나 이런 상태를 개선할 방법은 없었다. 한여름 밤에 겨울 솜이불 속에서 악몽을 꾸어야만 했던 문명의 축복이 이 지구상의 유위의 극상인 맨해튼의 고급호텔에서 도올이 향수해야만 했던 행복스러운 불행이었다. 그런데 실상 내가 보호할 수 없었던 최악의 취약소는 어깨나 팔쭉지가 아닌 얼굴이었다. 나의 안면은 밤새 얼었다가 낮이면 다시 녹았다가 하는 초봄의 비극을 반복했던 것이다. 이 초봄의 비극의 최대의 피해자가 바로 간당간당하게 매달려 있던 잇몸이었다. 뿌리가 다 노출되다시피 한 잇몸으로 이러한 유위적 비극의 시련이 집약적으로 표출된 것이다. 온 잇몸이 붓기 시작했다. "케이비에스 논어이야기"를 계속했더라면 긴장상태가 유지되어 별 탈이 없었을 지 모른다. 그런데 그 긴장이 풀리면서 나의 치아는 결빙과 해빙의 반복을 감당할 수 없었던 것이다. 그 최대의 희생자는 모든 이빨 중에서도, 내가 가장 걱정했던 상악골의 치아 중 오른쪽 외측 절치 (lateral incisor)의 뿌리 쪽이었다.

한 일년 전에 그놈의 이빨에 또 고름이 잡혀 김성철 선생에게 치료를 받았을 때, 아예 그 이빨을 양쪽 이빨에 붙잡아 매면 어떻겠냐고 내가 요청했던 것이다. 그런데 김성철박사는 불교철학자다웁게 그냥 쓸데까지 쓰라고 무위적 해결을 결정했던 것이다. 아직도 뿌리가 견딜 수준은 되고, 그것을 양 이빨에 붙여 놓으면 항상 이빨 사이에 뭐가 낀 듯 기분이 좋지 않고 또 구강 환경의 변화가 그렇게 좋은 영향을 주지는 않는다는 것이다. 그러나 상악에 매달려 있는 상황에서 건덩거리는 것은 사실 하악에 박혀서 견디는 것보다 더 불안할 수가 있다.

미국에 간 후로 그 놈의 이빨은 말할 적마다, 그러니까 이빨이 닿을 적마다 건덩거리기 시작했다. 물론 무엇을 씹어 먹을 때는 말할 나위도 없다. 앞의 절치는 어차피 음식물을 일차적으로 절단하는 기능을 완수하지 않을 수 없기 때문이다. 그래서 흐물흐물한 빠다나 햄버거나 우물우물 거리고, 신 쥬스도 전혀 못 마시고 미네랄 워터만 들이키다간, 결국 싸 가지고 간 인산죽염으로 잇몸을 덮으면서 염증의 노기를 가라앉히려고 애를 썼다. 그런 짓을 하면서 두 달을 견디었다. 내내 골치는 띵했고, 동양의학적 죽염의 신비에 매달리면서 서양의학의 외과적 방법의 한계를 극복하려고 안간힘을 썼다.

그러던 어느 날, 그곳에서 공부하는 제자를 만나 어느 까페에 갔다가, 이빨에 가장 부담없는 흐물흐물한 고운 결의 티라미수 케익을 시켰다가 경천동지의 비운을 맞이하고야 말았다. 키악! 으지지직! 쵸코색의 고운 티라미수 속에 날 죽일 비수가 숨어있을 수가! 내가 돌을 씹은 것은 정확하게 외측 절치는 아니었지만, 바로 그 옆의 뾰족한 견치(canine)의 에나멜을 심하게 파손시킨 것 같았다. 내가 미국적 삶에 익숙해 있었다면 그 자리에서 사람을 불러 입에 들어간 케익의 반죽을 뱉어내고 증인을 세워, 돌의 존재를 입증하는 정교한 작업을 당장에 벌였을 것이다. 그리고 수(to sue)를 하는 준비를 이미 시작했어야 했을 것이다. 그러나 나는 여행객이다. 그런 일로 변호사를 고용하여 고소를 하는 작업을 벌일 만큼 나는 미국사회에 적극적으로 개입할 입장에 있질 않았다. 그리고 제자들 앞에서 주책없이 갑자기 고소한다고 날뛸 수도 없는 일이다.

그러나 사실 이러한 경우에 고소를 준비한다는 것은 평범한 미국인의 상식이다. 그러나 법치法治의 관행에 익숙치 못한 예치禮治의 나라의 사람들은 인종忍從이나 양보와 용서로 이러한 사태를 넘기게 마련이다. 그래서 코리안은 항상 당하게 마련인 것이다. 나는 더구나 『논어』를 강의하는 콩짱구의 대변인이다. 태연스럽게 팃슈페이퍼에 자갈이 으서진 티라미수를 뱉어버렸고, 재수없는 듯 히끗 웃고 말았다. 그리고 시린 이빨에 손을 대고 여섯시 오분 형태로 고개를 꺄웃뚱한 채 매디슨 애비뉴를 혼자 걸어 내려오는 나의 얼굴엔 체념과 분노의 서기가 서려있었다.

이제 동양의학의 한계는 명백해졌다. 더 이상 서양의학의 한계를 운운할 수 있는 여유로운 입장이 아니었다. 그래서 코리아타운을 어정거리다가 한글로 쓰여진 메디슨 치과라는 간판이 눈에 띄길래 불쑥 들어갔다.

다행히 퇴근시간이 가까웠지만 이빨을 갈고 있는 의사를 발견했다. 그런데 의사는 한국말을 하기는 했지만 그 액센트로 보아 1.5세가 분명했다. 매우 젊은 씩씩한 사람이었다. 그런데 문제는 나를 전혀 알아보지 못한다는 사실이 나에겐 중요했다. 즉 나를 알아보지 못하는 사람에게 함부로 내 몸을 맡긴다는 데 대한 두려움이 앞서는 것이다. 나는 우선 내 이빨의 상황을 말로 설명하려고 노력했다. 그런데 그 젊은 의사는 말로 자기 몸 상태를 설명하려는 나를 매우 꼴사납게 쳐다보았다. 그리고 무조건 나를 덴탈 체어에 앉혔다. 그리고 사정없이 레버를 밟았다. 나의 입은 벌려졌고 의사는 사정없이 나의 이빨을 흔들어보기 시작했다.

나는 그의 손이 거칠다는 사실을 직감했다. 치과의사는 의학도이기 전에 섬세한 공예인이어야 한다. 훌륭한 치과의사에게 중요한 것은 의학적 상식이 아니라 예술적 직감이다. 쉿! 나는 계속 흔들어대는 그의 핀셋을 감당할 길이 없었다. 나는 그 자리에서 일어나 버렸다. 그 1.5세의 의사는 사람을 무조건 깔보는 그런 습성에 이미 젖어버린 젊은이였다. 등산조끼 같은 것 하나 걸친 한 한국여행객을 아주 초라한 촌놈으로 취급하기만 했다. 그러면서 이빨을 뽑아버리고 루트커넬을 해서 박아 넣어야 한다고 말했다. 그래서 내가 그 흔들리는 이빨을 양 옆으로 붙여줄 수는 없냐고 하니까 그렇게 해달라면 해 줄 수 있다고 아주 무성의하게 말했다. 그것은 임시방편일 뿐이라는 것이다. 그렇게 하면 얼마가 필요하냐고 물으니까, 100불을 내라고 했다.

나는 침침한 33가를 헤매었다. 33가에는 아씨씨의 성자 프란시스가 무릎꿇고 앉아있는 성당이 하나 있다. 그 앞을 배회하면서, 도덕적 힘의 허무성을 절감했다. 도덕적 힘이란 그 도덕성을 인정하는 사람들 사이에서만 존재하는 힘이다. 나를 모르는 사람에게 나의 도덕적 힘은 전혀 무의미하다. 나는 그냥 초라한 객손일 뿐이었다.

나는 이날 밤, 악몽에 시달렸다. 나는 오늘 국가시험을 보러가야 한다. 그런데 그 시험장에 가는 시간도 모호했다. 그리고 더 중요한 사실은 오늘이 시험날인데도 예상시험문제집을 단 한번도 보지 않았다는 것이다. 나는 발을 동동 구르면서 어쩔 줄을 몰랐다. 간계내과, 부인과, 상한론, 생리학, 예방의학…… 아이쿠 두야! 난리났구나! 나는 내가 자라난 천안집 툇마루에서 어쩔 줄을 모르며 이리왔다 저리왔다, 정신병자처럼 무엇인가에 매달리는 듯 했다. 항상 툇마루에 조용히 앉아 계시던 엄마의 모습도 보이지 않았다.

악몽에서 눈을 떴을 때 미국에까지 들고 간 나의 메밀 벼개가 흥건히 젖어 있었다. 일층의 레스토랑으로 내려가 부리나케 아침을 먹었다. 나의 아침은 매일 같은 메뉴를 정확히 반복했다. 베이글 하나, 빠다 세 쪽, 스트로베리 쨈 두 개, 오렌지 쨈 한 개, 과일과 요구르트 한 접시, 애플쥬스 한 컵, 씨리알 우유 한 접시. 이것은 내가 아침에 호텔 방 값에 붙어 공짜로 먹을 수 있는 메뉴이기 때문에 꼭 어김없이 먹었다. 이것만 충실히 먹으면 그래도 하루를 배고프다는 감각이 없이 지낼 수가 있었다. 나는 여기저기 사람들에게 전화를 걸었다. 누구 손 솜씨가 훌륭한 한국인 치과의사 한 분 소개해줄 수 없냐고 문의했다. 감정이 잘 통하지 않는 미국인 의사에게 몸을 맡기기는 좀 불안했던 것이다. 그러나 돌아오는 답변은 모두, 아는 의사가 베케이션을 갔다던가, 자기는 이빨이 튼튼해서 아직 한번도 치과의사 신세를 져보지 않았다던가 하는 답변뿐이었다. 나는 최종적으로 레스토랑의 김사장님께 여쭈어 보았다.

"아시는 치과의사 한 분 소개해주실 수 있습니까?"

"마침 32가에 뉴욕 치과라고 있는데 젊은이가 참 착실합니다. 그리로 가보시지요. 제가 전화를 한번 넣어보겠습니다."

"한국말을 할 줄 아는 사람입니까?"

"그럼요~ 한국말을 자유롭게 잘 합니다."

"저를 알아볼까요?"

"글쎄, 여기서 자란 사람이 되어놔서 교수님을 알아볼 지는 잘 모르겠습니다. 뭐 상관 있겠습니까? 제가 잘 말씀드려 놓겠습니다."

그러더니 한참 후에 돌아와선 전화를 안 받는다고 했다. 그리곤 연락할 길이 없다고 했다. 출근이 늦을 지도 모르니까 나는 무조건 한번 걸어가 보기로 했다.

맨해튼의 공간은 비좁다. 맨해튼은 이미 그 구조가 고정된 콩크리트 밀림 속에서 자기 스페이스를 확보하고 사는 게임의 마당이다. 팔을 오그라 붙이고 겨우 서너 사람 들어갈 만한 비좁은 엘리베이터를 타고, 가는 층수의 보탄을 누르면 문이 열리자마자 곧바로 그곳의 내실이 되는 경우가 허다하다. 복도라는 중간 공간을 아예 없애버린 것이다. 뉴욕 치과는 5층이었는데 5층에서 엘리베이터는 서질 않았다. 그래서 하는 수 없이 6층을 눌렀더니 문이 열리자마자 거대한 사람들이 웃통을 벗고 땀을 삐질삐질 흘리면서 괴이한 모션을 하고 있는 것이 아닌가? 깜짝 놀라서 보니 그곳은 쿵후도장이었다. 쿵후라면 관심이 있어 과감하게 그곳으로 들어가 관장에게 물어보니 뉴욕 치과는 요즈음 문이 닫혀있다는 것이다. 베케이션을 간 모양이라고 했다. 즉 치과문을 닫는 방법이 곧 열쇠로 그 층 수의 엘리베이터 문을 봉쇄해버리는 것이다.

나는 뉴욕 치과의 의사와는 연이 닿질 않았던 것이다. 하는 수 없이 그 구중중한 엘리베이터에서 내려 주변 간판들을 휘둘러보니 신 아무개 박사의 덴탈 클리닉이라는 간판이 눈에 띄었다. 나는 32가를 건너 또다시 그곳의 엘리베이터에 몸을 실었다. 이곳은 그래도 복도가 있는 곳이었으나 문은 꽁꽁 닫혀 있었다. 맨해튼에서는 문이 열려 있는 사무실이 거의 없다. 갤러리 같은 공공건물조차도 일일이 보고를 하고 문을 두드려야 하는 상황이 많다. 항상 문 앞에서 초인종을 누르면 그 안에서 조망 구멍으로 사람을 빼꼼 확인하고 어마어마한 열쇠가 달린 문을 철컥하고 열어주는 것이 통례이다. 11시였다. 나는 초인종을 과감히 지지지직 눌렀다. 치과의사에게 어포인트먼트 없이 찾아가는 것은 좀 상식에 어긋나는 짓이다.

치과의사는 내가 기대했던 것보다는 나이가 많은 사람이었다. 그리고 작은 몸집의 얼굴에서 확 풍기는 느낌이 늘상 만나는 동네 생선가게 아저씨 같았다. 세파에 찌든 얼룩에 약간 술살의 붉은 기운이 바탕색을 이루고 있었다. 그리고 나를 보자마자 좀 어색한 표정을 짓는 품새가 분명 날 알고 있다는 느낌이었다. 나는 상황을 설명했다. 그런데 이 의사선생님은 직접 보지 않고는 아무 것도 말할 수 없다고 말씀하시는 것이었다. 물론 의사선생님의 이러한 주장은 너무도 당연한 것이다. 환자의 말에만 의존하여 꼭두각시 노릇을 하는 것은 의사가 할 일이 아니다. 그런데 나는 너무 스포일되어 있었다. 즉 내가 만나는 대부분의 의사들이 나를 존경해주는 사람이었고, 나의 몸의 구석구석의 히스토리를 아는 사람들이었다. 그래서 그들과는 사소한 일은, 말로써만 이야기해도 여태까지의 시술의 배경 위에서 쉽게 정확한 판단이 성립하는 것이다. 이것이 바로 패밀리 닥터의 장점이다. 그리고 나의 제자와 같은 의사들에겐 내가 이렇게만 해달라고 요구해도 대부분 내 말대로 들어주는 것이다. 나는 무리하게 이런 대접을 내가 생소하게 처음 만난 클리니션에게 요구하고 있었던 것이다.

페달이 밟아지고 레버가 눌러졌다. 내 몸은 기울어졌고 오퍼레이팅 램프가 켜졌다. 그리고 의사는 또다시 내 이빨들을 툭툭 치고 흔들어보기 시작했다. 아야야야 얏! 나는 메디슨 치과의 악몽을 다시 연상했다. 요번에는 또다시 당하지 않으리라! 핀셋이

외측 절치를 건드리려 할 때 나는 벌컥 소리쳤다.

"흔들지 마세요!"

"어떻게 흔들어 보지 않고 문제가 되고 있는 상황을 알아 볼
수 있단 말이요? 의사가 흔드는 것은 프로브를 위한 것이지
전혀 이빨에 대미지를 주지 않아요!"

의사의 말씀은 지당했다. 그러나 나는 그래도 흔들지 말라고
했다. 그러자 의사는 술살에 찌든 각박한 얼굴을 후악 붉히면서
카랑카랑한 성미를 돋구는 것이었다.

"이보시오! 당신이 의사요? 도대체 왜 나한테 약속도 없이
찾아와서 봐달란 거요?"

그러더니 핀셋과 마우쓰 미러를 테이블 위에 꽉 던지면서 말
했다.

"가시오. 난 당신 같은 환자는 보지 않아요. 두 번 다시 볼 일
없어요!"

나는 질세라 빙그레 웃으면서 능청맞게 말했다.

"나도 의삽니다."

"당신이 뭔 제대로 된 의사냔 말이요? 당신은 한의사잖아
요?"

사실 이 순간 나는 한의사에 대한 서의의 경멸감에 공분을 느
꼈다기보다는, 이 의사선생님이 나를 분명하게 알고 있었고, 그
가 알고있던 나의 모습에 얼마나 심각한 실망과 모멸감을 느꼈
는가 하는 직감이 일종의 연민으로까지 다가왔다. 사실 자초지
종 모든 잘못은 나에게 있다는 것을, 나는 누구보다도 잘 알고
있었다. 나는 단순히 몸이 괴로운 사람이었고, 그 괴로움에 대
해 응석을 받아주기를 요구하는 철없는 어린애였을 뿐이다.

나는 싹싹 빌기 시작했다.

"죄송합니다. 단지 몸이 아프다 보니 선생님께 당연히 지켜야
할 예의도 못 지킨 것 같습니다."

"당신은 나 신선종의 환자이기 전에 우리 민족의 존경을 받는
지도자가 아니오? 그런 인물이 맨해튼 한 구석에서 소리
없이 살아가는 나에게 불쑥 찾아와서 이렇게 실망을 안겨줄
수가 있소? 환자로 왔으면 일단 의사를 신뢰하고 몸을 맡겨
야지 어떻게 의사보고 이래라 저래라 명령을 내릴 수 있냔

말이오? 물어보시오. 이 한인타운 모든 사람에게 물어보시
오. 나 이곳에서만 스물 다섯 해를 개업해왔어요. 그러면서
주변 사람에게 존경받지 못할 일은 해본 적이 없어요."

　그의 분노는 정말 정당한 것이었고 이해가 가는 것이었다. 그
러나 나는 그에 대해 정보가 전혀 없는 상태였다. 나는 그를 의
사로서 알고 신뢰하고 들어 왔다기 보다는 그냥 지나가는 간판
만 보고 상의하기 위해 들어왔던 상황이라는 것을 고백했다. 그
리고 같은 의사로서 의사의 권위를 존중치 못한 사실에 대해
정중한 사과를 반복하고 또 반복했다. 그리고 얼른 책가방에서
『도올논어』3권 하나를 꺼내 안표지에 싸인을 하면서 순식간에
당唐의 대의 손사막孫思邈의『비급천금요방備急千金要方』에 나오는
한 대구를 휘둘러 갈겼다.

先發大慈惻隱之心，誓願普救含靈之苦。
선 발 대 자 측 은 지 심　　서 원 보 구 함 령 지 고

　그 뜻인 즉, 대의가 치병을 할 때는 먼저 대자측은지심을 발
해야 할 것이요, 오직 인간의 고통을 구원해준다는 일념으로 임
해야 한다는 것이다. 나를 측은하게 바라보라는 뜻도 들어있겠
지만 당신도 대자대비의 넓은 마음을 가지고 환자의 고통만을
생각하라는 충고도 들어 있었다. 신박사는 우선 내가 정중하게
나의 저서를 증정한 것을 매우 기분좋게 생각했다. 그리고 치밀

어 올랐던 화를 일시에 녹여버리는 것 같았다. 그리고 친절하게 이왕 인연을 맺었으니 봐주겠다고 하면서 1시에 만나자고 특별 어포인트먼트 시간을 주었다.

그래서 나의 외측절치는 견치(canine)와 내측절치(medial incisor) 를 본드시키는 작업을 통해 기나긴 결빙과 해빙의 반복에서 생겨난 부종의 통고痛苦에서 해방되는 기적적인 전기를 맞이하게 되었다. 신박사의 손길은 매우 섬세했고 정교했다. 그는 일류 장인이었다. 그리고 나의 이빨도 한번 흔들어 보지도 않았고 내가 생각한대로 모두 완벽한 시술을 수행했다. 김성철 선생이 무위로 방치해둔 자연스러웠던 구강의 환경은 약간의 텁텁한 느낌의 변화를 감내해야만 했지만 최소한 입술을 움직일 때마다 건덩거려야 했던 불안정성의 공포로부터 확고하게 해방되었던 것이다.

치과를 나서는 순간부터 이미 치근에 세멘트가 확 부어져서 단단하게 고정된 듯한 느낌을 받았다. 그것이 어떤 느낌이었든지 간에 나는 기분이 되게 좋았다. 단지 좀 찜찜한 게 있다면 200불이라는 치료비가 좀 비싸다고 생각되었다는 것이다. 그러나 나는 보험도 없었고, 또 신박사의 시술태도의 꼼꼼함으로 볼 때, 그 정도의 가격은 정당하다고 생각할 수밖에 없었다. 신박사는 계속 싸게 해드리는 것이라고 말했다. 그런 구구한 이야기를 듣기 전에 나는 내 환자들이 나의 치료비를 비싸다고 느낄 수도 있다는 반성을 해야만 했다. 모든 것은 직접 당해봐야 아는 것이다.

며칠 후 신박사로부터 전화가 왔다. 나는 시술결과에 대해 궁금해서 친절하게 의사로서 전화를 해준 것으로 생각했다. 그러나 전화를 받고 보니 그 내용인즉 좀 의외였다.

"이것도 큰 인연인데, 같이 한번 식사나 합시다. 저녁을 한번 잘 대접해드리고 싶습니다."

사실 나는 누가 저녁을 대접하겠다고 전화거는 것을 제일 싫어한다. 나는 평소 저녁을 먹지 않는다. 그리고 식사는 어차피 해야할 것이니 같이 먹으면 좋지 않겠냐고 반문할지 모르지만, 사실 같이 식사한다는 것처럼 전문적 지식을 요구하는 상황도 없는 것이다. 나와 같이 식사하려면 정말 음식 그 자체에 대한 매우 심미적인 전문지식이나 감각이 요청되는 것이다. 그러한 감각이 모자라는 사람과 같이 식사를 하게 되면 속만 불편하고 시간만 축이 나 버린다. 그리고 식사 전후로 뺏기는 시간이 너무도 많은 것이다. 나는 식사에 대해서는 매우 철저한 원칙을 가지고 있다. 그래서 항상 내가 먹는 대로 편하게 간결하게 해결하는 것이 상책이다. 나는 근본적으로 외식에 대하여 크나 큰 매력을 느끼질 않는다. 그러나 신박사와 한바탕을 싸운 뒤끝에, 더구나 나에게 시술을 감행한 의사로서 베푸는 호의를 거절할 길은 없었다. 선뜻 내키는 걸음은 아니었지만 나는 수락의 의사를 비칠 수밖에 없었다.

"좋습니다."

"요번 금요일 제가 환자 다 본 후에 6시 반경 호텔로비로 모시러 가겠습니다. 그런데…… 무슨 음식으로 하시겠습니까?"

누가 나에게 음식대접을 원한다면 나는 항상 응공應供의 미덕을 발휘한다. 가능한 한 최상의 조건을 제시하는 것이다.

"미국까지 와서 동양음식을 먹을 생각은 없습니다. 한국요리나 일식은 한가위·노부로부터 싹 훑어보았습니다. 가능하면 서양음식으로 하시지요."

"제가 브롱크스에 가끔 가는 아주 좋은 이태리 음식점이 하나 있는데 그리로 하면 어떨까요?"

일전에 백남준 선생과 소호에서 먹었던 이태리 음식점 바롤로Barolo가 생각났다. 자가트Zagat의 평가는 낮았지만 그런 대로 음식이 준수했다. 한번 가고 싶었던 3가의 일 멀리노Il Mulino 생각이 간절했지만 "교황접견하는 것보다 일 멀리노 예약하는 게 더 어렵다"는 허풍선이들의 말이 생각나 그만 두었다.

"네! 좋습니다."

드디어 금요일이 왔다. 내가 뉴욕에서 맞이하는 마지막 주말이었다. 그런데 문제가 발생했다. 프린스턴에서 학위를 끝내고 발티모아 존스 홉킨스 대학에서 포스트 닥을 하고 있는 내 딸 승중이가 귀국하기 전에 꼭 한번 자기집을 방문해달라고 조르는 것이다. 모처럼 미국에 왔다가 딸 사는 모습도 한번 안 들여다보고 떠나가는 부정父情은 각박하기 이를 데 없는 것이다. 그리고 승중이는 주말이래야 시간이 난다고 했다. 발티모아도 볼 것이 많다는 것이다. 피카소와 마티스의 드로잉전을 하는데 한번 볼 만하고, 또 항구에 있는 아퀘리엄(수족관)도 장관이라는 것이다. 그래서 시간을 알아보니, 금요일 밤 10시 10분에 암트랙이 한대 있었다. 발티모아 딸 곁으로 내려갈 수 있는 유일한 챤스라고 판단되었다.

신박사는 내 책을 읽었거나 나에게 각별한 관심을 가졌던 사람은 아니었을 것이다. 그러다가 아마도 요즈음 미국 한국어채널에서 나오는 나의『논어』강의를 몇 번 스쳐보았을 것이다. 그리고 나에게 시술한 후, 타인들과 이야기하던 끝에 내 얘기를 많이 듣게 되었을 것이다. 최근에 이민을 온 사람들은 미국에서 한국사람을 만나면 반가워하지 않는다. 오히려 될 수 있는 대로 피하려고 노력하고 자신이 한국인이라는 것을 드러내려고 하지 않는다. 그런데 아주 옛날에 미국에 온 사람들은 한국사람들을 만나면 있는 그대로 순수하게 반가워하고 말을 건넨다. 그리고 한국에 대한 어떤 노스탈쟈를 순결하게 표현한다. 아마도 김박사는 이런 구세대에 속하는 사람일 것이다. 그는 나와 저녁 먹는 것을 특별한 이벤트로 생각했을 것이다. 그래서 나는 그에게 스케쥴 변경에 대한 어떤 이야기를 할 수 없었다. 적당히 일찍 끝내고 부지런히 32가의 펜스테이션으로 도망가면 될 것이라고 생각했다. 그런데 생각해보니 브롱크스를 갔다가 10시 10분 차에 맞추어 돌아오기에는 약간 무리가 있다고 생각했다. 6시경 그에게서 확인전화가 왔다.

"아~ 이제 환자를 다 보고 모시러 가는 참입니다. 준비되셨죠."

"그런데 좀 상의드릴 일이 생겼습니다. 제 딸아이가 발티모아에 사는데……"

"아~ 그렇다면 좀 곤란하겠군요."

한국사람들은 만나 저녁을 먹고 일찍 손을 털고 집으로 돌아가는 것을 매우 불경스럽게 생각한다. 만나 저녁을 먹었으면, 그것은 초장일 뿐이고, 얼큰하게 술잔이 오가기 시작하면 반드시 이차·삼차를 가야한다. 그리고 코가 삐뚤어지도록 약주를 마셔야 하고 있는 푸념 없는 푸념을 다 들어주어야 한다. 그리고 얼굴이라도 맞대고 서로의 면상에 침을 튀겨가면서 한스러운 정감을 나누어야만 직성이 풀린다. 그런 쎄레모니를 다 거치지 않고 헤어진다는 것은 도무지 한국인의 감각으로는 불경스러운 것이다. 이 지구상에 한국인처럼 정이 많은 동물들도 없을 것이다. 신박사도 그런 끈끈한 밤을 나와 원했을 것이다. 그런데 나는 술도 먹지 않고 10시 차로 또 떠나야 한다. 가장 불경스러운 맹숭이 식객일 뿐이었다.

"브롱크스까지 다녀오는 것은 좀 어렵겠군요. 그럼 이태리 식당 예약을 취소하죠. 그럼 이 근처 32가에서 해결합시다."

이 근처에서 해결하자는 뜻은 한식으로 오늘 저녁을 때울 수밖에 없다는 뜻이다. 나는 그럼 강서가 어떻겠냐고 물었다. 그랬더니 신박사는 강서는 좋기는 좋은데 너무 사람이 많이 가기 때문에 음식이 좀 무성의하다고 했다. 그리고 식당 실내장식을 고친 후로 맛도 좀 옛 맛이 사라졌다고 했다. 그러면서 원조를 가자고 했다. 나는 원조라는 이름이 촌스러워서 좀 망설였다. 그랬더니 신박사는 그곳 주방장을 아주 잘 알기 때문에 고기나 음식을 성의있게 준비하도록 해놓을 수 있다고 말했다. 나는 미원 같은 조미료만 안 들어가면, 그냥 야채와 생고기만 담박하게 먹을 수 있으면 오케이라고 했다. 신박사는 원조가 좋다고 했다.

그리고 원조에서 펜스테이션까지는 걸어서 5분 거리밖에 되지 않는다. 그럼 차를 꺼낼 필요도 없이 6시 반에 원조 앞에서 만나자고 했다.

예상과는 달리 원조는 줄이 길었다. 금요일 저녁은 모든 식당의 디데이다. 미국사람들은 식당 앞에 줄을 서서 한두 시간 기다리는 것을 아무렇게도 생각치 않는다. 한없이 양순한 양떼 같다. 돈 내고 먹는데 한두 시간 길거리에서 줄을 선다? 도무지 한국인의 감각으로는 좀 이해하기 어려운 일이다. 월권을 해서라도 쑤시고 들어가는 수단을 발휘 못하니 좀 깝깝한 것이요, 길거리에 구중중하게 서있는 것도 참 챙피한 일이다.

미국사회에선 대부분 특권이라는 것이 통하지 않는다. 사실 미국인들은 특권이라는 것을 발휘할 발상조차도 하지 않는 것이다. 그런데 이태리식당 예약도 취소한 마당에 원조 앞에서 한 시간을 기다린다는 것은 참으로 부질없는 짓이다. 신박사는 원조주인을 불러내드니 귀에다 대고 쏙닥거렸다. 아마 특별한 손님을 모시고 왔으니 빨리 자리를 내보라고 쏙닥이는 모양이었다. 역시 한국사람의 세계는 어디를 가나 한국인의 모습을 많이 닮고 있다. 나 역시 불경스럽게 특권이 발동되기를 간절히 바라고 있었다. 곧 우리는 이층의 아주 널찍하고 좋은 자리로 안내되었다. 긴 줄을 넘어 지나가는 나의 얼굴은 뜨거웠지만, 모든 사람이 양순하게 우리를 바라보고만 있었다. 딴 곳 같았으면 우리는 뺨을 맞고도 남아야 했을 것이다. 역시 한국인이기에 한국 사람들이 모이는 곳에서는 한국적 가치가 통했던 것이다. 우리 행위의 시비판단은 하나님께 맡겨 두고 나는 오랜만에 한국음식이나 실컷 맛있게 먹기로 작심했다.

"생갈비나 몇 인분 구어 먹읍시다."

"아~ 좋죠."

그런데 조금 아까 원조 앞 길거리에서 있던 일이었다. 신박사를 만나 어정거리고 있을 때 누가 저 멀찌감치부터 우리를 따라오더니 신박사에게 꾸벅 절을 했다.

"아유, 선상님 오랜만이유. 이빨이 아퍼서 뵈야것슈."

"그래, 내일 와! 아니, 내일 안 하니까 월요일 오전에 오면 되겠다. 11시 경 와라! 그때 봐줄게."

신박사는 아주 친근하게 이야기했다. 그런데 실상 이 충청도 사투리를 짙게 내뱉는 젊은이는 이빨치료가 목적이 아닌 듯 했다. 그는 곧 시선을 나에게 돌리더니 내 손을 덥석 잡고 고개를 푹 숙이며 절을 했다. 그리곤 금방 눈시울에 촉촉이 젖는 붉은 노을기가 서리는 것이었다. 그리곤 어떤 감격에 사로잡혀 아무 말

도 하지 못했다. 입술이 떨리면서 어떤 발설을 하기에는 가슴이
터지도록 뻐근한 그런 표정이었다.

  "선상님! 선상님! 아주 좋습니다. 아주 좋습니다. 아~ 오늘
  되게 기분좋다!"

  말하는 스타일로 보아 분명 지식인은 아니었다. 그의 생김새
를 뜯어보아도 시퍼런 느낌이 드는 얼룩덜룩한 옥색 남방에 얼
굴은 마악 한바탕 불량배들과 육박전을 치르고 난 듯한 느낌이
드는 얼굴이었다. 코는 돼지코처럼 뭉뚝하게 하늘로 치솟았고
입술은 썰며는 몇 근이 나올 정도로 두툼했다. 그리고 손부터
얼굴에 이르기까지 여기저기 상처가 많았다. 내 손을 잡은 그의
손의 느낌은 코끼리 가죽같이 단단했다. 세파에 시달린 깊이를
잘 말해주는 손이었다. 그러나 그의 표정에는 인간이라면 간과
할 수 없는, 우리의 지성이 무시할 수 없는, 매우 태고적인 순결
함이 있었다. 진실이라고 말하기에는 그 말이 너무도 평범하게
느껴지는,『중용』스물 여섯 장에서 말하는 "지성무식至誠無息"
의 지성이라고나 할까, 하늘과 땅을 휘덮고도 남음이 있는 어떤
그런 성실함의 때묻지 않는 순결성이 그의 세포 하나하나에 배
어있었다. 나는 가공되지 않는 자연을 사랑한다. 눈물이 글썽한
그 순간에 내 의식에 포착된 그의 얼굴은 광활한 미대륙의 원
시림 그대로였다.

내가 앉은 자리는 두꺼운 한국 소나무 널판때기로 짠 묵직한 느낌이 드는 식탁이 놓여 있었고, 그 가운데는 숯불화덕을 집어넣을 수 있는 네모난 무쇠프레임이 자리잡고 있었다. 주인이 와서 인사를 했다. 젊은 청년이었다.

"두분 선생님을 모시게 돼서 영광입니다. 바로 이 자리에 어저께 도날드 트럼프가 와서 먹었습니다. 그리고 조기 보이는 조 창가자리에는 그저께 오노 요오코小野洋子가 애 데리고 와서 먹었어요. 좋은 식사시간이 되시길 바랍니다."

나는 사실 도날드 트럼프가 어떤 사람인지를 모른다. 미국의 최고 부동산 재벌이라는 이름만은 희미하게 기억되지만, 트럼프가 먹었던 자리에서 내가 먹는다는 사실에 내가 크게 흥분할 이유는 없는 것이다. 그러나 원조주인은 자기식당의 권위를 나에게 자랑하려고 꺼낸 말이었을 것이다. 그렇지만 그 말의 진정한 의미는 맨해튼이라는 지상낙원의 최대특징인 무명성의 가치를 우리에게 전달해주는 것이다. 뉴 스쿨New School에 강의하러 온 데리다나 하버마스가 와싱턴 스퀘어 파크의 벤치에 혼자 앉아서 꾸역꾸역 맥도날드를 씹고 있는 좀 고독한 장면을 목격한다든가 하는 일은 너무도 쉽게 맨해튼에서 일어나는 일이다. 엊그제도 센트럴 파크에 있는 메트로폴리탄 뮤제움에서, 청말민국초의 회화사의 흐름을 일목요연하게 파악케 해주는 좋은 전시가 있어서 나는 없는 시간을 짜내어 늦은 시간에 성급하게 들렸다. 그런데 나가라고 호르락을 불어대는 거구의 흑인 여자 밑으로 이어폰을 끼고 열심히 무엇인가를 적고 있는 자그마한 동양인을 한명 발견했다.

"니 쩜마러!"

하바드의 석학 뚜 웨이밍 교수였다. 그날밤 우리는 우연하게 만나 유교문명의 가치의 세계사적 맥락에 관한 유쾌한 대화를 나누며 훌륭한 이태리안 레스토랑의 빠스따접시를 비웠지만, 맨해튼의 생활은 이런 예기치 못한 가능성이 곳곳에 도사리고 있는 것이다. 그리고 이 모든 사람들이 무명인이었다.

천국이 없다고 상상하면 지옥도 없을 것이다. 이러한 상상은 결코 어렵지만은 않다. 푸른 하늘만 빛나고 있을 뿐인데… 이렇게 되면 사람들은 내세를 바라지 않고 오늘만을 위해서 살 것이다. 그러면 이 세계는 평화롭게 될 것이다. 이것은 비틀즈가 해체된 후 죤 레논이 첫작품으로 내어 놓은 『이매진』이라는 위대한 노래의 첫 구절의 내용이다. 종교도 없고, 국가도 없어지고, 소유마저 없어진, 그래서 이 세계의 모든 사람들이 이 세계를 공평하게 점유하고 사는 이상사회를 죤 레논은 꿈꾸었고 그 꿈을 위대한 가사와 멜로디로 표현했다.

그대들은 나를 꿈꾸는 사람이라고 생각할지 모른다. 그러나 이러한 꿈은 결코 나홀로 꾸고 있는 것이 아니다. 언젠가 그대도 나와같은 꿈을 꾸게될 것이다. 그러면 이 세계는 참으로 하나가 되겠지.

이러한 위대한 꿈의 배경에는 동양문화의 훈도를 깊게 입은 오노 요오코의 아방가르드적 삶의 체험이 도사리고 있었다. 레논과 오노가 발가숭이로 꽉껴안고 있는 사진은 포르노라기 보다는 페미니즘과 패시피즘의 성화聖畵였다. 이러한 오노가 엊그제 쓸쓸하게 원조의 창가에 앉아 김치찌개를 먹고 갔다는 사실은, 한국의 어느 레스토랑주인이 말하면 뻥이 되겠지만, 맨해튼에서는 쉽게 목격되는 장면이다. 일본인인 그녀는 칼칼한 한국수프의 맛을 엔죠이했을 것이다.

신박사는 식사가 나오기 전에 넋두리를 늘어놓기 시작했다. 자신의 "유니체어"의 철학에 관한 것이었다. 유니체어란, 자기 클리닉에는 덴탈 체어를 단 하나만 놓는다는 것이다.

"사람들은 왜 기다리게 만드느냐고, 체어를 두 개 놓으면 환자가 곧 대기상태가 되고 의사가 환자를 보는 시간이 단축될테니까 더 좋지 않냐고 말하지만요, 그건 모르는 말입니다. 환자건 의사건 휴식과 집중이 필요합니다. 더 중요한 건 치과병원에서 구강에서 구강으로 병균을 많이 옮긴다는 사실입니다."

한 환자를 보는 기구가 모두 다 소독된 독립된 세트이여야 한다. 그런데 사실 나는 우리나라 치과의원에서 이런 약속을 지키고 있는지도 잘 모르겠다. 이놈 잇빨을 치료하던 기구로 저놈 잇빨도 치료하는 사례는 허다할 것이다. 더구나 잇빨가는 기계 부속 같은 것을 일일이 소독된 것으로 갈아끼우는지는 매우 의문이다. 미국에서 최근 가장 큰 문제가 된 것은 에이즈감염에 관한 것이다. 치과의사는 환자가 에이즈보균자인지를 알길이 없다. 그런데 에이즈보균자를 치료한 기구로 타 환자를 치료할 때 반드시 감염이 일어날 것이다. 구강치료는 대개 출혈을 동반하기 때문이다. 에이즈보균자의 타액이 타인의 출혈부위로 접촉만 되어도 곧 감염이 된다. 그런데 신박사는 에이즈가 대기에 노출되면, 살아있을 수 있는 시간이 매우 짧기 때문에 크게 문제가 되지 않는다고 말했다.

"더 중요한 감염은 간염입니다. 사람들이 크게 의식치 않고 있기 때문에 치과병원에서 엄청난 간염의 전염이 발생하고 있다는 사실이 은폐되고 있지요. 나의 유니체어철학은 이러한 전염을 철저히 예방키 위한 수단이지요. 나의 클리닉에서는 많은 사람이 기다리느라고 투덜거리지만, 한 사람을 치료하고 나서 다시 모든 기구를 점검하고 난 후에야 비로소 다음 사람 치료에 들어가는 나의 성의를 잘 이해하지 못하기 때문이죠."

유니체어에 앉는 환자는 그 순간에는 타인을 고려할 필요가 없는 왕王이 된다고 하는 그의 철학은 확실히 설득력이 있었다. 그리고 화려하게 크게만 벌려놓는 치과는 실수가 많다고 했다. 한 의사, 한 환자, 한 의자, 한 기구, 이것이 그가 말하는 유니체어의 철학이었다. 그래서 아마 그의 치료비는 좀 비쌌을지도 모른다. 뉴욕은 모든 가격통제가 전무한 도시다.

원조의 음식은 생각한 것보다는 신선하고 맛이 있었다. 그런데 숯을 아끼느라고 몇 개피 안올려 놓은 숯불에 피어오르는 화력이 너무 빈곤했기 때문에 생갈비가 맛있게 구어지지를 않고 점점 꾸둑꾸둑해져만 갔다.

이때였다. 저쪽에서 누군가 씩씩하게 걸어오더니 식탁위에 사시미 한접시를 탁 올려놓는다.

"잡수세요!"

얼굴을 쳐다보니 바로 아까 미대륙의 원시림을 연상케 한다던 그 청년이었다.

"여기 좀 앉어두 돼요? 아 기분 되게 좋다."

그 청년은 자기 생애에 내 앞에 앉어 있을 수 있는 순간이 있을 수 있다는 것을 영광스럽게 생각한다고 계속 연발했다. 그의 표현력은 매우 어색했으나 그가 말하는 영광이란 형언키 어려운 어떤 전율인 듯 했다.

"아~ 기분 되게 좋다!"

아마도 이런 말을 연발하는 것을 보면 좀 술이 취했을지도 모른다. 그러나 그의 정신은 말짱했다. 그 청년이 가지고 온 접시에는 매우 고급스러운 생선들이 놓여 있었다. 탐스러운 츄우도로, 이카, 아발로네, 그리고 신선한 도미, 광어 등의 생선이 놓여있었는데 나의 구미를 특별히 당긴 것은 한구석에 놓인 우니, 즉 성게알이었다.

나는 일본 유학시절에 타카다노바바, 니시와세다 토오리의 한 구비에 자리잡고 있는 하찌만스시라고 불리우는 작은 스시집을 무척 사랑했다. 아내와 나, 그리고 승중이 삼인이 햇수로 삼년을 그 동네에 사는 동안, 최대의 희망은 한번 우니를 마음놓고 먹어보는 것이었다. 그 집의 우니는 특별히 맛있었는데 그 우니 한 쪽이 무척 비쌌다. 스포츠 컷에 청바지를 입고 살았던 이십대의 청년 도올에게는 우니 니기리 한쪽을 마음놓고 먹는다는 여유가 허용될 경제적·정신적 틈이 없었다. 아내 또한 우니 먹는 것을 몹시 갈망했지만 한번도 그 소망을 충족시키지 못하고 일본유학생활을 청산하고 말았던 것이다.

언젠가 일지스님이 낙산사에 주석하고 있을 때 내가 동해 일출을 바라볼 수 있는 주지스님 방에서 잠시 주거한 적이 있다. 칼날같은 겨울바다의 냉기가 얼굴을 가르는 어느 날 우연히 낙산의 아낙이 성게의 더미에서 알을 파내고 있는 것을 발견했다. 그때 한 모금을 입에 넣었을 때 느꼈던 짜릿함은 왜 그토록 일본사람들이 우니를 좋아하는지를 깨닫기에 충분했다.

뒤늦게 안 사실이지만, 식탁위에 놓여진 사시미 한 사라는 이 청년이 주변의 어느 일본집에서 사서 가지고 온 것이었다. 그만큼 그는 내 앞에 앉기 위해 정성을 다했던 것이다.

"제 이름은 피천구라고 합니다. 가죽피에다가 하늘천 아홉구에유. 우리 엄마가 태몽을 꾸었는데 하늘에 별이 아홉개 떠있었다나 ～ 그래서 붙은 이름이래유. 나두 괜찮은 집안에서 태어났슈. 우리 매부가 영락교회 유명한 목사님이었다니까유……"

괜찮은 집안이라면서 매부를 들먹이는 것도 좀 족보가 잘 안 맞아 떨어졌지만 하여튼 미국에 이민올 정도면 한가닥은 하는 집안이었을지도 모른다.

"그래 지금 뭘 해요?"

"전 행상이유. 페들러말유. 길거리서 가죽가방이나 잡화 따
위를 팔어유. 저 왜 피프쓰 애비뉴 51가에, 왜 그 유명한 성
당있잖아유? 세인트 패트릭 성당이라구 말유, 그 앞에 매일
아침 여덟시반부터 저녁 여섯시까지는 있슈. 한번 놀러오
세유."

나는 피프쓰 애비뉴Fifth Ave, 록펠러 센터앞에 우리나라의 상
징이다시피한 대한항공 비행기의 오피스가 멋드러지게 자리잡
고 있고, 그 밑으로 정말 아름다운 고딕 석조의 성당이 하나 우
뚝 서있다는 사실을 기억해냈다. 사실 난 몇일 전에 귀국편 비
행기 예약을 변경하기 위해 그곳 KAL 오피스에 갔었던 것이다.

"근데 제가 행상이라니까 날 모두가 빈곤하고 불쌍한 놈으로
알어유. 아니 이 치과 아저씨두 내가 불쌍하다구 이빨값을
몇십불 깎어 주시잖어유. 그런데 참 세상사람들은 세상을
몰라유. 내가 말유, 그곳에서 하루에 얼마를 파는 줄 아시유.
하루에 보통 오천불어치는 판다구유. 맨해튼에선 행상이
아주 쎈거유. 내가 말유, 하루에 만불까지두 팔아 봤다니
까유. 그런 나를 길거리서 벌벌 떨구있는 불쌍한 놈이라구
천시하구 물건 값도 깎어준다니까유, 원 참…. 내가 이 치과
박사님보다 돈을 더 잘 번다구요."

거침없이 내 뱉는 말이었지만, 나는 그 친구라는 행상의 언어

가 거짓이나 과장이나 과시가 섞여있다고 생각할 수는 없었다. 우주의 제5원소의 비밀을 알고 있다고 해도 당장에 아르켜주고 싶어하는 솔직담백한 천진함이 그의 말투에는 배어있었기 때문이다. 그러나 사실 그 말을 액면 그대로 받아들이기에는 좀 터무니가 없었다. 나같은 지식인이 미국유학을 해서 어렵게 영주권을 얻고 대 콜럼비아대학의 교수가 되었다고 해도, 한달에 5천불을 손에 쥐기가 그리 쉬운 일은 아니다. 그런데 하루에 길거리에 잡화늘어놓고 만불까지 손에 쥔다면 참 맨해튼 5번가의 위력은 대단한 것이다. 허긴 세계에서 제일가는 관광도시인 맨해튼, 꾸준히 하루에 들이닥치는 인구만 해도 맨해튼 상주인구와 맞먹을 것이다. 하여튼 인생의 아이러니는 곳곳에 숨어 있었다. 그런데 나의 관심은 어떻게 투박한 일개 한국인인 그가 맨해튼 한복판에서 그런 행상자리를 고수할 수 있냐는 것이었다. 그 정도의 자리라면 마피아한테라도 빼앗길 것이 아닌가?

"전 베테랑이유. 상이군인이란 말유. 전 참전용사유. 내 나이엔 월남전 참전용사는 있을 수 없슈. 전 걸프전에 갔었구요. 걸프전 말이유, 웃기는 거유. 테레비에는 맨 백인용사들 얼굴만 비치지만유, 걸프전에 파견된 지상군은 말유, 미국놈들 하나두 없슈. 전부 저 같은 황색인종 아니면, 깜둥이, 그리고 멕시칸, 쁘에리또리코, 이런 놈들만 참전했다구요. 그러니 그건 전쟁도 아뉴. 그냥 용병들 낭비해먹는 지랄이유……"

숨을 가쁘게 몰아쉬며 그는 계속 말을 이었다.

"이 행상조직은 우리 베테랑들이 꽉 잡구있는거유. 경찰들
두 우리 베테랑들은 함부로 못 건드려유. 난 깜둥이들과
같이 하구있슈. 선상님 한번 꼭 와보세유."

나는 정말 이 피천구가 장사를 하고 있는 현장엘 꼭 가보고
싶었다. 출국하기전에 곡 피프쓰 애비뉴 51가를 가보겠다고
약속했다.

"한국 사람들두 말유 무척 지나가는 디유, 웃기지두 않어유,
내가 친절하게 한국말로 해주면 절대 안사유. 그리고 내가
모른체하고 영어로 막 씨부렁거리면 잘 산다구유, 하여튼
가관이유."

그는 걸프전에 참전한 후, 정신병환자로 분류되었다고 했다.
그러면서 그는 쓰고 있던 모자를 훌떡 벗어보였다. 머리가 한가
운데 동그랗게 대머리가 벗겨져 있었다. 그것이 정신질환과 무
슨 관계가 있는지는 모르지만 그의 참전의 고통과 스트레스를
나타내주는 상징물 같았다.

"전 말이유, 지금도 두 달에 한번씩은 꼭 베테랑스 하스피탈
에 있는 정신과 의사한티 가야되유. 가면 약을 한보따리 주

는디유, 그것 처먹으면 계속 졸리기만해유. 그리고 몸은 굳어져유. 아무 것도 할 수가 없슈."

난 의사로서 걱정이 되어 그런 약은 절대 먹지말라고 권고했다. 나는 그가 결코 정신병환자가 아니라는 것을 잘 알고 있었기 때문이었다.

"처음엔 속았슈. 그런데 지금은 가져오는 대로 쓰레기통에 집어 던지거나 이스트 리버에 뿌려 버린다구유. 그런데 계속 가서 약을 안타오면 안되유."

그의 말인즉 정신병자로 분류되어 있고 계속 정신병자인 척해야 매달 3천불의 높은 베테랑 연금을 받을 수 있다는 것이다. 하여튼 미국은 묘한 제도가 많은 나라였다. 매달 3천불을 상이군인 연금으로 받고 또 하루 5천불씩의 행상수입을 캐쉬로 번다는 이 사람은 백만장자가 아닌가? 그런데 사실 이 사람의 씀씀이는 그러한 그의 횡설수설을 충분히 입증하고도 남음이 있는 것 같았다.

이 때 나는 아까 먹었던 우니 생각이 간절했다. 그래서 원조의 여종업원을 불러 이 우니를 조금만 더 가져다 줄 수 없냐고 주문했다. 그런데 여종원은 고개를 흔들며 이것은 여기서는 판매하지 않는 것이라고 했다. 이러한 말이 떨어지자마자 피천구는 총알처럼 튀어나갔다. 그러다가 몇 분 후에 성게알 한 박스를 들고 왔다. 손바닥만한 소나무 그릇에 한 켜로 가지런히 놓인 갓난애기 똥색의 성게알 한 박스는 결코 만만한 가격은 아닐 것이다. 피천구는 행동인이었다. 물불을 가리지 않는 실천력의 소유자였다. 그는 정말 대접하고 싶은 사람을 대접할 줄 아는 그러한 성품의 한국인이었다. 한국인의 태고적 정서를 간직한, 희생정신이 강한 인물이었다.

"전 고등학교밖에 못나왔시유. 이민온지 2년후에 곧바로 군대에 지원했슈. 뭐 무식한 놈이 할 일이 있어야지유. 그런데 훈련소에서 말유, 말 말어유, 우향우, 좌향좌, 이런 말을 영어로 알아들을 수 있깐유. 확 도는디 덩치 큰 깜둥이놈과 꽉 부닺치질 않나, 혼자 한대로 열심히 걸어가군 했다니깐유. 그리고 급식을 받는디 뷔페식으로 해유. 그러니 그 복잡한 얘기를 다 할 쑤가 있깐유. 그래서 항상 '미 투' 그러는 거유. 그러니까 항상 앞에 먹는 눔하고 똑같이만 먹게되는 거유. 난 닭고기 같은거 싫어하는디, 깜둥이들이 닭고기를 잘 시켜유. 그럼 난 못먹구 내버리군 했슈."

그는 한국에 미군으로 파견되어 나갔다고 했다. 용산 에이쓰 아미에서 4년을 근무했다고 했다.

"그땐 참 끝발 좋았지유. 한국사람들, 미군이라면 빡 죽잖어유."

대강 횡설수설하는 그의 말을 종합해 보면, 젊은 날에 미국에 이민을 왔다가 2년 후에 미군이 되어 한국에 나와 4년 근무한 후, 걸프전에 차출되어 나갔다가 베테랑으로 제대, 맨해튼 한복판에서 행상을 하고 있는 것 같았다.

"결혼은 했습니까?"

그의 얼굴은 갑자기 어두어졌다.

"했슈. 결혼한지 7년이나 됐는디유."

"아기가 퍽 크겠군요?"

"애는 못 낳슈."

"왜 젊은 사람이 애를 못 납니까?"

나는 의사로 묻는 말이었다.

"난 마누라랑 씹을 안 해유. 그래서 애기가 없슈."

"마누라랑 씹을 안 한다니, 그게 뭔 결혼이요?"

"하기는 하쥬. 일년에 서너 번 할까 말까, 그것두 마누라 월경 때만 골라서 확 쏴버려유. 그러니 애기가 생기것슈."

그의 거침없는 말투는 좀 쇼킹했지만, 나의 짓궂은 반문도 결코 그의 쇼킹한 말투에 질 수가 없었다.

"그럼 왜 결혼을 했어요? 젊고 아리따운 부인을 사랑했으니까 결혼했을 텐데……"

"전 마누라를 사랑 안 해유."

"그럼 씹이나 하고 말지 왜 결혼식을 올렸냔 말이요!"

아마도 맞은 편에 앉아 있던 치과의사 선생님도 내 말투에 충격 꽤나 받았을 것이다. 그는 묵묵히 쐬주 한 잔을 시켜 도토리묵을 젓갈로 휘젓고 있었다.

"고독하니깐 결혼한 거유. 꼭 사랑해야 결혼하나유? 서로가 고독했으니까 한 거유."

그는 분명 정신병자가 아니었다. 그의 언어는 어느 문학가의 미사여구보다도 담백하고 정직하고 핵심을 뚫고 있었다. 그는 그의 부인을 용산에 미군으로 나갔을 때 만났다고 했다. 얼핏 듣기에 그는 그의 부인이 이태원에서 만난 창녀라고 말하기도 했는데, 또 정색을 하고 물어본즉 동의대 영문과를 졸업한 버젓한 규수라고 말했다. 동의대 영문과를 나온 색씨라 해도 미국시민권을 소유한 미합중국의 군인과 결혼한다는 것은 그렇게 어색한 궁합같지는 않았다.

    "그럼 부인도 당신을 사랑하지 않는데 미국 오고 싶어서 결
    혼했단 말요?"

    "안 그래유. 우리 마누라는 날 지겹게 사랑해유. 아주 무척
    날 사랑해유."

    "참 행복에 겨운 말이군……"

난 도무지 그의 논리를 따라잡을 수가 없었다. 그의 연결되지 않는 언어의 고리를 연결시킬 수 있는 제 3의 감정의 흐름을 나는 요구하고 있었다.

이 때, 그가 가지고 있던 셀폰이 띠리링 울렸다. 미국에서는 핸드폰을 셀폰cell phone이라고 부른다. 세포조직으로 움직이는 전화단위라는 뜻에서 그런 말이 붙은 것 같다. 그의 셀폰 속에

서는 음탕한 여인들이 깔깔대는 소리가 들렸다. 왜 안 오냐고 독촉하는 소리 같았다.

"이 쌍년들. 오늘은 안 가!"하고 단호히 셀폰을 덮었다. 그러더니 미안한 듯 정색을 하고 나한테 변명을 늘어놓기 시작했다.

"전 돈을 많이 벌어유. 그런데 저금이 없슈. 하루 번 돈은 그 날 다 써버려유. 그게 다 술값으로 날아가는 거유. 뜨네기 같은 한국사람들이 미국에서 가는 곳이랑 게 딱 두 군데밖에 없슈. 하나는 교회구 하나는 술집이유. 교회나 술집이나 돈 내놓으라고 꼬시는 것은 똑같어유. 이 쌍년들이 바로 룸 싸롱의 화냥년들이유."

미국에서 천불이면 우리나라에서 백삼십만 원이라는 금액과는 좀 어감이 다르다. 그런데 미국 맨해튼 한복판에도 어김없이 한국의 룸싸롱이라는 것이 있다. 그런데 한국사람들이 한번 들어갔다 하면 돈 천불은 현찰로 예사로 날려버린다. 룸싸롱의 여인들은 한국에서 온지가 얼마 안 되는 여자일수록 몸값이 높다. 그렇다고 해봐야 돼지 목따는 소리로 카라오케나 부르고, 허벅지나 드러내놓고 슬쩍 옆에 앉아 문질러주는 것이 고작이다. 죠니워커 블루를 진로소주보다도 더 값싸게 테이블 밑에 숨겨놓은 쓰레기통에 부어버리며 매상을 올리는 짓을 하는 것이 그 여인들의 상투적 행위일 뿐이다.

그들에겐 인생도 철학도 예술도 삶도 없다. 그저 하룻밤에 술 매상 올리기 위한 생활전선의 가면을 쓰고 손님의 주머니를 다 베껴먹고 나선, 손님이 문간을 나서는 순간에 돌아서서 "쌍"하고 마는 것이 그들의 피지올로지인 것이다. 그 여인들의 생리에는 순결이나 순정의 터럭이 거의 한 개피도 없다. 그렇다고 자유롭게 남자의 품에 몸을 던지는 용기나 자연스러움조차 없는 이방인들일 뿐이다. 이러한 이방인들의 소굴 속으로 한국인들은 일·이차를 돌다보면 결국 삼·사차 행엔 꼭 빠져드는 것이 상례다. 이런 행각은 비즈니스맨들의 세계에서만 일어나는 것이 아니라 한국유학생들 사회에서조차 성행한다는 비극이, 한국유학생들을 바라보는 미국교민들의 시각을 어지럽히고 있는 것이다.

한국인을 따라 멋도 모르고 룸싸롱에 들어가 하룻밤을 유쾌하게 논 어느 순진한 미국인 비즈니스맨이 하룻밤을 같은 자리에서 똑같이 한턱내겠다고 장담했다. 그리고 멋도 모르고 하룻밤을 술 마시며 똑같이 한국식으로 놀았다. 그리고 나중에 술값 계산할 차례가 되었는데 현금이 준비가 안 되어 체크를 한 장 한 장 써 내려가는데 손이 벌벌벌벌 떨리기 시작하더라는 것이다. 그리곤 그 룸싸롱을 나올 때는 분노의 눈물이 서리더라는 것이다. 아마도 그는 아무 이유 없이 몇 천 불을 싸인 했어야 했을 것이다. 얼마나 한국인과 한국문화를 이질적인 그 무엇으로 바라보았을까? 유쾌한 놀이에 대한 정당한 물리적 가치가 보장

되어 있질 않은 것이다.

　미국에서는 최고급 레스토랑에서 하루 저녁을 엔죠이 해도 몇 백 불이라는 합리적 선에서 모든 계산이 끝나버린다. 피천구가 매일 그가 번 돈의 80프로를 다 술값에 탕진하고야 맨해튼을 뜬다고 했는데 그렇다면 그는 아마도 코리아타운 룸싸롱계의 총아일 것이다. 아니 황제일 것이다. 룸싸롱이라고 해봐야 피천구 만한 만만한 봉을 잡기가 쉽지는 않을 것이기 때문이다. 그가 내 앞에 앉아있는 동안에도 음탕한 여인들의 전화는 계속 걸려왔다. 그러나 막상 피천구는 나와 같은 초라한 철학자를 외경심으로 바라보고 있는 것이다.

　"제가 선생님같이 존경스러운 분을 뵙고 어찌 술을 입에 대겠습니까? 오늘밤은 술을 입에 대지 않겠습니다."

　"오늘밤만의 문제는 아니지. 왜 술을 좀 자제해서 그 돈을 집에서 애타게 기다리고 있는 부인에게 가져다 줄 수는 없나? 좀 더 건강하게 살 길이 있을 텐데……"

　"선상님! 왜 선상님 같이 멋있는 분이 그렇게 평범한 말씀을 말하십니까?"

　그는 내 앞에서 쐬주는 안 마셨지만, 이미 취한 데다가 간간이 마신 맥주가 꽤 올라온 모양이었다. 그러나 그가 던진 한 마디는 나의 심장을 콱 쑤시고도 남을 멋있는 말임에는 틀림이 없었다.

"선상님! 선상님은 정말 우리나라에서 제일 멋있는 분 아니십니까? 정말 자유롭게 아무렇게나 사시는 분 아니십니까? 그 어마어마한 테레비 강의를 그렇게 멋있게 때려 칠 수 있는 사람이 우리나라에서 몇 명이나 있냐구요? 왜 그런 멋있는 선상님이 이렇게 시시한 말씀을 하시냐구요!"

그의 통찰력은 놀라웠다. 그는 무엇인가 사태의 맥락을 정확하게 파악하고 있는 듯 했다. 그러면서도 계속 횡설수설했다. 그에게는 카오스와 코스모스가 하나였다. 그러나 나는 나의 주장을 굽힐 수가 없었다.

"부인을 사랑하지 않는다 해도 돈이야 가져다 줄 수 있는 것이 아닌가? 어차피 룸싸롱에 날릴 돈이라면 왜 부인에게 갖다 줄 수 없나? 언제까지 돈을 그렇게 벌라는 보장이 어디 있냔 말야! 난 자네가 생각하는 것보단 너무도 평범하고 진부한 인물일세."

"그년한테 돈 갖다주면 딴 놈하고 바람 피우게요?"

나는 여기서 비로소 피천구의 삶의 내면적 감정의 한 가닥을
건질 수 있었다.

"바람 피우다니, 그게 뭔 말인가? 그럼 부인이 그대 말구 딴
　남자 애인이 있단 말인가!"

"아뇨! 지금은 없어요."

"그럼 됐지. 미국에 사는 사람이 그렇게 고리타분한 도덕에
　얽매여 사나? 지금 당신을 매일 밤 기다리는 부인이라는 사
　실이 더 중요한 거지 딴 눔하고 씹 한번 했다는게 뭐가 그
　렇게 문젠가?"

"선상님! 선상님은 또 그렇게 말을 쉽게 하시네유. 전 말이유,
　돈 안 내고 씹한 건 평생 딱 세 번 밖에 없슈. 그만하면 나두
　순결파란 말에유. 그런데 내 마누라는, 이 쌍년이 딱 한 번
　씹하다 나한테 들켰단 말유. 지 말루 딱 한 번이라니깐 믿
　어야쥬. 그런디 난 세 번 했구 마누라는 한 번 했다는디, 왜
　나는 용서돼야 되구, 마누라는 용서될 수 없는지 나두 도무
　지 알 수가 없슈. 내 마누라 구녕에 딴 놈 그게 들어갔다 나
　왔다는 걸 생각하면 영원히 그 구녕으로는 내 새끼가 기어
　나올 수 없다는 거유. 도무지 이걸 나도 알 수가 없슈. 나도
　날 생각하면 용서하고 싶은디, 난 정말 마누라를 용서할

수가 없슈."

남자의 외도는 용인되면서 왜 여자의 외도는 용인될 수 없는가? 논리적으로는 남자의 외도가 용인될 수 있는 만큼 여자의 외도 또한 용인되어야 마땅하다. 그런데 남자는 그러한 부인의 외도를 용서할 길이 없는 것이다. 자기는 끊임없이 딴 여자와 씹을 하면서 —.

"미국에서는 그런 논리가 안 통해. 우리 딸 같으면 너 같은 놈은 옛날에 차버렸겠다."

갑자기 침묵을 지키고 있던 신박사가 한 마디 내뱉었다. 신박사도 술이 얼근히 취해 있었다.

"선상님, 왜 남자는 여자의 외도를 용서할 수가 없는 거에유?"

나는 이때 그의 얼굴을 뚫어지게 쳐다보았다. 그의 얼굴에는 무엇인가 오래 쌓였던 감정의 화산이 폭발하기 직전의 정적이 감돌았다. 나는 침묵 속에 선승의 고매한 화두의 최후통첩처럼 한 마디를 던졌다.

"천구! 용서하면 될 것이 아닌가!"

그러자 그는 고꾸라지듯 고개를 푹 숙이더니 흐느끼기 시작했다. 그는 계속 울기 시작했다. 엉엉 울기 시작했다.

"선상님! 또 시시한 말씀하시네! 그런 말은 누구나 할 수 있는 말이잖아요. 선상님 같은 훌륭한 분이 할 수 있는 말이 아니잖아요."

나에게도 그 이상의 해결은 없었다. 그러나 피천구는 그 이상의 해결책을 나에게서 바라고 있었던 것이다. 나는 따스하게 흐느끼는 그의 손을 어루만지며 말했다.

"천구! 당신은 너무도 당신의 부인을 사랑하구 있는 거야! 그래서 용서 못하는 거야. 빨리 그런 집착에서 벗어나서 술마시지 않는 삶을 살게나! 당신 부인도 당신을 너무도 사랑한다고 당신 입으로 얘기하지 않았나?"

이때 그는 갑자기 외쳤다.

"우린 이미 이혼했어유. 올 2월에 7년 만에 이혼합의서에 도장을 찍었슈."

"그렇다면 왜 그렇게 이혼한 부인에 관해 고민을 하는가? 새 부인이라도 만나서 안정된 생활을 하는 게 옳지 —."

"그런데 말이유, 이년이 이혼서에 도장 찍구 하와이루 갔슈. 하와이에서 날 떠나서 올 여름까지 산 거유. 그런디 이년이 또 나 없인 못살겠다구 우리 집으로 다시 기어들어온 거유. 정말 정말 정말 정말 날 사랑한다는 거유. 환장해 미치것슈. 그래서 아직 씹두 안 해주고 있는 거유."

이제 피천구라는 인간의 스토리가 대강 맥이 집히는 것 같았다. 서로가 서로를 애타게 사랑하면서도 세속적 거친 환난의 파도 속에서 서로 헤어져야 하는 운명 속에 있으면서도 서로 헤어질 수 없이 그리워하는 그 어떤 허공의 그림자들, 그 여인이 대학출신의 양가집 규수이든 양갈보촌의 창녀이든 그에게는 아무런 문제가 되질 않았다. 규수와 창녀의 거리는 어차피 멀지 않으니까. 도덕과 비도덕의 거리 또한 멀지 않다는 이 세정을 나 자신 과연 정직하게 실천할 수 있을까?

피천구는 마지막으로 이와 같이 말했다.

"선상님, 저 헤어진 부인과 다시 결혼해야 할까봐유. 그럼 주례 서 주실래유?"

이런 주문에 구차스러운 답변을 하기가 싫었다. 나는 신박사와 서서히 식탁을 거두었다. 상당한 포만감에 도달했고 기차시간도 육박해왔다. 어느 샌가 천구는 보이지 않았다. 신박사는 원조를 나서면서 친구가 우리 식탁비용을 이미 다 지불했다는 사실을 뒤늦게 발견했다.

"오늘은 제가 한턱 낼려고 했는데 면목없게 되었습니다. 역시 유명한 분을 모시고 다니면 재미있는 일이 많이 생기는 군요."

"정말 유쾌한 밤이었습니다."

우리는 원조를 나섰다. 신박사는 스탠포드 호텔 옆에 있는 파리 파리 커pari pari ko 과자집에 들어가서 차 한잔이라도 하자구 했다. 나는 발티모아 가는 기차 시간을 핑계대고 이차를 거부하려고 하던 참이었다. 그때 누군가,

"선종아!"하고 크게 외쳤다.

"너 나 못 알아보겠어? 이게 몇 십 년만이냐!"

신박사는 얼떨떨해 하다가,

"야아! 이게 도대체 어떻게 된 거야!"

아마도 극적으로 옛 시골친구를 만난 것 같았다. 나는 이때

옳다구나 하고 신박사에게 하직인사를 했다. 신박사도 관심의 화살이 우연히 32번가에서 만난 옛 친구에게로 쏠리자 나를 만류하지 않았다. 나는 어둠 속을 묵묵히 걸어갔다. 쎄븐쓰 애비뉴의 펜 스테이션을 향해. 갸름한 예쁜 모자를 쓴 칼 스튜디어스 아가씨들이 나를 스치면서 생끗 웃는다. 그들이 묵는 호텔이 바로 근처에 있는 듯 했다.

10시 10분 전 나는 팬 스테이션에 도착했다. 아셀라 레죠날 와싱턴Acela Regional Washington 177호라는 싸인이 눈에 들어왔다. 티켓은 77불이었다. 트랙 넘버는 12번. 신기하게 10시 10분 정시에 암트랙이 도착했다. 미국에선 기차가 정시에 도착하는 예가 별로 없다. 나의 기차는 서서히 뉴욕의 지하통로를 빠져나가기 시작했다. 어두운 벽에 달린 푸른 형광체가 창가에 주기적으로 어른거렸다.

2001년 9월 23일

저녁 7시 43분 11초 탈고

슬픈 쥐의 윤회

2019년 9월 9일 초판 발행
2020년 1월 9일 1판 3쇄

지은이 / 도올 김용옥
펴낸이 / 남호섭
편집책임 / 김인혜
편집·제작 / 오성룡, 임진권, 신수기
표지디자인 / 박현택
인쇄판출력 / 발해
라미네이팅 / 금성L&S
인쇄 / 봉덕인쇄
제책 / 강원제책

펴낸곳 / 통나무

주소: 서울시 종로구 동숭동 199-27
전화: (02) 744-7992
팩스: (02) 762-8520
출판등록 1989. 11. 3. 제1-970호
값 16,000원